OS MAIS LINDOS CONTOS DE FADAS

Jacob Grimm (1785–1863) e Wilhelm Grimm (1786–1859)

© 2023 by Book One
Todos os direitos de tradução reservados e protegidos pela Lei 9.610 de 19/02/1998. Nenhuma parte desta publicação, sem autorização prévia por escrito da editora, poderá ser reproduzida ou transmitida sejam quais forem os meios empregados: eletrônicos, mecânicos, fotográficos, gravação ou quaisquer outros.

Tradução	*Lina Machado*
Preparação	*Rafael Bisoffi*
Revisão	*Letícia Nakamura* *Mariana Martino*
Arte	*Francine C. Silva*
Capa, projeto gráfico e diagramação	*Aline Maria*

G874m   Grimm, Wilhelm, 1786-1859
Os mais lindos contos de fadas / Wilhelm Grimm, Jacob Grimm ; tradução de Lina Machado. — São Paulo: Excelsior, 2023.

368 p.

ISBN 978-65-87435-87-9

1. Literatura alemã 2. Folclore – Alemanha 3. Contos de fadas I. Título II. Grimm, Jacob, 1785-1863 III. Machado, Lina

22-2816   CDD 830

Impressão	*COAN Gráfica*

IRMÃOS GRIMM

OS MAIS LINDOS CONTOS DE FADAS

EXCELSIOR
BOOK ONE

São Paulo
2023

O pássaro de ouro

Era uma vez um rei que tinha um belo jardim, e no jardim havia uma árvore que dava maçãs douradas. Essas maçãs eram sempre contadas e, quando começaram a amadurecer, descobriu-se que todas as noites uma delas desaparecia. O rei ficou muito zangado por isso e ordenou ao jardineiro que ficasse a noite toda vigiando debaixo da árvore. O jardineiro colocou seu filho mais velho para vigiar; mas, por volta das doze horas, ele adormeceu, e pela manhã outra das maçãs estava faltando. Então, foi ordenado que o segundo filho vigiasse; à meia-noite, ele também adormeceu, e, pela manhã, outra maçã havia sumido. Depois disso, o terceiro filho se ofereceu para vigiar; mas o jardineiro, a princípio, não queria permitir, temendo que algum mal lhe acontecesse; no entanto, acabou concordando, e o jovem se pôs sob a árvore para vigiar. Quando o relógio bateu meia-noite, ele ouviu um farfalhar no ar, e um pássaro feito de ouro puro surgiu voando; e, enquanto a ave bicava uma das maçãs, o filho do jardineiro pôs-se de pé e atirou uma flecha nela. Mas a flecha não fez mal algum ao pássaro; apenas arrancou uma pena dourada da cauda dele, que voou para longe em seguida. A pena de ouro foi levada ao rei pela manhã, e todo o conselho foi convocado. Todos concordaram que ela valia mais do que toda a riqueza do reino; o rei, porém, disse:

— Uma pena não me serve para nada, preciso do pássaro todo.

Com isso, o filho mais velho do jardineiro partiu, pensando que encontraria o pássaro de ouro com muita facilidade; depois de ter viajado um pequeno trecho, ele chegou a um bosque e viu uma raposa sentada próximo às árvores; então puxou o arco e se preparou para atirar. Nesse momento, a raposa disse:

— Não atire em mim, pois lhe darei um bom conselho; sei qual é a sua missão e que você deseja encontrar o pássaro de ouro. Você alcançará uma vila ao anoitecer e, ao chegar lá, verá duas estalagens, uma de frente para a outra; uma delas é muito agradável e bela, não entre nela; em vez disso, passe a noite na outra, embora possa lhe parecer paupérrima e desagradável.

Mas o filho pensou: *O que um animal como este pode saber sobre essas coisas?* Então, disparou a flecha contra a raposa, mas errou, e ela enrolou a cauda sobre as costas e correu para o bosque. Depois, ele seguiu seu caminho e, à noite, chegou à aldeia onde estavam as duas estalagens; e, em uma delas, havia pessoas cantando, dançando e festejando; mas a outra parecia muito suja e pobre.

— Eu seria muito tolo — disse ele — se fosse para aquela casa miserável e deixasse de lado este lugar encantador.

Dito isso, entrou na casa bonita, comeu e bebeu à vontade, esqueceu o pássaro e o seu país também.

O tempo passou e, como o filho mais velho não voltou nem havia notícias dele, o segundo filho partiu, e a mesma coisa lhe aconteceu. Ele encontrou a raposa, que lhe deu o bom conselho; porém, quando chegou às duas estalagens, o irmão mais velho estava à janela do estabelecimento animado e o chamou para entrar, e o segundo não pôde resistir à tentação, mas entrou e esqueceu o pássaro dourado e seu país, tal qual o primeiro.

O tempo passou mais uma vez, e o filho mais novo também desejou sair para o vasto mundo em busca do pássaro de ouro; mas o pai não quis ouvir falar disso por um longo tempo, pois gostava muito do filho, e temia que alguma má sorte também pudesse acontecer a ele e impedi-lo de retornar. No entanto, por fim, concordaram que ele deveria ir, pois não ficaria sossegado em casa; e, ao chegar ao bosque, encontrou a raposa e ouviu o mesmo bom conselho. No entanto, ficou agradecido à raposa e não atentou contra a vida dela, como os irmãos haviam feito; assim, a raposa disse:

— Sente-se sobre minha cauda, e você viajará mais rápido.

Então ele se sentou, e a raposa pôs-se a correr, e os dois seguiram saltando por cima de troncos e pedras, tão velozes que seus cabelos assoviavam ao vento.

Quando chegaram à aldeia, o filho seguiu o conselho da raposa e, sem olhar ao redor, seguiu para a estalagem miserável e ali descansou a noite, bem tranquilo. Pela manhã, a raposa apareceu mais uma vez e encontrou-o quando ele iniciava sua jornada, e falou:

— Siga adiante até chegar a um castelo, diante do qual está uma tropa inteira de soldados dormindo e roncando; não lhes dê atenção, mas entre no castelo e siga em frente até chegar a uma sala onde o pássaro dourado está em uma gaiola de madeira; perto dela está uma bela gaiola dourada, porém, não tente tirar o pássaro da gaiola velha e colocá-lo na bela, senão vai se arrepender.

Depois disso, a raposa esticou a cauda mais uma vez, e o jovem se sentou, e os dois seguiram saltando por cima de troncos e pedras até que seus cabelos assoviassem ao vento.

Diante do portão do castelo, estava tudo conforme a raposa havia descrito; então, o rapaz entrou e encontrou a câmara onde o pássaro dourado repousava em uma gaiola de madeira, e abaixo estava a gaiola de ouro, e as três maçãs de ouro perdidas estavam bem ao lado dela. Então pensou consigo mesmo: *Seria ridículo levar um pássaro tão belo nesta gaiola velha.* Então, abriu a portinhola, pegou a ave e colocou-a na gaiola dourada. Entretanto, o pássaro soltou um grito tão alto que todos os soldados acordaram, prenderam-no e levaram-no diante do rei. Na manhã seguinte, o tribunal se reuniu para julgá-lo; e, uma vez ouvido tudo, sentenciou-o à morte, a menos que ele trouxesse para o rei o cavalo de ouro capaz de correr tão rápido quanto o vento; e, se fizesse isso, o pássaro de ouro seria dado a ele.

Então, o rapaz partiu mais uma vez em sua jornada, suspirando e em grande desespero, quando, de repente, sua amiga raposa o encontrou e disse:

— Agora vê o que aconteceu por não seguir meu conselho. Contudo, ainda assim, vou lhe dizer como encontrar o cavalo de ouro, se seguir minhas orientações. Você deve seguir em frente até chegar ao castelo onde o cavalo está em sua baia; ao lado, estará o cavalariço, adormecido e roncando; tire o cavalo com cuidado, mas certifique-se de colocar a velha sela de couro nele, e não a dourada que está ali perto.

Então, o filho sentou-se na cauda da raposa, e os dois foram embora saltando por cima de troncos e pedras até que seus cabelos assoviassem ao vento.

Tudo correu bem, e o cavalariço estava roncando com a mão sobre a sela dourada. Mas quando o filho olhou para o cavalo, achou uma grande pena colocar a sela de couro nele.

— Vou dar-lhe a boa — disse —, tenho certeza de que ele merece.

Quando pegou a sela dourada, o cavalariço acordou e gritou tão alto que todos os guardas correram e o prenderam, e pela manhã ele foi novamente levado ao tribunal para ser julgado, e foi condenado à morte. Contudo, foi combinado que, se ele conseguisse trazer a bela princesa, poderia continuar vivo e ter o pássaro e o cavalo para si.

Depois disso, o jovem seguiu seu caminho muito entristecido; mas a velha raposa apareceu e disse:

— Por que não me deu ouvidos? Se o tivesse feito, teria obtido tanto o pássaro quanto cavalo; porém, mais uma vez vou aconselhá-lo. Siga adiante e à noite chegará a um castelo. À meia-noite a princesa vai à casa de banhos, vá até ela e dê-lhe um beijo, e ela permitirá que você a leve embora; mas tome cuidado para não deixar que ela vá se despedir do pai e da mãe.

Então a raposa esticou a cauda e assim partiram saltando por cima de troncos e pedras até que seus cabelos assoviassem de novo.

Quando chegaram ao castelo, tudo estava como a raposa havia mencionado, e, à meia-noite, o jovem encontrou a princesa indo para o banho e deu-lhe o beijo; ela concordou em fugir com ele, mas implorou com muitas lágrimas para que a deixasse se despedir do pai. A princípio, o jovem recusou, mas ela chorou ainda mais e caiu a seus pés, até que, por fim, ele cedeu; mas no instante que ela chegou à casa do pai, os guardas acordaram, e o rapaz foi feito prisioneiro novamente.

Então foi levado perante o rei, que determinou:

— Você nunca terá minha filha, a menos que, em oito dias, remova a montanha que impede a vista da minha janela.

Ora, essa montanha era tão grande que o mundo inteiro não poderia removê-la; e, tendo ele trabalhado por sete dias, e obtido muito pouco resultado, a raposa apareceu e disse:

— Deite-se e durma; eu trabalharei no seu lugar.

E, de manhã, ele acordou, e a colina havia desaparecido; então ele se apresentou alegremente ao rei, e disse-lhe que, agora que a montanha havia sido removida, o monarca devia dar-lhe a princesa.

Então o rei foi obrigado a manter sua palavra, e o rapaz e a princesa foram embora; e a raposa veio e disse a ele:

— Obteremos todos os três, a princesa, o cavalo e o pássaro.

— Ah! — exclamou o jovem. — Isso seria excelente, mas como você conseguiria fazer isso?

— Se seguir meu plano — explicou a raposa —, pode ser feito. Quando dirigir-se ao rei e ele perguntar pela linda princesa, deverá dizer: *Aqui está ela!* Então ele ficará muito alegre; e você montará no cavalo de ouro que lhe darão, e estenderá a mão para se despedir deles; mas aperte a mão da princesa por último. Nesse momento, erga-a depressa para o cavalo atrás de você; bata as esporas nos flancos dele e galope para longe o mais rápido possível.

Deu tudo certo, então a raposa disse:

— Quando chegar ao castelo onde está o pássaro, ficarei com a princesa na porta, e você entrará e falará com o rei. Quando ele vir que é o cavalo certo, trará o pássaro; mas você deve continuar montado e pontuar que deseja dar uma olhadaa fim de verificar se é o verdadeiro pássaro de ouro; e quando o tiver nas mãos, vá embora.

Isso também aconteceu conforme a raposa comentara; eles levaram o pássaro, a princesa montou novamente e cavalgaram rumo a um grande bosque. Nesse momento, a raposa apareceu e disse:

— Por favor, mate-me e corte minha cabeça e meus pés.

Entretanto, o rapaz se recusou a fazê-lo; portanto, a raposa continuou:

— De qualquer maneira, vou dar-lhe um bom conselho; tenha cuidado com duas coisas: não resgate ninguém da forca e não se sente à beira de nenhum rio.

Com essas palavras, ela partiu.

Bem, pensou o jovem, *esse não é um conselho difícil de seguir.*

Ele seguiu caminho com a princesa, até que finalmente chegou à aldeia onde havia deixado os dois irmãos. Lá, ele ouviu um grande alvoroço e balbúrdia; quando perguntou qual era o problema, o povo respondeu: *Dois homens serão enforcados*. Ao se aproximar, viu que os dois homens eram seus irmãos, que haviam se tornado ladrões; então, ele indagou:

— Não há nenhuma maneira de salvá-los?

Mas o povo respondeu: *Não*; a menos que ele usasse todo o seu dinheiro com os patifes e comprasse sua liberdade. Assim, ele não parou para pensar no assunto, mas pagou o que foi pedido, e seus irmãos foram soltos e o acompanharam de volta para casa.

Quando chegaram ao bosque onde a raposa os encontrara pela primeira vez, estava tão fresco e agradável que os dois irmãos mais velhos sugeriram: *Vamos sentar à margem do rio e descansar um pouco para comer e beber*. E o mais novo respondeu: *Vamos*; e esqueceu o conselho da raposa, sentou-se à margem; e, quando não suspeitava de nada, os outros dois vieram pelas costas, e o empurraram da beira, pegaram a princesa, o cavalo e o pássaro, e foram para casa, para o rei, seu senhor, e alegaram:

— Tudo isso conquistamos com nosso esforço.

Então, houve grande regozijo; mas o cavalo não comia, o pássaro não cantava e a princesa chorava.

O filho mais novo caiu no fundo do rio; felizmente, este estava quase seco, mas seus ossos quase foram quebrados e a margem era tão íngreme que ele não encontrou maneira de sair. Nesse momento, a velha raposa apareceu mais uma vez e o repreendeu por não seguir seu conselho; se o tivesse feito, nenhum mal lhe teria acontecido:

— Ainda assim — disse ela —, não posso deixá-lo aqui, então agarre minha cauda e segure firme.

Dessa forma, ela o puxou para fora do rio e disse-lhe, enquanto ele subia à margem:

— Seus irmãos estão vigiando para matá-lo caso o encontrem no reino.

Então, ele se vestiu como um homem pobre e, em segredo, foi até a corte do rei; mal havia entrado no palácio quando o cavalo começou comer; o pássaro, a cantar; e a princesa parou de chorar. Em seguida, dirigiu-se ao rei e contou-lhe todas as falcatruas dos irmãos; e eles foram presos e punidos, e a princesa foi entregue a ele de novo; e após a morte do rei, o rapaz herdou o reino.

Longo tempo depois, ele saiu um dia para passear pela floresta, e a velha raposa o encontrou e implorou com lágrimas nos olhos para que a matasse e cortasse sua cabeça e seus pés. E, por fim, ele o fez, e em um instante a raposa se transformou em um homem, que era ninguém mais que o irmão da princesa, que desaparecera havia muitos e muitos anos.

João, o sortudo

Alguns homens nascem para a boa sorte; tudo o que fazem ou tentam fazer é bem-sucedido, tudo o que recebem é muito lucro; todos os seus gansos são cisnes, todas as suas cartas são trunfos; atire-os como quiser, e eles sempre, como pobres gatos, caem de pé, apenas seguindo adiante ainda mais depressa. É provável que o mundo nem sempre pense neles da mesma maneira que eles pensam de si mesmos, mas por que se importariam com o mundo? O que o mundo sabe das coisas?

Um desses seres sortudos era o compadre João. Durante sete longos anos, ele havia trabalhado duro para seu patrão. Por fim, disse:

— Senhor, meu contrato acabou, preciso voltar para casa e rever minha pobre mãe; então, por favor, pague meu ordenado e me deixe partir.

E o patrão disse:

— Você tem sido um servo bom e fiel, João, então seu pagamento será generoso.

Então, deu-lhe um pedaço de prata do tamanho da cabeça dele.

João tirou o lenço do bolso, embrulhou consigo o pedaço de prata, jogou-o por cima do ombro e saiu depressa rumo à casa da mãe. Enquanto avançava, preguiçosamente, arrastando os pés, apareceu um homem, que trotava, alegre, montado em um excelente cavalo.

— Ah! — exclamou João em voz alta. — Que beleza é andar a cavalo! Lá está ele sentado tão tranquilo e feliz quanto se estivesse em casa, na cadeira ao lado da lareira; não tropeça em nenhuma pedra, economiza sola de sapato e segue adiante sem nem sentir.

João não falou tão baixo, o cavaleiro ouviu tudo e replicou:

— Bem, amigo, então por que viaja a pé?

— Ah! — disse ele —, tenho esta carga para levar; claro, é prata, mas pesa tanto que não consigo manter a cabeça erguida e, sabe, machuca tanto meu ombro.

— O que acha de fazermos uma troca? — propôs o cavaleiro. — Eu lhe darei meu cavalo, e você me dará a prata; isso lhe poupará o grande trabalho de carregar uma carga tão pesada.

— De todo o coração — respondeu João —, como está sendo tão gentil comigo, lhe direi uma coisa: será uma tarefa cansativa carregar esta prata.

No entanto, o cavaleiro apeou, pegou a prata, ajudou João a montar, entregou-lhe as rédeas em uma mão e o chicote na outra, e disse:

— Quando quiser ir muito rápido, estale os lábios bem alto e grite "Upa!".

João ficou encantado ao montar no cavalo, ajeitou a postura, apontou os pés para fora, estalou o chicote e partiu feliz; um minuto, assoviando uma melodia alegre e, no outro, cantarolando:

> *Sem trabalho nem tristeza,*
> *Deixa pra amanhã a proeza.*
> *Rir e nos alegrar já,*
> *Cantando tra-lá-lá-lá!*

Depois de algum tempo, ele pensou que gostaria de ir um pouco mais rápido, então estalou os lábios e gritou: *Upa!* O cavalo saiu a galope; e, antes que João entendesse o que estava acontecendo, foi atirado para longe e acabou deitado de costas na beira da estrada. Seu cavalo teria fugido se um pastor que transitava, conduzindo uma vaca, não o tivesse impedido. João logo voltou a si e ficou de pé de novo, bastante contrariado, e comentou com o pastor:

— Cavalgar não é brincadeira quando se tem o azar de encontrar um animal como este, que tropeça e o arremessa, a ponto de quebrar seu pescoço. Contudo, perdi todo o interesse nisso; agora, gosto muito mais da sua vaca do que dessa besta esperta que me pregou essa peça e estragou meu melhor casaco, vê, nesta poça, que, aliás, não cheira nem um pouco a flores. Pode-se caminhar contente atrás dessa vaca, ter boa companhia e leite, manteiga e queijo, todos os dias, como parte da barganha. Eu daria tudo para ter tal prêmio!

— Bem — disse o pastor —, se gosta tanto dela, eu troco minha vaca pelo seu cavalo; gosto de fazer o bem para meus próximos, mesmo que eu próprio perca com isso.

— Aceito! — respondeu João, com alegria. *Que coração nobre esse bom homem tem!*, pensou.

Então, o pastor montou no cavalo, desejou bom-dia a João e à vaca e seguiu seu caminho.

João escovou seu casaco, limpou o rosto e as mãos, descansou um pouco e depois partiu com a vaca, em silêncio, e considerou sua barganha muito afortunada. *Se eu tiver apenas um pedaço de pão (e decerto sempre serei capaz de conseguir um), quando quiser, poderei comer manteiga e queijo com ele; e, quando estiver com sede, poderei ordenhar minha vaca e beber o leite. E o que mais eu poderia desejar?* Quando ele chegou a uma estalagem, fez uma parada, comeu todo o seu pão e usou sua última moeda para comprar um copo de cerveja. Depois de descansar, partiu de novo, conduzindo sua vaca em direção à aldeia da mãe. No entanto, o calor aumentava conforme se aproximava o meio-dia, até que, por fim, quando se encontrou em uma grande charneca que levaria mais de uma hora para atravessar, ele começou a se sentir tão acalorado e com tanta sede que sua língua grudava no céu da boca. *Posso dar um jeito nisso*, pensou ele; *agora vou ordenhar minha vaca e matar minha sede*. Assim, ele a amarrou ao toco de uma árvore e segurou seu chapéu de couro de modo a ordenhar dentro dele; mas não caía uma gota. Quem poderia imaginar que essa vaca, que deveria lhe fornecer leite, manteiga e queijo, estava todo esse tempo totalmente seca? João não tinha pensado em verificar isso.

Enquanto ele tentava a ordenhar a vaca e o fazia de forma muito desajeitada, o animal, incomodado, começou a considerá-lo irritante demais; até que, afinal, deu-lhe um chute na cabeça que o derrubou; e lá ficou João um longo tempo desacordado. Por sorte, apareceu um açougueiro, trazendo um porco em um carrinho de mão.

— Qual é o seu problema, homem? — perguntou o açougueiro, enquanto o ajudava a se levantar.

João lhe contou o que havia acontecido, como ele estava seco e queria ordenhar sua vaca, mas descobriu que a vaca também estava seca. Então, o açougueiro entregou-lhe uma garrafa de cerveja, dizendo:

— Aqui, beba e refresque-se; sua vaca não lhe dará leite; não vê que é uma besta velha, que não serve para nada além do matadouro?

— Ai, ai! — disse João. — Quem imaginaria? Que vergonha, pegar meu cavalo e me dar apenas uma vaca seca! Se eu a matar, para que ela servirá? Detesto carne de vaca; não é macia o suficiente para mim. Se fosse um porco, como esse gordo cavalheiro que você está trazendo, bem descansado, daria pra fazer alguma coisa com ele; pelo menos me renderia salsichas.

— Bem — disse o açougueiro —, não gosto de recusar quando me pedem para fazer uma coisa gentil e amistosa. Para agradá-lo, vou trocar e lhe darei meu belo porco gordo em troca da vaca.

— Que o céu o recompense por sua generosidade e abnegação! — louvou João, conforme entregava a vaca para o açougueiro; e, tirando o porco do carrinho de mão, conduziu-o, segurando-o pela corda com que estava amarrado à perna do animal.

Então, ele marchou adiante, e agora tudo parecia estar correndo bem com ele; sofrera infortúnios, é claro; porém, agora fora bem recompensado por todos. Como poderia ser diferente com um companheiro de viagem como o que finalmente conseguira?

O próximo homem que encontrou foi um camponês que carregava um belo ganso branco. O camponês parou para perguntar as horas, isso levou a mais conversa; e João contou-lhe toda a sua sorte, como havia feito tantos bons negócios e como todo mundo era alegre e sorridente com ele. O camponês, por sua vez, pôs-se a contar sua história, e disse que levaria o ganso para um batizado.

— Veja — disse ele —, como é pesado, mesmo tendo apenas oito semanas. Quem o assar e comer verá que tem bastante gordura nele, foi muito bem cuidado!

— Tem razão — disse João, pesando-o na mão —, mas em questão de gordura, meu porco não é nenhuma ninharia.

Diante disso, o camponês ficou com o semblante sério e balançou a cabeça.

— Ouça — disse ele —, meu caro amigo, você parece um bom sujeito, então não posso deixar de lhe fazer um favor. Seu porco pode deixá-lo em apuros. Na aldeia de onde acabei de sair, o fidalgo teve um porco roubado de seu chiqueiro. Fiquei com muito medo quando o vi, de que você estivesse com o porco do fidalgo. Se você estiver, e o pegarem, você estará em maus lençóis. No mínimo, vão jogá-lo no tanque dos cavalos. Você sabe nadar?

O pobre João ficou tremendamente assustado.

— Bom homem — exclamou ele —, por favor, tire-me desta enrascada. Não sei onde o porco foi criado ou nascido; mas ele pode ter sido do fidalgo, pelo que posso dizer; você conhece esta região melhor do que eu, pegue meu porco e me dê o ganso.

— Devo ganhar com a barganha — ponderou o camponês. — Trocar um ganso gordo por um porco, ora! Não é todo mundo que faria tanto por você. Contudo, não serei duro com você, pois está em apuros.

Então ele pegou o barbante e levou o porco por uma trilha diferente; enquanto João voltava para casa, livre de preocupações. *No fim das contas*, pensou ele, *aquele sujeito é muito afortunado. Não me importa de quem é o porco, mas de onde quer que tenha vindo, foi um ótimo amigo para mim. Eu me saí muito melhor no negócio. Primeiro terei um excelente assado; depois, a gordura vai me fornecer banha de ganso por seis meses; e ainda há todas as belas penas brancas. Vou colocá-las em meu travesseiro e tenho certeza de que dormirei profundamente sem me mexer. Como minha mãe ficará feliz! Um porco, ora! Melhor é ter um belo ganso gordo.*

Ao chegar à próxima aldeia, ele viu um amolador de tesouras com sua roda, trabalhando e cantando,

Pela colina e pelo vale

Bem feliz sigo a andar,
Trabalho leve e vivo bem,
O mundo todo é meu lar;
Quem tão alegre, tão feliz quanto eu?

João ficou olhando por um tempo e finalmente disse:

— Você deve estar bem de vida, mestre amolador! Parece tão feliz com seu trabalho.

— Sim — respondeu o outro —, o meu trabalho é de ouro; um bom amolador nunca põe a mão no bolso sem ali encontrar dinheiro; mas onde você conseguiu esse lindo ganso?

— Eu não o comprei, dei um porco em troca dele.

— E onde você conseguiu o porco?

— Troquei uma vaca por ele.

— E a vaca?

— Dei um cavalo por ela.

— E o cavalo?

— Eu dei um pedaço de prata do tamanho da minha cabeça por ele.

— E a prata?

— Ah! Trabalhei duro durante sete longos anos por ela.

— Você se deu bem no mundo até agora — disse o amolador —, agora, se pudesse encontrar dinheiro no bolso sempre que colocasse a mão nele, sua sorte estaria feita.

— É verdade, mas como isso seria possível?

— Como? Ora, você deve virar amolador, igual a mim — respondeu o outro —; só precisa de uma pedra de amolar, o restante virá com o tempo. Aqui está uma que está só um pouco desgastada; eu não peço mais do que o valor de seu ganso por ela, quer comprá-la?

— Você ainda pergunta? — retrucou João. — Eu seria o homem mais feliz do mundo se pudesse ter dinheiro sempre que colocasse a mão no bolso; o que mais eu poderia querer? Aqui está o ganso.

— Agora — disse o amolador, enquanto lhe dava uma pedra áspera qualquer que estava ao seu lado —, esta é uma pedra muito boa; basta usá-la bem o bastante que poderá amolar um prego velho com ela.

João pegou a pedra e seguiu seu caminho com o coração leve, seus olhos brilhavam de alegria e ele comentou consigo mesmo: *Com certeza devo ter nascido em uma hora de sorte; tudo o que eu poderia querer ou desejar acontece. As pessoas são muito gentis; elas realmente parecem pensar que lhes faço um favor ao deixá-las me enriquecer e me dar boas barganhas.*

Depois de um tempo, ele começou a ficar cansado e também com fome, pois havia gasto sua última moeda na alegria de conseguir a vaca.

Por fim, não pôde continuar, pois a pedra o deixou exausto; então, arrastou-se até a margem de um rio a fim de beber água e descansar um pouco. Ali, colocou a pedra com cuidado ao seu lado na beira, porém, quando se abaixou para beber, esqueceu-a, empurrou-a um pouco e ela saiu rolando, caindo no riacho.

Por um momento, ele a observou sumir na água funda e clara; então levantou-se e dançou de alegria, caiu de joelhos mais uma vez e agradeceu aos céus, com lágrimas nos olhos, por sua bondade em tirar sua única praga: a pedra feia e pesada.

— Como estou feliz! — gritou ele. — Ninguém nunca teve tanta sorte quanto eu.

Então, ele se levantou com o coração leve, livre de todos os seus problemas, e caminhou até chegar à casa da mãe, onde contou a ela como era fácil o caminho para a boa sorte.

Jorinda e Jorindo

Era uma vez um velho castelo, que ficava no meio de uma floresta profunda e sombria, e no castelo vivia uma velha fada. Ora, essa fada era capaz de assumir qualquer forma que quisesse. Durante o dia todo, ela voava na forma de uma coruja ou se esgueirava pelo campo na forma de um gato; à noite, porém, ela sempre voltava à forma de uma velha. Quando qualquer rapaz se aproximava cerca de cem passos de seu castelo, ficava paralisado e não conseguia dar um passo, até que ela viesse e o libertasse; o que ela não fazia até que ele lhe desse sua palavra de que nunca mais voltaria lá; em contrapartida, quando alguma bela donzela se aproximava, era transformada em um pássaro, e a fada a colocava em uma gaiola e a pendurava em um aposento no castelo. Havia setecentas dessas gaiolas penduradas no castelo, todas contendo belas aves.

Ora, era uma vez uma donzela chamada Jorinda. Ela era mais bela do que todas as moças bonitas que já haviam existido, e um jovem pastor, cujo nome era Jorindo, era muito afeiçoado `à moça, e em pouco tempo se casariam. Certo dia, foram passear na floresta, para ficarem sozinhos; e Jorindo disse:

— Devemos tomar cuidado para não nos aproximarmos demais do castelo da fada.

Era um belo anoitecer; os últimos raios do sol poente brilhavam, passando entre os longos caules das árvores, tocando a mata verde abaixo, e as rolinhas cantavam do topo das bétulas.

Jorinda sentou-se para contemplar o sol; Jorindo sentou-se ao seu lado; e ambos sentiram-se tristes, sem saber o porquê; mas parecia-lhes que iriam se separar para sempre. Eles haviam andado muito e, quando observaram qual caminho deveriam seguir a fim de ir para casa, perceberam que não sabiam qual caminho tomar.

O sol se punha depressa, e já metade de seu círculo havia afundado por detrás da colina. Jorindo, de súbito, olhou para trás e viu em meio aos arbustos que, sem perceber, haviam se sentado junto às velhas muralhas do castelo. Então, ele se encolheu de medo, empalideceu e tremeu. Jorinda nesse momento cantava:

A rolinha cantou do salgueiro assim:
Ai de mim! Ai de mim!
Chorava a má sorte de sua amada consorte:
Ai de mim!

Foi quando sua canção parou de repente. Jorindo virou-se para ver o motivo, e deparou-se com sua Jorinda transformada em rouxinol, de modo que sua canção terminou com um lúgubre *tui, tui*. Uma coruja com olhos flamejantes voou três vezes ao redor deles e três vezes gritou:

Uuu hu! Uuu hu! Uuu hu!

Jorindo não conseguia se mexer; estava estático como uma pedra e não podia chorar, nem falar, nem mexer as mãos ou os pés. E naquele momento o sol se pôs por completo; a noite sombria chegou; a coruja voou para um arbusto; e, um momento depois, a velha fada apareceu pálida e magra, com olhos arregalados, e um nariz e um queixo que quase se tocavam.

Ela murmurou algo para si mesma, pegou o rouxinol e foi embora com a ave na mão. O pobre Jorindo viu que o rouxinol havia sido levado, mas o que poderia fazer? Não conseguia falar, não conseguia sair do lugar onde estava. Por fim, a fada voltou e cantou com voz rouca:

Enquanto a presa está trancada,
E sua sorte está lançada,
Fique aí! Ah, fique aí!
Quando o feitiço está em volta dela,
E o encanto não dá de volta a ela,
Corra daqui! Corra daqui!

De repente, Jorindo se percebeu livre. Então, pôs-se de joelhos diante da fada e implorou que lhe devolvesse sua amada Jorinda; ela, porém, riu e afirmou que ele nunca mais a veria; depois, seguiu seu caminho.

Ele orou, ele chorou, ele lamentou, mas tudo foi em vão.

— Ai! O que será de mim? — disse ele.

Jorindo não podia voltar para a própria casa; então, foi para uma aldeia estranha e se empregou cuidando de ovelhas. Muitas vezes, dava voltas e voltas aproximando-se do odiado castelo o máximo que ousava, mas era tudo em vão; não ouviu nem viu Jorinda.

Por fim, certa noite ele sonhou que encontrava uma linda flor roxa e que, no centro dela, havia uma pérola muito preciosa; e sonhou que colhia a flor e entrava com ela no castelo, e que tudo que tocava com ela se desencantava, e que lá reencontrava sua Jorinda.

Pela manhã, ao acordar, ele começou a procurar essa linda flor nas colinas e nos vales; e, por oito longos dias, procurou-a em vão; mas, no nono dia, de manhã cedo, encontrou a bela flor roxa, em cujo centro havia uma grande gota de orvalho, tão grande quanto uma pérola preciosa. Então, ele colheu a flor e partiu, viajou dia e noite, até que retornou ao castelo.

Aproximou-se mais de cem passos dele e, ainda assim, não ficou paralisado como antes, descobrindo então que podia chegar até a porta. Jorindo ficou muito feliz ao perceber isso. Então, tocou a porta com a flor, e ela se abriu; de modo que ele entrou no pátio e parou quando ouviu diversos pássaros cantando. Por fim, ele chegou ao aposento onde a fada estava, com as setecentas aves cantando nas setecentas gaiolas. Quando ela viu Jorindo, ficou muito zangada e gritou de raiva; mas ela não conseguia chegar a dois metros dele, pois a flor que ele trazia na mão o protegia. Ele olhou ao redor observando os pássaros, mas, ai! Havia muitos, muitos rouxinóis, e como conseguiria descobrir qual deles era a sua Jorinda? Enquanto pensava no que fazer, notou que a fada havia baixado uma das gaiolas e estava tentando fugir. Ele correu ou voou atrás dela, tocou a gaiola com a flor, e Jorinda surgiu diante dele e jogou os braços ao redor de seu pescoço, linda como sempre, tão linda quanto quando caminhavam juntos pela floresta.

Depois, ele tocou todas as outras aves com a flor, para que todas retomassem suas antigas formas; então, levou Jorinda para casa, onde se casaram e viveram felizes juntos por muitos anos; tal como muitos outros rapazes, cujas donzelas haviam sido forçadas a cantar nas gaiolas da velha fada, por muito mais tempo do que gostariam.

Os músicos viajantes

Era uma vez um fazendeiro honesto cujo asno havia sido seu servo fiel por muitos e muitos anos, mas agora envelhecia e se tornava cada dia mais e mais inapto para o trabalho. Por isso, seu senhor estava cansado de mantê-lo e começou a pensar em dar cabo dele; mas o asno, que percebeu que algum mal estava a caminho, foi embora às escondidas e começou sua jornada em direção à cidade grande. *Pois lá*, pensou, *poderei me tornar músico.*

Tendo viajado uma curta distância, o asno avistou um cachorro deitado à beira da estrada, ofegando como se estivesse cansado.

— Por que está tão ofegante, meu amigo? — questionou o asno.

— Ai de mim! — respondeu o cachorro. — Meu dono ia me dar uma paulada na cabeça, porque estou velho, fraco e não consigo mais ser útil para ele na caça. Por isso fugi, mas o que posso fazer para ganhar meu sustento?

— Ouça! — exclamou o asno. — Estou indo para a cidade grande virar músico; que tal se você vier comigo para ver o que pode fazer também?

O cachorro confirmou que estava disposto a fazê-lo, e eles seguiram em frente juntos.

Não tinham ido muito longe quando viram uma gata sentada no meio da estrada, com uma cara muito triste.

— Por favor, minha boa senhora — indagou o asno —, o que há com você? Parece muito desanimada!

— Ah, eu! — disse a gata. — Como alguém pode estar de bom humor quando sua vida está em perigo? Como estou começando a envelhecer, e prefiro ficar deitada tranquila junto à lareira a correr pela casa atrás dos ratos, minha dona me agarrou e ia me afogar; e, embora eu tenha tido a sorte de me livrar dela, não sei como vou sobreviver.

— Ah — replicou o asno —, por favor, venha conosco até a grande cidade; você é uma ótima cantora noturna e poderá fazer sua fortuna como musicista.

A gata gostou da ideia e se juntou ao grupo.

Pouco depois, ao passarem por uma fazenda, viram um galo empoleirado em um portão, gritando com toda a força e vontade.

— *Bravo*! — elogiou o asno. — Minha nossa, você faz uma enorme barulheira. Por favor, por que toda essa gritaria?

— Ora — retrucou o galo —, ainda agora eu dizia que teríamos bom tempo para o nosso dia de lavandeira e, ainda assim, minha patroa e a cozinheira não me agradecem pelos meus esforços, mas ameaçam cortar minha cabeça amanhã e me usar para fazer uma canja para os convidados que virão no domingo!

— Deus me livre! — exclamou o asno. — Venha conosco, mestre Cantoclaro; de qualquer forma, será melhor do que ficar aqui para ter sua cabeça cortada! Além disso, quem sabe? Se conseguirmos cantar afinados, podemos fazer algum tipo de concerto; portanto, venha conosco.

— Com todo o prazer — concordou o galo.

Assim, os quatro seguiram juntos alegremente.

No entanto, não conseguiram chegar à grande cidade no primeiro dia; então, quando a noite chegou, entraram em um bosque para dormir. O asno e o cachorro se deitaram debaixo de uma grande árvore, e a gata subiu nos galhos; enquanto o galo, pensando que, quanto mais alto ficasse, mais seguro estaria, voou até o topo da árvore, e ali, como era seu costume antes de dormir, olhou para todos os lados para ver se tudo estava bem. Ao fazê-lo, viu ao longe algo brilhante e informou aos companheiros:

— Deve haver uma casa não muito longe, pois vejo uma luz.

— Se for esse o caso — disse o asno —, é melhor mudarmos de alojamento, pois o nosso não é dos melhores do mundo!

— Além disso — acrescentou o cachorro —, eu não recusaria um osso ou dois, ou um pouco de carne.

Então, encaminharam-se juntos em direção ao local onde Cantoclaro havia identificado a luz e, à medida que se aproximavam, ela tornou-se maior e mais brilhante, até que finalmente chegaram perto de uma casa na qual morava um bando de ladrões.

O asno, sendo o mais alto do grupo, marchou até a janela e espiou.

— Bem, Asno — perguntou Cantoclaro —, o que você vê?

— Ora, vejo uma mesa cheia de todo tipo de coisas boas, e ladrões sentados ao redor dela se divertindo.

— Esse seria um ótimo alojamento para nós — sugeriu o galo.

— Seria — disse o asno —, se pudéssemos entrar.

Então, confabularam para saber como poderiam tirar os ladrões de lá; e, por fim, chegaram a um plano. O asno colocou-se de pé sobre as patas traseiras, com as dianteiras apoiadas na janela; o cachorro subiu em suas costas; a gata subiu nos ombros do cachorro, e o galo voou e pousou na cabeça da gata. Quando todos estavam prontos, um sinal foi dado, e eles começaram sua música. O asno zurrava, o cachorro latia, a gata miava e o galo berrava; e então todos irromperam pela janela de uma só vez e entraram no aposento, em meio ao vidro quebrado, com uma algazarra terrível! Os ladrões, que ficaram bastante assustados com o espetáculo inicial, agora não tinham dúvidas de que algum diabrete medonho os havia encontrado e fugiram o mais rápido que conseguiram.

Com o caminho livre, nossos viajantes logo se sentaram e acabaram com o que os ladrões haviam deixado, com tanto entusiasmo que pareciam pensar que fossem passar um mês sem comer. Assim que ficaram satisfeitos, apagaram as luzes e cada um voltou a procurar um lugar de repouso ao seu gosto. O asno deitou-se sobre um monte de palha no quintal, o cachorro se esticou em um tapete atrás da porta, a gata se enrolou na lareira em frente às cinzas quentes e o galo empoleirou-se em uma viga no topo da casa; e, como estavam todos bastante cansados da viagem, logo adormeceram.

No entanto, por volta da meia-noite, quando os ladrões viram de longe que as luzes estavam apagadas e que tudo parecia tranquilo, começaram a pensar que haviam se precipitado ao fugir; e um deles, mais ousado do que os outros, foi ver o que estava acontecendo. Ao encontrar tudo quieto, foi até a cozinha e tateou até encontrar um fósforo para acender uma vela; e então, vendo os olhos brilhantes e flamejantes da gata, ele os confundiu com brasas vivas e estendeu o fósforo para acendê-lo. Mas a gata, não entendendo essa piada, pulou na cara dele, cuspindo e arranhando. Isso o assustou terrivelmente, e ele correu para a porta dos fundos; mas ali o cachorro pulou e o mordeu na perna; e, quando ele estava atravessando o quintal, o asno o chutou; e o galo, que havia sido despertado pelo barulho, berrou com todas as suas forças. Diante disso, o ladrão correu de volta para seus companheiros o mais rápido que pôde e contou ao capitão como uma bruxa horrível havia entrado na casa, cuspido nele e arranhado seu rosto com seus longos dedos ossudos; como um homem segurando uma faca havia se escondido atrás da porta e o esfaqueara na perna; como um monstro obscuro estava no pátio e o golpeara com um porrete, e como o diabo estava no alto da casa e gritara: *Joguem o patife aqui pra cima!* Depois disso, os ladrões nunca mais se atreveram a voltar para a casa; mas os músicos ficaram tão satisfeitos com suas acomodações que se estabeleceram ali; e lá estão eles, ouso dizer, até hoje.

O velho sultão

Um pastor tinha um cão fiel, chamado Sultão, que já estava muito velho e havia perdido todos os dentes. Um dia, quando o pastor e sua esposa estavam juntos diante da casa, o pastor disse:

— Vou dar um tiro no velho Sultão amanhã de manhã, pois ele não é mais útil agora.

A esposa, porém, disse:

— Por favor, deixe a pobre criatura fiel viver. Ele nos serviu bem por muitos anos, e devemos cuidar dele pelo resto de seus dias.

— Mas o que vamos fazer com ele? — questionou o pastor. — Ele não tem um dente sequer na boca, e os ladrões não se preocupam com ele; é verdade, ele nos serviu, mas o fez para ganhar a vida; amanhã será o último dia dele, pode confiar.

O pobre Sultão, que estava deitado perto deles, ouviu tudo o que o pastor e a esposa disseram um ao outro e ficou muito assustado ao pensar que o dia seguinte seria seu último dia de vida; então, à noite, foi até seu bom amigo, o lobo, que morava na floresta, e contou-lhe todas as suas tristezas e como seu senhor pretendia matá-lo pela manhã.

— Acalme-se — ´falou o lobo —, vou lhe dar um bom conselho. Seu senhor, você sabe, sai todas as manhãs muito cedo com a esposa para o campo; e levam o filhinho com eles e o deixam atrás da cerca-viva, à sombra, enquanto trabalham. Ora, deite-se perto da criança e finja vigiá-la, e eu sairei da floresta vou pegá-la e fugirei com ela; você precisa correr atrás de mim o mais rápido que puder, e deixarei o bebê cair; então poderá levá-lo de volta, e eles pensarão que você salvou o filho deles, e ficarão tão gratos que cuidarão de você pelo resto da sua vida.

O cão gostou muito desse plano; e, conforme planejado, assim foi feito. O lobo correu um pouco com a criança; o pastor e a esposa gritaram; mas Sultão logo o alcançou e levou a pobre coisinha de volta para seu senhor e sua senhora. Depois disso, o pastor lhe deu tapinhas na cabeça e disse:

— O velho Sultão salvou nosso filho do lobo e, portanto, viverá e será bem cuidado, e terá o que comer. Esposa, vá para casa e dê a ele uma boa refeição, dê a ele minha velha almofada para que durma nela enquanto viver.

Assim, a partir desse momento, Sultão tinha tudo o que podia desejar.

Logo depois o lobo veio e parabenizou-o, e disse:

— Agora, meu bom companheiro, você não pode me denunciar, mas finja que não vê quando eu quiser comer uma das boas ovelhas gordas do velho pastor.

— Não — respondeu Sultão. — Serei fiel ao meu senhor.

No entanto, o lobo pensou que ele estava brincando e uma noite apareceu para pegar uma saborosa porção. Entretanto, Sultão havia contado para seu mestre o que o lobo pretendia fazer; assim, o pastor ficou esperando pelo lobo atrás da porta do celeiro, e, quando o lobo estava ocupado procurando uma ovelha boa e gorda, o pastor o acertou nas costas com um pesado porrete, que lhe penteou muito bem o pelo.

Então, o lobo ficou muito zangado e chamou Sultão de patife velho e jurou que se vingaria. Então, na manhã seguinte, o lobo enviou o javali para desafiar Sultão a ir até a floresta a fim de resolver a questão com um duelo. Ora, Sultão não tinha ninguém a quem pudesse pedir para ser seu segundo combatente, a não ser a velha gata de três patas do pastor; então, levou-a consigo, e enquanto a pobrezinha seguia mancando com alguma dificuldade, ergueu o rabo bem reto no ar.

O lobo e o javali foram os primeiros a chegar ao local marcado; e quando avistaram seus inimigos chegando, e viram a longa cauda da gata erguida no ar, pensaram que carregava uma espada para Sultão usar na luta; e cada vez que ela mancava, eles pensavam que ela estava pegando uma pedra para atirar neles; então, disseram que não gostariam de lutar dessa maneira, e o javali deitou-se atrás de um arbusto, e o lobo subiu em uma árvore. Sultão e a gata logo apareceram, olharam em volta e se admiraram por não haver ninguém ali. O javali, no entanto, não se escondera por completo, pois suas orelhas apareciam acima do arbusto; e, quando ele sacudiu uma delas um pouco, a gata, vendo algo se mexer e pensando que fosse um rato, pulou nele, mordeu-o e arranhou-o, de modo que o javali deu um salto, grunhiu e fugiu, urrando:

— Olhe para cima, na árvore, lá está o culpado.

Então eles olharam para cima e viram o lobo sentado entre os galhos; e chamaram-no de patife covarde, e não permitiram que descesse até que estivesse profundamente envergonhado de si mesmo e prometesse voltar a ser um bom amigo do velho Sultão.

A palha, a brasa e a fava

Numa aldeia, morava uma pobre velha que tinha separado um prato de favas e queria cozinhá-lo. Assim, fez fogo em sua lareira, e para que queimasse mais rápido, acendeu-o com um punhado de palha. Quando estava despejando as favas na panela, uma delas caiu sem que a velha notasse, e ficou no chão ao lado de uma palha, e logo depois uma brasa saltou do fogo até as duas. Então a palha começou e disse:

— Queridas amigas, como chegaram até aqui?

A brasa respondeu:

— Felizmente saí do fogo. E, se não tivesse escapado por pura força, minha morte teria sido certa, eu teria sido reduzida a cinzas.

A fava falou:

— Eu também escapei ilesa, mas se a velha me tivesse metido na panela, eu teria sido transformada sem piedade em caldo, como minhas camaradas.

— E o meu destino teria sido melhor? — conjecturou a palha. — A velha destruiu todas as minhas irmãs em fogo e fumaça; ela agarrou sessenta delas de uma vez, e tirou suas vidas. Felizmente, escorreguei por entre seus dedos.

— Mas o que faremos agora? — perguntou a brasa.

— Acho — respondeu a fava —, que, como escapamos da morte de modo tão afortunado, devemos nos manter juntas como boas companheiras, e para que um novo infortúnio não nos alcance aqui, devemos ir embora juntas, para um país estrangeiro.

A proposta agradou às outras duas, e as três partiram juntas. Logo, porém, chegaram a um pequeno riacho e, como não havia ponte ou prancha, não sabiam como atravessá-lo. A palha teve uma boa ideia e disse:

— Vou me deitar sobre ele, e, então, vocês podem passar por cima de mim como em uma ponte.

A palha, portanto, se estendeu de uma margem à outra, e a brasa, que tinha uma personalidade impetuosa, subiu com bastante ousadia na ponte recém-construída. Mas, quando chegou ao meio e ouviu a água correndo abaixo, ela ficou com medo, parou e não avançou mais. A palha, no entanto, começou a queimar, partiu-se em dois pedaços e caiu no riacho. A brasa escorregou atrás dela, chiou quando caiu na água e deu seu último suspiro. A fava que, por prudência, ficara na margem, não pôde deixar de rir do acontecido, não conseguiu parar e riu tanto que estourou. Tudo também estaria acabado para ela se, por sorte, um alfaiate que viajava em busca de trabalho não tivesse se sentado para descansar junto ao riacho. Como tinha um coração compassivo, ele pegou agulha e linha e costurou-a. A fava agradeceu-lhe efusivamente, mas, como o alfaiate havia usado linha preta, todas as favas desde então têm uma costura preta.

A bela adormecida

Era uma vez um rei e uma rainha que governavam um país muito distante, onde, naquela época, havia fadas. Ora, o rei e a rainha tinham muito dinheiro, muitas roupas elegantes, muitas coisas boas para comer e beber e uma carruagem para passear todos os dias; entretanto, embora estivessem casados há muitos anos, não tinham filhos, e isso os entristecia demais. Um dia, porém, enquanto a rainha caminhava à beira do rio nos fundos do jardim, ela viu um pobre peixinho, que havia pulado para fora da água e jazia ofegante, quase morto na margem. Então a rainha teve pena do peixinho e jogou-o de volta no rio; e, antes de nadar para longe, ele ergueu a cabeça para fora da água e disse:

— Sei qual é o seu desejo, e ele será atendido, em troca de sua bondade para comigo: em breve você terá uma filha.

O que o peixinho havia predito logo aconteceu; e a rainha deu à luz uma menininha tão linda que o rei não cansava de admirá-la, alegre, e ele declarou que daria um grande banquete para comemorar e apresentar a criança a todo o povo. Então ele convidou seus parentes, nobres, amigos e vizinhos. Mas a rainha disse:

— Também convidarei as fadas, para que sejam generosas e bondosas com nossa filhinha.

Bem, havia treze fadas no reino; mas como o rei e a rainha tinham apenas doze pratos de ouro nos quais elas poderiam comer, foram forçados a deixar uma das fadas de fora sem consultá-la. Então, doze fadas vieram, cada uma usando um chapéu vermelho alto, sapatos vermelhos com saltos e segurando uma longa varinha branca. Depois que o banquete acabou, elas se reuniram em círculo e providenciaram todos os seus melhores presentes para a princesinha. Uma lhe deu bondade; outra, beleza; outra ainda, riquezas, e assim por diante, até que ela tivesse tudo o que havia de bom no mundo.

Exatamente quando onze delas a haviam abençoado, ouviu-se um grande alvoroço no pátio, e disseram que a décima terceira fada havia chegado, usando um chapéu preto, sapatos pretos e trazendo uma vassoura, e logo ela entrou no salão de jantar. Ora, ela estava muito zangada por não ter sido convidada para o banquete, repreendeu muito o rei e a rainha e pôs-se a executar sua vingança. Então, bradou:

— A filha do rei, em seu décimo quinto aniversário, se ferirá com um fuso e cairá morta.

Depois disso, a décima segunda das fadas amistosas, aquela que ainda não havia concedido seu presente, adiantou-se e disse que o desejo maligno precisava ser realizado, mas que ela poderia suavizar o efeito maléfico. Assim, seu presente foi que a filha do rei, quando se ferisse com o fuso, não morreria de verdade, mas apenas dormiria por cem anos.

No entanto, o rei ainda esperava salvar sua querida filha por completo do mal que a ameaçava; assim, ordenou que todos os fusos do reino fossem comprados e queimados. Mas todos os presentes das primeiras onze fadas foram cumpridos nesse ínterim, pois a princesa era tão bela, tão bem-comportada, boa e sábia, que todos que a conheciam amavam-na.

Aconteceu que, no dia exato que a princesa completava quinze anos, o rei e a rainha não estavam em casa, e ela foi deixada sozinha no palácio. Então, ela vagou sem companhia e olhou em todos os cômodos e câmaras, até que, por fim, chegou a uma velha torre na qual havia uma escada estreita que terminava numa portinha. Na porta havia uma chave de ouro e, quando ela a girou, a porta se abriu, e lá estava sentada uma velha senhora fiando, muito ocupada.

— Oh, olá, boa senhora — saudou a princesa —, o que está fazendo aí?

— Fiando — respondeu a velhinha, que acenou com a cabeça, cantarolando uma melodia, enquanto a roda girava, zunindo.

— Como essa coisinha gira lindamente! — disse a princesa, e pegou o fuso e começou a tentar fiar. Todavia, mal ela o havia tocado, e a profecia da fada se cumpriu; o fuso a feriu, e ela caiu no chão, desfalecida.

No entanto, ela não estava morta, e sim apenas adormecida em um profundo sono; e o rei e a rainha, que haviam acabado de chegar em casa, e toda a corte, também adormeceram; os cavalos dormiam nos estábulos, e os cães no pátio, os pombos no telhado, e até as moscas dormiam nas paredes. Até mesmo o fogo da lareira parou de arder e adormeceu; o criado parou, e o espeto que girava acima do fogo, com um ganso para o jantar do rei, parou; e a cozinheira, que naquele momento puxava o menino ajudante de cozinha pelos cabelos, para dar-lhe um tapa na orelha por algo que ele havia feito de errado, soltou-o, e ambos adormeceram; o mordomo, que experimentava, atento, a cerveja, adormeceu com o caneco nos lábios. Assim, tudo ficou estático e dormiu profundamente.

Uma grande cerca de espinhos logo cresceu ao redor do palácio, e, a cada ano, ela se tornava mais alta e mais espessa; até que, por fim, o velho palácio foi cercado e escondido, de modo que nem mesmo o telhado ou as chaminés podiam ser vistos. Mas por toda a terra correu a história da bela adormecida Rosa Silvestre, pois esse era o nome da princesa, de tal forma que, de tempos em tempos, vários príncipes vinham e tentavam atravessar a cerca em busca de entrar no palácio. No entanto, nenhum deles jamais foi capaz de fazê-lo, porque os espinhos e arbustos os agarravam como se fossem mãos, e lá eles ficavam presos e morriam miseravelmente.

Passados muitos e muitos anos, um príncipe chegou àquela terra, e um velho lhe contou a história da cerca de espinhos; que um belo palácio ficava atrás dela, e que uma princesa maravilhosa, chamada Rosa Silvestre, lá repousava, adormecida, com toda a sua corte. Contou, também, como ouvira de seu avô que muitos, muitos príncipes haviam vindo e tentado ultrapassar a cerca, mas que todos ficaram presos nela e morreram. Então o jovem príncipe disse:

— Tudo isso não me assustará; vou ver essa Rosa Silvestre.

O velho tentou dissuadi-lo, mas o jovem estava decidido a ir.

Ora, naquele mesmo dia, os cem anos haviam se completado; e, quando o príncipe chegou à cerca, não viu nada além de belos arbustos floridos, pelos quais passou com tranquilidade, e que se fecharam atrás dele tão densos quanto antes. Então, ele chegou ao palácio, enfim; no pátio, os cães jaziam adormecidos, e os cavalos estavam nos estábulos; os pombos estavam no telhado em sono profundo com a cabeça debaixo das asas. E quando ele entrou no palácio, as moscas dormiam nas paredes; o espeto estava parado; o mordomo tinha o jarro de cerveja nos lábios, prestes a tomar um gole; a empregada estava sentada com uma ave no colo, pronta para depená-la; e, na cozinha, a cozinheira ainda estava com a mão erguida, como se fosse bater no menino.

Então, ele seguiu mais adiante, e tudo estava tão quieto que ele conseguia ouvir a própria respiração; até que, enfim, chegou à velha torre e abriu a porta do quartinho em que Rosa Silvestre estava; e lá jazia ela, profundamente adormecida em um sofá perto da janela. Era tão bela que ele não conseguia tirar os olhos dela; então, ele se abaixou e deu-lhe um beijo. No entanto, no instante em que a beijou, ela abriu os olhos, acordou e lhe sorriu; e os dois saíram juntos; logo o rei e a rainha também acordaram, bem como toda a corte, e todos se entreolharam com grande surpresa. E os cavalos sacudiram-se, os cães saltaram e ladraram; os pombos tiraram a cabeça de debaixo das asas, olharam em volta e voaram para os campos; as moscas nas paredes voltaram a zumbir; o fogo na cozinha flamejou; o criado voltou a girar, e o espeto girou também, com o ganso para o jantar do rei; o mordomo tomou seu gole de cerveja; a criada continuou a depenar a ave; e a cozinheira deu o tapa na orelha do menino.

E, depois, o príncipe e Rosa Silvestre se casaram, e deu-se o banquete de casamento; e eles viveram felizes juntos por toda a vida.

O cão e o pardal

Um cão pastor tinha um dono que não cuidava dele, mas várias vezes o deixava passar muita fome. Até que não aguentou mais e foi embora, muito triste e pesaroso. No caminho, encontrou um pardal, que lhe disse:

— Por que está tão triste, meu amigo?

— Porque estou com muita fome e não tenho nada para comer — respondeu o cão.

O pardal retrucou:

— Se isso é tudo, venha comigo até a próxima cidade, e logo encontrarei bastante comida para você.

Assim, foram juntos para a cidade e, ao passarem por um açougue, o pardal disse:

— Fique aí um pouco até que eu lhe consiga um pedaço de carne.

Assim, o pardal empoleirou-se na prateleira: e, tendo primeiro olhado cuidadosamente ao redor para ver se alguém estava observando, bicou e beliscou um bife que estava na beirada da prateleira, até que por fim ele caiu. Então o cão o agarrou e escapuliu para um canto, onde logo comeu tudo.

— Bem — disse o pardal —, pode comer um pouco mais, se quiser; então venha comigo até a próxima loja, e vou derrubar outro bife para você.

Quando o cão terminou de comer esse também, o pardal disse:

— Bem, meu bom amigo, já comeu o bastante agora?

— Já comi bastante carne — respondeu ele —, mas gostaria de um pedaço de pão.

— Então me acompanhe — disse o pardal —, e logo terá isso também.

Assim, levou-o a uma padaria e bicou dois pãezinhos que estavam na vitrine, até que caíram; e, como o cão ainda queria mais, levou-o até outra loja e derrubou mais alguns para ele. Quando esses foram comidos, o pardal perguntou-lhe se já tinha se alimentado o suficiente.

— Comi — respondeu o cão —, e agora vamos passear um pouco fora da cidade.

Assim, ambos seguiram a estrada principal; mas, como o tempo estava quente, não haviam ido muito longe quando o cão disse:

— Estou muito cansado, gostaria de tirar uma soneca.

— Muito bem — respondeu o pardal —, descanse, enquanto isso, vou me empoleirar naquele arbusto.

Então o cão se esticou na estrada e adormeceu. Enquanto ele dormia, apareceu um carreteiro com uma carroça puxada por três cavalos e carregada com dois barris de vinho. O pardal, vendo que o carroceiro não se desviava do caminho, mas seguia na trilha em que o cão estava deitado, de tal forma que passaria por cima dele, gritou:

— Pare! Pare! Sr. Carroceiro, ou será pior para você.

Mas o carroceiro, resmungando consigo mesmo, disse:

— Você vai tornar as coisas piores para mim? Está bem! O que você pode fazer? — E estalou o chicote e passou com a carroça em cima do pobre cão, de modo que as rodas o esmagaram até a morte.

— Ai! — gritou o pardal. — Vilão cruel, você matou meu amigo, o cão. Agora, preste atenção no que digo. Este seu feito lhe custará tudo o que tem de valor.

— Faça o pior que for capaz, fique à vontade para tentar, que mal você pode me fazer? — respondeu o bruto e seguiu em seu caminho.

O pardal, porém, se enfiou na carroça e bicou a rolha de um dos barris até que a soltou; e desse modo todo o vinho foi derramado, sem que o carreteiro percebesse. Enfim, o homem olhou para trás e viu a carroça pingando e o barril quase vazio.

— Como sou azarado! — exclamou ele.

— Ainda não o bastante! — rebateu o pardal, enquanto pousava na cabeça de um dos cavalos e o bicava até que ele se empinasse e começasse a dar patadas.

Quando o carroceiro viu a cena, ele pegou sua machadinha e tentou golpear o pardal, para matá-lo; mas este se afastou voando e o golpe acertou a cabeça do pobre cavalo, com tanta força, que ele caiu morto.

— Como sou azarado! — bradou o carroceiro.

— Ainda não o bastante! — respondeu o pardal.

E, enquanto o carroceiro seguia em frente com os outros dois cavalos, o pardal mais uma vez se esgueirou para dentro da carroça e bicou a rolha do segundo barril, de modo que todo o vinho se derramou. Quando o carroceiro viu isso, gritou novamente:

— Mas como eu sou azarado!

O pardal, porém, respondeu:

— Ainda não é azarado o suficiente! — E empoleirou-se na cabeça do segundo cavalo e o bicou também. O carroceiro correu e atacou-o mais uma vez com a machadinha; mas o pássaro voou, e o golpe caiu sobre o segundo cavalo, matando-o na hora.

— Que azarado que sou! — declarou o carroceiro.

— Ainda não o suficiente! — disse o pardal; e, empoleirando-se no terceiro cavalo, começou a bicá-lo também.

O carroceiro estava enlouquecido de fúria e, sem olhar ao redor nem pensar no que estava fazendo, atacou mais uma vez o pardal; mas matou seu terceiro cavalo, assim como havia feito com os outros dois.

— Ai de mim! Como sou azarado! — bradou.

— Ainda não é azarado o bastante! — retrucou o pardal enquanto voava para longe. — Agora vou atormentá-lo e puni-lo em sua própria casa.

Por fim, o carroceiro foi forçado a deixar a carroça para trás e ir para casa, transbordando de raiva e desgosto.

— Ai, ai! — reclamou ele com a esposa. — Que azar me aconteceu! Meu vinho foi todo derramado e meus cavalos estão todos os três mortos.

— Ai! Marido — respondeu ela —, e uma ave perversa entrou em casa e parece ter trazido consigo todas as aves do mundo, e elas se lançaram sobre o nosso trigo no sótão e o estão devorando muito depressa!

O marido correu para cima e encontrou milhares de pássaros no chão comendo seu trigo, com o pardal no meio deles.

— Oh, que azarado que sou! — gritou o carroceiro, pois viu que o trigo havia sido quase todo consumido.

— Ainda não é azarado o suficiente! — declarou o pardal. — Sua crueldade ainda lhe custará a vida!

E voou para longe.

O carreteiro, vendo que perdera tudo o que tinha, desceu até a cozinha; e ainda não estava arrependido do que havia feito, mas sentou-se com raiva e mal-humorado no canto ao lado da chaminé. Mas o pardal pousou do lado de fora da janela e gritou:

— Carroceiro! Sua crueldade lhe custará a vida!

Com isso, o homem saltou enfurecido, pegou sua machadinha e a atirou no pardal, mas não o atingiu, apenas quebrou a janela. O pardal agora pulou, empoleirou-se no parapeito e gritou:

— Carroceiro! Custará sua vida!

Então, ele ficou ensandecido e cego de raiva, e golpeou o parapeito com tanta força que o partiu em dois; e conforme o pardal voava de um lado para outro, o carroceiro e sua esposa ficaram tão furiosos, que quebraram todos os móveis, copos, cadeiras, bancos, a mesa e, por fim, as paredes, sem sequer tocar no pássaro. Entretanto, no fim das contas, eles o pegaram, e a esposa perguntou:

— Devo matá-lo de uma vez?

— Não — exclamou ele —, seria um fim muito fácil para ele; terá uma morte muito mais cruel: vou comê-lo.

Mas o pardal começou a bater as asas e a esticar o pescoço e gritou:

— Carroceiro! Ainda lhe custará a vida!

Com isso o homem não podia esperar mais; então, entregou a machadinha à esposa e gritou:

— Esposa, golpeie o pássaro e mate-o na minha mão.

E a esposa golpeou, mas errou o alvo e atingiu o marido na cabeça, de modo que ele caiu morto, e o pardal voou, quieto, de volta para o ninho.

As doze princesas dançarinas

Era uma vez um rei que tinha doze lindas filhas. Elas dormiam em doze camas, todas no mesmo quarto; e, quando se deitavam para dormir, as portas eram fechadas e trancadas; mas, todas as manhãs, seus sapatos estavam gastos como se tivessem passado a noite toda dançando; contudo, ninguém conseguia descobrir como isso acontecia, ou onde elas haviam estado.

Então, o rei mandou anunciar por todo o reino que, se alguém conseguisse desvendar o segredo e descobrir onde as princesas dançavam à noite, receberia como esposa aquela de quem mais gostasse e se tornaria rei após sua morte; mas quem tentasse e não conseguisse, depois de três dias e três noites, seria executado.

Logo apareceu um príncipe. Ele foi bem recebido, e à noite levaram-no para o quarto ao lado daquele no qual as princesas estavam em suas doze camas. Ele deveria ficar ali para observar aonde elas iam para dançar e, para que nada pudesse acontecer sem que ouvisse, a porta de seu quarto foi deixada aberta. Contudo, o príncipe logo adormeceu; e, pela manhã, quando acordou, descobriu que todas as princesas estiveram dançando, pois as solas de seus sapatos estavam cheias de furos. A mesma coisa aconteceu na segunda e na terceira noite; por isso, o rei ordenou que cortassem sua cabeça. Depois dele vieram vários outros; mas todos tiveram a mesma sorte e todos perderam a vida da mesma maneira.

Ora, aconteceu que um velho soldado ferido em batalha e sem poder mais lutar passou pelo país onde esse rei reinava e, enquanto atravessava uma floresta, encontrou uma velha, que lhe perguntou aonde ele estava indo.

— Eu mal sei para onde estou indo ou o que deveria fazer — replicou o soldado —; mas acho que gostaria muito de descobrir onde as princesas dançam e, assim, com o tempo, eu poderia me tornar rei.

— Bem — disse a velha senhora —, isso não é uma tarefa muito difícil, apenas tome cuidado para não beber o vinho que uma das princesas lhe trará à noite; e, assim que ela sair, finja dormir profundamente.

Então ela lhe deu uma capa e disse:

— Assim que colocar isso, você ficará invisível e poderá seguir as princesas aonde quer que elas forem.

Quando o soldado ouviu todos esses bons conselhos, decidiu tentar a sorte; assim, se apresentou ao rei e informou que estava disposto a empreender a tarefa.

Ele foi tão bem recebido quanto os outros, e o rei ordenou que lhe fossem dadas belas vestes reais; e, quando chegou a noite, conduziram-no à antessala. Quando estava para se deitar, a mais velha das princesas trouxe-lhe uma taça de vinho; mas o soldado jogou tudo fora escondido, sem beber nem mesmo uma gota. Depois, ele se deitou e em pouco tempo começou a roncar muito alto como se estivesse em um sono pesado. Quando as doze princesas ouviram isso, caíram na gargalhada; e a mais velha disse:

— Este sujeito também poderia ter feito coisa mais sábia do que perder a vida desta maneira!

Então, elas se levantaram, abriram suas gavetas e baús, tiraram todas as suas roupas elegantes e se vestiram diante do espelho e saltitavam como se estivessem ansiosas para começar a dançar. Mas a mais nova comentou:

— Não sei por quê, enquanto vocês estão tão felizes, eu me sinto muito temerosa. Tenho certeza de que algum infortúnio nos acontecerá.

— Sua tonta — objetou a mais velha —, você está sempre com medo; esqueceu quantos príncipes já nos vigiaram em vão? E, quanto a este soldado, mesmo se eu não lhe tivesse dado sonífero, ele teria dormido bem profundamente.

Quando todas estavam prontas, foram espiar o soldado; mas ele continuou roncando e não moveu nem um dedo; por isso, pensaram estar bem seguras, e a mais velha foi até a própria cama e bateu palmas; a cama afundou no chão e um alçapão se abriu. O soldado as viu descendo pelo alçapão uma após a outra, a mais velha na frente; e, pensando que não tinha tempo a perder, ele se levantou de um salto, vestiu o manto que a velha lhe dera e as seguiu; mas, no meio da escada, ele pisou no vestido da princesa mais jovem, e ela gritou para as irmãs:

— Há algo errado; alguém agarrou meu vestido.

— Sua tolinha! — disse a mais velha. — Não é nada, só um prego na parede.

Assim, todas desceram e, no fundo, encontraram-se em um arvoredo mais do que aprazível; e as folhas eram todas de prata e reluziam e cintilavam lindamente. O soldado quis levar algo do lugar, por isso, quebrou um pequeno galho, que emitiu um barulho alto da árvore. Então, a mais nova repetiu:

— Tenho certeza que há algo errado... Não ouviram esse barulho? Isso nunca aconteceu antes.

Mas a mais velha contra-argumentou:

— São apenas nossos príncipes, que estão gritando de alegria com a nossa aproximação.

Então chegaram a outro arvoredo, no qual todas as folhas eram de ouro; e, depois, a um terceiro, onde as folhas eram todas diamantes reluzentes. E o soldado quebrou um galho de cada, e a cada vez havia um barulho alto, que fazia a irmã mais nova tremer de medo; porém, a mais velha ainda dizia que eram apenas os príncipes gritando de alegria. Assim prosseguiram até chegarem a um grande lago; e à beira do lago havia doze barquinhos, nos quais estavam doze belos príncipes, que pareciam estar ali à espera das princesas.

Cada uma das princesas entrou em cada barco, e o soldado entrou no mesmo barco que a mais nova. Enquanto remavam pelo o lago, o príncipe que estava no barco com a princesa mais nova e o soldado disse:

— Não sei o porquê, mas embora eu esteja remando com todas as minhas forças, não vamos tão rápido quanto de costume, e estou bastante cansado; o barco parece muito pesado hoje.

— É só o calor — alegou a princesa —, eu também sinto que está muito quente.

Do outro lado do lago, havia um belo castelo iluminado, de onde vinha a alegre música de trompas e trompetes. Lá todos desembarcaram e entraram no castelo, e cada príncipe dançou com sua princesa; e o soldado, o tempo todo invisível, dançou com elas também; e quando uma taça de vinho era servida para alguma das princesas, ele bebia tudo, de modo que quando ela levava a taça à boca estava vazia. A irmã mais nova também ficou terrivelmente assustada diante disso, mas a mais velha sempre a mandava se calar. Elas dançaram até as três da manhã; a essa altura, os seus sapatos estavam gastos, de modo que foram obrigadas a parar. Os príncipes atravessaram o lago com elas de volta (mas dessa vez o soldado entrou no barco com a princesa mais velha); e na margem oposta despediram-se, as princesas prometendo voltar na noite seguinte.

Quando chegaram às escadas, o soldado correu à frente das princesas e deitou-se; e conforme as doze irmãs subiam devagar, muito cansadas, elas o ouviram roncando na cama; então disseram: *Está tudo bem seguro agora*; depois, se despiram, guardaram suas roupas elegantes, tiraram os sapatos e se deitaram. Pela manhã, o soldado nada disse sobre o que acontecera, mas decidiu testemunhar mais dessa estranha aventura, e foi, de novo, na segunda e na terceira noite; e tudo aconteceu exatamente como antes; a cada noite as princesas dançavam até seus sapatos ficarem desgastados, e depois voltavam para casa. No entanto, na terceira noite, o soldado levou uma das taças de ouro como prova de onde estivera.

Assim que chegou a hora de revelar o segredo, ele foi levado diante do rei com os três galhos e a taça de ouro; e as doze princesas ficaram escutando atrás da porta para ouvir o que ele diria. E quando o rei lhe perguntou:

— Onde minhas doze filhas dançam à noite?

O soldado respondeu:

— Com doze príncipes em um castelo subterrâneo.

E, então, contou ao rei tudo o que havia acontecido e mostrou-lhe os três galhos e a taça de ouro que trouxera consigo. Então, o rei chamou as princesas e perguntou-lhes se o que o soldado informara era verdade; e, quando elas viram que haviam sido descobertas e que não adiantava negar o ocorrido, confessaram tudo. E o rei perguntou ao soldado qual delas ele escolheria para sua esposa; e ele respondeu:

— Eu não sou muito jovem, então vou ficar com a mais velha.

E eles se casaram naquele mesmo dia, e o soldado foi escolhido para ser o herdeiro do rei.

O pescador e sua esposa

Era uma vez um pescador que morava com sua esposa em uma pocilga, perto do mar. O pescador costumava ficar fora o dia inteiro pescando; e, um dia, enquanto estava sentado na praia com sua vara de pesca, observando as ondas cintilantes e vigiando sua linha. De repente, sua boia foi arrastada para o fundo; e, ao puxá-la, ele trouxe um grande peixe. Mas o peixe disse:

— Por favor, deixe-me viver! Eu não sou um peixe de verdade; sou um príncipe encantado, me ponha de volta na água e me deixe ir!

— Calma! — respondeu o homem. — Não precisa falar tanto; não quero nada com um peixe falante; então nade para longe, senhor, o mais rápido que puder!

Então, o pescador o devolveu à água, e o peixe disparou direto para o fundo, deixando uma longa faixa de sangue na onda atrás de si.

Quando o pescador voltou para sua esposa, na pocilga, contou a ela como havia pescado um grande peixe, e como o animal lhe dissera que era um príncipe encantado, e como, ao ouvi-lo falar, ele o soltara novamente.

— E você não pediu nada a ele? — perguntou a esposa. — Vivemos de modo muito miserável aqui, nesta pocilga suja e nojenta; volte e diga ao peixe que queremos uma casinha confortável.

O pescador não gostou muito da ideia; porém, foi para a beira do mar e, de volta ao local, a água estava amarela e verde. E ele parou na beira da água e disse:

> *Ó, homem do mar!*
> *Queira me escutar!*
> *Minha esposa Ilsabill*
> *Enviou-me a ti e pediu*
> *Para um dom ganhar*

Então o peixe veio nadando até ele e disse:

— Bem, qual é o desejo dela? O que sua esposa quer?

— Ah! — disse o pescador. — Ela diz que, quando eu o pesquei, eu devia ter pedido alguma coisa antes de soltá-lo; ela não gosta mais de morar na pocilga e quer uma casinha confortável.

— Vá para casa, então — respondeu o peixe —; ela já está na casinha confortável!

Então, o homem foi para casa e viu a esposa parada na porta de uma casinha bonita e bem cuidada.

— Entre, entre! — chamou ela. — Não é muito melhor do que a pocilga imunda que tínhamos?

E havia uma sala de estar, um quarto de dormir e uma cozinha; e atrás da cabana havia um pequeno jardim, com todos os tipos de flores e árvores frutíferas; e havia um terreiro atrás, cheio de patos e galinhas.

— Ah! — disse o pescador. — Como viveremos felizes agora!

— Vamos tentar, pelo menos — respondeu a esposa.

Tudo correu bem por uma semana ou duas, e então a senhora Ilsabill disse:

— Marido, não há espaço suficiente para nós nesta casinha; o quintal e o jardim são muito pequenos. Eu gostaria de morar em um grande castelo de pedra; vá até o peixe novamente e diga a ele para nos dar um castelo.

— Minha esposa — disse o pescador —, não gosto da ideia de ir atrás dele de novo; ele vai ficar com raiva; devíamos ficar satisfeitos com esta linda casinha.

— Bobagem! — retrucou a esposa. — Ele fará de boa vontade, tenho certeza; vá e tente!

O pescador foi, mas seu coração estava muito pesado; e quando chegou ao mar, este estava azul e sombrio, apesar de muito calmo; e o pescador aproximou-se da beira das ondas e disse:

> *Ó, homem do mar!*
> *Queira me escutar!*
> *Minha esposa Ilsabill*
> *Enviou-me a ti e pediu*
> *Para um dom ganhar*

— Bem, o que ela quer agora? — perguntou o peixe.

— Ah! — replicou o homem, com tristeza. — Minha mulher quer morar em um castelo de pedra.

— Vá para casa, então — pediu o peixe —; ela já está diante do portão.

Assim se foi o pescador, e encontrou a esposa parada diante do portão de um grande castelo.

— Veja — anunciou ela —, não é grandioso?

Com isso, entraram no castelo juntos e encontraram muitos criados, e os cômodos todos ricamente mobiliados e repletos de cadeiras e mesas douradas; e atrás do castelo havia um jardim, e ao redor, um parque de quase um quilômetro de extensão, cheio de ovelhas, cabras, lebres e corsas; e no pátio havia estábulos e currais.

— Bem — disse o homem —, agora viveremos alegres e felizes neste belo castelo pelo resto de nossas vidas.

— Talvez — ponderou a esposa —, mas vamos refletir, antes de nos decidirmos quanto a isso.

Então foram se deitar.

Na manhã seguinte, quando a senhora Ilsabill acordou, a manhã já ia adiantada, e ela cutucou o pescador com o cotovelo e chamou-o:

— Levante-se, marido, e mexa-se, pois devemos ser rei de toda a terra.

— Esposa, esposa — disse o homem —, por que desejaríamos ser rei? Eu não serei rei.

— Então, eu serei — respondeu ela.

— Mas, minha esposa — argumentou o pescador —, como você pode ser rei; o peixe não pode torná-la rei.

— Marido — retrucou ela —, não diga mais nada, mas vá e tente! Hei de ser rei.

Dito isso, o homem saiu muito triste ao pensar que a esposa desejava ser rei. Desta vez, o mar estava cinza-escuro e cheio de ondas encrespadas e cristas de espuma, quando ele chamou:

Ó, homem do mar!
Queira me escutar!
Minha esposa Ilsabill
Enviou-me a ti e pediu
Para um dom ganhar

— Bem, o que ela quer agora? — perguntou o peixe.

— Ai! — respondeu o pobre homem. — Minha mulher deseja ser rei.

— Vá para casa — disse o peixe —; ela já é rei.

Então o pescador foi para casa; e, ao aproximar-se do palácio, deparou-se com uma tropa de soldados e ouviu o som de tambores e trombetas. E, quando ele entrou, viu a esposa sentada em um trono de ouro e diamantes, com uma coroa de ouro na cabeça; e de cada lado dela estavam seis belas donzelas, cada uma delas uma cabeça mais alta do que a outra.

— Bem, esposa — disse o pescador —, você é rei?

— Sim — disse ela —, eu sou rei.

E quando ele a olhou por um longo tempo, ele disse:

— Ah, esposa! Como é bom ser rei! Agora não teremos mais nada a desejar enquanto vivermos.

— Não sei como isso pode ser possível — respondeu ela. — Nunca é tempo demais. Eu sou rei, é verdade; mas estou começando a me cansar disso e acho que gostaria de ser imperador.

— Ora, esposa! Por que deseja ser imperador? — questionou o pescador.

— Marido — ordenou ela —, vá até o peixe! Eu declaro que serei imperador.

— Ah, esposa! — respondeu o pescador. — O peixe não pode criar imperadores, tenho certeza, e eu não gostaria de pedir isso a ele.

— Eu sou rei — disse Ilsabill —, e você é meu escravo; então vá agora mesmo!

Portanto, o pescador foi forçado a ir e murmurou enquanto caminhava:

— Isso não vai acabar bem, é pedir demais; o peixe, por fim, se cansará, e, então, vamos nos arrepender do que fizemos.

Ele logo chegou à beira-mar; e a água estava muito escura e lamacenta, e um poderoso vento soprava sobre as ondas e as remexia, mas ele se aproximou o máximo que conseguiu da água e disse:

> *Ó, homem do mar!*
> *Queira me escutar!*
> *Minha esposa Ilsabill*
> *Enviou-me a ti e pediu*
> *Para um dom ganhar*

— O que ela quer agora? — perguntou o peixe.

— Ah! — respondeu o pescador. — Ela quer ser imperador.

— Vá para casa — disse o peixe —, ela já é imperador.

Então ele voltou para casa; e, ao se aproximar, viu sua esposa Ilsabill sentada em um trono muito alto feito de ouro maciço, com uma grande coroa na cabeça, de dois metros de altura; e de cada lado dela estavam seus guardas e acompanhantes enfileirados, cada um menor que o outro, do gigante mais alto até um pequeno w, que não era maior do que um dedo. E diante dela estavam príncipes, duques e condes; e o pescador foi até ela e disse:

— Esposa, você é imperador?

— Sim — disse ela —, eu sou imperador.

— Ah! — exclamou o homem, observando-a. — Que coisa boa é ser imperador!

— Marido — continuou ela —, por que parar em imperador? Agora, desejo ser papa.

— Ah, esposa, esposa! — replicou ele. — Como você poderia ser papa? Há apenas um papa por vez na cristandade.

— Marido — rebateu ela —, desejo ser papa ainda hoje.

— Mas — respondeu o marido —, o peixe não pode torná-la papa.

— Que bobagem! — retrucou ela. — Se ele pode me tornar imperador, pode me tornar papa. Vá e peça a ele.

Então o pescador foi. Contudo, quando chegou à praia, o vento estava furioso e o mar era revolvido para cima e para baixo em ondas fervilhantes, e os navios estavam em perigo, e rolavam de maneira amedrontadora no topo das ondas. No meio do céu, havia um pedacinho de azul, mas ao sul tudo estava vermelho, como se uma terrível tempestade estivesse em formação. Diante dessa visão, o pescador ficou terrivelmente assustado e tremeu tanto que seus joelhos se chocaram um contra o outro; mas, ainda assim, ele se aproximou da praia e disse:

> *Ó, homem do mar!*
> *Queira me escutar!*
> *Minha esposa Ilsabill*
> *Enviou-me a ti e pediu*
> *Para um dom ganhar*

— O que ela quer agora? — questionou o peixe.

— Ah! — respondeu o pescador. — Minha mulher quer ser papa.

— Vá para casa — declarou o peixe —; ela já é papa.

Então, o pescador foi para casa e encontrou Ilsabill sentada em um trono de três quilômetros de altura. E ela tinha três grandes coroas em sua cabeça, e ao redor dela estava toda a pompa e o poder da Igreja. E, de cada lado seu, havia duas fileiras de velas acesas, de todos os tamanhos; a mais impressionante era tão grande quanto a maior e mais alta torre do mundo, e a menor não passava do tamanho de uma pequena vela de junco.

— Esposa — chamou o pescador, observando toda essa grandeza —, você é papa?

— Sim — confirmou ela —, eu sou papa.

— Bem, esposa — respondeu ele —, é grandioso ser papa; e agora deve estar satisfeita, pois não há nada maior que possa ser.

— Vou pensar nisso — respondeu a esposa.

Em seguida, foram para a cama; entretanto, a senhora Ilsabill não conseguiu dormir a noite toda pensando no que seria em seguida. Por fim, enquanto ela ia caindo no sono, amanheceu e o sol nasceu. *Ah!*, pensou ela, quando acordou e olhou para ele pela janela, *afinal, não posso evitar que o sol nasça.*

— Marido, vá até o peixe e diga-lhe que devo ser o senhor do sol e da lua.

O pescador estava meio adormecido, mas o pensamento o aterrorizou tanto que ele se sobressaltou e caiu da cama.

— Ai, esposa! — respondeu ele. — Não pode se contentar em ser papa?

— Não — disse ela —, não ficarei satisfeita enquanto o sol e a lua nascerem sem minha permissão. Vá até o peixe imediatamente!

Então, o homem saiu, tremendo de medo; e enquanto ele descia rumo à praia, uma terrível tempestade começou, de modo que as árvores e as próprias rochas tremeram. E os céus escureceram com nuvens de tempestade, os relâmpagos se cruzavam, e os trovões ribombavam; e era possível ver no mar grandes ondas escuras se elevando como montanhas com coroas de espuma branca sobre suas cabeças. E o pescador se arrastou em direção ao mar e gritou, o melhor que pôde:

Ó, homem do mar!
Queira me escutar!
Minha esposa Ilsabill
Enviou-me a ti e pediu
Para um dom ganhar

— O que ela quer agora? — perguntou o peixe.

— Ah! — respondeu o homem —, ela quer ser o senhor do sol e da lua.

— Volte para casa — ordenou o peixe —, de volta para sua pocilga. E lá eles vivem até hoje.

O carriça-salgueiro e o urso

Certa vez, no verão, o urso e o lobo andavam pela floresta, e o urso ouviu um pássaro cantando tão lindamente que indagou:

— Irmão lobo, que pássaro é esse que canta tão bem?

— É o Rei dos Pássaros — respondeu o lobo —, perante o qual devemos nos curvar.

Na realidade, o pássaro era o carriça-salgueiro.

— *Se* é esse o caso — disse o urso —, eu gostaria muito de ver seu palácio real; vamos, leve-me até lá.

— Isso não se faz assim como você parece pensar que é — interveio o lobo. — Deve esperar até que a Rainha chegue.

Logo depois, a Rainha chegou com um pouco de comida no bico, e o senhor Rei veio também, e começaram a alimentar seus filhotes. O urso gostaria de ir na mesma hora, mas o lobo o segurou pela manga e disse:

— Não, deve esperar até que o senhor Rei e a senhora Rainha tenham ido embora de novo.

Então eles observaram a abertura onde o ninho ficava e se afastaram. O urso, no entanto, não conseguiria sossegar até que visse o palácio real e, pouco tempo depois, voltou lá. O Rei e a Rainha tinham acabado de sair voando, então, ele espiou e viu cinco ou seis filhotes lá dentro.

— Este é o palácio real? — exclamou o urso. — É um palácio miserável, e vocês não são filhos de rei, são filhos de pais de má reputação!

Quando as jovens carriças ouviram isso, ficaram terrivelmente zangadas e gritaram:

— Não, não somos! Nossos pais são pessoas honestas! Urso, terá que pagar por isso!

O urso e o lobo ficaram preocupados, e voltaram para suas tocas. As jovens carriças-salgueiros, no entanto, continuaram a chorar e gritar, e quando seus pais trouxeram comida de novo, disseram:

— Não vamos nem mesmo tocar a perna de uma mosca, não, nem mesmo se estivermos morrendo de fome, até que vocês tenham confirmado se somos filhos respeitáveis ou não; o urso esteve aqui e nos insultou!

Então o velho Rei disse:

— Calma, ele será punido.

E no mesmo instante voou com a Rainha até a caverna do urso e gritou:

— Velho Rosnador, por que insultou meus filhos? Sofrerá por isso, nós o puniremos com uma guerra sangrenta.

Assim, declararam guerra ao urso, e todos os animais de quatro patas foram convocados para participar dela: touros, asnos, vacas, cervos e todos os outros animais da terra. E o carriça-salgueiro convocou tudo o que voava pelo ar, não apenas os pássaros, grandes e pequenos, mas mosquitos e vespas, abelhas e moscas.

Quando chegou o momento de a guerra começar, o carriça-salgueiro enviou espiões para descobrir quem era o comandante-chefe do inimigo. O mosquito, que era o mais astuto, voou para a floresta onde o inimigo estava reunido e se escondeu sob uma folha da árvore sob a qual a senha deveria ser anunciada. Lá estava o urso, e ele chamou a raposa diante dele e declarou:

— Raposa, você é a mais astuto de todos os animais, será a general e nos liderará.

— Ótimo — disse a raposa —, mas qual será o sinal?

Ninguém sabia, então a raposa disse:

— Tenho uma bela cauda, longa e felpuda, que quase parece uma crista de plumas vermelhas. Quando eu levantar minha cauda bem alto, tudo está indo bem, e vocês devem atacar; mas, se eu abaixá-la, fujam o mais rápido que puderem.

Quando o mosquito ouviu isso, voou de volta e revelou tudo, nos mínimos detalhes, para o carriça-salgueiro. Quando amanheceu, e a batalha estava para começar, todos os animais de quatro patas vieram correndo com tal estrépito que a terra tremeu. O carriça-salgueiro, com seu exército, também veio voando pelo ar com tamanho zumbido, alarido e em tal enxame que todos ficaram inquietos e temerosos, e ambos os lados avançaram um contra o outro. Mas o carriça-salgueiro enviou a vespa, com ordens para que ela se colocasse sob o rabo da raposa e a picasse com toda a força. Quando a raposa sentiu a primeira ferroada, estremeceu e levantou uma perna, devido à dor, mas a suportou, e ainda manteve a cauda alta no ar; na segunda ferroada, foi forçada a baixá-la por um momento; na terceira, não conseguiu mais se controlar, gritou e colocou a cauda entre as pernas. Quando os animais viram isso, pensaram que tudo estava perdido e começaram a fugir cada um para sua toca, e os pássaros haviam vencido a batalha.

Então, o Rei e a Rainha voaram para casa, para seus filhos, e exclamaram:

— Crianças, alegrem-se, comam e bebam à vontade, nós vencemos a batalha!

Mas as jovens carriças disseram:

— Ainda não vamos comer, o urso deve vir ao ninho, pedir perdão e dizer que somos filhas honradas, antes de fazermos isso.

Então o carriça-salgueiro voou até a toca do urso e gritou:

— Rosnador, você deve ir ao ninho ver meus filhos e implorar seu perdão, ou então todas as suas costelas serão quebradas.

Então, o urso rastejou até lá, apavorado, e suplicou perdão. Então, enfim, as jovens carriças ficaram satisfeitas e sentaram-se juntas, comeram, beberam e celebraram até bem tarde da noite.

O príncipe sapo

Em um belo início de noite, uma jovem princesa vestiu seu gorro e seus tamancos e saiu para passear sozinha em um bosque. Quando chegou a um riacho de água fresca, que brotava no centro do bosque, ela se sentou para descansar um pouco. E ela tinha uma bola de ouro na mão, que era seu brinquedo favorito, e estava sempre jogando-a no ar e pegando-a de novo quando caía. Depois de um tempo, ela a jogou tão alto que não conseguiu pegá-la quando caiu; e a bola quicou para longe e rolou pelo chão, até que, por fim, caiu no riacho. A princesa procurou sua bola dentro da água, mas era muito profunda, tanto que ela não conseguia ver o fundo. Então, ela começou a lamentar sua perda e disse:

— Ai! Se eu pudesse ter minha bola de novo, daria todas as minhas roupas e joias finas, e tudo o que tenho no mundo.

Enquanto ela falava, um sapo colocou a cabeça para fora da água e perguntou:

— Princesa, por que chora tão amargamente?

— Ah — disse ela —, o que você poderia fazer por mim, seu sapo nojento? Minha bola de ouro caiu no riacho.

O sapo disse:

— Não quero suas pérolas, joias e roupas finas; mas se me amar e deixar que eu viva com você e coma do seu prato de ouro e durma em sua cama, eu lhe trarei sua bola de volta.

Que bobagem, pensou a princesa, *este sapo está falando! Ele nem sequer pode sair do riacho para ir me visitar; no entanto, talvez ele consiga pegar a bola para mim, por isso vou lhe dizer que atenderei a seus pedidos.* Então, ela disse ao sapo:

— Bem, se você me trouxer minha bola, eu farei tudo o que você pedir.

Então, o sapo abaixou a cabeça e mergulhou fundo na água; e pouco depois voltou à tona, com a bola na boca, e atirou-a à beira do riacho. Assim que a jovem princesa viu sua bola, correu para pegá-la e estava tão feliz por tê-la de volta, que nem pensou no sapo, mas correu para casa com a bola o mais rápido que pôde. O sapo a chamou:

— Fique, princesa, e me leve com você, como disse que faria.

Ela, porém, não parou para ouvir uma palavra.

No dia seguinte, assim que a princesa se sentou para jantar, ouviu um barulho esquisito — *tap, tap, splash, splash* — como se algo estivesse subindo a escadaria de mármore, e logo depois houve uma batida suave à porta, e uma vozinha gritou e disse:

> *Abra a porta, minha princesa querida,*
> *Abra a porta para o amor de sua vida!*
> *E lembre-se das palavras que juramos*
> *Perto do riacho, à sombra dos ramos*

Então, a princesa correu até a porta e a abriu, e ali encontrou o sapo, de quem havia se esquecido por completo. Diante dessa visão, ela ficou terrivelmente assustada e, fechando a porta o mais rápido que pôde, voltou ao seu lugar. O rei, seu pai, ao perceber que algo a havia assustado, perguntou-lhe qual era o problema.

— Há um sapo nojento — disse ela —, na porta, que pegou minha bola para mim do riacho hoje de manhã; eu lhe disse que ele poderia morar comigo aqui, pensando que ele nunca conseguiria deixar o riacho; mas lá está ele na porta e quer entrar.

Enquanto ela falava, o sapo bateu mais uma vez à porta e disse:

> *Abra a porta, minha princesa querida,*
> *Abra a porta para o amor de sua vida!*
> *E lembre-se das palavras que juramos*
> *Perto do riacho, à sombra dos ramos*

Então o rei disse à jovem princesa:

— Já que deu sua palavra, deve mantê-la; então vá e deixe-o entrar.

Ela o fez, e o sapo saltou para dentro da sala e então foi direto — *tap, tap, splash, splash* — dos fundos da sala até a outra ponta, até chegar perto da mesa onde a princesa estava sentada.

— Por favor, levante-me até a cadeira — pediu ele à princesa —, e deixe-me sentar ao seu lado.

Assim que ela fez isso, o sapo continuou:

— Aproxime seu prato de mim, para que eu possa comer dele.

Ela o fez, e quando ele comeu o quanto podia, ele disse:

— Agora estou cansado; leve-me para cima e me ponha em sua cama.

E a princesa, embora muito relutante, pegou-o na mão e o colocou no travesseiro da própria cama, onde ele dormiu a noite toda. Assim que clareou, ele deu um salto, desceu as escadas e saiu da casa. *Bem, agora,* pensou a princesa, *enfim ele se foi, e não terei mais que me preocupar com ele.*

Mas ela estava enganada; pois, quando a noite chegou, ela ouviu as mesmas batidas à porta, e o sapo veio mais uma vez, e anunciou:

Abra a porta, minha princesa querida,
Abra a porta para o amor de sua vida!
E lembre-se das palavras que juramos
Perto do riacho, à sombra dos ramos.

E quando a princesa abriu a porta, o sapo entrou e dormiu em seu travesseiro como na noite anterior, até o amanhecer. E na terceira noite, ele fez o mesmo. Mas, quando a princesa acordou na manhã seguinte, ela ficou surpresa ao ver, em vez do sapo, havia um belo príncipe, olhando para ela com os olhos mais lindos que ela já vira, parado à cabeceira da cama.

Ele lhe disse que havia sido encantado por uma fada maldosa, que o transformara em sapo; e que ele estava fadado a permanecer naquela forma até que alguma princesa o tirasse do riacho e o deixasse comer de seu prato e dormir em sua cama por três noites.

— Você — disse o príncipe — quebrou o encanto cruel, e agora não desejo mais nada, exceto que venha comigo para o reino de meu pai, onde a tornarei minha esposa e a amarei enquanto você viver.

A jovem princesa, pode ter certeza, não demorou a responder "sim" a tudo isso e, enquanto eles conversavam, chegou uma bela carruagem, com oito lindos cavalos, enfeitados com plumas e arreios dourados; e atrás da carruagem vinha o servo do príncipe, o fiel Heinrich, que havia lamentado a desgraça de seu querido amo durante o período do encantamento, por tanto tempo e com tanto amargor, que seu coração quase explodiu.

Eles, então, se despediram do rei e entraram na carruagem de oito cavalos, e partiram, cheios de alegria e contentamento, para o reino do príncipe, ao qual chegaram em segurança; e lá viveram felizes por muitos e muitos anos.

Gata e rata em parceria

Uma gata conheceu uma rata e lhe falara tanto do grande amor e amizade que nutria por ela que, finalmente, a rata concordou que as duas deveriam dividir uma casa.

— Mas temos que fazer provisões para o inverno, ou então passaremos fome — disse a gata. — E você, ratinha, não pode se aventurar em todos os lugares, ou será pega em uma armadilha algum dia.

A ratinha seguiu o bom conselho, e elas compraram um pote de gordura, mas elas não sabiam onde guardá-lo. Por fim, depois de muita reflexão, a gata sugeriu:

— Não conheço nenhum lugar onde ficará mais bem guardado do que na igreja, pois ninguém ousa tirar nada de lá. Vamos colocá-lo sob o altar e não tocaremos nele até de fato precisarmos.

Então, o pote foi guardado em segurança, mas não demorou muito para que a gata o desejasse muito e disse à rata:

— Quero lhe contar uma coisa, ratinha; minha prima trouxe ao mundo um filhinho e me convidou para ser madrinha; ele é branco com manchas marrons, e devo segurá-lo sobre a pia batismal. Deixe-me sair hoje, e você cuida da casa sozinha.

— Claro, claro — respondeu a rata —, sem problema algum, vá, e se conseguir algo muito bom para comer, lembre-se de mim. Eu gostaria de uma gota do doce vinho tinto de batismo.

Tudo isso, no entanto, era falso; a gata não tinha prima e não havia sido convidada para ser madrinha. Ela foi direto para a igreja, esgueirou-se até o pote de gordura, começou a lambê-lo, até que consumiu todo o topo da gordura. Em seguida, deu um passeio pelos telhados da cidade, procurou oportunidades e depois se espreguiçou ao sol, lambendo os lábios sempre que pensava no pote de gordura, e só ao anoitecer voltou para casa.

— Bem, aqui está você de novo — disse a rata —, sem dúvidas, teve um dia feliz.

— Tudo correu bem — respondeu a gata.

— Que nome deram ao filhote?

— Todotopo! — disse a gata com bastante frieza.

— Todotopo! — exclamou a rata. — Esse é um nome bem estranho e diferente, é um nome comum em sua família?

— O que isso importa? — rebateu a gata. — Não é pior do que Roubamigalhas, como seus afilhados são chamados.

Pouco tempo depois, a gata foi tomada por outro ataque de desejo. Ela disse à rata:

— Precisa me fazer um favor e, mais uma vez, cuidar da casa sozinha por um dia. Mais uma vez me convidaram para ser madrinha e, como o filhote tem um anel branco ao redor do pescoço, não posso recusar.

A boa rata consentiu, mas a gata se esgueirou por trás dos muros da cidade até a igreja e devorou meio pote de gordura.

— Nada parece tão bom quanto o que se guarda somente para si — concluiu ela e estava bastante satisfeita com o que fizera naquele dia.

Quando voltou para casa, a rata perguntou:

— E com que nome batizaram a criança?

— Pelomeio! — respondeu a gata.

— Pelomeio! O que está dizendo? Nunca ouvi esse nome na minha vida, aposto qualquer coisa que não está no registro!

A boca da gata logo começou a ficar cheia d'água por mais algumas lambidas.

— Todas as coisas boas acontecem em trios — ponderou ela —, me convidaram para ser madrinha de novo. O filhote é bem preto, exceto pelas patas brancas, mas, fora isso, não tem um único fio de pelo branco em todo o corpo; isso acontece apenas uma vez de anos em anos, você vai me deixar ir, não vai?

— Todotopo! Pelomeio! — respondeu a rata —, são nomes tão estranhos que me deixam pensativa.

— Você fica em casa — disse a gata —, com seu casaco de pelo cinza--escuro e rabo comprido, e imagina coisas, porque não sai durante o dia.

Durante a ausência da gata, a rata limpou a casa e a colocou em ordem, mas a gata gananciosa esvaziou por completo o pote de gordura.

— Quando já comeu tudo, a pessoa tem um pouco de paz — disse ela para si mesma e, bem cheia e gorda, não voltou para casa até a noite.

A rata logo perguntou que nome havia sido dado ao terceiro filhote.

— Não vai agradar mais a você do que os outros — disse a gata. — Ele se chama Acabousse.

— Acabousse — exclamou a rata —, esse é o nome mais suspeito de todos! Nunca o vi impresso. Acabousse; qual pode ser o significado disso? — E balançou a cabeça, enrolou-se e deitou-se para dormir.

A partir de então ninguém mais convidou a gata para ser madrinha, mas, quando o inverno chegou e não havia mais nada para se encontrar do lado de fora, a rata pensou na provisão e sugeriu:

— Venha, gata, vamos pegar o pote de gordura que guardamos para nós; vamos aproveitá-lo.

— Sim — respondeu a gata —, você vai aproveitar tanto quanto aproveitaria colocar essa sua língua delicada para fora da janela.

Elas se puseram a caminho, mas, quando chegaram, o pote de gordura com certeza ainda estava em seu lugar, mas estava vazio.

— Ai! — disse a rata —, agora vejo o que aconteceu, agora a verdade aparece! Que grande amiga você é! Devorou tudo quando saiu para ser madrinha. Primeiro todo o topo, depois pelo meio, a seguir...

— Cale-se — gritou a gata —, mais uma palavra, e vou comer você também.

"Acabou-se" já estava nos lábios da pobre rata; ela mal havia terminado de falar quando a gata atirou-se sobre ela, agarrou-a e engoliu-a. Em verdade, assim é o mundo.

A menina dos gansos

O rei de uma grande terra morreu e deixou sua rainha para cuidar de sua única filha. Essa criança era uma menina muito linda; e a mãe a amava muito e era muito carinhosa com ela. E havia também uma boa fada, que gostava da princesa e ajudava a mãe a cuidar dela. Quando ela cresceu, foi prometida a um príncipe que vivia muito longe; e, quando se aproximava a época de se casar, ela se preparou em busca de partir em sua jornada para o país dele. Então, a rainha, sua mãe, embalou muitas coisas caras; joias, ouro e prata; miudezas, vestidos elegantes e, em suma, tudo o que era apropriado para uma noiva real. E deu-lhe uma dama de companhia para cavalgar com ela e entregá-la nas mãos do noivo; e cada uma tinha um cavalo para a viagem. Ora, o cavalo da princesa era presente da fada, e se chamava Falada, e ele podia falar.

Quando chegou a hora de partirem, a fada se dirigiu ao quarto da princesa, pegou uma faquinha, cortou uma mecha do próprio cabelo e a deu para a princesa, dizendo:

— Cuide disso, querida criança; pois é um amuleto que pode lhe ser útil na estrada.

Então, todos se despediram da princesa de forma melancólica; e ela colocou a mecha de cabelo no peito por dentro do vestido, montou em seu cavalo e partiu em sua jornada para o reino do noivo.

Um dia, enquanto cavalgavam junto a um riacho, a princesa começou a sentir muita sede e pediu à sua criada:

— Por favor, desça e traga-me um pouco de água daquele riacho no meu cálice de ouro, pois quero beber.

— Não — disse a criada —, se está com sede, apeie, abaixe-se junto à água e beba; não serei mais sua dama de companhia.

Então, ela estava com tanta sede que desceu, ajoelhou-se junto ao pequeno riacho e bebeu; pois estava com medo e não ousou trazer seu cálice de ouro; ela chorou e disse:

— Ai! O que será de mim?

E a mecha de cabelos respondeu:

Ai! Ai! Se sua mãe soubesse sobre isso,
Grande, tão grande, seria sua dor por isso.

Mas a princesa era muito gentil e mansa, então, não disse nada sobre o mau comportamento de sua dama de companhia, mas voltou a montar em seu cavalo.

Então, todos cavalgaram mais longe em sua jornada, até que o dia ficou tão quente, e o sol tão escaldante, que a noiva começou a sentir muita sede mais uma vez; e, por fim, quando chegaram a um rio, ela esqueceu a resposta grosseira de sua criada e disse:

— Por favor, desmonte e traga-me um pouco de água para beber em meu cálice de ouro.

Mas a serva respondeu e foi até mais rude do que antes:

— Beba, se quiser, mas eu não serei sua dama de companhia.

Então a princesa estava com tanta sede que desceu do cavalo, deitou-se com a cabeça acima da água, chorou e disse:

— O que será de mim?

E a mecha de cabelo respondeu-lhe novamente:

> *Ai! Ai! Se sua mãe soubesse sobre isso,*
> *Grande, tão grande, seria sua dor por isso.*

E, quando ela se inclinou para beber, a mecha de cabelo caiu de seu peito e flutuou para longe com a água. Ora, ela estava tão assustada que não percebeu; mas a criada viu e ficou muito satisfeita, pois conhecia o encanto; e sabia que a pobre noiva estaria em suas mãos, agora que perdera a mecha de cabelo. Portanto, quando a noiva terminou de beber e estava prestes a subir em Falada, a empregada disse:

— Vou montar em Falada, e você pode ficar com meu cavalo.

Assim, ela foi forçada a ceder seu cavalo e, logo depois, a tirar suas roupas reais e colocar as vestes surradas de sua criada.

Por fim, quando se aproximavam do fim da jornada, essa serva traiçoeira ameaçou matar sua patroa se ela contasse a alguém o que havia acontecido. Contudo, Falada viu tudo e prestou bastante atenção.

Depois disso, a dama de companhia montou em Falada, e a verdadeira noiva montou no outro cavalo, e elas prosseguiram desse modo até que finalmente chegaram à corte real. Houve grande alegria com a chegada delas, e o príncipe saiu correndo para encontrá-las e ergueu a criada de seu cavalo, pensando que era aquela a destinada a ser sua esposa; e ela foi conduzida ao andar de cima para a câmara real; mas a verdadeira princesa foi instruída a ficar no pátio abaixo.

Ora, por acaso, o velho rei não tinha mais nada para fazer; então estava se entretendo sentado à janela da cozinha, observando o que sucedia, e a viu no pátio. Como parecia bela e delicada demais para ser uma criada, ele subiu até os aposentos reais para perguntar à noiva quem era aquela jovem a quem ela trouxera consigo e que ficara no pátio abaixo.

— Eu a trouxe comigo para ter companhia na estrada — respondeu ela. — Por favor, dê algum trabalho à moça, para que ela não fique ociosa.

O velho rei não conseguiu pensar em nenhum trabalho para ela por algum tempo; mas, por fim, disse:

— Tenho um rapaz que cuida dos meus gansos; ela pode ir ajudá-lo.

Ora, o nome desse rapaz, a quem a verdadeira noiva deveria ajudar no cuidado dos gansos do rei, era Conrado.

Mas a falsa noiva disse ao príncipe:

— Querido marido, por favor, faça-me uma gentileza.

— Claro que farei — concordou o príncipe.

— Então, diga a um de seus açougueiros para cortar a cabeça do cavalo que montei, pois era muito indisciplinado e me atormentou demais na estrada.

Contudo, a verdade era que ela estava com muito medo de que Falada algum dia ou outro abrisse a boca e contasse tudo o que ela havia feito à princesa. Ela insistiu, e o fiel Falada foi morto; mas, quando a verdadeira princesa soube disso, chorou e implorou ao homem que o matou que pregasse a cabeça de Falada em um portão grande e escuro da cidade, pelo qual ela tinha de passar todas as manhãs e noites, de maneira que ainda pudesse vê-lo algumas vezes. Então o açougueiro disse que faria conforme ela pediu; e cortou a cabeça e pregou-a sob o portão escuro.

Bem cedo na manhã seguinte, quando ela e Conrado saíram pelo portão, ela disse com tristeza:

> *Falada, Falada, aí está pendurado!*

E a cabeça respondeu:

> *Noiva, noiva, você vai pra esse lado!*
> *Ai! Ai! Se sua mãe soubesse sobre isso,*
> *Grande, tão grande, seria sua dor por isso.*

Então eles saíram da cidade e conduziram os gansos. E quando ela chegou à campina, sentou-se e soltou suas mechas ondulantes do cabelo, que eram prata pura; e quando Conrado o viu brilhar ao sol, correu e teria arrancado algumas mechas, mas ela exclamou:

> *Soprem, brisas, soprem apressado!*
> *Levem o chapéu de Conrado!*
> *Soprem, brisas, soprem apressado!*

Que corra atrás dele disparado!
Sobre colinas e vales avoado,
Para muito longe seja levado
Até que estejam as mechas prateadas
Todas elas penteadas e enroladas!

Então veio um vento tão forte que arrancou o chapéu de Conrado, que foi-se embora voando sobre as colinas, e o rapaz foi forçado a se virar e correr atrás dele; até que, quando voltou, ela havia acabado de pentear e enrolar o cabelo e o prendera de novo. Depois disso, ele ficou muito zangado e mal-humorado, e não quis falar com ela; mas vigiaram os gansos até a noite cair, quando os guiaram de volta para casa.

Na manhã seguinte, quando passaram pelo portão escuro, a pobre garota olhou para a cabeça de Falada e gritou:

Falada, Falada, aí está pendurado!

E a cabeça respondeu:

Noiva, noiva, você vai pra esse lado!
Ai! Ai! Se sua mãe soubesse sobre isso,
Grande, tão grande, seria sua dor por isso.

Então ela conduziu os gansos e sentou-se mais uma vez na campina e começou a pentear os cabelos como antes; e Conrado correu até ela e quis agarrar seus cabelos; mas ela gritou depressa:

Soprem, brisas, soprem apressado!
Levem o chapéu de Conrado!
Soprem, brisas, soprem apressado!
Que corra atrás dele disparado!
Sobre colinas e vales avoado,
Para muito longe seja levado
Até que estejam as mechas prateadas
Todas elas penteadas e enroladas!

Então veio o vento e arrancou o chapéu, que voou uma longa distância, sobre as colinas e para longe, de modo que o rapaz teve de correr atrás dele; e, quando voltou, ela havia prendido o cabelo de novo, e tudo estava seguro. Então, eles vigiaram os gansos até anoitecer.

À noite, depois que voltaram para casa, Conrado foi até o velho rei e disse:

— Não posso mais ter aquela garota estranha me ajudando a cuidar dos gansos.

— Por quê? — questionou o rei.

— Porque, em vez de fazer algo de útil, ela não faz nada além de me provocar o dia todo.

Então o rei o fez contar o que havia acontecido. E Conrado disse:

— Pela manhã, quando passamos pelo portão escuro com nosso bando de gansos, ela chora e fala com a cabeça de um cavalo pendurado na parede e diz:

> *Falada, Falada, aí está pendurado!*

E a cabeça responde:

> *Noiva, noiva, você vai pra esse lado!*
> *Ai! Ai! Se sua mãe soubesse sobre isso,*
> *Grande, tão grande, seria sua dor por isso.*

E Conrado continuou, contando ao rei o que havia acontecido na campina onde os gansos se alimentavam; como seu chapéu havia sido levado, e como fora forçado a correr atrás dele e deixar seu bando de gansos sozinhos. Mas o velho rei pediu ao garoto que saísse novamente no dia seguinte e, quando amanheceu, colocou-se atrás do portão escuro e ouviu o modo como a moça falava com Falada e a maneira como Falada respondia. Em seguida, foi até o campo e se escondeu em um arbusto ao lado da campina e logo viu com seus próprios olhos como guiavam o bando de gansos; e como, depois de certo tempo, ela soltava o cabelo que brilhava ao sol. E então a ouviu dizer:

> *Soprem, brisas, soprem apressado!*
> *Levem o chapéu de Conrado!*
> *Soprem, brisas, soprem apressado!*
> *Que corra atrás dele disparado!*
> *Sobre colinas e vales avoado,*
> *Para muito longe seja levado*
> *Até que estejam as mechas prateadas*
> *Todas elas penteadas e enroladas!*

E logo veio uma rajada de vento e levou embora o chapéu de Conrado, e Conrado correu atrás dele, enquanto a moça continuava penteando e enrolando o cabelo. Tudo isso o velho rei viu, então, foi para casa sem ser notado; e quando a moça dos gansos retornou, à noite, ele a chamou de lado e perguntou por que ela fazia aquilo; porém, ela desatou a chorar e disse:

— Isso não devo lhe contar, nem a qualquer homem, ou perderei minha vida.

Entretanto, o velho rei implorou tanto, que ela não teve sossego até que havia contado toda a história, do começo ao fim, palavra por palavra. E foi muita sorte que tenha feito isso, pois, quando o fez, o rei ordenou que fosse vestida com vestes nobres e observou-a, admirado, de tão bela que era. Em seguida, chamou o filho e avisou-lhe que tinha apenas uma noiva falsa, pois ela era apenas uma criada, enquanto a verdadeira noiva estava ali. E o jovem rei se alegrou quando viu sua beleza e ouviu quão mansa e paciente ela havia sido e, sem dizer coisa alguma à falsa noiva, ordenou que um grande banquete fosse preparado para toda a corte. O noivo sentou-se à cabeceira da mesa, com a falsa princesa de um lado e a verdadeira do outro; mas ninguém a reconhecia, pois sua beleza os ofuscava, e ela não se parecia em nada com a mocinha dos gansos, agora que estava com seu esplêndido vestido.

Quando já haviam comido e bebido e se divertido muito, o velho rei disse que lhes contaria uma história. Então começou e contou toda a história da princesa, como se fosse uma que tinha ouvido certa vez; e perguntou à verdadeira criada o que ela achava que deveria ser feito a qualquer uma que se comportasse de tal maneira.

— Nada menos — respondeu a falsa noiva —, do que enfiá-la em um barril cravejado com pregos afiados, e que dois cavalos brancos sejam postos a arrastá-lo de rua em rua, até que esteja morta.

— Você é a criada — disse o velho rei —, e como julgou a si mesma, assim lhe será feito.

E o jovem rei então se casou com sua verdadeira esposa, e eles reinaram sobre o reino em paz e felicidade por toda a vida; e a boa fada veio vê-los e ressuscitou o fiel Falada.

As aventuras do galo Cantoclaro e da galinha Colarina

1. Foram às montanhas comer nozes

— As nozes estão bem maduras agora — anunciou o galo Cantoclaro para sua esposa, a galinha Colarina —, que tal se formos para as montanhas comer o máximo que pudermos, antes que o esquilo as leve embora?

— Eu adoraria — respondeu Colarina —, vamos tirar um dia de folga.

Assim, eles foram para as montanhas; e, como estava um dia lindo, ficaram lá até anoitecer. Ora, se eles tinham comido tantas nozes que não conseguiam andar ou se estavam com preguiça e não queriam andar, não há como saber; porém, estavam convictos de que não era apropriado que fossem para casa a pé. Então, Cantoclaro começou a construir uma pequena carruagem de cascas de nozes; quando terminou, Colarina pulou nela, sentou-se e pediu a Cantoclaro que se atrelasse a ela e a levasse para casa.

— Mas que piada! — disse Cantoclaro. — Não, de jeito nenhum. Prefiro ir a pé para casa; me sentarei na boleia e serei cocheiro, se quiser, mas não vou puxar a carruagem.

Enquanto isso ocorria, uma pata apareceu grasnando e gritou:

— Seus ladrões vagabundos, o que estão fazendo no meu terreno? Eu lhes darei uma bela surra por sua insolência!

E então ela partiu para cima de Cantoclaro com muita fúria. Cantoclaro, porém, não era covarde e retribuiu os golpes da pata com suas esporas afiadas com tanta ferocidade, que ela logo começou a clamar por misericórdia; o que lhe foi concedido apenas com a condição de que ela puxasse a carruagem até em casa para eles. Ela concordou em fazer isso; e o galo subiu na boleia e conduziu, gritando:

— Agora, pata, vá o mais rápido que puder.

E lá se foram num bom ritmo.

Depois de terem percorrido uma pequena distância, encontraram uma agulha e um alfinete seguindo juntos pela estrada; e a agulha gritou:

— Parem, parem! — E afirmou que estava tão escuro que mal conseguiam encontrar o caminho, e que a estrada estava tão enlameada que quase não conseguiam avançar. Contou que ela e seu amigo, o alfinete, estavam em uma taverna a alguns quilômetros de distância e ficaram bebendo até esquecerem o quanto estava tarde; por isso, implorou que os viajantes fizessem a gentileza de lhes dar uma carona em sua carruagem. Cantoclaro, observando que eles eram magros e que provavelmente não ocupariam muito espaço, disse-lhes que poderiam subir, mas os fez prometer não sujar as rodas da carruagem ao entrar nem pisar nos pés de Colarina.

Tarde da noite, chegaram a uma estalagem; e como era ruim viajar no escuro, e a pata parecia muito cansada e cambaleava bastante de um lado para o outro, decidiram buscar alojamento ali. Contudo, o proprietário a princípio não quis e alegou que a casa estava lotada, pensando que talvez não fossem companhia muito respeitável; no entanto, falaram com ele de forma educada e lhe deram o ovo que Colarina havia posto no caminho, e disseram que lhe dariam a pata, que tinha o hábito de pôr um por dia; assim, ele finalmente os deixou entrar, e eles pediram um belo jantar e passaram a noite com muita alegria.

De manhã cedo, antes de clarear, e quando ninguém estava acordado na pousada, Cantoclaro acordou a esposa e, pegando o ovo, fizeram um buraco nele, comeram-no e jogaram as cascas na lareira; a seguir, foram até o alfinete e a agulha, que dormiam um sono pesado, e agarrando-os pelas cabeças, espetaram um na poltrona e o outro no lenço do dono da estalagem; tendo feito isso, os dois se esgueiraram com a maior discrição possível. No entanto, a pata, que dormia no quintal ao ar livre, ouviu-os chegar e, saltando para o riacho que passava perto da pousada, logo nadou para fora do alcance deles.

Uma ou duas horas depois, o senhorio levantou-se e pegou o lenço para enxugar o rosto, mas o alfinete o atingiu e o espetou; depois, ele entrou na cozinha para acender o cachimbo no fogo, mas, quando o agitou, as cascas do ovo voaram em seus olhos e quase o cegaram.

— Deus do céu! — disse ele. — O mundo inteiro parece estar contra mim esta manhã.

E assim dizendo, ele se atirou mal-humorado em sua poltrona, mas caramba! A agulha o atingiu, e desta vez a dor não era coisa da sua cabeça. Então ele ficou muito furioso e, suspeitando da companhia que havia chegado na noite anterior, foi atrás deles, mas todos tinham sumido; então, jurou que nunca mais receberia tal bando de vagabundos, que comeram muito, não pagaram a conta e não lhe deram nada por seus esforços, a não ser truques absurdos.

2. Como o galo e a galinha foram visitar
o senhor Korbes

Em outro dia, Cantoclaro e Colarina sentiram vontade de sair para passear; por isso, Cantoclaro construiu uma bela carruagem com quatro rodas vermelhas e atrelou seis camundongos a ela; então ele e Colarina entraram na carruagem e partiram. Pouco depois, um gato os encontrou e disse:

— Aonde estão indo?

E o Galo respondeu:

> *Estamos o caminho a percorrer*
> *Para hoje uma visita fazer*
> *Ao senhor Korbes, a raposa, com prazer.*

Então o gato disse:

— Levem-me com vocês.

Replicou o Galo:

— Mas é claro, sente-se lá atrás e cuide para não cair.

> *Cuidado com essa minha carruagem bela,*
> *Não suje as lindas rodas vermelhas dela!*
> *Agora, ratos, se preparem,*
> *Rodas, com firmeza, disparem!*
> *Pois vamos hoje uma visita fazer*
> *Ao senhor Korbes, a raposa, com prazer.*

Logo depois apareceram uma pedra de moinho, um ovo, um pato e um alfinete; e o Galo permitiu que todos entrassem na carruagem e os acompanhassem.

Quando chegaram à casa do sr. Korbes, ele não estava; assim, os ratos levaram o veículo para a garagem, Cantoclaro e Colarina empoleiraram-se numa viga, o gato acomodou-se na lareira, o pato foi para o tanque, o alfinete se enfiou no travesseiro, a pedra de moinho pôs-se acima da porta da casa, e o ovo se enrolou na toalha.

Quando o sr. Korbes chegou em casa, foi até a lareira acender o fogo; mas o gato jogou as cinzas em seus olhos; então, ele correu para a cozinha a fim de se lavar; mas ali o pato espanou a água em seu rosto; e, quando ele tentou se secar, o ovo que estava na toalha se espatifou em seu rosto e em seus olhos. Depois disso, ele ficou muito bravo e foi para a cama sem jantar; mas quando deitou a cabeça no travesseiro, o alfinete arranhou sua bochecha; com isso ele ficou muito furioso e, de um salto, teria corrido para fora da casa; mas quando chegou à porta, a pedra de moinho caiu em cima da sua cabeça e o matou ali mesmo.

3. Como Colarina morreu e foi enterrada,
E como Cantoclaro morreu de pesar

Em outro dia, Cantoclaro e Colarina concordaram em ir mais uma vez às montanhas para comer nozes; e ficou combinado que todas as nozes que encontrassem seriam divididas igualmente entre eles. Acontece que Colarina encontrou uma noz muito grande, mas não contou a Cantoclaro, e a guardou toda para si. No entanto, a noz era tão grande que ela não conseguiu engolir, e ficou presa em sua garganta. Então, ela ficou muito assustada e gritou para Cantoclaro:

— Por favor, corra o mais rápido que puder, e traga-me um pouco de água, ou vou sufocar.

Cantoclaro correu o mais rápido que pôde para o rio e disse:

— Rio, dê-me um pouco d'água, pois Colarina está na montanha e vai se sufocar com uma grande noz.

O rio respondeu:

— Vá primeiro até a noiva e peça-lhe um cordão de seda para puxar a água.

Cantoclaro correu até a noiva e disse:

— Noiva, você precisa me dar um cordão de seda, pois então o rio me dará água, e a água eu levarei para Colarina, que está na montanha, e vai se sufocar com uma grande noz.

Mas a noiva replicou:

— Primeiro, corra e traga-me minha grinalda que está pendurada em um salgueiro no jardim.

Ao ouvir isto, Cantoclaro correu até o jardim, pegou a grinalda do galho em que estava pendurada e a levou para a noiva; então, a noiva lhe deu o cordão de seda, e ele levou o cordão de seda até o rio, e o rio lhe forneceu água, e ele levou a água para Colarina; mas nesse meio-tempo ela havia se sufocado com a grande noz, e jazia morta, e nunca mais se moveu.

Então Cantoclaro ficou muito triste e pranteou amargamente; e todos os animais vieram e choraram com ele pela pobre Colarina. E seis camundongos construíram uma pequena carroça funerária para levá-la ao túmulo; quando estava pronta, se atrelaram ao veículo, e Cantoclaro os conduziu. No caminho, encontraram a raposa.

— Aonde vai, Cantoclaro? — quis saber.

— Vou enterrar minha Colarina — respondeu o outro.

— Posso acompanhá-lo? — perguntou-lhe a raposa.

— Sim; mas você deve ir atrás, ou meus cavalos não conseguirão levá-lo.

Assim, a raposa subiu atrás; e logo o lobo, o urso, o bode e todos os animais da floresta vieram e subiram na carroça fúnebre.

Seguiram dessa forma até chegarem a um riacho que corria rápido.

— Como vamos atravessar? — indagou o galo.

Então disse uma palha:

— Vou me deitar, e vocês podem passar por cima de mim.

Contudo, quando os camundongos estavam passando, a palha escorregou e caiu na água, e todos os seis camundongos caíram e se afogaram. O que poderiam fazer? Então, veio um grande tronco de madeira e disse:

— Sou grande o suficiente; eu me deitarei sobre o rio, e vocês passarão por cima de mim.

Então ele se deitou; mas eles foram tão desajeitados que o tronco de madeira caiu e foi levado pelo riacho. Então, uma pedra, que viu o que havia acontecido, aproximou-se e gentilmente se ofereceu para ajudar o pobre Cantoclaro, deitando-se sobre o riacho; e, dessa vez, ele chegou em segurança ao outro lado com a carroça funerária e conseguiu tirar Colarina de dentro; mas a raposa e os outros enlutados, que estavam sentados atrás, eram muito pesados, e caíram de volta na água e foram todos levados pela corrente e se afogaram.

Desse modo, o Cantoclaro foi deixado sozinho com sua falecida Colarina; e, tendo cavado uma sepultura para ela, colocou-a dentro, e fez um pequeno monte sobre ela. Depois disso, ele se sentou ao lado da sepultura, chorou e lamentou, até que por fim morreu também; e assim todos acabaram mortos.

Rapunzel

Era uma vez um homem e uma mulher que há muito desejavam, em vão, ter um bebê. Por um longo tempo, a mulher teve esperanças de que Deus estivesse prestes a conceder seu desejo. Esse casal tinha uma janelinha nos fundos de sua casa, de onde se avistava um esplêndido jardim, cheio das mais belas flores e ervas. Ele estava, no entanto, cercado por um muro alto, e ninguém se atrevia a entrar, porque pertencia a uma feiticeira que tinha grande poder e era temida por todo mundo. Um dia, a mulher estava de pé junto a essa janela e contemplando o jardim, quando viu um canteiro no qual estava plantado o mais belo rabanete, e parecia tão fresco que ela ficou com desejo de comê-lo; ela quase definhou de tanta vontade e começou a ficar com o semblante pálido e triste. Então o marido ficou alarmado e perguntou:

— O que você tem, querida esposa?

— Ah — respondeu ela —, se eu não puder comer um pouco do rabanete que está no jardim atrás de nossa casa, vou morrer.

O homem, que a amava, pensou: *Melhor do que deixar sua esposa morrer é trazer um pouco do rabanete, custe o que custar.* Ao cair da noite, ele pulou o muro para o jardim da feiticeira, pegou rapidamente um punhado de rabanetes e o levou para a esposa. Ela, na mesma hora, fez uma salada e a devorou. Achou tão gostoso, mas tão gostoso, que, no dia seguinte, sentia três vezes mais vontade do que antes. Se ele quisesse ter sossego, o marido teria de entrar mais uma vez no jardim. Na escuridão da noite, portanto, ele escalou de novo; mas, quando desceu a parede, ficou com muito medo, pois viu a feiticeira de pé diante de si.

— Como se atreve — disse ela com olhar zangado —, descer ao meu jardim e roubar meus rabanetes como um ladrão? Vai pagar por isso!

— Ah — respondeu ele —, permita que a misericórdia tome o lugar da justiça, eu só decidi fazê-lo por necessidade. A minha mulher viu os seus rabanetes da janela e sentiu tanta vontade que teria morrido se não tivesse comido alguns.

Então, a feiticeira permitiu que a sua cólera se abrandasse e disse-lhe:

— Se o caso é como você diz, eu vou deixar que leve o quanto quiser, tenho apenas uma condição: deverá me dar a criança que sua esposa vai trazer ao mundo; ela será bem tratada, e cuidarei dela como uma mãe.

O homem, aterrorizado, concordou com tudo, e quando a mulher deu à luz, a feiticeira apareceu no mesmo instante, deu à criança o nome de Rapunzel e a levou consigo.

Rapunzel cresceu e se tornou a criança mais linda da face da Terra. Quando completou doze anos, a feiticeira a trancou em uma torre, que ficava em uma floresta, e que não tinha escada nem porta, mas bem no topo havia uma pequena janela. Quando a feiticeira queria entrar, parava debaixo dela e gritava:

> *Rapunzel, Rapunzel,*
> *Jogue seu cabelo para mim.*

Rapunzel tinha magníficos cabelos longos, delicados como fios de ouro, e, quando ouvia a voz da feiticeira, soltava suas tranças, enrolava-as em um dos ganchos da janela acima, e então o cabelo caía mais de vinte metros abaixo, e a feiticeira subia por ele.

Depois de um ou dois anos, aconteceu que o filho do rei atravessou a floresta e passou próximo à torre. Então ele ouviu uma música tão encantadora que parou e ficou escutando. Era Rapunzel, que, em sua solidão, passava o tempo deixando ressoar sua doce voz. O príncipe quis subir até ela e procurou a porta da torre, mas não havia nenhuma para encontrar. Ele voltou para casa, mas o canto havia tocado tão profundamente seu coração, que todos os dias ele ia para a floresta e o escutava. Certa vez, estando assim atrás de uma árvore, viu que uma feiticeira se aproximava e ouviu como ela gritava:

> *Rapunzel, Rapunzel,*
> *Jogue seu cabelo para mim.*

Então Rapunzel soltou as tranças de seu cabelo, e a feiticeira subiu até ela. *Se essa é a escada pela qual se sobe, eu também tentarei minha sorte,* decidiu ele, e no dia seguinte, quando começou a escurecer, foi até a torre e gritou:

> *Rapunzel, Rapunzel,*
> *Jogue seu cabelo para mim.*

No mesmo instante o cabelo caiu, e o príncipe subiu.

A princípio, Rapunzel ficou terrivelmente assustada quando um homem, que seus olhos nunca haviam visto até então, veio até ela; mas o filho do rei começou a falar com ela como um amigo, e disse-lhe que seu coração havia sido tão cativado que não sossegou, e foi forçado a vê-la. Então, Rapunzel perdeu o medo, e quando ele perguntou se ela o aceitaria como marido, e ela viu que ele era jovem e belo, pensou: *Ele vai me amar mais do que a velha senhora Gothel*; aceitou e pôs a mão na dele. Rapunzel disse:

— Vou embora de bom grado com você, mas não sei como descer. Traga consigo um novelo de seda toda vez que vier, e eu vou tecer uma escada com ela, e quando estiver pronta, eu descerei, e você me levará em seu cavalo.

Eles concordaram que, até aquele momento, ele deveria ir vê-la todas as noites, pois a velha ia durante o dia. A feiticeira não percebeu nada, até que uma vez Rapunzel lhe falou:

— Diga-me, senhora Gothel, como é que você me parece muito mais pesada do que o jovem príncipe, ele chega aqui em um instante.

— Ah! Sua criança malvada — exclamou a feiticeira. — O que disse? Pensei que a tinha separado de todo o mundo, e ainda assim me enganou!

Em sua raiva, ela agarrou as belas madeixas de Rapunzel, enrolou-as duas vezes em sua mão esquerda, pegou uma tesoura com a direita e *tchic tchac*, cortou-as, e as lindas tranças jaziam no chão. E ela foi tão impiedosa que levou a pobre Rapunzel para um local ermo onde ela teve de viver em grande tristeza e miséria.

No mesmo dia em que expulsou Rapunzel, porém, a feiticeira prendeu as tranças de cabelo que havia cortado no gancho da janela, e quando o filho do rei chegou e gritou:

Rapunzel, Rapunzel,
Jogue seu cabelo para mim.

Aí ela soltou o cabelo. O filho do rei subiu, mas, em vez de encontrar sua querida Rapunzel, encontrou a feiticeira, que o fitou com um olhar perverso e venenoso.

— Ahá! — ela gritou, zombeteira. — Você veio buscar sua amada, mas a linda avezinha não está mais cantando no ninho; a gata a pegou, e vai arranhar seus olhos também. Rapunzel está perdida para você; nunca mais a verá.

O príncipe ficou fora de si de pesar e, em seu desespero, pulou da torre. Escapou com vida, mas os espinhos em cima dos quais caiu perfuraram seus olhos. Então, ele vagou completamente cego pela floresta, não comeu nada além de raízes e frutinhas e não fez nada além de lamentar e chorar pela perda de sua querida esposa. Assim, vagou na miséria por anos, até que, enfim, chegou ao local ermo onde Rapunzel vivia na miséria com os gêmeos aos quais havia dado à luz, um menino e uma menina. Ele ouviu uma voz, que lhe parecia tão familiar que se dirigiu até ela e, quando se aproximou, Rapunzel o reconheceu, abraçou-o pelo pescoço e chorou. Duas das lágrimas dela molharam os olhos dele, que voltaram a ficar límpidos, e ele pôde enxergar como antes. Ele a conduziu ao seu reino, onde foi recebido com alegria, e viveram por muito tempo, felizes e contentes.

Avencontrado

Era uma vez um guarda florestal que entrou na floresta para caçar e, ao fazê-lo, ouviu um som de gritos como se uma criancinha estivesse lá. Ele seguiu o som e, por fim, chegou a uma árvore alta em cujo topo estava sentada uma criança pequena, pois a mãe havia caído no sono sob a árvore com a criança, e uma ave de rapina a viu em seus braços, desceu voando, arrebatou-a e colocou-a na árvore alta.

O guarda escalou a árvore, trouxe a criança para baixo e pensou consigo mesmo: *Você vai levá-lo para casa e vai criá-lo com sua Lina*. Ele o levou para casa, então, e as duas crianças cresceram juntas. E aquele que havia encontrado em uma árvore foi chamado Avencontrado, porque um pássaro o havia achado. Avencontrado e Lina se amavam tanto que, quando não se viam, ficavam tristes.

Acontece que o guarda tinha uma velha cozinheira, que certa noite pegou dois baldes e começou a buscar água, e não foi apenas, mas diversas vezes, à fonte. Lina viu isso e disse:

— Ouça, velha Sanna, por que está pegando tanta água?

— Se não contar para ninguém, eu lhe direi o porquê.

Então, Lina recusou, ela nunca contaria para ninguém, e assim a cozinheira disse:

— Amanhã cedo, quando o guarda estiver caçando, vou esquentar a água e, quando ela estiver fervendo na chaleira, vou jogar Avencontrado e cozinhá-lo nela.

Na manhã seguinte, o guarda levantou-se cedo e saiu para caçar e, quando ele havia partido, as crianças ainda estavam na cama. Então Lina falou a Avencontrado:

— Se você nunca me deixar, eu também nunca vou deixar você.

Avencontrado respondeu:

— Nem agora nem nunca vou deixar você.

Então, disse Lina:

— Então eu vou contar para você. Ontem à noite, a velha Sanna carregou tantos baldes de água para dentro de casa que lhe perguntei por que estava fazendo aquilo, e ela disse que me contaria se eu prometesse não contar para ninguém. Ela falou que de manhã cedo, quando o pai estivesse caçando, encheria a chaleira d'água, jogaria você nela e ferveria você; mas vamos nos levantar depressa, nos trocar e fugir juntos.

As duas crianças então se levantaram, vestiram-se depressa e foram embora. Quando a água da chaleira estava fervendo, a cozinheira foi ao quarto buscar Avencontrado, para atirá-lo dentro dela. Mas quando entrou e foi até as camas, as duas crianças tinham sumido. Então, ela ficou extremamente preocupada e confabulou consigo mesma:

— E agora, o que vou dizer quando o guarda chegar em casa e ver que as crianças se foram? É necessário ir atrás delas agora mesmo para trazê-las de volta.

Então a cozinheira enviou três servos atrás deles, que deveriam correr e alcançar as crianças. As crianças, no entanto, estavam sentadas às margens da floresta e, quando viram de longe os três criados correndo, Lina disse a Avencontrado:

— Nunca me deixe, e nunca vou deixar você.

Avencontrado replicou:

— Nem agora, nem nunca.

Então, Lina respondeu:

— Torne-se uma roseira, e eu, a rosa no galho dela.

Quando os três servos chegaram à floresta, nada havia além de uma roseira e uma rosa nela, mas as crianças não estavam lá. Então, eles disseram: *Não há nada a fazer aqui*; e voltaram para a casa, informando à cozinheira que não tinham visto nada na floresta além de uma pequena roseira com uma rosa nela. Então, a velha cozinheira os repreendeu:

— Seus simplórios, vocês deviam ter cortado a roseira em dois pedaços, colhido a rosa e a trazido para casa com vocês; vão e façam isso agora mesmo.

Eles tiveram, portanto, que sair e procurar pela segunda vez. As crianças, entretanto, os viram chegando de longe. Então Lina declarou:

— Avencontrado, nunca me deixe, e nunca vou deixar você.

Avencontrado respondeu:

— Nem agora; nem nunca.

Lina falou:

— Assim, transforme-se numa igreja, e serei o candelabro nela.

Desse modo, quando os três servos chegaram, não havia nada além de uma igreja, com um candelabro nela. Disseram, portanto, um ao outro: *O que podemos fazer aqui? Vamos para casa*. Ao chegarem à casa, a cozinheira perguntou se não os haviam encontrado; então, eles disseram que não, que não haviam encontrado nada além de uma igreja, na qual havia um candelabro. E a cozinheira os repreendeu:

— Seus tolos! Por que não fizeram a igreja em pedaços e trouxeram o candelabro para casa com vocês?

E assim a velha cozinheira se levantou e foi com os três servos em busca das crianças. As crianças, no entanto, viram de longe que os três servos estavam chegando, e que a cozinheira vinha bamboleando atrás deles.

Diante disso, Lina disse:

— Avencontrado, nunca me deixe, e nunca vou deixar você.

Avencontrado respondeu:

— Nem agora nem nunca.

Lina replicou:

— Torne-se um laguinho, e eu serei a pata nele.

A cozinheira, no entanto, aproximou-se deles e, quando viu o laguinho, deitou-se ao lado dele e estava prestes a bebê-lo. Mas a pata nadou rapidamente até ela, agarrou sua cabeça com o bico e a puxou para a água, e ali a velha bruxa acabou por se afogar. Depois disso, as crianças foram para casa juntas, bastante felizes, e se não morreram, ainda vivem.

O valente alfaiatezinho

Numa manhã de verão, um alfaiatezinho estava sentado à sua mesa perto da janela; ele estava de bom humor e costurava com toda energia. Nesse momento, apareceu uma camponesa na rua gritando:

— Geleias! Boas e baratas! Geleias! Boas e baratas!

Isso soou como música para os ouvidos do alfaiate; ele esticou sua delicada cabeça para fora da janela e chamou:

— Venha aqui, cara senhora; aqui você vai se livrar de seus produtos.

A mulher subiu os três degraus até o alfaiate com sua cesta pesada, e ele a fez desempacotar todos os potes para ele.

Ele inspecionou cada um, levantou-os, levou-os ao nariz e, por fim, disse:

— A geleia me parece boa, então me veja cem gramas, cara senhora. Se for só cem gramas, não vai fazer mal.

A mulher, que esperava fazer uma boa venda, deu-lhe o que ele desejava, mas foi embora muito zangada e resmungando.

— Agora, que essa geleia seja abençoada por Deus — exclamou o pequeno alfaiate —, e me dê saúde e força.

Em seguida, ele tirou o pão do armário, cortou uma fatia bem no meio do pão e espalhou a geleia por cima.

— Isso não vai ser amargo — observou ele —, mas vou terminar o casaco antes de dar uma mordida.

Ele colocou o pão perto de si, costurou e, em sua alegria, fez pontos cada vez maiores. Entretanto, o cheiro da geleia doce subiu até onde as moscas estavam em grande número, e elas foram atraídas e desceram sobre ela em bandos.

— Oi! Quem as convidou? — questionou o pequeno alfaiate, e expulsou as convidadas inesperadas.

As moscas, no entanto, que não entendiam alemão, a língua dele, não se deixaram ser enxotadas, mas voltaram em números cada vez maiores. O pequeno alfaiate finalmente perdeu toda a paciência e tirou um pedaço de pano do buraco debaixo de sua mesa de trabalho, avisando:

— Esperem, vou mostrar a vocês. — E bateu impiedosamente nelas.

Quando o afastou e contou, estavam diante dele nada menos do que sete, mortas e com as pernas esticadas.

— Você é um sujeito desse tipo? — comentou, e não pôde deixar de admirar a própria bravura. — A cidade inteira precisa saber disso!

E o pequeno alfaiate correu para cortar um cinto; costurou-o e bordou-o em letras grandes: *Sete de uma só vez!*

— Que cidade que nada! — ele continuou. — O mundo inteiro saberá disso!

E seu coração se sacudiu de alegria como o rabinho de um cordeiro. O alfaiate pôs o cinto e resolveu sair pelo mundo, pois achava que sua oficina era pequena demais para sua valentia. Antes de partir, procurou pela casa se havia alguma coisa que pudesse levar consigo; no entanto, não encontrou nada além de um queijo velho, que colocou no bolso. Em frente à porta, ele notou um pássaro que havia ficado preso nos arbustos. Lá foi a ave para o bolso junto ao queijo. Então, ele pegou a estrada com confiança e, como era leve e ágil, não sentiu cansaço. A estrada o levou até uma montanha, e quando ele alcançou o ponto mais alto dela, lá estava sentado um poderoso gigante observando os arredores tranquilamente. O alfaiatezinho subiu com valentia e falou com ele:

— Bom dia, camarada, então está sentado aí observando o vasto mundo! Estou a caminho de lá e quero tentar a sorte. Tem interesse em ir comigo?

O gigante olhou com desdém para o alfaiate e disse:

— Seu maltrapilho! Sua criatura miserável!

— Ah, é mesmo? — respondeu o pequeno alfaiate, desabotoou o casaco e mostrou o cinto ao gigante. — Você pode ler que tipo de homem eu sou!

O gigante leu: *Sete de uma só vez!*, e pensou que tinham sido homens que o alfaiate matara e começou a sentir um pouco de respeito pelo sujeitinho. No entanto, quis testá-lo primeiro e pegou uma pedra na mão, apertou-a e fez com que saísse água dela.

— Faça o mesmo — desafiou o gigante —, se tiver força.

— Só isso? — disse o alfaiate —, isso é brincadeira de criança para mim!

E enfiou a mão no bolso, tirou o queijo macio e apertou-o até o líquido escorrer.

— Minha nossa — admirou-se ele —, isso foi um pouco melhor, não foi?

O gigante não sabia o que dizer e não conseguia acreditar no homenzinho. Então, pegou uma pedra e a atirou tão alto que o olho mal podia segui-la.

— Agora, homenzinho, faça o mesmo.

— Bem atirado — elogiou o alfaiate —, mas depois a pedra desceu à terra de novo. Vou atirar uma que nunca mais cairá.

E ele colocou a mão no bolso, tirou o pássaro e o atirou ao ar. O pássaro, encantado com sua liberdade, elevou-se, voou e não voltou.

— O que acha desse arremesso, camarada? — perguntou o alfaiate.

— Você com certeza consegue arremessar — disse o gigante —, mas agora vamos ver se é capaz de carregar alguma coisa direito.

Ele levou o alfaiatezinho até um grande carvalho que estava caído no chão e disse:

— Se você é forte o suficiente, ajude-me a tirar a árvore da floresta.

— Prontamente — respondeu o homenzinho —, coloque o tronco sobre os ombros, e eu levantarei os galhos e ramos, afinal de contas, são a parte mais pesada.

O gigante colocou o tronco no ombro, mas o alfaiate sentou-se em um galho, e o gigante, que não podia olhar para trás, teve que levar a árvore toda e também o alfaiatezinho; ele, atrás, estava muito alegre e feliz, e assoviava a canção "Três alfaiates saíram portão afora", como se carregar a árvore fosse tarefa muito fácil. O gigante, depois de ter arrastado o fardo pesado por parte do caminho, não conseguia continuar e gritou:

— Ouça, vou ter que soltar a árvore!

O alfaiate saltou agilmente para o chão, agarrou a árvore com os braços como se a estivesse carregando e disse ao gigante:

— Você é um sujeito tão grande e, ainda assim, não consegue carregar a árvore!

Eles seguiram juntos e, ao passarem por uma cerejeira, o gigante segurou o topo da árvore onde estava pendurada a fruta mais madura, abaixou-a, entregou-a na mão do alfaiate e pediu-lhe que comesse. Mas o pequeno alfaiate era fraco demais para segurar a árvore e, quando o gigante a soltou, ela se ergueu de novo, e o alfaiate foi lançado ao ar com ela. Quando ele voltou ao chão sem ferimentos, o gigante perguntou:

— Como assim? Você não tem força bastante para segurar esse galho fraco?

— Força não falta — respondeu o pequeno alfaiate. — Você acha que isso seria problema para um homem que derrubou sete de uma só vez? Eu saltei por cima da árvore, porque os caçadores estão atirando lá embaixo no mato. Salte como eu fiz, se for capaz.

O gigante tentou, mas não conseguiu passar por cima da árvore e ficou pendurado nos galhos, de modo que também nisso o alfaiate manteve a vantagem.

O gigante disse:

— Se é um sujeito tão valente, venha comigo para nossa caverna e passe a noite conosco.

O alfaiatezinho concordou e o seguiu. Quando os dois entraram na caverna, outros gigantes estavam sentados perto do fogo, e cada um deles tinha uma ovelha assada na mão e a comia. O pequeno alfaiate olhou em volta e pensou: *Aqui é muito mais espaçoso do que na minha oficina.*

O gigante mostrou-lhe uma cama e disse que devia deitar-se nela e dormir. A cama, porém, era grande demais para o pequeno alfaiate; ele não se deitou nela, em vez disso se encolheu em um canto. À meia-noite, pensando que o pequeno alfaiate dormia a sono solto, o gigante levantou, pegou uma grande barra de ferro, partiu a cama de um só golpe e pensou que tinha acabado de vez com o gafanhoto. Assim que amanheceu, os gigantes foram para a floresta, e tinham esquecido o alfaiatezinho por completo, quando de repente ele se aproximou deles, alegre e confiante. Os gigantes ficaram apavorados, com medo de que ele fosse matar todos, e fugiram com muita pressa.

O pequeno alfaiate seguiu em frente, sempre seguindo para onde apontava o seu nariz. Depois de muito caminhar, chegou ao pátio de um palácio real e, como estava cansado, deitou-se na grama e adormeceu. Enquanto ele dormia, o povo veio, inspecionou-o por todos os lados e leu em seu cinto: *Sete de uma só vez!*

— Oh! O que um grande guerreiro quer aqui em tempos de paz? Ele deve ser um senhor poderoso.

Eles foram, anunciaram-no ao rei e opinaram que, se uma guerra começasse, esse seria um homem importante e útil que não deveriam deixar que partisse. O conselho agradou ao rei, e ele enviou um de seus cortesãos ao pequeno alfaiate para oferecer-lhe uma posição no serviço militar quando ele acordasse. O embaixador permaneceu de pé ao lado do dorminhoco, esperou que ele se espreguiçasse e abrisse os olhos, e então lhe transmitiu a proposta.

— Por isso vim aqui — respondeu o alfaiate —, estou pronto para estar a serviço do rei.

Ele foi, portanto, recebido com honras, e uma habitação especial lhe foi designada.

Os soldados, no entanto, ficaram contra o pequeno alfaiate e desejavam que ele estivesse a milhares de quilômetros de distância.

— Qual será o fim disso? — diziam entre si. — Se brigarmos com ele, e ele atacar, sete de nós cairemos a cada golpe; nenhum de nós pode se opor a ele.

Por isso, tomaram uma decisão, dirigiram-se em grupo ao rei e imploraram para serem dispensados.

— Não estamos preparados — disseram — para conviver com um homem que mata sete com apenas um golpe.

O rei lamentou que, por causa de um, perderia todos os seus servos fiéis, desejou nunca ter visto o alfaiate e de bom grado teria se livrado dele de novo. Contudo, não se atreveu a dispensá-lo, pois temia que o alfaiate atacasse, matando-o e a todo o seu povo, e se colocasse no trono real.

Ele refletiu sobre o assunto por um longo tempo e finalmente teve uma boa ideia. Mandou uma mensagem ao pequeno alfaiate e informou-lhe de que, como era um grande guerreiro, tinha um pedido a lhe fazer. Em uma floresta do país viviam dois gigantes, que causavam grandes danos com seus roubos, assassinatos, destruições e incêndios, e ninguém podia se aproximar deles sem se colocar em perigo de morte. Se o alfaiate derrotasse e matasse esses dois gigantes, o rei lhe daria sua única filha por esposa, e metade de seu reino como dote; além disso, cem cavaleiros iriam com ele para ajudá-lo. *Isso seria realmente ótimo para um homem como eu!*, pensou o pequeno alfaiate. *Não é sempre que se recebe a oferta de uma bela princesa e de metade de um reino!*

— É claro! — respondeu ele. — Logo subjugarei os gigantes e não preciso da ajuda de cem cavaleiros para fazê-lo; aquele que consegue acertar sete com um golpe não precisa ter medo de dois.

O pequeno alfaiate saiu e os cem cavaleiros o acompanharam. Quando chegou aos arredores da floresta, disse aos seus companheiros:

— Esperem aqui. Sozinho, eu logo acabarei com os gigantes.

Então entrou na floresta e procurou por todo lado. Depois de um tempo viu os dois gigantes. Eles dormiam debaixo de uma árvore e roncavam tanto que os galhos balançavam para cima e para baixo. O pequeno alfaiate, sem demora, encheu os bolsos de pedras e subiu na árvore. Quando estava no meio da árvore, escorregou por um galho, até que estava logo acima dos dorminhocos e, então, deixou uma pedra após a outra cair no peito de um dos gigantes. Por muito tempo, o gigante não sentiu nada, mas por fim acordou, empurrou seu companheiro e perguntou:

— Por que está me socando?

— Você deve estar sonhando — respondeu o outro —, não estou socando você.

Eles se deitaram para dormir de novo, e então o alfaiate jogou uma pedra no segundo.

— O que está acontecendo? — exclamou o outro. — Por que está me batendo?

— Eu não estou batendo em você — respondeu o primeiro, rosnando.

Discutiram por um tempo, mas como estavam cansados deixaram o assunto de lado e seus olhos se fecharam mais uma vez. O pequeno alfaiate recomeçou o jogo, escolheu a maior pedra e atirou-a com toda a força no peito do primeiro gigante.

— Já chega! — gritou ele, e pulou como um louco, empurrando seu companheiro contra a árvore até ela balançar.

O outro pagou-lhe na mesma moeda, e ficaram tão furiosos que arrancaram árvores e esmurraram-se durante muito tempo. Por fim, ambos caíram mortos no chão ao mesmo tempo.

Então o pequeno alfaiate desceu.

— Foi uma sorte — comentou ele — que não tenham arrancado a árvore em que eu estava, ou eu teria que correr para outra como um esquilo; mas nós, alfaiates, somos ágeis.

Ele sacou sua espada e deu alguns golpes no peito de cada um deles, então foi até os cavaleiros e disse:

— O trabalho está feito; acabei com os dois, mas foi um trabalho árduo! Eles arrancaram árvores em sua extrema necessidade e se defenderam com elas, mas tudo isso é inútil quando aparece um homem como eu, que pode matar sete de um só golpe.

— Mas você não está ferido? — perguntaram os cavaleiros.

— Não precisam se preocupar com isso — respondeu o alfaiate —, eles não tocaram em nem um fio de cabelo meu.

Os cavaleiros não acreditaram nele e entraram na floresta; lá, eles encontraram os gigantes caídos sobre o próprio sangue, e ao redor estavam as árvores arrancadas.

O pequeno alfaiate exigiu do rei a recompensa prometida; este, no entanto, se arrependeu de sua promessa e mais uma vez pensou em como poderia se livrar do herói.

— Antes de receber minha filha e metade do meu reino — disse o rei a ele —, você deve realizar mais um ato heroico. Na floresta há um unicórnio que causa muito mal, e você deve capturá-lo primeiro.

— Temo um unicórnio ainda menos do que dois gigantes. Sete de uma só vez, esse é o meu tipo de caso.

Ele pegou uma corda e um machado, saiu para a floresta e mais uma vez pediu aos que foram enviados com ele que esperassem ali fora. O alfaiate não teve de procurar por muito tempo. O unicórnio logo se aproximou, e correu direto para o alfaiate, como se fosse atravessá-lo com seu chifre sem mais delongas.

— Com cuidado, com cuidado; não pode ser tão rápido assim — falou o alfaiate, ficou parado e esperou até que o animal estivesse bem perto, e então saltou com agilidade para ficar atrás da árvore. O unicórnio correu contra a árvore com toda a força e enfiou o chifre tão fundo no tronco que não teve força suficiente para puxá-lo para fora e, dessa forma, foi capturado.

— Agora, estou livre dessa tarefa — declarou o alfaiate e saiu de trás da árvore, colocou a corda em volta do pescoço do animal e então, com seu machado, tirou o chifre da árvore, e quando tudo estava pronto conduziu a fera e a levou ao rei.

Ainda assim, o rei não lhe deu a recompensa prometida e fez uma terceira exigência. Antes do casamento, o alfaiate deveria capturar para ele um javali que fazia grande estrago na floresta, e os caçadores deveriam ajudá-lo.

— Com prazer — respondeu o alfaiate —, isso é brincadeira de criança!

Ele não levou os caçadores consigo para a floresta, e eles ficaram muito satisfeitos por ele não o ter feito, pois o javali os recebera várias vezes de tal maneira que eles não tinham a menor vontade de ficar à espreita em busca do animal. Quando o javali notou a presença do alfaiate, correu para cima dele com a boca espumando e presas afiadas, e estava prestes a derrubá-lo, mas o herói fugiu e saltou para dentro de uma capela que havia ali perto, pulou a janela e saiu de novo sem parar. O javali entrou correndo atrás dele, mas o alfaiate correu para fora e fechou a porta atrás de si, e então o animal furioso, que era pesado e desajeitado demais para pular pela janela, foi capturado. O pequeno alfaiate chamou os caçadores para que vissem o prisioneiro com os próprios olhos. O herói, porém, foi até o rei que, gostando ou não, agora era obrigado a cumprir sua promessa e entregou a filha e metade de seu reino. Se ele soubesse que não era um herói de guerra, mas um mero alfaiate que estava diante dele, isso teria deixado seu coração ainda mais pesado. O casamento foi realizado com grande magnificência e pouca alegria, e de um alfaiate fez-se um rei.

Depois de algum tempo, a jovem rainha ouviu o marido dizer em seus sonhos à noite:

— Garoto, faça-me o gibão e remende as calças, ou então vou dar com a régua em suas orelhas.

Dessa forma, ela descobriu em que situação de vida o jovem senhor havia nascido e, na manhã seguinte, queixou-se de seus problemas ao pai, e implorou-lhe que a ajudasse a se livrar do marido, que não passava de um alfaiate. O rei consolou-a e anunciou:

— Deixe a porta do seu quarto aberta esta noite, e meus servos ficarão do lado de fora. Quando ele adormecer, vão entrar, amarrá-lo e colocá-lo a bordo de um navio que o levará para longe.

A mulher ficou satisfeita com isso; mas o escudeiro do rei, que ouvira tudo, era amigo do jovem senhor e o informou de toda a trama.

— Vou acabar com esse negócio — disse o alfaiatezinho.

À noite, ele foi para a cama com a esposa no horário de sempre e, quando ela pensou que ele havia adormecido, a esposa se levantou, abriu a porta e voltou a se deitar. O pequeno alfaiate, que apenas fingia dormir, começou a gritar com voz clara:

— Garoto, faça-me o gibão e remende as calças ou então vou dar com a régua em suas orelhas. Matei sete de uma só vez. Matei dois gigantes, capturei um unicórnio e um javali, acaso vou ter medo aqueles que estão do lado de fora do quarto.

Quando os homens ouviram o alfaiate falar assim, foram tomados de grande pavor e correram como se o caçador selvagem estivesse atrás deles, e nenhum ousaria fazer mais nada contra ele. Assim, o pequeno alfaiate foi e permaneceu rei até o fim de sua vida.

João e Maria (Hansel e Gretel)

Próximo a uma grande floresta morava um pobre lenhador com sua esposa e seus dois filhos. O menino se chamava João e a menina Maria. Ele tinha pouco para comer e, certa vez, quando grande escassez se abateu sobre a região, ele não conseguiu mais obter nem mesmo o pão de cada dia. Ora, enquanto pensava nisso à noite em sua cama e se agitava em sua ansiedade, suspirou e disse à esposa:

— O que será de nós? Como vamos alimentar nossos pobres filhos, quando não temos mais nada nem para nós mesmos?

— Vou lhe dizer uma coisa, marido — respondeu a mulher —, amanhã cedo levaremos as crianças para a floresta, para onde é mais cerrada; lá acenderemos uma fogueira para eles e daremos um pedaço de pão a mais para cada um e, depois, iremos para nosso trabalho e os deixaremos sozinhos. Eles não encontrarão o caminho de volta para casa e teremos nos livrado deles.

— Não, esposa — disse o homem —, não farei isso; como posso suportar deixar meus filhos sozinhos na floresta? Os animais selvagens logo viriam e os devorariam.

— Ah, seu tolo! — retrucou ela. — Então nós quatro vamos morrer de fome, já pode começar a cortar as tábuas para nossos caixões.

E ela não o deixou em paz até que ele concordasse.

— Mas eu ainda sinto muito pelas pobres crianças — disse o homem.

As duas crianças também não conseguiram dormir de fome e ouviram o que a madrasta disse para o pai. Maria chorou lágrimas amargas e desabafou com João:

— Agora estamos acabados.

— Fique quieta, Maria — orientou João —, não se preocupe, logo encontrarei uma maneira de nos salvar.

E quando os adultos tinham caído no sono, ele se levantou, vestiu seu casaquinho, abriu a porta de baixo e se esgueirou para fora. O brilho do luar era intenso, e as pedrinhas brancas na frente da casa brilhavam como verdadeiras moedas de prata. João se abaixou e encheu o bolso de seu casaquinho o máximo que conseguiu. Depois voltou e disse a Maria:

— Fique tranquila, querida irmãzinha, e durma em paz, Deus não nos abandonará. — E voltou para cama.

Quando amanheceu, mas antes que o sol se elevasse no céu, a mulher veio e despertou as duas crianças, dizendo:

— Levantem-se, preguiçosos! Vamos para a floresta buscar lenha.

Ela deu a cada um deles um pedacinho de pão e disse:

— Isso é para o seu almoço, mas não comam antes, pois não terão mais nada.

Maria guardou o pão no avental e João tinha as pedrinhas no bolso. Em seguida, todos partiram juntos rumo à floresta. Depois de pouco tempo de caminhada, João parava e olhava para trás, para a casa, de novo e de novo. O pai questionou:

— João, o que você está olhando aí, ficando para trás? Preste atenção e não se esqueça de usar as pernas.

— Ah, pai — disse João —, estou olhando para o meu gatinho branco, que está sentado no telhado, e quer se despedir de mim.

A esposa disse:

— Tolo, aquilo não é o seu gatinho, é o sol da manhã refletindo nas chaminés.

Contudo, João não estava olhando para o gato, mas estava a todo instante jogando uma das pedrinhas brancas que tinha no bolso pela estrada.

Quando chegaram ao meio da floresta, o pai disse:

— Agora, crianças, empilhem um pouco de lenha, e vou acender uma fogueira para que vocês não sintam frio.

João e Maria recolheram gravetos juntos, formando um pequeno monte. Atearam fogo aos gravetos e, quando as chamas estavam bem altas, a mulher disse:

— Agora, crianças, deitem perto do fogo e descansem, vamos entrar na floresta e cortar um pouco de lenha. Quando terminarmos, voltaremos para buscá-los.

João e Maria sentaram-se perto do fogo e, ao meio-dia, cada um comeu um pedacinho de pão e, ao ouvirem os golpes do machado, acreditaram que seu pai estava por perto. Entretanto, não era o machado, mas um galho que ele havia amarrado a uma árvore ressecada a qual o vento balançava para a frente e para trás. E por ficarem lá por muito tempo, seus olhos se fecharam de cansaço e os dois caíram em sono profundo. Quando enfim acordaram, já era noite escura. Maria começou a chorar e disse:

— Como vamos sair da floresta agora?

Mas João a consolou dizendo:

— Espere só um pouco, até a lua aparecer, e logo encontraremos o caminho.

Quando a lua cheia apareceu, João pegou sua irmãzinha pela mão e seguiu as pedrinhas, que brilhavam como moedas de prata recém-cunhadas e mostravam-lhes o caminho.

Caminharam a noite inteira e, ao raiar do dia, chegaram de volta à casa do pai. Eles bateram à porta e, quando a mulher abriu e viu que eram João e Maria, ela ralhou:

— Suas crianças malcriadas, por que dormiram tanto tempo na floresta? Pensamos que vocês nunca mais voltariam!

O pai, no entanto, regozijou-se, pois lhe ferira o coração deixá-los para trás, sozinhos.

Não muito tempo depois, houve mais uma grande escassez em toda a terra, e os filhos ouviram a madrasta dizer à noite ao pai:

— Mais uma vez comemos tudo, resta meio pão, e acabou. As crianças devem ir, vamos levá-las mais fundo na floresta, para que não encontrem o caminho de volta; não há outro meio de nos salvar!

O coração do homem estava pesado, e ele pensou: *Seria melhor você dividir o último bocado com seus filhos*. A mulher, porém, não queria ouvir nada que ele tivesse para dizer; pelo contrário, repreendeu-o. Aquele que concorda uma vez, da mesma maneira, acaba tendo de concordar outra vez, e, como ele havia cedido da primeira, teve de fazê-lo também pela segunda vez.

As crianças, no entanto, ainda estavam acordadas e ouviram a conversa. Quando os adultos adormeceram, João levantou-se de novo e quis sair e apanhar pedrinhas como fizera na outra noite, mas a mulher tinha trancado a porta e João não conseguiu sair. Mesmo assim, ele consolou sua irmãzinha e disse:

— Não chore, Maria, durma tranquila, o bom Deus nos ajudará.

De manhã cedo, a mulher veio e tirou as crianças de suas camas. Deu-lhes um pedaço de pão ainda menor do que da vez anterior. No caminho até a floresta, João esfarelou o dele no bolso, e muitas vezes parou e jogou um bocado no chão.

— João, por que está parando e olhando para trás? — questionou o pai —, ande.

— Estou olhando para meu pombinho que está sentado no telhado e quer se despedir de mim — respondeu João.

— Tolo! — retrucou a mulher. — Não é o seu pombinho, é o sol da manhã que está refletindo na chaminé.

João, porém, aos poucos jogou todas as migalhas pelo caminho.

A mulher levou as crianças ainda mais fundo na floresta, onde nunca estiveram antes em suas vidas. Então fizeram mais uma vez uma grande fogueira, e a madrasta disse:

— Sentem-se aí, filhos, e quando estiverem cansados podem dormir um pouco; vamos para a floresta cortar lenha e, à noite, quando terminarmos, viremos buscá-los.

Ao meio-dia, Maria dividiu seu pedaço de pão com João, que havia espalhado o dele pelo caminho. Depois disso, eles adormeceram e a noite passou, mas ninguém veio até as pobres crianças. Eles não acordaram até que a noite estivesse adiantada, e João confortou sua irmãzinha, dizendo:

— Espere, Maria, até a lua aparecer, então veremos as migalhas de pão que espalhei, elas nos mostrarão o caminho de volta para casa.

Quando a lua chegou, eles partiram, mas não encontraram migalhas, pois os muitos milhares de pássaros que voam pelos bosques e campos as comeram. João disse a Maria:

— Logo encontraremos o caminho.

Contudo, não o encontraram. Caminharam a noite inteira e todo o dia seguinte também, de manhã até a noite, mas não saíram da floresta e estavam com muita fome, pois não tinham nada para comer além de duas ou três frutinhas, que cresciam no chão. E como estavam tão cansados que não se aguentavam mais de pé, deitaram-se debaixo de uma árvore e caíram no sono.

Já fazia três manhãs desde que haviam saído da casa do pai. Recomeçaram a andar, mas sempre penetravam mais fundo na floresta e, se não conseguissem ajuda logo, morreriam de fome e cansaço. Ao meio-dia, viram um lindo pássaro branco como a neve sentado em um galho, o qual cantou tão maravilhosamente que eles pararam e escutaram. Quando o canto acabou, a ave abriu suas asas e voou para longe à frente deles, e as crianças a seguiram até chegarem a uma casinha, em cujo telhado o pássaro pousou. Ao se aproximarem da casinha, viram que era feita de pão e coberta com bolinhos, e as janelas eram feitas de vidro de açúcar.

— Vamos aproveitar a oportunidade — sugeriu João —, e fazer uma boa refeição. Vou comer um pouco do telhado, e você, Maria, coma um pouco da janela, deve ser bem doce.

João estendeu a mão e quebrou um pouco do telhado para experimentar o gosto, e Maria se encostou na janela e mordiscou as vidraças. Então uma voz suave gritou da sala:

Morde, morde, mordisca,
Quem está mordiscando minha casinha?

As crianças responderam:

O vento, o vento,

| *O vento vindo do céu.*

E continuaram comendo sem se preocupar. João, que gostou do sabor do telhado, arrancou um grande pedaço dele, e Maria empurrou toda uma vidraça redonda, sentou-se e saboreou-a. De repente, a porta se abriu e uma mulher tão velha quanto as colinas, que se apoiava em muletas, saiu bem devagar. João e Maria ficaram tão assustados que deixaram cair o que tinham nas mãos. A velha, porém, assentiu com a cabeça e disse:

— Oh, crianças queridas, quem os trouxe aqui? Entrem e fiquem comigo. Nenhum mal lhes acontecerá.

Ela pegou os dois pela mão e os levou para dentro de sua casinha. Então, boa comida foi colocada diante deles, leite e panquecas, com açúcar, maçãs e nozes. Depois, duas lindas caminhas foram cobertas com lençóis brancos e limpos, e João e Maria deitaram-se nelas e pensaram que estavam no paraíso.

A velha apenas fingia ser tão bondosa; ela era, na verdade, uma bruxa malvada, que espreitava crianças, e só havia construído a casinha de pão para atraí-las para lá. Quando uma criança caía em seu poder, ela a matava, cozinhava e comia, e aquele era um dia de banquete para ela. As bruxas têm olhos vermelhos e não podem enxergar longe, mas têm um faro aguçado, como as feras, e sabem quando os seres humanos se aproximam. Quando João e Maria se aproximaram, ela riu com malícia e zombou:

— Eu os tenho, não me escaparão de novo!

De manhã cedo, antes que as crianças acordassem, ela já estava de pé e, quando viu os dois dormindo, tão bonitos, com suas bochechas roliças e rosadas, ela murmurou para si mesma:

— Vai ser um belo bocado!

Então ela pegou João com a mão enrugada, carregou-o para um pequeno estábulo e trancou-o atrás uma porta gradeada. Por mais que ele gritasse, de nada adiantaria. Depois, ela foi até Maria, sacudiu-a até acordar a menina e gritou:

— Levante-se, preguiçosa, vá buscar água e cozinhe alguma coisa boa para o seu irmão, ele está no estábulo lá fora e deve engordar. Quando estiver gordo, vou comê-lo.

Maria começou a chorar copiosamente, mas foi em vão, pois ela foi forçada a fazer o que a bruxa malvada havia ordenado.

E agora a melhor comida era preparada para o pobre João, mas Maria não recebia nada além de cascas de caranguejo. Todas as manhãs a mulher cambaleava até o pequeno estábulo e gritava:

— João, estique o dedo para que eu possa sentir se você logo ficará gordo.

João, no entanto, estendia um ossinho para ela, e a velha, que tinha olhos turvos, não conseguia vê-lo e pensava que era o dedo de João, e ficava surpresa porque não havia como engordá-lo. Quando quatro semanas haviam se passado e João ainda permanecia magro, ela foi tomada de impaciência e não quis esperar mais.

— Bem, agora, Maria — ela gritou para a garota —, mexa-se e traga um pouco de água. Esteja João gordo ou magro, amanhã eu vou matá-lo e cozinhá-lo.

Ah, como a pobre irmãzinha lamentou quando teve que buscar a água, e como suas lágrimas escorreram por seu rosto!

— Amado Deus, ajude-nos — ela clamou. — Se as feras na floresta tivessem nos devorado, pelo menos teríamos morrido juntos.

— Apenas guarde seus murmúrios para si mesma — disse a velha —, não vão lhe ajudar em nada.

De manhã cedo, Maria teve que sair e pendurar o caldeirão com a água e acender o fogo.

— Primeiro vamos assar — anunciou a velha —, já acendi o forno e sovei a massa.

Ela empurrou a pobre Maria para o forno, de onde já saíam chamas.

— Entre — disse a bruxa —, e veja se está bem aquecido, para que possamos colocar o pão.

E, uma vez que Maria estivesse lá dentro, a velha pretendia fechar o forno e deixar a menina assar, assim, a comeria também. Mas Maria percebeu o que ela tinha em mente e disse:

— Não sei como fazer isso; como faço para entrar?

— Menina tola — disse a velha. — A porta é grande o suficiente; veja, eu mesma consigo entrar!

E ela se adiantou e enfiou a cabeça no forno. Nesse momento, Maria deu-lhe um empurrão que a jogou bem fundo, fechou a porta de ferro e trancou o ferrolho. Ah! Então, ela começou a uivar de modo terrível, mas Maria fugiu e a bruxa ímpia foi horrivelmente queimada até a morte.

Maria, no entanto, correu como um relâmpago até João, abriu seu pequeno estábulo e gritou:

— João, estamos salvos! A velha bruxa está morta!

Então João saltou como um pássaro de sua gaiola quando a porta foi aberta. Como eles se alegraram e se abraçaram, e dançaram e se beijaram! E como não precisavam mais temê-la, entraram na casa da bruxa, e em cada canto havia baús cheios de pérolas e joias.

— Isto é muito melhor do que pedrinhas! — observou João, e enfiou nos bolsos o quanto pudesse enfiar.

E Maria disse:

— Eu também levarei algo para casa comigo. — E encheu o avental.

— Mas agora devemos partir — disse João —, para que possamos sair da floresta da bruxa.

Depois de caminharem por duas horas, chegaram a uma grande extensão de água.

— Não temos como atravessar — informou João —, não vejo nenhuma prancha nem ponte.

— E também não há balsa — respondeu Maria —, mas uma pata branca está nadando lá; se eu pedir, ela vai nos ajudar.

Então ela gritou:

> *Patinha, patinha, acaso não vê*
> *João e Maria esperando por você?*
> *Nem prancha nem ponte por aqui vemos,*
> *Deixe que em suas costas alvas passemos.*

A pata veio até eles, e João sentou-se em suas costas e disse à irmã para se sentar ao lado dele.

— Não — respondeu Maria —, vai ser pesado demais para a patinha; ela nos levará, um depois do outro.

A boa patinha o fez, e uma vez que eles estavam seguros do outro lado e tinham andado por um curto período, a floresta lhes parecia cada vez mais familiar, e, depois de determinado tempo, viram à distância a casa do seu pai. Então, puseram-se a correr, precipitaram-se pela sala e se atiraram ao pescoço do pai. O homem não tivera um momento de felicidade desde que deixara as crianças na floresta; a mulher, porém, estava morta. Maria esvaziou seu avental até que pérolas e pedras preciosas se espalhassem pelo aposento, e João tirou um punhado atrás do outro do bolso para adicionar a elas. Assim, toda preocupação se acabou e eles viveram juntos em perfeita felicidade.

Meu conto chegou ao fim, lá vai um rato; quem o pegar, poderá fazer um grande gorro de pele com ele.

A rata, o pássaro e a linguiça

Era uma vez uma rata, um pássaro e uma linguiça que se associaram e foram morar juntos. Por muito tempo, tudo correu bem; eles viviam com grande conforto e prosperaram a ponto de aumentarem consideravelmente suas provisões. O dever do pássaro era voar todo dia até a floresta e trazer lenha; o da rata era buscar a água, e o da linguiça era cozinhar.

Quando as pessoas estão bem demais, sempre começam a ansiar por algo novo. E assim aconteceu que o pássaro, um dia, enquanto estava fora, encontrou outro pássaro, a quem contou com orgulho sobre a excelência de seus arranjos domésticos. Mas o outro pássaro zombou dele por ser um pobre simplório, que fazia todo o trabalho duro, enquanto os outros dois ficavam em casa, bem tranquilos. Pois, após a rata ter acendido o fogo e trazido a água, ela podia retirar-se para o seu quartinho e descansar até a hora de pôr a mesa. A linguiça só tinha que olhar a panela para ver se a comida estava bem cozida e, quando estava perto da hora do jantar, apenas se atirava no caldo ou se remexia três ou quatro vezes entre os legumes, e lá estavam, amanteigados e temperados, e prontos para serem servidos. Depois, quando o pássaro chegava em casa e deixava seu fardo de lado, eles se sentavam à mesa e, tendo terminado a refeição, podiam dormir até a manhã seguinte; essa era uma vida realmente muito agradável.

Influenciado por esses comentários, na manhã seguinte, o pássaro se recusou a trazer a madeira, alegando aos outros que tinha sido seu servo por tempo demais e que havia sido um tolo na barganha, e que agora era hora de fazer uma mudança e tentar alguma outra maneira de organizar o trabalho. Não importava o quanto a rata e a linguiça implorassem e pedissem, de nada adiantou; o pássaro continuava irredutível, e a mudança tinha que ser feita. Eles, portanto, sortearam, e coube à linguiça trazer a lenha, à rata cozinhar e ao pássaro buscar a água.

E assim o que aconteceu? A linguiça partiu em busca de lenha, o pássaro acendeu o fogo, e a rata colocou a panela no fogo, e então os dois esperaram até que a linguiça voltasse com a lenha para o dia seguinte. Mas a linguiça ficou tanto tempo fora que ficaram preocupados, e o pássaro voou para encontrá-la. Entretanto, ele não tinha se afastado muito quando avistou um cachorro que, tendo encontrado a linguiça, considerou-a como sua por direito e, assim, agarrou-a e a engoliu. O pássaro reclamou com o cachorro por esse roubo descarado, mas nada do que disse adiantou, pois o cachorro respondeu que havia encontrado documentos falsificados na linguiça, e que, por isso, ela perdera a vida.

Ele pegou a madeira e voou para casa, entristecido, e contou à rata tudo o que tinha visto e ouvido. Ambos estavam muito tristes, mas concordaram em continuar da melhor maneira e permanecer um com o outro.

Então, dessa vez o pássaro pôs a mesa e a rata cuidou da comida e, querendo prepará-la da mesma forma que a linguiça, rolando entre os legumes para temperá-los e untá-los, ela pulou na panela; mas parou muito antes de chegar ao fundo, já tendo se separado não apenas da pele e do pelo, mas também da vida.

Logo o pássaro entrou e quis servir o jantar, mas não viu a cozinheira em lugar algum. Em sua preocupação e agitação, ele espalhou a lenha aqui e ali pelo chão, chamou e procurou, mas encontrou qualquer cozinheira. Então, parte da madeira que havia sido jogada sem cuidado pelo chão pegou fogo e começou a arder. O pássaro apressou-se a ir buscar água, mas o seu balde caiu no poço, e ele caiu em seguida, e como não conseguiu se recuperar, afogou-se.

Mamãe flocos de Neve

Era uma vez uma viúva que tinha duas filhas: uma delas era bela e trabalhadora; a outra, feia e preguiçosa. A mãe, porém, gostava mais da feia e preguiçosa, porque era sua própria filha, e, assim, a outra, que era apenas sua enteada, era obrigada a fazer todo o trabalho da casa, e era tal qual a Cinderela da família. A madrasta a mandava todos os dias para sentar-se junto ao poço ao lado da grande estrada, para ficar ali fiando até que seus dedos sangrassem. Aconteceu, certo dia, que um pouco de sangue caiu sobre o fuso, e quando a menina se debruçou sobre o poço à procura de lavá-lo, o fuso de repente saltou de sua mão e caiu no poço. Ela correu para casa chorando a fim de contar seu infortúnio, mas a madrasta falou com dureza com ela e, depois de dar-lhe uma bronca violenta, zombou, maldosa:

— Já que deixou o fuso cair no poço, vai buscá-lo.

A menina voltou ao poço sem saber o que fazer e, finalmente, em sua angústia, pulou na água atrás do fuso.

Ela não se lembrava de mais nada até que acordou e se viu em um lindo prado, ensolarado e repleto de inúmeras flores desabrochando por todos os lados.

Ela caminhou pelo prado, e logo se deparou com um forno de padeiro cheio de pão, e os pães gritaram para ela:

— Tire-nos, tire-nos, ou ai de nós! Seremos reduzidos a cinzas; estamos assados há muito tempo.

Então, ela pegou a pá de pão e tirou todos eles.

Ela seguiu um pouco mais adiante, até que chegou a uma árvore cheia de maçãs.

— Sacuda-me, sacuda-me, eu imploro — gritou a árvore —, minhas maçãs estão todas maduras.

Então, sacudiu a árvore, e as maçãs caíram sobre ela como chuva; mas continuou sacudindo até que não sobrou uma única maçã nos galhos. Em seguida, juntou as maçãs em uma pilha de forma meticulosa e seguiu adiante.

A próxima coisa que encontrou foi uma casinha, e lá viu uma velha olhando para fora. A velha tinha dentes tão grandes que a menina ficou apavorada e se virou para fugir. Mas a velha a chamou:

— Por que está com medo, querida criança? Fique comigo; se fizer as tarefas domésticas para mim do jeito certo, eu a farei muito feliz. Você deve ter muito cuidado, no entanto, para fazer minha cama da maneira correta, pois desejo que sempre sacuda bem os lençóis, para que as penas voem; então dizem, lá embaixo no mundo, que está nevando; porque eu sou a Mamãe Flocos de Neve.

A velha falou com tanta gentileza que a garota criou coragem e concordou em entrar em seu serviço.

Tomava cuidado para fazer tudo de acordo com a ordem da velha e, a cada vez que arrumava a cama, a sacudia com toda a força, de modo que as penas voavam como flocos de neve. A velha cumpriu sua palavra: nunca lhe falava com raiva, e lhe dava carnes assadas e cozidas todos os dias.

Desse modo, ela ficou com Mamãe Flocos por certo tempo, e então começou a ficar infeliz. A princípio ela não conseguia determinar por que se sentia triste, mas por fim se deu conta de um grande desejo de voltar para casa; então, percebeu que estava com saudades de casa, embora estivesse mil vezes melhor com a Mamãe Flocos do que com sua madrasta e irmã. Depois de esperar um tempo, ela foi até Mamãe Flocos e avisou:

— Estou com tanta saudade de casa, que não posso mais ficar com você, pois, embora esteja tão feliz aqui, devo voltar para minha própria gente.

Então Mamãe Flocos disse:

— Fico feliz que você queira voltar para seu próprio povo, e como você me serviu tão bem e fielmente, eu mesma a levarei para casa.

No mesmo instante, ela levou a garota pela mão até um portão largo. O portão foi aberto e, quando a garota passou, uma chuva de ouro caiu sobre ela, e o ouro grudou nela, de modo que ficou coberta com ele da cabeça aos pés.

— Isso é uma recompensa por sua diligência — disse Mamãe Flocos —, e, enquanto falava, entregou-lhe o fuso que ela havia deixado cair no poço.

O portão foi, então, fechado, e a menina se viu de volta ao velho mundo, perto da casa de sua madrasta. Quando ela entrou no pátio, o galo que estava empoleirado no poço gritou:

Có-coricó-cocó!
A filha de ouro voltou do pó.

Então, ela foi até a madrasta e a irmã, e, como estava tão ricamente coberta de ouro, elas a receberam com caloroso afeto. Ela lhes contou todo o ocorrido, e, quando a mãe soube como ela havia conseguido suas grandes riquezas, pensou que gostaria de ver sua filha feia e preguiçosa tentar a sorte. Assim, fez a irmã sentar-se junto ao poço e fiar, e a garota espetou o dedo e enfiou a mão em um espinheiro, para que pudesse derramar um pouco de sangue no fuso; então, atirou-o no poço e pulou nele ela mesma.

Tal qual a irmã, ela acordou no lindo prado e caminhou por ele até chegar ao forno.

— Tire-nos, tire-nos, ou ai de nós! Seremos reduzidos a cinzas; estamos assados há muito tempo — gritaram os pães como antes.

Mas a garota preguiçosa respondeu:

— Acham que vou sujar as mãos por vocês? — E continuou andando.

Logo ela chegou à macieira.

— Sacuda-me, sacuda-me, eu imploro, minhas maçãs estão todas maduras — gritou a árvore.

Mas ela apenas respondeu:

— Que coisa para me pedir, uma das maçãs pode cair na minha cabeça. — E seguiu em frente.

Por fim, ela chegou à casa de Mamãe Flocos e, como ouvira tudo sobre os dentes grandes por meio de sua irmã, não teve medo deles e, sem demora, se colocou a serviço da senhora.

No primeiro dia, ela foi muito obediente e trabalhadora, e se esforçou para agradar a Mamãe Flocos de Neve, pois pensava no ouro que receberia em troca. No dia seguinte, porém, começou a se demorar no trabalho, e no terceiro dia estava ainda mais ociosa; depois, começou passar as manhãs deitada na cama e se recusava a levantar. Pior ainda, deixou de fazer a cama da velha da maneira certa e se esqueceu de sacudi-la para que as penas voassem. Assim, Mamãe Flocos logo se cansou dela e a dispensou. A garota preguiçosa ficou encantada com isso e pensou consigo mesma: *O ouro em breve será meu*. Mamãe Flocos de Neve a conduziu, como havia conduzido a irmã, até o amplo portão; mas enquanto ela passava, em vez da chuva de ouro, um grande balde cheio de piche caiu sobre ela.

— Isso é em pagamento por seus serviços — informou a velha e fechou o portão.

Então a preguiçosa teve que voltar para casa coberta de piche, e o galo no poço gritou ao vê-la:

> *Có-coricó-cocó!*
> *A filha imunda voltou do pó.*

Mas, não importava o que ela fizesse, ela não conseguia remover o piche que ficou grudado nela pelo resto de sua vida.

Chapeuzinho Vermelho

Era uma vez uma doce menininha que era amada por todos que a conheciam, mas principalmente por sua avó, e não havia nada que ela não daria à criança. Uma vez a senhora lhe deu um chapeuzinho de veludo vermelho, que lhe caiu tão bem que nunca mais usou outro; por isso, a menina passou a ser chamada sempre de "Chapeuzinho Vermelho".

Um dia a mãe lhe disse:

— Venha, Chapeuzinho Vermelho, aqui estão um pedaço de bolo e uma garrafa de vinho. Leve-os para sua avó, ela está doente e fraca, e isso lhe fará bem. Saia antes que fique quente e, enquanto estiver a caminho, ande com calma e devagar e não se desvie da trilha, ou correrá o risco de cair e quebrar a garrafa, aí sua avó não receberá nada. Quando entrar no quarto dela, não se esqueça de dizer bom-dia e não espie em todos os cantos antes de fazer isso.

— Vou tomar muito cuidado — disse Chapeuzinho Vermelho à mãe, dando sua palavra.

A avó morava na floresta, a pouco mais de dois quilômetros da aldeia, e pouco depois que Chapeuzinho Vermelho havia entrado na floresta, um lobo a encontrou. A menina não sabia o quanto ele era uma criatura perversa e não sentiu medo algum dele.

— Bom dia, Chapeuzinho Vermelho — cumprimentou ele.

— Muito obrigada, lobo.

— Para onde está indo tão cedo, Chapeuzinho Vermelho?

— Para a casa da minha avó.

— O que traz no seu avental?

— Bolo e vinho; ontem foi dia de assar, então a pobre vovó, que está doente, vai receber algo bom, para deixá-la mais forte.

— Onde sua avó mora, Chapeuzinho Vermelho?

— Pouco mais de um quilômetro para dentro da floresta; a casa dela fica sob os três grandes carvalhos, com as nogueiras logo abaixo; você com certeza deve conhecer — respondeu Chapeuzinho Vermelho.

O lobo pensou consigo mesmo: *Que criaturinha tenra! Que belo bocado; ela será melhor de comer do que a velha. Devo agir com astúcia, para pegar as duas.* Assim, caminhou um pouco ao lado de Chapeuzinho Vermelho, e então disse:

— Veja, Chapeuzinho Vermelho, como as flores são bonitas aqui; por que você não olha em volta? Acredito também que você não ouve quão doce é o canto dos passarinhos; você caminha, muito séria, como se estivesse indo para a escola, enquanto todo o restante aqui na floresta está alegre.

Chapeuzinho Vermelho levantou o olhar e, quando viu os raios de sol dançando aqui e ali por entre as árvores, e lindas flores crescendo por toda parte, pensou: *Imagino que, se eu levar um ramalhete fresco para a vovó, ela também vai gostar. É tão cedo que ainda chegarei em um bom horário*; e então ela saiu correndo da trilha e entrou na floresta para procurar flores. E sempre que escolhia uma, imaginava ver outra ainda mais bonita adiante, e corria atrás dela, e assim adentrou cada vez mais fundo na floresta.

Enquanto isso, o lobo correu direto para a casa da avó e bateu à porta.

— Quem é?

— Chapeuzinho Vermelho — respondeu o lobo —, trazendo bolo e vinho; abra a porta.

— Levante o trinco — gritou a avó —, estou muito fraca e não consigo me levantar.

O lobo levantou o trinco, a porta se abriu e, sem dizer uma palavra, ele foi direto para a cama da avó e a devorou. Depois, ele vestiu a roupa e colocou a touca da senhora, deitou-se na cama e puxou as cortinas.

Chapeuzinho Vermelho, no entanto, estivera correndo de um lado para o outro colhendo flores, e, quando havia juntado tantas que não podia mais carregá-las, ela se lembrou da avó e partiu em direção à casa dela.

Ela ficou surpresa ao encontrar a porta da cabana aberta e, quando entrou no quarto, teve uma sensação tão estranha que disse a si mesma: *Minha nossa! Como me sinto desconfortável hoje, mas normalmente gosto tanto de estar com vovó*. Ela cumprimentou: *Bom dia*, mas não obteve resposta; então, foi até a cama e puxou as cortinas. Lá estava sua avó com a touca puxada bem baixa sobre o rosto e parecendo muito estranha.

— Ah! Vovó — observou ela —, que orelhas grandes você tem!

— São para ouvi-la melhor, minha filha — foi a resposta.

— Mas, vovó, que olhos grandes você tem! — falou a menina.

— São para vê-la melhor, minha querida.

— Mas, vovó, que mãos grandes você tem!

— São para abraçá-la melhor.

— Ah! Mas, vovó, que boca enorme você tem!

— É para devorá-la melhor!

E mal o lobo havia acabado de dizer isso, quando pulou para fora da cama e engoliu Chapeuzinho Vermelho.

Quando o lobo saciou seu apetite, voltou a se deitar na cama, adormeceu e começou a roncar muito alto. O caçador estava passando próximo à casa e pensou consigo mesmo: *Como a velhinha ronca! Tenho que ver se ela precisa de alguma coisa*. Assim, ele entrou no quarto e, quando chegou à cama, viu que o lobo estava deitado nela.

— Encontrei você, seu velho desgraçado! — exclamou. — Há muito tempo o procuro!

Então, quando ia atirar nele, ocorreu-lhe que o lobo poderia ter devorado a avó, e que ela ainda poderia ser salva; por isso, não atirou, mas pegou uma tesoura e começou a abrir o estômago do lobo adormecido. Depois de ter dado dois cortes, viu o chapeuzinho vermelho brilhando e então deu mais dois cortes, e a menininha saltou para fora, exclamando:

— Nossa, como fiquei assustada! Estava muito escuro dentro do lobo.

Depois disso, a avó idosa também saiu viva, mas quase sem conseguir respirar. Chapeuzinho Vermelho, porém, rapidamente pegou grandes pedras com as quais encheram a barriga do lobo; quando ele acordou, quis fugir, mas as pedras eram tão pesadas que ele desabou no mesmo instante e morreu.

Então os três ficaram muito contentes. O caçador tirou a pele do lobo e foi para casa com ela; a avó comeu o bolo e bebeu o vinho que Chapeuzinho trouxera, e se fortaleceu, mas Chapeuzinho pensou consigo mesma: *Enquanto eu viver, nunca vou sair da trilha sozinha, para correr para a floresta, quando minha mãe me proibiu de fazer isso*.

Conta-se também que, certa vez, quando Chapeuzinho estava de novo levando bolos para a velha avó, outro lobo falou com ela e tentou atraí-la para fora do caminho. Chapeuzinho Vermelho, no entanto, estava preparada e seguiu seu caminho direto, e disse para a avó que havia encontrado o lobo, e que ele lhe dissera bom-dia, mas com uma expressão tão maliciosa em seu olhar que, se não estivessem na via pública, ela tinha certeza de que ele a teria devorado.

— Bem — disse a avó —, vamos fechar a porta, para que ele não entre.

Logo depois o lobo bateu à porta e gritou:

— Abra a porta, vovó, sou Chapeuzinho Vermelho, e estou trazendo alguns bolos para você.

Mas elas não falaram nada nem abriram a porta, então o grisalho deu duas ou três voltas ao redor da casa e finalmente pulou no telhado, com a intenção de esperar até que Chapeuzinho fosse para casa à noite, para segui-la e devorá-la na escuridão. Contudo, a avó entendeu o que se passava pela cabeça dele. Em frente à casa havia um grande cocho de pedra, então ela disse à criança:

— Pegue o balde, Chapeuzinho Vermelho; fiz algumas linguiças ontem, então leve a água em que as fervi para o cocho.

Chapeuzinho Vermelho levou a água até que o grande cocho estava completamente cheio. Então o aroma das linguiças chegou até o lobo, e ele cheirou e olhou para baixo, até que esticou tanto o pescoço que não conseguiu mais manter o equilíbrio, escorregou e caiu do telhado direto para o grande cocho, afogando-se. Chapeuzinho Vermelho, em contrapartida, voltou com alegria para casa, e ninguém nunca mais tentou fazer-lhe nenhum mal.

O noivo bandido

Era uma vez um moleiro que tinha uma linda filha e, como ela já estava crescida, ele estava ansioso para que ela fizesse um bom casamento no qual fosse bem cuidada. Ele disse para si mesmo: *Eu a darei em casamento ao primeiro homem adequado que vier e pedir sua mão.* Não muito tempo depois, apareceu um pretendente e, como ele parecia muito rico e o moleiro não encontrava no homem nem sequer um motivo de críticas, promoveu o noivado da filha com ele. Mas a moça não gostava do homem como uma moça deve gostar de seu futuro marido. Ela sentia que não podia confiar nele, e não conseguia fitá-lo nem pensar nele sem um estremecimento interior. Um dia, ele disse à moça:

— Você ainda não me fez uma visita, embora já estejamos noivos há algum tempo.

— Não sei onde fica sua casa — ela respondeu.

— Minha casa fica lá na floresta escura — falou ele.

Ela tentou se desculpar alegando que não seria capaz de encontrar o caminho até lá. Seu noivo apenas respondeu:

— Você deve vir me ver no próximo domingo; já chamei convidados para esse dia e, para que você não se perca, vou espalhar cinzas pelo caminho.

Quando chegou o domingo, e era hora de a moça partir, tomou conta dela um sentimento de pavor que ela não sabia explicar, e para que encontrasse o caminho de novo, encheu os bolsos de ervilhas e lentilhas para espalhar pelo chão enquanto andava. Ao chegar à entrada da floresta, encontrou o caminho coberto de cinzas, e as seguiu, jogando algumas ervilhas de cada lado a cada passo que dava. Ela andou o dia inteiro até chegar à parte mais profunda e escura da floresta. Lá ela viu uma casa solitária, de aparência tão sombria e misteriosa que não a agradou em nada. Ela entrou, mas não havia ninguém, e um grande silêncio reinava por toda parte. De repente, uma voz gritou:

> *Volte, volte, bela e jovem menina,*
> *Não fique aqui nesta casa assassina.*

A menina olhou para cima e notou que a voz vinha de um pássaro em uma gaiola pendurada na parede. Mais uma vez a ave exclamou:

> *Volte, volte, bela e jovem menina,*
> *Não fique aqui nesta casa assassina.*

A donzela seguiu em frente, indo de cômodo em cômodo da casa, mas estavam todos vazios, e ainda não encontrara ninguém. Por fim, ela chegou ao porão e lá estava sentada uma mulher muito, muito velha, que não conseguia deixar de balançar a cabeça.

— Pode me informar — perguntou a garota —, se meu noivo mora aqui?

— Ah, pobre criança — respondeu a velha —, que lugar para você vir! Este é um antro de assassinos. Você se considera uma noiva prometida e que seu casamento acontecerá em breve, mas é com a morte que você celebrará seu matrimônio. Olhe, está vendo aquele grande caldeirão de água que sou obrigada a manter no fogo! Assim que a tiverem em seu poder, eles a matarão sem piedade, a cozinharão e a comerão, pois são devoradores de homens. Se eu não me apiedasse de você e a salvasse, você estaria perdida.

Então a velha a levou para trás de um grande barril, que a escondia de vista.

— Fique quieta como um camundongo — orientou ela. — Não se mova nem fale, ou será seu fim. Esta noite, quando todos os ladrões estiverem dormindo, fugiremos juntas. Há muito tempo espero por uma oportunidade para escapar.

As palavras mal haviam saído de sua boca quando o bando de desalmados voltou, arrastando consigo outra jovem. Estavam todos bêbados e não deram atenção aos seus gritos e lamentos. Deram-lhe vinho para beber, três copos cheios, um de vinho branco, um de vinho tinto e outro de amarelo e, com isso, seu coração não aguentou e ela morreu. Então eles rasgaram suas roupas delicadas, colocaram-na sobre uma mesa e cortaram seu belo corpo em pedaços e o salgaram.

A pobre noiva ficou agachada, tremendo e estremecendo atrás do barril, pois viu o terrível destino que os ladrões tinham planejado para ela. Um deles notou então que ainda restava um anel de ouro no dedo mindinho da garota assassinada e, como não conseguia tirá-lo com facilidade, pegou um machado e cortou o dedo; mas o dedo saltou no ar e caiu atrás do barril, no colo da moça que estava escondida lá. O ladrão pegou uma lamparina e começou a procurá-lo, mas não conseguiu encontrá-lo.

— Você olhou atrás do barril grande? — disse um dos outros.

Mas a velha gritou:

— Venham e comam suas ceias, deixem isso para amanhã; o dedo não vai fugir.

— A velha tem razão — concordaram os ladrões e pararam de procurar o dedo e se sentaram.

A velha então misturou um sonífero com o vinho deles e, em pouco tempo, estavam todos deitados no chão da adega, profundamente adormecidos e roncando. Assim que a moça teve certeza disso, saiu de trás do barril. Ela foi obrigada a passar por cima dos corpos adormecidos, que estavam muito próximos, e a cada momento ela era tomada por um medo renovado de despertá-los. Mas Deus a ajudou, para que passasse segura por cima deles, e então ela e a velha subiram as escadas, abriram a porta e fugiram o mais rápido que puderam do covil dos assassinos. Elas encontraram as cinzas espalhadas pelo vento, mas as ervilhas e lentilhas haviam brotado e crescido o suficiente acima do solo para guiá-las ao luar ao longo do caminho. Caminharam a noite toda e já era manhã quando chegaram ao moinho. Então, a menina contou ao pai tudo o que havia acontecido.

Chegou o dia marcado para o casamento. O noivo chegou e também um grande grupo de convidados, pois o moleiro teve o cuidado de convidar todos os seus amigos e parentes. Quando estavam no banquete, cada convidado, por sua vez, foi incentivado a contar uma história; a noiva ficou quieta e não se pronunciou.

— E você, meu amor — disse o noivo, virando-se para ela —, não conhece nenhuma história? Conte-nos alguma.

— Vou lhes contar um sonho, então — replicou a noiva. — Atravessei sozinha uma floresta e até que, por fim, cheguei a uma casa; não consegui encontrar ninguém lá dentro, exceto um pássaro que estava pendurado em uma gaiola na parede e que gritou:

> *Volte, volte, bela e jovem menina,*
> *Não fique aqui nesta casa assassina.*

E, de novo, uma segunda vez, disse essas palavras.

— Minha querida, isso é apenas um sonho.

— Eu percorri a casa indo de cômodo em cômodo, mas estavam todos vazios, e tudo era muito sombrio e misterioso. Por fim, desci ao porão e lá estava sentada uma mulher muito, muito velha, que não conseguia manter a cabeça parada. Perguntei-lhe se meu noivo morava ali, e ela respondeu: *Ah, pobre criança, você chegou a um covil de assassinos; seu noivo de fato mora aqui, mas vai matá-la sem piedade e depois cozinhar e comer você.*

— Minha querida, isso é apenas um sonho.

— A velha me escondeu atrás de um grande barril, e mal tinha feito isso quando os ladrões voltaram para casa, arrastando consigo uma jovem. Deram-lhe três tipos de vinho para beber, branco, tinto e amarelo, e, com isso, ela morreu.

— Minha querida, isso é apenas um sonho.

— Então, eles rasgaram suas roupas delicadas e cortaram seu belo corpo em pedaços e o salgaram.

— Minha querida, isso é apenas um sonho.

— E um dos ladrões viu que ainda havia um anel de ouro no dedo dela, e como estava difícil tirar, pegou um machado e cortou o dedo; mas o dedo saltou no ar e caiu atrás do grande barril no meu colo. E aqui está o dedo com o anel.

E com essas palavras a noiva tirou o dedo de onde o mantinha escondido e o mostrou aos convidados reunidos.

O noivo, que durante esse recital ficou branco feito cera, levantou-se e tentou escapar, mas os convidados o agarraram e o prenderam. Eles o entregaram à justiça, e ele e todo o seu bando assassino foram condenados à morte por seus atos perversos.

O Pequeno Polegar

Um pobre lenhador estava sentado em sua cabana uma noite, fumando seu cachimbo ao lado da lareira, enquanto a esposa estava sentada ao seu lado, fiando.

— Como é solitário, esposa — confessou ele, enquanto soltava uma longa nuvem de fumaça —, você e eu sentados aqui sozinhos, sem filhos para brincar e nos divertir enquanto outras pessoas parecem tão felizes e alegres com suas crianças!

— É verdade — concordou a esposa, suspirando e girando a roda. — Eu seria tão feliz se tivesse apenas um filho! Mesmo se fosse pequenino, ou melhor, se não fosse maior do que meu polegar, eu ficaria muito feliz e o adoraria muito.

Ora, por mais estranho que pareça, aconteceu que o desejo dessa boa mulher foi realizado, exatamente do jeito que desejara; pois, não muito tempo depois, ela teve um menino, que era bastante saudável e forte, mas não era muito maior do que um polegar. Então, eles disseram:

— Bem, não podemos afirmar que não recebemos o que desejávamos e, por menor que seja, vamos amá-lo muito.

E chamaram-no de Pequeno Polegar.

Deram-lhe bastante comida, mas não importava o que fizessem, ele nunca cresceu, e continuou do mesmo tamanho de quando nasceu. Ainda assim, seus olhos eram agudos e brilhantes, e ele logo se mostrou um rapazinho inteligente, que sempre sabia bem o que estava fazendo.

Um dia, quando o lenhador se preparava para entrar na floresta a fim de cortar lenha, ele disse:

— Gostaria de ter alguém para trazer a carroça atrás de mim, pois quero andar rápido.

— Ora, pai — exclamou o Pequeno Polegar. — Eu cuido disso; a carroça estará na floresta quando você precisar dela.

Então o lenhador riu e disse:

— Como? Você não alcança as rédeas do cavalo.

— Não se preocupe com isso, pai — assegurou o Pequeno Polegar —, se minha mãe apenas atrelar o cavalo, eu vou entrar em seu ouvido e dizer a ele qual caminho seguir.

— Bem — disse o pai —, vamos fazer uma tentativa.

Quando chegou a hora, a mãe atrelou o cavalo à carroça e colocou o Pequeno Polegar em seu ouvido; e, sentado ali, o rapazinho disse ao animal como ir, gritando: *Vá em frente!* e *Pare!*, conforme queria; e, assim, o cavalo seguiu tão bem quanto iria se o lenhador o tivesse levado para a floresta. Aconteceu que, quando o cavalo seguia um pouco rápido demais e o Pequeno Polegar gritava: *Devagar! Devagar!*, dois estranhos se aproximaram.

— Que coisa estranha! — comentou um. — Há uma carroça andando e ouço um carroceiro falando com o cavalo, mas não consigo ver ninguém.

— Isso de fato é esquisito — concordou o outro. — Vamos seguir a carroça e ver para onde ela vai.

Assim eles entraram na floresta, até que finalmente chegaram ao lugar onde o lenhador estava. Então, o Pequeno Polegar, ao ver o pai, gritou:

— Veja, pai, aqui estou eu com a carroça, são e salvo! Agora me desça!

Então o pai segurou o cavalo com uma mão e com a outra tirou o filho da orelha do cavalo e o colocou sobre uma folha de grama, onde ele se sentou muito contente.

Os dois estranhos estavam todo esse tempo olhando, e não sabiam o que dizer de espanto. Por fim, um chamou o outro de lado e sugeriu:

— Aquele moleque fará nossa fortuna, se pudermos pegá-lo e levá-lo de cidade em cidade como um espetáculo; precisamos comprá-lo.

Assim, foram até o lenhador e perguntaram o que ele queria em troca do rapazinho.

— Ele estará melhor conosco do que com você — garantiram-lhe.

— Não vou vendê-lo de jeito nenhum — respondeu o pai. — Minha carne e meu sangue me são mais preciosos do que toda prata e ouro do mundo.

Mas o Pequeno Polegar, ao saber do negócio que eles queriam fazer, subiu pelo casaco do pai até o ombro e sussurrou em seu ouvido:

— Aceite o dinheiro, pai, e deixe que me levem. Em breve estarei de volta com o senhor.

Portanto, o lenhador finalmente concordou que venderia o Pequeno Polegar aos estranhos por uma grande quantidade de ouro, e eles pagaram o preço.

— Onde você gostaria de se sentar? — perguntou um deles.

— Ah, coloque-me na borda do seu chapéu; será um belo lugar para mim; posso andar ali e observar a paisagem enquanto caminhamos.

Os dois fizeram o que ele queria; e, depois que o Pequeno Polegar se despediu de seu pai, levaram-no embora.

Eles viajaram até que começou a escurecer, e então o homenzinho disse:

— Deixe-me descer, estou cansado.

Então o homem tirou o chapéu e o colocou em um torrão de terra, em um campo arado à beira da estrada. O Pequeno Polegar, porém, correu entre os sulcos e, por fim, se enfiou em uma velha toca de rato.

— Boa noite, meus senhores! — disse ele. — Estou indo! Da próxima vez me vigiem melhor.

Os homens, na mesma hora, correram juntos para o local e enfiaram as pontas de suas varas na toca de rato, mas foi em vão. O Pequeno Polegar apenas rastejou cada vez mais para dentro. No fim das contas, ficou escuro demais, de modo que foram forçados a continuar seu caminho sem o prêmio, tão mal-humorados quanto era possível ficar.

Quando o Pequeno Polegar percebeu que eles tinham ido embora, saiu de seu esconderijo.

— Que perigo é andar por este campo arado! — observou ele. — Se eu caísse de um desses grandes torrões, sem dúvida quebraria o pescoço.

Por fim, ele deu sorte e encontrou uma grande concha de caracol vazia.

— Que sorte — disse ele —, posso dormir aqui muito bem.

Assim, ele se arrastou para dentro dela.

No momento em que adormecia, ouviu dois homens passando, conversando; e um disse ao outro:

— Como podemos roubar a prata e o ouro da casa daquele rico pároco?

— Eu vou lhes dizer! — gritou o Pequeno Polegar.

— Que barulho foi esse? — indagou o ladrão, assustado. — Tenho certeza de que ouvi alguém falar.

Eles ficaram parados ouvindo, e o Pequeno Polegar disse:

— Levem-me com vocês, e logo lhes mostrarei como conseguir o dinheiro do pároco.

— Mas onde você está? — questionaram eles.

— Procurem no chão — respondeu ele —, e ouçam de onde vem o som.

Por fim, os ladrões o encontraram e o ergueram nas mãos.

— Seu moleque! — exclamaram. — O que pode fazer por nós?

— Ora, posso me enfiar entre as barras de ferro da janela da casa do pároco e jogar para fora o que vocês quiserem.

— É uma boa ideia — pontuaram os ladrões —, venha, vamos ver do que você é capaz.

Quando chegaram à casa do pároco, o Pequeno Polegar esgueirou-se pelas grades da janela para dentro do quarto e gritou o mais alto que pôde:

— Vocês querem tudo o que está aqui?

Com isso, os ladrões ficaram assustados e disseram:

— Quieto, quieto! Fale baixo, para não acordar ninguém.

Mas o Pequeno Polegar parecia não entendê-los, e gritou outra vez:

— Quanto vocês querem? Devo jogar tudo para fora?

Ora, a cozinheira dormia no quarto ao lado; e, ao ouvir um barulho, ela se sentou na cama e escutou. Enquanto isso, os ladrões se assustaram e fugiram um pouco; mas por fim eles criaram coragem e disseram:

— O molecote está apenas tentando nos fazer de bobos.

Desse modo, eles voltaram e sussurraram baixinho para ele, dizendo:

— Já basta de suas brincadeiras maliciosas; mas jogue parte do dinheiro para nós.

Então o Pequeno Polegar gritou o mais alto que pôde:

— Muito bem! Estendam as mãos! Lá vai.

A cozinheira ouviu isso com muita clareza, então ela pulou da cama e correu para abrir a porta. Os ladrões fugiram como se um lobo estivesse atrás deles; a empregada, tendo tateado pelo cômodo e não tendo encontrado nada, foi buscar uma luz. Quando ela voltou, o Pequeno Polegar já havia entrado no celeiro e, quando ela olhou em volta e procurou em cada buraco e canto, sem encontrar ninguém, foi para a cama, pensando que devia estar sonhando com os olhos abertos.

O homenzinho rastejou para dentro do palheiro e enfim encontrou um lugar confortável para terminar sua noite de descanso; então, deitou-se com a intenção de dormir até o raiar do dia, para depois encontrar o caminho de casa rumo a seu pai e sua mãe. Mas que tragédia! Que fim lamentável ele teve! Que dores e tristezas acontecem a todos nós neste mundo! A cozinheira levantou-se cedo, antes do amanhecer, para alimentar as vacas; e indo direto até o palheiro, pegou um grande feixe de feno, com o homenzinho no meio dele, dormindo profundamente. Ele continuou dormindo e não acordou até que se viu na boca da vaca; pois a cozinheira havia colocado o feno no comedouro, e o animal pegara o Pequeno Polegar em um bocado.

— Minha nossa! — exclamou ele. — Como eu caí no moinho?

Contudo, ele logo descobriu onde realmente estava; e foi forçado a manter a calma, para que não ficasse entre os dentes da vaca e fosse esmagado até a morte. Por fim, ele caiu em seu estômago.

— Está bastante escuro — constatou ele. — Esqueceram-se de construir janelas nesta sala para deixar o sol entrar; uma vela não seria nada mal.

Embora ele tirasse o melhor de sua falta de sorte, não gostava nada de seus aposentos; e o pior era que cada vez mais e mais feno chegava, e o espaço que sobrava para ele diminuía cada vez mais. Por fim, gritou o mais alto que pôde:

— Não me traga mais feno! Não me traga mais feno!

A empregada estava ordenhando a vaca; ao ouvir alguém falar, mas sem ver ninguém e, ainda assim, tendo certeza de que era a mesma voz que ouvira à noite, ficou tão assustada que caiu do banco e derrubou o balde de leite. Assim que conseguiu se levantar da sujeira, a empregada correu o mais rápido que pôde para seu patrão, o pároco, e disse:

— Senhor, senhor, a vaca está falando!

Mas o pároco respondeu:

— Mulher, você só pode estar louca!

No entanto, ele a acompanhou até o estábulo, para tentar ver qual era o problema.

Mal tinham posto os pés na soleira, quando o Pequeno Polegar gritou:

— Não me traga mais feno!

Então o próprio pároco se assustou; e, pensando que, com certeza, a vaca estava enfeitiçada, disse ao seu homem para matá-la ali mesmo. Então, a vaca foi morta e esquartejada; e o estômago, no qual o Pequeno Polegar se encontrava, foi jogado em um monte de esterco.

O Pequeno Polegar logo se esforçou para sair, o que não foi uma tarefa muito fácil; mas enfim, assim que abriu espaço para colocar a cabeça para fora, um novo azar se abateu sobre ele. Um lobo faminto saltou e engoliu todo o estômago de uma só vez, com o Pequeno Polegar nele, e fugiu.

O Pequeno Polegar, no entanto, ainda não desanimou; e imaginando que o lobo não se incomodaria de conversar com ele enquanto caminhava, gritou:

— Meu bom amigo, posso lhe mostrar um excelente estoque de petiscos.

— E onde está? — quis saber o lobo.

Numa casa assim e assim, disse o Pequeno Polegar, descrevendo a casa do próprio pai.

— Você pode rastejar pelo escoamento até a cozinha e depois entrar na despensa; lá encontrará bolos, presunto, carne, frango, porco assado, bolinhos de maçã e tudo o que possa querer.

O lobo não precisou ouvir duas vezes; de modo que, naquela mesma noite, foi até a casa e se arrastou pelo escoamento até a cozinha, depois, até a despensa, e lá comeu e bebeu com gosto. Assim que se cansou, quis ir embora; mas tinha comido tanto que não podia sair pelo mesmo caminho pelo qual entrou.

Era exatamente com isso que o Pequeno Polegar estava contando; e agora ele começou a causar uma enorme gritaria, fazendo todo o barulho de que era capaz.

— Fique quieto! — pediu o lobo. — Você vai acordar a casa inteira se fizer tanto barulho.

— O que me importa? — retrucou o homenzinho. — Você teve sua diversão, agora quero me divertir.

E ele começou a cantar e gritar o mais alto que podia.

O lenhador e sua esposa, acordados pelo barulho, espiaram por uma fresta da porta; mas, quando se depararam com um lobo ali, pode-se muito bem supor que ficaram terrivelmente assustados; e o lenhador correu para pegar seu machado e deu uma foice para a esposa.

— Você fica para trás — disse o lenhador —, e quando eu lhe der uma pancada na cabeça, você deve rasgá-lo com a foice.

O Pequeno Polegar ouviu tudo isso e gritou:

— Pai, pai! Eu estou aqui, o lobo me engoliu.

E o pai disse:

— Louvado seja Deus! Reencontramos nosso querido filho.

O lenhador orientou a esposa a não usar a foice, por medo de machucá-lo. Então, ele deu um grande golpe, atingiu o lobo na cabeça e o matou na hora! E, quando estava morto, abriram o corpo e libertaram o Polegar.

— Ah! — disse o pai. — O quanto tememos por você!

— Eu imagino, pai — respondeu ele. — Viajei por todo o mundo, eu acho, de uma forma ou de outra, desde que nos separamos; e agora estou muito feliz por voltar para casa e tomar ar fresco de novo.

— Ora, onde você esteve? — questionou o pai.

— Eu estive em um buraco de rato, em uma concha de caracol, na garganta de uma vaca e na barriga do lobo; e, no entanto, aqui estou novamente, são e salvo.

— Bem — disseram eles —, você está de volta, e não vamos vendê-lo de novo nem por todas as riquezas do mundo.

Então abraçaram e beijaram seu filho querido, e lhe deram muito para comer e beber, pois ele estava morrendo de fome; depois trouxeram-lhe roupas novas, pois as velhas haviam sido bastante estragadas durante a viagem. Desse modo, o senhor Polegar ficou em casa com seu pai e sua mãe, tranquilo; pois, embora tivesse sido um grande viajante, tivesse feito e visto tantas coisas boas e gostasse bastante de contar toda a história, ele sempre concordava que, afinal, não há lugar como o lar!

Rumpelstiltskin

Próximo a um bosque, em um país muito distante, corria um belo riacho; e acima do riacho havia um moinho. A casa do moleiro ficava próxima, e o moleiro, você deve saber, tinha uma filha muito bonita. Além disso, ela era muito astuta e inteligente; e o moleiro tinha tanto orgulho dela, que um dia disse ao rei da terra, que costumava vir caçar na floresta, que sua filha podia fiar ouro com palha. Ora, o rei gostava muito de dinheiro e, quando ouviu o moleiro gabar-se dessa maneira, sua ganância despertou, e mandou que a moça fosse trazida à sua presença. Quando ela chegou, levou-a para uma câmara em seu palácio onde havia um grande monte de palha, e deu-lhe uma roca, avisando:

— Tudo isso deve ser transformado em ouro antes do amanhecer, se você tiver amor à sua vida.

Em vão a pobre donzela falou que tudo não passava de uma tola pretensão do pai, pois ela não era capaz de fazer algo como fiar palha em ouro; a porta do cômodo foi trancada e ela foi deixada sozinha.

Ela se sentou em um canto do aposento e começou a lamentar seu destino difícil; quando, de repente, a porta se abriu e um homenzinho de aparência engraçada entrou mancando e disse:

— Bom dia para você, minha boa moça. Por que está chorando?

— Ai de mim! — respondeu ela. — Devo transformar esta palha em ouro, e não sei como.

— O que você me daria — disse o duende — para que eu fizesse isso por você?

— Meu colar — respondeu a donzela.

Ele acreditou na palavra dela, sentou-se à roca, assobiou e cantou:

> *Roda e roda*
> *Veja! E olha!*
> *Enrola, enrola,*
> *Ouro de palha!*

E a roda girava alegremente; o trabalho foi feito depressa, e a palha foi toda fiada em ouro.

Quando o rei veio e viu isso, ficou muito surpreso e satisfeito; mas seu coração ficou ainda mais ávido por riquezas, e trancou a pobre filha do moleiro mais uma vez com uma nova tarefa. Então, ela não sabia o que fazer e sentou-se mais uma vez para chorar; mas o duende logo abriu a porta e disse:

— O que me dará para fazer sua tarefa?

— O anel no meu dedo — respondeu ela.

Então, seu pequeno amigo pegou o anel e começou a trabalhar na roca. Outra vez assobiou e cantou:

> *Roda e roda*
> *Veja! E olha!*
> *Enrola, enrola,*
> *Ouro de palha!*

Até que, muito antes do amanhecer, tudo estava acabado de novo.

O rei ficou muito feliz ao encontrar todo esse tesouro reluzente; mas, ainda assim, não tinha o suficiente; assim, levou a filha do moleiro para um monte ainda maior e disse:

— Tudo isso deve ser fiado esta noite; e se for, você será minha rainha.

Assim que ela ficou sozinha, o tal duende entrou e disse:

— O que me dará para fiar ouro por você desta terceira vez?

— Eu não tenho mais nada — disse ela.

— Então me prometa que me dará — sugeriu o homenzinho — a primeira criancinha que tiver quando for rainha.

De jeito nenhum, pensou a filha do moleiro, mas, como ela não sabia outra maneira de realizar sua tarefa, concordou em cumprir o que ele pediu. A roda girou novamente ao som da velha canção, e o homenzinho, mais uma vez, transformou a palha em ouro. O rei veio pela manhã e, encontrando tudo o que queria, foi forçado a manter sua palavra; então, casou-se com a filha do moleiro, e ela, de fato, se tornou rainha.

No nascimento de seu primeiro filho, ela ficou muito feliz e esqueceu o duende e o que ela havia prometido. Mas, um dia, ele entrou no quarto, onde a mãe estava sentada brincando com o bebê, e a lembrou. Então, ela ficou muito triste por seu infortúnio e disse que lhe daria toda a riqueza do reino se ele permitisse que ela ficasse com o bebê, mas em vão; até que, por fim, as lágrimas dela o comoveram e ele disse:

— Eu lhe darei três dias de prazo, e se, durante esse tempo, você me disser meu nome, ficará com seu filho.

Ora, a rainha ficou acordada a noite toda, pensando em todos os nomes estranhos que já tinha ouvido; e enviou mensageiros por toda a terra para descobrir novos. No dia seguinte, o homenzinho veio, e ela começou com:

Timóteo, Icabod, Benjamin, Jeremias e todos os nomes que conseguia lembrar; mas a todos e a cada um deles ele respondia:

— Senhora, esse não é o meu nome.

No segundo dia, ela passou para todos os nomes cômicos que já ouvira: Pernatorta, Corcova, Pegadacurva e assim por diante; mas o pequeno cavalheiro ainda respondia a cada um deles:

— Senhora, esse não é meu nome.

No terceiro dia, um dos mensageiros voltou e disse:

— Viajei dois dias sem ouvir nenhum novo nome; mas ontem, enquanto eu subia uma alta colina, entre as árvores da floresta onde a raposa e a lebre se desejam boa-noite, vi uma pequena cabana; e diante da cabana ardia uma fogueira; e ao redor do fogo um homenzinho engraçado dançava sobre uma perna e cantava:

> *Bem feliz o banquete eu vou armar;*
> *Hoje vou preparar pra amanhã assar;*
> *Com alegria vou dançar e cantar,*
> *Pois amanhã um estranho vai chegar*
> *E nem está a minha senhora a sonhar*
> *Que Rumpelstiltskin é a resposta a dar!*

Ao ouvir isso, a rainha pulou de alegria e, assim que seu amiguinho chegou, sentou-se no trono e chamou toda a corte para aproveitar a diversão; e a babá ficou ao seu lado com o bebê nos braços, como se estivesse preparado para ser entregue. Então, o homenzinho começou a dar risadinhas ao pensar em ter a pobre criança, para levá-la consigo para sua cabana na floresta; e ele questionou:

— Agora, senhora, qual é o meu nome?

— É João? — perguntou ela.

— Não, senhora!

— É Tomás?

— Não, senhora!

— É Jaime?

— Não é.

— Será que seu nome é *Rumpelstiltskin*? — concluiu a dama, perspicaz.

— Alguma bruxa lhe disse! Alguma bruxa lhe contou! — bradou o homenzinho, e de fúria bateu com o pé direito tão fundo no chão, que foi obrigado a segurá-lo com as duas mãos para puxá-lo para fora.

Então, ele foi embora, enquanto a babá ria e o bebê balbuciava; e toda a corte zombava dele por ter tido tanto trabalho por nada, e disseram:

— Desejamos-lhe um bom dia e um feliz banquete, sr. *Rumpelstiltskin*!

Gretel, a espertinha

Era uma vez uma cozinheira chamada Gretel, que usava sapatos de salto vermelho e, quando saía com eles, ela se virava de um lado para o outro, muito feliz e pensava: *Você realmente é uma moça bonita!* E quando chegava em casa, ela bebia, com seu coração alegre, um gole de vinho, e como o vinho desperta a vontade de comer, provava o melhor do que cozinhava até ficar satisfeita, e dizia:

— Uma cozinheira precisa saber como a comida está.

Aconteceu que determinado dia o patrão lhe informou:

— Gretel, vem um convidado esta noite; prepare-me duas aves com muito capricho.

— Vou cuidar disso, senhor — respondeu Gretel.

Ela matou duas aves, escaldou-as, depenou-as, colocou-as no espeto e, ao anoitecer, deixou-as diante do fogo para assar. As aves começaram a ficar marrons e estavam quase prontas, mas o convidado ainda não havia chegado. Então, Gretel avisou a seu patrão:

— Se o convidado não vier, precisarei tirar as aves do fogo, mas será um pecado e uma tristeza se elas não forem comidas no momento em que estiverem mais suculentas.

O patrão disse:

— Eu vou correr e buscar o convidado.

Quando o patrão virou as costas, Gretel colocou o espeto com as aves de lado e pensou: *Ficar tanto tempo ali perto do fogo faz a gente ficar suada e com sede. Quem sabe quando eles virão? Enquanto isso, vou dar um pulo na adega e tomar um gole.*

Ela desceu correndo, serviu um jarro, e disse:

— Deus a abençoe, Gretel. — E tomou um bom gole, e pensou que o vinho devia fluir e não devia ser interrompido, e tomou outro grande gole.

Então ela foi e colocou as aves de novo no fogo, regou-as e girou o espeto alegremente. Mas, como a carne assada cheirava tão bem, Gretel pensou: *Talvez algo esteja errado, preciso experimentar!* Ela tocou com o dedo e exclamou:

— Ah! Como aves são gostosas! Com certeza é um pecado e uma pena que não sejam comidas na hora certa!

Ela correu para a janela a fim de verificar se o patrão estava vindo com seu convidado, mas não viu ninguém, e voltou para as aves e pensou: *Uma das asas está queimando! É melhor eu tirá-la e comê-la*. Então, cortou-a, comeu e gostou, e quando terminou, pensou: *A outra deve sumir também, ou então o patrão vai notar que algo está faltando*. Quando as duas asas haviam sido comidas, ela foi, procurou o patrão e não o viu. De repente lhe ocorreu: *Quem sabe? Talvez não estejam vindo e se acomodaram em algum lugar*. Então, ela disse:

— Bem, Gretel, aproveite, uma ave foi cortada, tome outro gole e coma tudo; quando estiver terminada, você terá um pouco de paz; por que as boas dádivas de Deus deveriam ser desperdiçadas?

Então, ela correu à adega novamente, tomou um gole enorme e comeu o frango com grande alegria. Quando uma das aves havia sido engolida e seu patrão ainda não havia chegado, Gretel olhou para a outra e concluiu:

— O que acontece a uma, deve acontecer à outra, as duas formam um par; o que é certo para uma é certo para a outra. Acho que, se eu tomasse outro gole, não me faria mal.

Assim, ela tomou outro grande gole e deixou o segundo frango seguir o primeiro.

Enquanto ela o saboreava, o patrão apareceu e gritou:

— Depressa, Gretel, o convidado vem logo atrás de mim!

— Sim, senhor, logo servirei — respondeu Gretel.

Enquanto isso, o patrão verificou se a mesa estava bem posta e pegou a grande faca, com a qual ia cortar as galinhas, e a amolou nos degraus. Logo chegou o convidado e bateu com educação e polidez à porta da casa. Gretel correu e olhou para ver quem estava lá, e quando viu o convidado, levou o dedo aos lábios e disse:

— Silêncio! Silêncio! Vá embora o mais rápido que puder, se meu patrão o pegar, será pior para você; ele com certeza o convidou para jantar, mas a intenção dele é cortar suas orelhas. Apenas ouça como ele está amolando a faca para isso!

O convidado ouviu o amolar e desceu correndo os degraus de novo o mais rápido que pôde. Gretel não ficou ociosa, correu gritando para seu mestre e bradou:

— Mas que convidado mais refinado você chamou!

— Por quê, Gretel? O que quer dizer com isso?

— Ora — disse ela —, ele tirou do prato as galinhas que eu ia servir e fugiu com elas!

— Ele me pregou uma bela peça! — disse o patrão e lamentou as belas galinhas. — Se ele tivesse ao menos me deixado uma, para que me sobrasse algo para comer.

Gritou para que parasse, mas o convidado fingiu não ouvir. Então, correu atrás dele com a faca ainda na mão, gritando:

— Apenas uma, apenas uma — querendo dizer que o convidado deveria deixar para ele ao menos uma galinha, e não levar as duas. O hóspede, porém, não pensou em outra coisa senão que teria de abrir mão de uma das orelhas e correu como se tivesse fogo queimando debaixo dos pés, para levar as duas consigo.

O velho e seu neto

Era uma vez um homem muito velho, cujos olhos haviam se tornado enevoados, seus ouvidos fracos, seus joelhos trêmulos, e, quando ele se sentava à mesa, mal conseguia segurar a colher e derramava o caldo na toalha ou deixava escorrer para fora da boca. Seu filho e a esposa do filho ficavam enojados com isso; então, o velho avô finalmente teve que se sentar no canto atrás do fogão, e passaram a lhe dar sua comida em uma tigela de barro, e nem sequer era o bastante. E ele costumava olhar para a mesa com os olhos cheios de lágrimas. Certa vez, também, suas mãos trêmulas não conseguiram segurar a tigela, e ela caiu no chão e se espatifou. A jovem esposa o repreendeu, mas ele não se manifestou e apenas suspirou. Em seguida, trouxeram-lhe uma tigela de madeira que valia alguns centavos, da qual ele teve que comer.

Um dia, estavam todos reunidos quando o netinho de quatro anos começou a juntar pedaços de madeira no chão.

— O que você está fazendo aí? — perguntou o pai.

— Estou fazendo um pequeno cocho — respondeu a criança —, para o pai e a mãe comerem quando eu for grande.

O homem e sua esposa se entreolharam por um tempo e logo caíram em prantos. Então, levaram o velho avô para a mesa, e daí em diante sempre o deixaram comer com eles, e também não diziam nada se ele derramasse um pouco de alguma coisa.

O Pequeno Camponês

Havia certa aldeia onde ninguém vivia, a não ser camponeses muito ricos, e apenas um pobre, a quem chamavam de Pequeno Camponês. Ele não tinha nem sequer uma vaca e, menos ainda, dinheiro para comprar, mas ele e sua esposa desejavam muito ter uma. Um dia, ele disse à esposa:

— Escute, eu tenho uma boa ideia: o carpinteiro, aquele fofoqueiro, vai fazer um bezerro de madeira para nós e pintá-lo de marrom, para que fique parecido com qualquer outro e, com o tempo, com certeza vai crescer e se transformar numa vaca.

A mulher também gostou da ideia; o carpinteiro fofoqueiro cortou e aplainou o bezerro, pintou-o como deveria e o esculpiu com a cabeça abaixada, como se estivesse pastando.

Na manhã seguinte, quando as vacas estavam sendo levadas para pastar, o Pequeno Camponês chamou o vaqueiro e disse:

— Olha, eu tenho um bezerrinho lá, mas ainda é pequeno e tem que ser carregado.

O vaqueiro disse:

— Está certo. — E pegou-o nos braços, levou-o para o pasto e o colocou na grama. O bezerro ficava sempre parado como se estivesse comendo, e o vaqueiro dizia:

— Logo ele vai correr sozinho, veja só como come!

À noite, quando ia levar o rebanho de volta, ele disse para o bezerro:

— Se consegue ficar aí parado e comer até se fartar, você também pode andar por conta própria. Não vou levá-lo para casa no colo de novo.

Mas o Pequeno Camponês estava à porta, à espera de seu bezerro, e quando o vaqueiro conduziu as vacas pelo vilarejo, e o bezerro estava faltando, perguntou onde ele estava. O vaqueiro respondeu:

— Ainda está lá comendo. Não quis parar e vir conosco.

Mas o Pequeno Camponês disse:

— Ah, mas eu preciso ter meu animal de volta.

Então eles voltaram juntos para o pasto, mas alguém havia roubado o bezerro, e ele havia sumido. O vaqueiro conjecturou:

— Deve ter fugido.

O camponês, porém, respondeu:

— Não me diga isso. — E levou o vaqueiro diante do prefeito, que, devido ao descuido do vaqueiro, condenou-o a dar ao camponês uma vaca para substituir o bezerro que fugira.

E agora o Pequeno Camponês e sua esposa tinham a vaca que tanto desejavam e estavam muito felizes, mas não tinham comida nem podiam dar nada para ela comer, então logo teve que ser morta. Salgaram a carne, e o camponês foi à cidade e quis vender a pele lá, para comprar um novo bezerro com o dinheiro. No caminho ele passou por um moinho, e lá estava um corvo com as asas quebradas, e por pena ele o pegou e o envolveu na pele. Mas, como o tempo ficou tão ruim e houve uma tempestade com chuva e vento, ele não pôde ir mais longe, voltou para o moinho e pediu abrigo. A mulher do moleiro estava sozinha em casa e disse ao camponês:

— Deite-se ali no feno. — E deu-lhe uma fatia de pão e queijo.

O camponês comeu e se deitou com a pele ao seu lado, e a mulher pensou: *Ele está cansado e foi dormir*. Nesse meio-tempo veio o pároco; a mulher do moleiro o recebeu bem e disse:

— Meu marido está fora, então vamos cear.

O camponês escutou e quando os ouviu falar em cear, ficou aborrecido por ter sido forçado a se virar com uma fatia de pão e queijo. Então, a mulher serviu quatro coisas diferentes: carne assada, salada, bolos e vinho.

Quando estavam prestes a se sentar e comer, veio uma batida de fora. A mulher disse:

— Oh, céus! É meu marido! — E escondeu depressa a carne assada dentro do forno, o vinho debaixo do travesseiro, a salada na cama, os bolos embaixo da cama e o pároco no armário na varanda. Então ela abriu a porta para o marido e disse:

— Graças a Deus, você está de volta! A tempestade está tão forte que parece que o mundo está acabando.

O moleiro viu o camponês deitado no feno e perguntou:

— O que aquele sujeito está fazendo ali?

— Ah — disse a esposa —, o pobre coitado apareceu no meio da tempestade e na chuva e implorou por abrigo, então eu lhe dei um pouco de pão e queijo e mostrei a ele onde estava o feno.

O homem disse:

— Não vejo problema, mas ande logo e me traga algo para comer.

A mulher replicou:

— Mas não tenho nada além de pão e queijo.

— Fico satisfeito com qualquer coisa — respondeu o marido —, no que me diz respeito, pão e queijo bastam.

E olhou para o camponês e disse:

— Venha comer mais um pouco comigo.

O camponês não precisou ser convidado duas vezes, levantou-se e comeu. Depois disso, o moleiro viu a pele, na qual estava o corvo, caída no chão, e perguntou:

— O que você tem ali?

O camponês respondeu:

— Tenho um adivinho dentro dela.

— Ele pode prever alguma coisa para mim? — quis saber o moleiro.

— Por que não? — respondeu o camponês. — Mas ele só fala quatro coisas e a quinta guarda para si.

O moleiro ficou curioso e disse:

— Deixe-o prever algo de uma vez.

Então o camponês beliscou a cabeça do corvo, de modo que ele resmungou e fez um barulho como *crr, crr*.

O moleiro perguntou:

— O que ele disse?

O camponês respondeu:

— Em primeiro lugar, ele diz que há um pouco de vinho escondido debaixo do travesseiro.

— Ora bolas! — exclamou o moleiro, que foi até lá e encontrou o vinho. Então pediu: — Continue.

O camponês fez o corvo grunhir novamente e replicou:

— Em segundo lugar, ele diz que há um pouco de carne assada no forno.

— Deus do céu! — gritou o moleiro, e foi até lá e encontrou a carne assada.

O camponês fez o corvo profetizar ainda mais e continuou:

— Em terceiro lugar, ele diz que há um pouco de salada na cama.

— Isso seria muito bom! — exclamou o moleiro, foi até lá e encontrou a salada.

Por fim, o camponês beliscou o corvo mais uma vez até ele grasnar e disse:

— Em quarto lugar, ele diz que há alguns bolos debaixo da cama.

— Isso seria ótimo! — exclamou o moleiro, procurou ali e encontrou os bolos.

Assim, os dois sentaram-se à mesa juntos, mas a mulher do moleiro estava morrendo de medo, foi para a cama e levou todas as chaves consigo. O moleiro gostaria muito de saber a quinta coisa, mas o Pequeno Camponês ponderou:

— Primeiro, vamos comer depressa as quatro coisas, porque a quinta é algo ruim.

Assim, eles comeram, e depois disso negociaram quanto o moleiro deveria pagaria pela quinta profecia, até que concordaram em trezentos táleres. Então o camponês mais uma vez beliscou a cabeça do corvo até que ele grasnou alto. O moleiro perguntou:

— O que ele disse?

O camponês respondeu:

— Ele diz que o Diabo está escondido lá fora, no armário da varanda.

O moleiro anunciou:

— O Diabo deve sair. — E abriu a porta da casa; então a mulher foi forçada a entregar as chaves, e o camponês destrancou o armário. O pároco saiu correndo o mais rápido que pôde e o moleiro disse:

— Era verdade; eu vi o canalha trevoso com meus próprios olhos.

O camponês, porém, partiu na manhã seguinte ao raiar do dia com os trezentos táleres.

Em casa, o Pequeno Camponês aos poucos melhorou sua situação; ele construiu uma bela casa, e os camponeses alegaram:

— O Pequeno Camponês decerto esteve no lugar onde a neve dourada cai, e as pessoas carregam o ouro para casa com pás.

Em seguida, o Pequeno Camponês foi levado perante o prefeito e instado a revelar a origem de sua riqueza. Ele respondeu:

— Eu vendi a pele da minha vaca na cidade por trezentos táleres.

Quando os camponeses souberam disso, também quiseram aproveitar esse grande lucro e correram para casa, mataram todas as suas vacas e tiraram suas peles para vendê-las na cidade pelo melhor preço. O prefeito, porém, disse: *Mas minha empregada deve ir primeiro.* Quando ela chegou ao mercador da cidade, ele não lhe deu mais de dois táleres por cada pele e, quando os outros chegaram, não deu nem esse tanto, e conjecturou: *O que vou fazer com todas essas peles?*

Depois disso, os camponeses ficaram irritados porque o Pequeno Camponês tinha sido mais esperto do que eles, quiseram se vingar dele e o acusaram dessa traição perante o prefeito. O inocente Pequeno Camponês foi condenado por unanimidade à morte, e deveria ser jogado na água, em um barril cheio de furos. Ele foi conduzido, e um padre foi trazido para rezar uma missa por sua alma. Os outros foram obrigados a retirar-se para longe e, quando o camponês olhou para o padre, reconheceu o homem que estivera com a mulher do moleiro. Ele lhe disse:

— Eu o libertei do armário, me liberte do barril.

Nesse mesmo momento, apareceu, com um rebanho de ovelhas, o pastor que o camponês sabia há muito desejar ser prefeito, então ele bradou com todas as suas forças:

— Não, eu não vou fazer isso; mesmo que o mundo inteiro insista, eu não farei isso!

O pastor, ouvindo-o, aproximou-se dele e perguntou:

— Do que está falando? O que é que você não vai fazer?

O camponês disse:

— Eles querem me tornar prefeito, se eu apenas entrar no barril, mas não vou fazer isso.

O pastor disse:

— Se nada além disso é necessário para ser prefeito, eu entraria no barril agora mesmo.

O camponês replicou:

— Se você entrar, será o prefeito.

O pastor aceitou e entrou, e o camponês fechou a tampa em cima dele; depois tomou para si o rebanho do pastor e o levou embora. O pároco foi até a multidão e declarou que a missa havia sido rezada. Então, eles vieram e rolaram o barril em direção à água. Quando o barril começou a rolar, o pastor gritou:

— Estou disposto a ser prefeito.

Eles acreditaram que não era ninguém mais que o camponês que estava dizendo isso e responderam:

— É isso que pretendemos, mas primeiro você deve dar uma olhadinha ao seu redor lá embaixo. — E eles rolaram o barril para dentro da água.

Depois disso, os camponeses foram para casa e, ao entrarem no vilarejo, o Pequeno Camponês também entrou, quieto, conduzindo um rebanho de ovelhas e parecendo bastante satisfeito. Então os camponeses ficaram surpresos e disseram:

— Camponês, de onde vem? Você saiu da água?

— Saí, sim — respondeu o camponês —, eu desci muito, muito fundo, até que finalmente cheguei ao fundo; empurrei o fundo do barril e rastejei para fora, e havia belos prados nos quais vários cordeiros estavam pastando, e de lá eu trouxe este rebanho comigo.

Os camponeses perguntaram:

— Há mais lá?

— Ah, sim — confirmou ele —, mais do que eu poderia desejar.

Ouvindo isso, os camponeses decidiram que também iriam buscar ovelhas para si, um rebanho cada, mas o prefeito disse: *Eu irei primeiro*. Assim, foram todos juntos até a água e naquele momento havia, no céu azul, algumas das pequenas nuvens felpudas que são chamadas de cordeirinhos, e elas estavam refletidas na água; diante disso, os camponeses gritaram:

— Já podemos ver as ovelhas lá embaixo!

O prefeito avançou e disse:

— Vou descer primeiro e dar uma olhada. Se as coisas parecerem promissoras, chamarei vocês.

Então, ele mergulhou. *Splash!,* fez a água. Pareceu que ele os estava chamando, e toda a multidão se lançou atrás dele como uma só pessoa. Desse modo, toda a aldeia morreu, e o Pequeno Camponês, por ser o único herdeiro, tornou-se um homem rico.

Frederico e Catarina

Era uma vez um homem chamado Frederico: ele tinha uma esposa que se chamava Catarina, e eles estavam casados há pouco tempo. Um dia, Frederico disse:

— Nina! Vou trabalhar nos campos; quando voltar, estarei com fome; então, prepare algo bem gostoso e um bom caneco de cerveja.

— Está bem — concordou ela —, estará tudo pronto.

Quando a hora do jantar se aproximava, Catarina pegou um bom bife, que era toda a carne que tinha, e o colocou no fogo para fritar. O bife logo ficou marrom e estalou na frigideira; Catarina estava perto com um garfo e o virou; então, confabulou consigo mesma:

— O bife está quase pronto, posso muito bem ir até a adega a fim de buscar a cerveja.

Então, deixou a panela no fogo, pegou uma grande jarra, desceu até o porão e abriu o barril de cerveja. A cerveja caiu na jarra e Catarina ficou observando. Por fim, veio-lhe à cabeça: *O cachorro não está preso, ele pode estar fugindo com o bife; ainda bem que pensei nisso.* Então, saiu correndo do porão; e, com certeza, o patife tinha abocanhado o bife e estava fugindo com ele.

Catarina saiu correndo, e o cachorro saiu correndo na frente dela pelo campo; mas ele correu mais rápido e não largou o bife.

— Já era, e o que não tem remédio, remediado está — concluiu Catarina.

Então, ela fez o caminho de volta; e, como tinha corrido uma boa distância e estava cansada, andou para casa sem pressa para se refrescar.

Assim, durante todo esse tempo, a cerveja também estivera jorrando, pois Catarina não havia fechado a torneira; e quando o jarro estava cheio, a bebida escorreu pelo chão até o barril ficar vazio. Quando ela chegou às escadas do porão, viu o que havia acontecido.

— Céus! — exclamou ela. — O que farei para evitar que Frederico veja esta bagunça?

Então, Catarina pensou um pouco e, por fim, lembrou-se de que havia um saco de farinha fina comprado na última feira, e que, se a espalhasse pelo chão, sugaria bem a cerveja.

— Que sorte — disse ela —, que guardamos aquela farinha! Agora temos um bom uso para ela.

Com isso, foi buscá-la, mas acabou colocando-a bem em cima do grande jarro cheio de cerveja e o derrubou; dessa forma, toda a cerveja que havia sobrado acabou no chão também.

— Ora bolas! — disse ela. — Desgraça pouca é bobagem.

Então, ela espalhou a farinha por toda a adega, e ficou bastante satisfeita com sua esperteza, e disse:

— Como parece arrumado e limpo!

Ao meio-dia, Frederico voltou para casa.

— Então, esposa — chamou ele —, o que você preparou para o almoço?

— Ah, Frederico — respondeu ela —, eu estava preparando um bife para você; mas quando desci para pegar a cerveja, o cachorro fugiu com ele; e enquanto eu corria atrás dele, a cerveja acabou; e quando fui secar a cerveja com a farinha que compramos na feira, derrubei o jarro; mas o porão agora está bem seco e parece tão limpo!

— Nina, Nina— disse ele —, como pôde fazer tudo isso? Por que deixou o bife fritando, a cerveja vazando e depois estragou toda a farinha?

— Ora, Frederico — retrucou ela —, eu não sabia que estava fazendo algo errado; você devia ter me dito antes.

O marido pensou consigo mesmo: *Se minha mulher cuida assim das coisas, eu preciso ficar esperto*. Ora, ele tinha uma boa quantidade de ouro em casa, então disse a Catarina:

— Que lindos botões amarelos! Vou colocá-los em uma caixa e enterrá-los no jardim; mas tome cuidado para nunca se aproximar ou mexer neles.

— Não, Frederico — replicou ela —, nunca vou mexer.

Assim que ele se saiu, alguns mascates passaram vendendo pratos e utensílios de barro e perguntaram se ela os compraria.

— Ai, meu Deus, eu gostaria muito de comprar, mas não tenho dinheiro; se botões amarelos fossem de alguma utilidade para vocês, poderíamos negociar.

— Botões amarelos! — disseram eles. — Podemos dar uma olhada neles.

— Vão para o jardim e cavem onde eu lhes disser, e encontrarão os botões amarelos; eu não ouso ir eu mesma.

Então, os patifes foram e, quando descobriram o que eram os tais botões amarelos, levaram-nos todos e deixaram-lhe muitos pratos e utensílios. Então ela os espalhou pela casa para exibi-los; quando Frederico voltou, ele deu um berro:

— Nina, o que você fez?

— Veja — disse ela —, comprei tudo isso com seus botões amarelos: mas eu mesma não os toquei; os mascates foram eles mesmos e os desenterraram.

— Esposa, esposa — rebateu Frederico —, que bela trapalhada você fez! Aqueles botões amarelos eram todo o meu dinheiro; como você fez uma coisa dessas?

— Ora — respondeu ela —, eu não sabia que tinha problema; você devia ter me dito.

Catarina refletiu por um tempo e por fim sugeriu ao marido:

— Ouça, Frederico, em breve recuperaremos o ouro: vamos correr atrás dos ladrões.

— Bem, vamos tentar — respondeu ele —, mas leve um pouco de manteiga e queijo com você, para comermos algo no caminho.

— Muito bem — falou Catarina. Eles partiram e, como Frederico andava mais rápido, deixou a esposa um pouco para trás. *Não importa*, pensou ela, *quando voltarmos, estarei muito mais perto de casa do que ele*.

Em pouco tempo, ela chegou ao topo de uma colina pela qual descia uma estrada tão estreita que as rodas das carroças sempre raspavam nas árvores de cada lado quando passavam.

— Ora, veja só — disse ela —, como machucaram e feriram aquelas pobres árvores; elas nunca vão se recuperar.

Então, ela teve pena delas e usou a manteiga para untar todas, para que as rodas não as machucassem tanto. Enquanto estava realizando essa tarefa, um de seus queijos caiu da cesta e rolou morro abaixo. Catarina procurou, mas não conseguiu ver onde tinha ido parar; então, ela disse:

— Bem, suponho que o outro irá pelo mesmo caminho e o encontrará; ele tem pernas mais jovens do que as minhas.

Então, rolou o outro queijo na direção do primeiro e ele foi-se embora morro abaixo, sabe-se lá para onde. Ela, porém, falou que supunha que conheciam o caminho e viriam atrás dela, e que ela não podia ficar lá o dia todo esperando por eles.

Por fim, ela alcançou Frederico, que queria que ela lhe desse algo para comer. Então ela lhe deu o pão seco.

— Onde estão a manteiga e o queijo? — questionou ele.

— Ah — respondeu ela —, eu usei a manteiga para untar aquelas pobres árvores que as rodas tanto arranhavam, e um dos queijos fugiu, então mandei o outro atrás dele para encontrá-lo, suponho que ambos estejam em algum lugar na estrada.

— Como consegue fazer coisas tão tolas! — exclamou o marido.

— Como pode dizer isso? — retrucou ela — Tenho certeza de que você nunca me disse para não fazer.

Comeram o pão seco juntos; e Frederico falou:

— Nina, espero que você tenha trancado bem a porta quando saiu.

— Não — respondeu ela —, você não mandou.

— Então, volte para casa e faça isso agora, antes que nos afastemos mais — pediu Frederico —, e traga algo para comer.

Catarina fez o que ele lhe disse e, no caminho, pensou consigo mesma: *Frederico quer algo para comer; mas acho que ele não gosta muito de manteiga e queijo; levarei um saco de nozes e o vinagre, pois muitas vezes o vi pegar um pouco.*

Quando chegou em casa, ela trancou a porta dos fundos, mas tirou a porta da frente das dobradiças e disse:

— Frederico me orientou a trancar a porta, mas com certeza não pode estar tão segura em nenhum lugar quanto estará se eu a levar comigo.

Portanto, seguiu caminho com calma e, quando alcançou o marido, gritou:

— Aqui, Frederico, aqui está a própria porta, você pode vigiá-la como quiser.

— Ai, ai, ai! — resmungou ele. — Que esposa inteligente eu tenho! Eu mandei você trancar a casa e você tira a porta, para que qualquer um possa entrar e sair como bem entender; no entanto, como trouxe a porta, vai carregá-la com você como castigo.

— Muito bem — respondeu ela —, vou carregar a porta; mas não levarei também as nozes e a garrafa de vinagre, isso seria demais; então, por favor, vou prendê-los na porta.

Frederico, é claro, não fez qualquer objeção a esse plano, e eles partiram para a floresta para procurar os ladrões; mas não os encontraram; e, quando escureceu, subiram numa árvore para passar a noite ali. Mal haviam subido, quem apareceu, senão os próprios bandidos que o casal estava procurando? Eles eram, na verdade, grandes patifes e pertenciam àquela classe de pessoas que encontram as coisas antes que sejam perdidas; eles estavam cansados; por isso, se sentaram e fizeram uma fogueira embaixo da mesma árvore onde Frederico e Catarina estavam. Frederico desceu pelo outro lado e pegou algumas pedras. Então, subiu mais uma vez e tentou acertá-las na cabeça dos ladrões que, porém, apenas disseram:

— Deve estar perto de amanhecer, pois o vento está derrubando os abetos.

Catarina, que tinha a porta sobre os ombros, começou a ficar muito cansada; mas ela achou que eram as nozes que estavam em cima da porta que pesavam tanto, por isso disse baixinho:

— Frederico, eu preciso soltar as nozes.

— Não — respondeu ele —, agora não, eles vão nos descobrir.

— Não posso evitar, preciso me livrar delas.

— Bem, então, ande logo e atire-as lá embaixo, se quiser.

Então, lá se foram as nozes chacoalhando entre os galhos e um dos ladrões gritou:

— Deus do céu, está caindo granizo.

Pouco depois, Catarina achou que a porta ainda estava muito pesada, então ela sussurrou para Frederico:

— Tenho que jogar o vinagre lá embaixo.

— Por favor, não faça isso — respondeu ele —, vão nos descobrir.

— Eu não posso fazer nada — declarou ela —, preciso me livrar disso.

Então ela derramou todo o vinagre; e os ladrões disseram:

— Que orvalho pesado!

Por fim, veio à mente de Catarina que era a própria porta que era tão pesada o tempo todo; então ela sussurrou:

— Frederico, preciso jogar a porta lá embaixo.

Ele, no entanto, pediu, implorou que ela não fizesse isso, tinha certeza de que iria traí-los.

— Mesmo assim, lá vai — disse ela.

E lá se foi a porta árvore abaixo, com tal estrépito em cima dos ladrões, que eles gritaram muito alto e, sem saber o que estava por vir, fugiram o mais rápido que podiam, deixando todo o ouro para trás. Dessa maneira, quando Frederico e Catarina desceram, lá encontraram todo o seu dinheiro são e salvo.

Querido Rolando

Era uma vez uma mulher que era uma verdadeira bruxa e tinha duas filhas, uma feia e má, a quem amava, porque era sua própria filha; e uma bela e boa, a quem odiava, porque era sua enteada. A enteada certa vez tinha um avental bonito, do qual a outra gostou tanto que ficou com inveja, e disse à mãe que precisava ter aquele avental.

— Fique quieta, minha filha — disse a velha —, e você o terá. Sua meia-irmã há muito merece a morte; esta noite, quando ela estiver dormindo, cortarei sua cabeça. Apenas tome cuidado para que você esteja do outro lado da cama e empurre-a bem para a frente.

Estaria tudo acabado para a pobre garota, se ela não estivesse, naquele momento, em um canto, de onde ouviu tudo. Durante todo o dia, não se atreveu a sair de casa e, quando chegou a hora de dormir, a filha da bruxa foi para a cama primeiro, para deitar do outro lado, mas quando ela estava dormindo, a outra a empurrou com delicadeza para a frente, e se deitou no canto, junto à parede. De noite, a velha se esgueirou para dentro do quarto; ela trazia um machado na mão direita e tateou com a esquerda para ver se havia alguém deitada do lado mais próximo à porta; então, agarrou o machado com as duas mãos e cortou a cabeça da própria filha.

Quando a velha foi embora, a garota se levantou e foi até seu namorado, que se chamava Rolando, e bateu à porta dele. Quando o rapaz saiu, ela lhe disse:

— Ouça, querido Rolando, devemos fugir o mais rápido possível; minha madrasta queria me matar, mas matou a própria filha. Quando amanhecer e ela vir o que fez, estaremos perdidos.

— Mas — disse Rolando —, acho melhor que primeiro você pegue a varinha mágica dela, ou não vamos conseguir escapar se ela nos perseguir.

A donzela buscou a varinha mágica, pegou a cabeça da menina morta e deixou cair três gotas de sangue no chão, uma na frente da cama, uma na cozinha e uma na escada. Depois fugiu com o namorado.

Quando a velha bruxa se levantou na manhã seguinte, chamou a filha e quis dar-lhe o avental, mas a garota não veio. Então a bruxa chamou:

— Onde você está?

— Aqui, na escada, estou varrendo — respondeu a primeira gota de sangue.

A velha saiu, mas não viu ninguém na escada, e chamou novamente:

— Onde você está?

— Aqui na cozinha, estou me aquecendo — replicou a segunda gota de sangue.

A velha foi até a cozinha, mas não encontrou ninguém. Então, chamou mais uma vez:

— Onde você está?

— Ah, aqui na cama, estou dormindo — gritou a terceira gota de sangue.

Ela entrou no quarto e foi até a cama. O que viu ali? A própria filha, cuja cabeça havia cortado, banhada no próprio sangue. A feiticeira se enfureceu, correu para a janela e, como podia enxergar longe no mundo, viu sua enteada fugindo com o namorado, Rolando.

— Isso não vai ajudá-la — bradou —, mesmo que tenha ido muito longe, ainda assim não vai escapar de mim.

Ela colocou suas botas de mil passos, com as quais percorria a distância de uma hora de caminhada a cada passo, e não demorou muito para que os alcançasse. A menina, no entanto, quando viu a velha marchando em sua direção, usou a varinha mágica para transformar seu namorado Rolando em um lago e a si mesma em uma pata nadando no meio dele. A bruxa ficou na margem, jogou migalhas de pão e fez de tudo para atrair a pata; mas a pata não se deixou seduzir e a velha teve que voltar para casa à noite, como tinha vindo. Diante disso, a garota e seu namorado Rolando voltaram às suas formas naturais e caminharam a noite inteira até o amanhecer. Então, a donzela se transformou em uma linda flor no meio de uma sebe de urzes, e seu namorado Rolando em um violinista. Não demorou muito para que a bruxa se aproximasse deles e dissesse ao músico:

— Querido músico, posso colher esta linda flor para mim?

— É claro — respondeu ele —, vou tocar para você enquanto faz isso.

Enquanto ela se arrastava, apressada, para dentro da cerca-viva e ia colher a flor, sabendo perfeitamente quem era, ele começou a tocar e, querendo ou não, ela foi forçada a dançar, pois era uma dança mágica. Quanto mais rápido ele tocava, mais violentos eram os saltos que ela era forçada a dar, e os espinhos arrancavam as roupas de seu corpo, a espetavam e feriam até que sangrasse e, como ele não parava, ela teve que dançar até que estava caída no chão, morta.

Como enfim estavam livres, Rolando disse:

— Agora vou ter com meu pai e providenciar o casamento.

— Assim, enquanto isso, ficarei aqui e esperarei por você — replicou a garota —, e para que ninguém me reconheça, me transformarei em um marco de pedra vermelha.

Então, Rolando foi embora, e a garota ficou na forma de um marco vermelho no campo e esperou seu amado. Mas, quando Rolando chegou em casa, caiu nos encantos de outra, que o fascinou tanto que esqueceu a donzela. A pobre menina ficou lá muito tempo, mas, por fim, como ele não voltou, ela se entristeceu e se transformou em uma flor, pensando: *Decerto alguém passará por aqui e me pisoteará.*

Aconteceu, no entanto, que um pastor levava suas ovelhas para aquele campo e viu a flor e, como era tão bonita, arrancou-a, levou-a consigo e guardou-a em seu baú. Daquele momento em diante, coisas estranhas passaram a acontecer na casa do pastor. Quando ele se levantava de manhã, todas as tarefas domésticas já estavam feitas, o quarto estava varrido, a mesa e os bancos limpos, o fogo da lareira estava aceso, a água havia sido trazida e, ao meio-dia, quando ele chegava em casa, a mesa havia sido posta, e um bom almoço servido. Ele não conseguia entender como isso acontecia, pois nunca via nenhum ser humano em sua casa, e ninguém poderia se esconder nela. Ele com certeza estava satisfeito com essa boa assistência, mas ainda assim estava com tanto medo que foi até uma mulher sábia e pediu seu conselho. A mulher sábia disse:

— Há algum encantamento por trás disso; ouça bem, cedo pela manhã se alguma coisa estiver se movendo na sala, e se você vir algo, não importa o que seja, jogue um tecido branco em cima, e então a magia será interrompida.

O pastor fez o que ela pediu e, na manhã seguinte, ao raiar do dia, viu o baú se abrir e a flor sair. Bem depressa, ele saltou em sua direção e jogou um tecido branco em cima dela. Instantaneamente a transformação chegou ao fim, e uma linda garota estava diante dele; ela admitiu que era a flor e que até então havia cuidado da casa. A garota contou sua história ao pastor e, como ela o agradou, ele perguntou se ela aceitaria se casar com ele, mas ela respondeu: *Não*, pois queria permanecer fiel ao seu namorado Rolando, embora ele a tivesse abandonado. No entanto, ela prometeu não ir embora, mas continuar cuidando da casa do pastor.

Aproximava-se o dia em que o casamento de Rolando deveria ser celebrado e, então, de acordo com um antigo costume no país, foi anunciado que todas as moças deveriam estar presentes e cantar em homenagem ao casal de noivos. Quando a fiel donzela soube disso, ficou tão triste que pensou que seu coração iria se partir, e não queria ir até lá, mas as outras moças vieram e a levaram. Quando chegou a sua vez de cantar, ela deu um passo para trás, até que finalmente era a única que restava e então não podia recusar. Mas, quando começou sua canção, e sua voz chegou aos ouvidos de Rolando, ele saltou de pé e exclamou:

— Conheço essa voz, essa é a verdadeira noiva, não aceitarei outra!

Tudo o que ele havia esquecido e que havia desaparecido de sua mente, de súbito, voltou a morar em seu coração. Então, a fiel donzela celebrou seu casamento com seu amado Rolando, e a tristeza chegou ao fim e a alegria começou.

Branca de Neve

Era o meio do inverno, quando os grandes flocos de neve caíam pelo ar, e a rainha de um país muito, muito distante estava sentada à janela trabalhando. A moldura da janela era feita de belo ébano negro e, enquanto ela estava sentada observando a neve, espetou o dedo, e três gotas de sangue caíram sobre ela. Então, olhou pensativa para as gotas vermelhas que salpicavam a neve branca e disse:

— Queria que minha filhinha fosse tão branca quanto essa neve, tão vermelha quanto esse sangue e tão escura quanto esta moldura de ébano!

De fato, a menina cresceu e sua pele era branca como a neve, suas bochechas rosadas como o sangue e seus cabelos negros como o ébano; e era chamada Branca de Neve.

Contudo, essa rainha morreu; e o rei logo se casou com outra esposa, que se tornou rainha, e ela era belíssima, mas tão vaidosa que não suportava pensar que alguém pudesse ser mais bela do que ela. Ela possuía um espelho de fadas, ao qual costumava se dirigir, e se olhava nele e dizia:

> *Diga-me, espelho, e fale a verdade!*
> *De todas as damas da terra,*
> *Quem é mais a bela? Revele-me. Quem?*

E o espelho sempre respondia:

> *Vós, rainha, sois a mais bela de toda a terra.*

Mas Branca de Neve crescia e ficava cada vez mais bela; e quando tinha sete anos era tão radiante quanto o dia e mais linda do que a própria rainha. Então, um dia, o espelho respondeu à rainha, quando ela foi olhar dentro nele como de costume:

> *Ao olhar, a Rainha é bela e agradável,*
> *Mas Branca de Neve é muito mais adorável!*

Ao ouvir isso, a rainha empalideceu de raiva e inveja, chamou um de seus servos e ordenou:

— Leve Branca de Neve para a grande floresta, para que eu nunca mais a veja.

Então, o servo a levou embora; mas seu coração amoleceu quando Branca de Neve implorou que ele poupasse sua vida, e ele afirmou:

— Eu não vou machucá-la, linda criança.

Então, ele a deixou sozinha e, embora achasse mais provável que as feras a devorassem, sentiu como se um grande peso tivesse sido tirado de seu coração quando decidiu não a matar, mas deixá-la à própria sorte, com a chance de alguém encontrá-la e salvá-la.

Depois disso, a pobre Branca de Neve vagou pela floresta com grande medo; e os animais selvagens rugiam ao seu redor, mas nenhum lhe fez mal. Ao anoitecer, chegou a uma cabana entre as colinas e entrou para descansar, pois seus pezinhos não aguentavam mais andar. Tudo estava limpo e arrumado na cabana; sobre a mesa estava estendida uma toalha branca; havia sete pratinhos, sete pães e sete copinhos com vinho, sete facas e garfos colocados em ordem; e junto à parede havia sete caminhas. Como ela estava com muita fome, pegou um pedacinho de cada pão e bebeu um pouquinho do vinho de cada copo; e depois disso, decidiu se deitar e descansar. Assim, ela experimentou todas as caminhas; mas uma era muito longa e outra muito curta, até que finalmente a sétima lhe agradou, e nesta ela se deitou e adormeceu.

Logo, chegaram os donos do chalé. Ora, eram sete pequenos anões, que viviam entre as montanhas, cavavam e procuravam ouro. Eles acenderam suas sete lâmpadas e na mesma hora viram que não estava tudo certo. O primeiro disse:

— Quem sentou no meu banco?

E o segundo:

— Quem comeu no meu prato?

Já o terceiro:

— Quem pegou um pedaço do meu pão?

O quarto, por sua vez:

— Quem mexeu na minha colher?

O quinto:

— Quem usou meu garfo?

E o sexto:

— Quem cortou com minha faca?

O sétimo perguntou:

— Quem bebeu meu vinho?

Nesse momento, o primeiro olhou ao redor e disse:

— Quem se deitou na minha cama?

O restante foi correndo até ele e todos gritaram que alguém deitara em sua cama. Mas o sétimo viu Branca de Neve e chamou todos os seus irmãos para virem vê-la; e eles exclamaram em admiração e espanto e trouxeram suas lâmpadas para observá-la, exclamando:

— Bom Deus! Que criança adorável ela é!

Ficaram muito felizes em vê-la e tomaram cuidado para não acordá-la; e o sétimo anão dormiu uma hora com cada um dos outros anões, até que a noite passou.

Pela manhã, Branca de Neve contou-lhes toda a sua história; e eles se compadeceram da menina e afirmaram que, se ela mantivesse todas as coisas em ordem, cozinhasse e lavasse, tricotasse e fiasse para eles, ela poderia ficar, e cuidariam bem dela. Então, saíram e ficaram fora o dia todo para trabalhar, procurando ouro e prata nas montanhas, mas Branca de Neve ficou em casa; e eles a alertaram:

— A rainha logo descobrirá onde você está, então tome cuidado e não deixe ninguém entrar.

A rainha, no entanto, naquele momento pensava que Branca de Neve estava morta e acreditava ser a dama mais bela do país; e foi até o espelho e questionou:

> *Diga-me, espelho, e fale a verdade!*
> *De todas as damas da terra,*
> *Quem é mais a bela? Revele-me. Quem?*

E o espelho respondeu:

> *Vós, Rainha, sois a mais bela nesta terra;*
> *Mas além das colinas, na mata sombria,*
> *Onde os sete anões fizeram sua moradia,*
> *Lá Branca de Neve se esconde na casinha,*
> *Ela é muito mais bela do que vós, ó rainha!*

Então, a rainha ficou muito assustada, pois sabia que o espelho sempre falava a verdade e tinha certeza de que o servo a havia traído. E ela não suportava pensar que existia alguém mais bela do que ela; por isso, disfarçou-se como uma velha mascate e atravessou as colinas, até o lugar onde os anões moravam. Então, bateu à porta e gritou:

— Boas mercadorias para vender!

Branca de Neve olhou pela janela e disse:

— Bom dia, boa mulher! O que você tem para vender?

— Boas mercadorias, mercadorias finas — disse ela. — Cordões e bilros de todas as cores.

Vou deixar a velhinha entrar; ela parece ser uma pessoa muito boa, pensou Branca de Neve, enquanto descia correndo e destrancava a porta.

— Minha nossa! — exclamou a velha. — Como seu espartilho está mal amarrado! Deixe-me prendê-lo com um dos meus lindos cordões novos.

Branca de Neve não suspeitava de qualquer perigo; assim, parou diante da senhora, que começou a trabalhar com tanta agilidade e puxou o cordão com tanta força que Branca de Neve não pôde mais respirar e caiu como se estivesse morta.

— É o fim de toda a sua beleza — anunciou a rainha rancorosa, e foi embora para casa.

À noite, os sete anões voltaram para casa; e não é preciso descrever o quanto ficaram pesarosos ao ver sua boa Branca de Neve caída no chão, como se estivesse morta. No entanto, levantaram-na e, quando entenderam o que a afligia, cortaram o cordão; e em pouco tempo ela começou a respirar e logo reviveu. Então eles disseram:

— A velha era a própria rainha; tome cuidado da próxima vez e não deixe ninguém entrar enquanto estivermos fora.

Quando a rainha chegou em casa, foi direto para o espelho e falou com ele como antes; mas, para sua grande consternação, ele insistiu:

> *Vós, Rainha, sois a mais bela nesta terra;*
> *Mas além das colinas, na mata sombria,*
> *Onde os sete anões fizeram sua moradia,*
> *Lá Branca de Neve se esconde na casinha,*
> *Ela é muito mais bela do que vós, ó rainha!*

Então, o sangue gelou em seu coração com rancor e malícia, ao saber que Branca de Neve ainda vivia; e ela se vestiu de novo, mas com um vestido bem diferente do que usou antes, e levou consigo um pente envenenado. Quando chegou à casa dos anões, bateu à porta e chamou:

— Boas mercadorias para vender!

Mas Branca de Neve retrucou:

— Não ouso deixar ninguém entrar.

Então a rainha disse:

— Apenas dê uma olhada em meus lindos pentes! — E deu-lhe o envenenado.

E era tão bonito, que Branca de Neve o pegou e colocou o pente no cabelo para experimentá-lo; porém, no momento em que ele tocou sua cabeça, o veneno era tão poderoso que ela caiu, sem sentidos.

— Que permaneça caída aí — disse a rainha, e seguiu seu caminho.

Contudo, por sorte os anões chegaram muito cedo naquela noite; e, quando viram Branca de Neve caída no chão, refletiram sobre o que havia acontecido e logo encontraram o pente envenenado. Quando o tiraram, ela melhorou e contou-lhes tudo o que havia acontecido; e eles a advertiram mais uma vez que não abrisse a porta para ninguém.

Enquanto isso, a rainha voltou para casa, para seu espelho, e tremeu de raiva ao receber a mesma resposta de antes; e disse:

— Branca de Neve morrerá, nem que isso me custe a vida.

Então, ela entrou sozinha em seu quarto e preparou uma maçã envenenada; por fora era muito vermelha e tentadora, mas quem a provasse com certeza morreria. Em seguida, vestiu-se como uma camponesa e atravessou as colinas até a cabana dos anões, e bateu à porta; mas Branca de Neve colocou a cabeça para fora da janela e replicou:

— Não ouso deixar ninguém entrar, pois os anões me alertaram que não o fizesse.

— Como quiser — rebateu a velha —, mas de qualquer forma pegue esta linda maçã; eu a darei a você.

— Não — recusou Branca de Neve —, não ouso aceitar.

— Garota boba! — respondeu a outra. — Do que tem medo? Acha que está envenenada? Ora! Coma uma parte, e eu como a outra.

Bem, a maçã estava preparada de tal forma que um lado era bom, enquanto o outro estava envenenado. Então, Branca de Neve ficou muito tentada a experimentar, pois a maçã era muito bonita; e, quando viu a velha comer, não conseguiu mais esperar. Entretanto, mal tinha colocado o pedaço na boca quando caiu morta no chão.

— Desta vez nada a salvará — determinou a rainha e foi para casa, para seu espelho, e este finalmente disse:

| *Vós, Rainha, sois a mais bela de todas as belas.*

E então seu coração perverso ficou feliz, tão feliz quanto tal coração era capaz de ser.

Quando a noite chegou e os anões foram para casa, encontraram Branca de Neve no chão; nenhum fôlego saía de seus lábios, e eles temeram que estivesse morta. Levantaram-na, pentearam seus cabelos e lavaram seu rosto com vinho e água; mas tudo foi em vão, pois a menina parecia morta. Então, deitaram-na em um esquife, e todos os sete fizeram vigília e a prantearam por três dias inteiros; depois disso, pensaram em enterrá-la, mas suas bochechas ainda estavam rosadas e seu rosto ainda tinha a mesma aparência de quando ela estava viva. Por isso disseram:

— Nunca a enterraremos no chão frio.

Fizeram um ataúde de vidro, para que ainda pudessem observá-la, e nele escreveram o nome dela em letras douradas, e que ela era filha de um rei. O caixão foi colocado entre as colinas, e um dos anões estava sempre ao lado, vigiando. E as aves do céu vieram também e prantearam Branca de Neve; primeiro, veio uma coruja; depois, um corvo e, por fim, uma pomba, e ficaram ao lado dela.

Assim, Branca de Neve repousou por muito, muito tempo, e ainda parecia dormir, pois ainda era branca como a neve, vermelha como sangue e negra como ébano. Por fim, um príncipe veio e visitou a casa dos anões; ele viu Branca de Neve e leu o que estava escrito em letras douradas. Então, ofereceu dinheiro aos anões, pediu e implorou que o deixassem levá-la embora; mas eles recusaram:

— Não vamos nos separar dela nem por todo o ouro do mundo.

No fim, porém, tiveram pena dele e lhe deram o esquife; contudo, no momento em que o príncipe o levantou para levá-la para casa consigo, o pedaço de maçã caiu de entre os lábios dela, e Branca de Neve acordou e disse:

— Onde estou?

E o príncipe replicou:

— Está segura comigo.

Então ele contou a Branca de Neve tudo o que havia acontecido e disse:

— Eu a amo muito mais do que tudo no mundo; então venha comigo para o palácio de meu pai, e será minha esposa.

Branca de Neve consentiu e foi para casa com o príncipe; e tudo foi preparado com grande pompa e esplendor para o casamento.

A velha inimiga de Branca de Neve, a rainha, foi convidada para a festa com os demais; e, quando estava se vestindo com roupas finas e elegantes, olhou no espelho e disse:

> *Diga-me, espelho, e fale a verdade!*
> *De todas as damas da terra,*
> *Quem é mais a bela? Revele-me. Quem?*

E o espelho respondeu:

> *A senhora é a mais linda aqui, tenho prova;*
> *Mas muito mais bonita é a rainha nova.*

Quando ouviu isso, ela ficou furiosa; mas sua inveja e curiosidade eram tão grandes, que não pôde deixar de ir para ver a noiva. Ao chegar lá, notou que não era outra senão Branca de Neve, que achava estar morta havia muito tempo; diante disso, sufocou de raiva, desmaiou e morreu. Em contrapartida, Branca de Neve e o príncipe viveram e reinaram felizes naquelas terras por muitos anos; e, às vezes, subiam as montanhas e faziam uma visita aos anões, que tinham sido tão bondosos com Branca de Neve em seu momento de necessidade.

O cravo

Era uma vez uma rainha a quem Deus não havia dado filhos. Todas as manhãs ela ia ao jardim e orava a Deus do céu para que lhe concedesse um filho ou uma filha. Então, um anjo do céu veio até ela e disse:

— Fique tranquila, você terá um filho com o poder do desejo, de forma que tudo o que ele deseje no mundo, ele terá.

Então ela foi até o rei e contou-lhe as boas-novas, e, quando chegou a hora, ela deu à luz um filho, e o rei ficou cheio de alegria.

Todas as manhãs, ela ia com a criança ao jardim, onde os animais selvagens eram mantidos, e ali se banhava em um riacho límpido. Aconteceu que, um dia, quando o menino era um pouco mais velho, ele estava deitado nos braços da mãe e a rainha adormeceu. Então, veio o velho cozinheiro, que sabia que a criança tinha o poder de desejar, e a roubou; ele pegou uma galinha, cortou-a em pedaços e derramou um pouco do sangue no avental da rainha e em seu vestido. Depois, levou a criança para um lugar secreto, onde uma ama era obrigada a amamentá-lo, e ele correu até o rei e acusou a rainha de ter permitido que seu filho fosse tirado dela pelas feras selvagens. Quando o rei viu o sangue no avental dela, acreditou, caiu em tal fúria que mandou construir uma torre alta, dentro da qual nem o sol nem a lua podiam ser vistos e mandou prender a esposa ali e emparedá-la. Ali a rainha deveria ficar sete anos sem comer nem beber, para morrer de fome. Contudo, Deus enviou dois anjos do céu na forma de pombas brancas, que voavam até ela duas vezes por dia e lhe levavam comida, até que os sete anos se completassem.

O cozinheiro, porém, pensou consigo mesmo: *Se a criança tem o poder de desejar, e eu ficar aqui, ela pode facilmente me meter em encrencas.* Então, saiu do palácio e foi até o menino, que já era grande o suficiente para falar, e disse-lhe:

— Deseje para si um belo palácio com jardins e tudo o mais que seja apropriado.

Mal as palavras haviam saído da boca do menino, quando estava lá tudo o que ele desejara. Depois de determinado tempo, o cozinheiro falou para ele:

— Não é bom que você esteja tão sozinho, deseje uma garota bonita para companheira.

Então, o príncipe desejou uma companheira, e ela imediatamente apareceu diante dele, e era mais bonita do que qualquer pintor poderia tê-la feito. Os dois brincavam juntos e se amavam de todo o coração, e o velho cozinheiro saía para caçar como um nobre. Ocorreu-lhe, no entanto, que o filho do rei poderia algum dia desejar estar com o pai e, assim, colocá-lo em grande perigo. Então ele saiu e chamou a moça de lado, explicando:

— Hoje à noite, quando o menino estiver dormindo, vá até a cama dele e enfie-lhe essa faca no coração e traga-me o coração e a língua; se não fizer isso, perderá sua vida.

Então, ele foi embora e, quando voltou no dia seguinte, ela não havia feito o que ele mandou e disse-lhe:

— Por que eu deveria derramar o sangue de um menino inocente que nunca fez mal a ninguém?

O cozinheiro repetiu:

— Se não fizer, vai custar sua própria vida.

Quando ele foi embora, a ama pediu que lhe trouxessem uma pequena corça e ordenou que fosse morta, pegou seu coração e língua e os colocou em um prato; quando ela viu o velho chegando, orientou ao menino:

— Deite-se na sua cama e puxe as cobertas sobre você.

Então o malvado miserável entrou e questionou:

— Onde estão o coração e a língua do menino?

A garota estendeu o prato para ele, mas o filho do rei jogou a colcha de lado e disse:

— Seu velho desgraçado, por que quis me matar? Agora vou pronunciar sua sentença. Você se tornará um poodle preto e terá uma coleira de ouro em volta do pescoço, e comerá brasas ardentes, até que as chamas brotem de sua garganta.

Quando ele terminou de dizer essas palavras, o velho se transformou em um poodle com uma coleira de ouro em volta do pescoço, e foi ordenado que os cozinheiros trouxessem brasas vivas, que ele comeu, até que as chamas irromperam de sua garganta. O príncipe permaneceu ali mais um pouco, até que pensou em sua mãe e se perguntou se ela ainda estaria viva. Por fim, ele anunciou à donzela:

— Vou para casa, para meu próprio país; se você for comigo, eu cuidarei de você.

— Ah — ela respondeu —, o caminho é tão longo, e o que farei em uma terra estranha onde sou desconhecida?

Como ela não parecia muito disposta, e como eles não podiam ser separados um do outro, o menino desejou que ela se transformasse em um lindo cravo, e a levou consigo. Então, ele foi embora para o próprio país, e o poodle teve que correr atrás dele. O príncipe foi até a torre em que a mãe estava confinada e, como era muito alta, desejou uma escada que chegasse até o topo. Então, ele subiu e olhou para dentro e gritou:

— Amada mãe, senhora rainha, ainda está viva ou está morta?

Ela respondeu:

— Acabei de comer e ainda estou satisfeita. — Pois pensou que os anjos estavam lá.

Ele respondeu:

— Sou seu filho querido, aquele que disseram que as feras haviam arrancado de seus braços; mas ainda estou vivo e logo a libertarei.

Com tais palavras, ele voltou a descer e foi até o pai, fez com que o anunciassem como um caçador estrangeiro e perguntou se o rei tinha algum serviço para ele. O rei disse que sim, se ele fosse habilidoso e conseguisse caça, deveria ir até ele, mas informou que corças nunca haviam se alojado em qualquer parte da região nem do país. Então o caçador prometeu conseguir para ele tanta caça quanto poderia querer à mesa real. Então, ele convocou todos os caçadores e disse-lhes para irem até a floresta com ele. O menino foi com eles e os fez formar um grande círculo, aberto em uma extremidade, onde se postou e começou a desejar. Mais de duzentos cervos entraram correndo no círculo de uma vez só, e os caçadores atiraram neles. Em seguida, todos foram colocados em sessenta carroças e levados para o rei, e pela primeira vez ele pôde oferecer carne de caça em sua mesa, depois de não ter tido nenhuma por anos.

O rei ficou muito feliz com isso e ordenou que toda a sua casa comesse com ele no dia seguinte e fizesse um grande banquete. Quando todos estavam reunidos, ele disse ao caçador:

— Por ser tão esperto, sente-se ao meu lado.

Ele respondeu:

— Senhor rei, sua majestade deve me desculpar, sou um pobre caçador.

Mas o rei insistiu:

— Você deve se sentar ao meu lado. — Até que ele o fez.

Enquanto estava sentado lá, pensou em sua querida mãe e desejou que um dos principais servos do rei começasse a falar dela, perguntando a quantas andava a rainha na torre, e se ela ainda estava viva ou se havia perecido. Mal havia formado o desejo, o marechal começou, conjecturando:

— Vossa majestade, vivemos com alegria aqui, mas como está a rainha morando na torre? Ela ainda está viva ou morreu?

Mas o rei respondeu:

— Ela deixou meu querido filho ser despedaçado por animais selvagens. Não quero que se fale nela.

Então o caçador se levantou e disse:

— Benévolo senhor pai, ela ainda está viva, e eu sou seu filho, não fui levado por animais selvagens, mas por aquele bruto, o velho cozinheiro, que me arrancou dos braços de minha mãe enquanto ela dormia, e sujou o avental dela com o sangue de uma galinha.

Então ele pegou o cachorro com a coleira de ouro e anunciou:

— Eis o desgraçado!

E fez com que trouxessem brasas vivas que o cão foi compelido a devorar diante da vista de todos, até que chamas irromperam de sua garganta. Depois disso, o caçador perguntou ao rei se ele gostaria de ver o cachorro em sua verdadeira forma e desejou que ele voltasse à forma do cozinheiro, a qual retomou no mesmo instante, com seu avental branco e sua faca à cintura. Quando o rei o viu, foi tomado pela cólera, e ordenou que fosse lançado na masmorra mais profunda. Então o caçador falou mais:

— Pai, gostaria conhecer a donzela que me criou com tanta ternura e que depois foi ordenada a me matar, mas não o fez, embora a própria vida dependesse disso?

O rei respondeu:

— Sim, eu gostaria de vê-la.

O filho continuou:

— Benévolo pai, eu a mostrarei a você na forma de uma linda flor. — E colocou a mão no bolso e tirou o cravo, depositando-o na mesa real, e era tão belo que o rei nunca tinha visto um igual. — Então o filho disse: — Agora vou mostrá-la em sua própria forma. — E desejou que ela se tornasse uma donzela, e ela apareceu ali tão bonita que nenhum pintor poderia fazê-la parecer mais bela.

O rei enviou duas servas e dois criados até a torre, para buscar a rainha e trazê-la à mesa real. Contudo, quando ela foi levada, não comeu nada e disse:

— O Deus generoso e misericordioso que cuidou de mim na torre em breve me libertará.

Ela viveu mais três dias e depois morreu feliz; e, quando foi enterrada, as duas pombas brancas que levavam sua comida até a torre, e eram anjos do céu, seguiram seu corpo e pousaram em seu túmulo. O velho rei ordenou que o cozinheiro fosse esquartejado, mas a dor consumiu o coração do próprio rei, e ele logo faleceu. O filho se casou com a bela donzela que trouxera em seu bolso na forma de flor e, se ainda estão vivos ou não, só Deus sabe.

Elsie, a esperta

Era uma vez um homem que tinha uma filha chamada Elsie, a esperta. E, quando ela cresceu, o pai disse:

— Vamos casá-la.

— Sim — disse a mãe —, se aparecer alguém que a queira.

Por fim, um homem que se chamava Hans veio de longe e a cortejou, mas ele estipulou que Elsie, a esperta, precisava ser muito inteligente.

— Ah — disse o pai —, ela tem muito bom senso.

E a mãe declarou:

— Ah, ela pode ver o vento subindo a rua e ouvir as moscas tossindo.

— Bem — disse Hans —, se não for esperta de verdade, não a quero.

Quando estavam sentados à mesa de jantar e já tinham comido, a mãe disse:

— Elsie, vá até o porão e pegue um pouco de cerveja.

Então, Elsie, a esperta, pegou o jarro da parede, foi até o porão e batucou na tampa enquanto descia, para passar o tempo. Quando chegou lá embaixo, pegou uma cadeira e a colocou diante do barril para que não tivesse necessidade de se curvar, para que suas costas não doessem e para que não se machucasse por acidente. Então, ela colocou o jarro à sua frente e abriu a torneira, e enquanto a cerveja jorrava, ela não deixou seus olhos ficarem ociosos, mas olhou para a parede e, depois de muito espiar aqui e ali, viu uma picareta bem acima de si, que os pedreiros deixaram lá por engano.

Então Elsie, a esperta, começou a chorar e disse:

— Se eu me casar com Hans, e tivermos um filho, e ele crescer, e nós o mandarmos vir aqui no porão para pegar cerveja, então a picareta vai cair na cabeça dele e matá-lo.

Com isso, ela se sentou, chorou e gritou com todas as suas forças, pelo infortúnio que estava diante de si. Os que estavam lá em cima esperavam a bebida, mas ainda assim Elsie, a esperta, não aparecia. Então a mulher disse à criada:

— Desça até o porão e veja o que aconteceu com Elsie.

A empregada foi e a encontrou na frente do barril, chorando aos berros.

— Elsie, por que está chorando? — perguntou a empregada.

— Ora — ela respondeu —, e eu não tenho motivos para chorar? Se eu me casar com Hans e tivermos um filho, e ele crescer e tiver que pegar cerveja aqui, talvez a picareta caia na cabeça dele e o mate.

Com isso, a empregada disse:

— Que esperta é nossa Elsie! — E sentou-se ao lado dela e começou a chorar alto pela desgraça.

Depois de um tempo, como a empregada não voltou, e os que estavam lá em cima estavam com sedentos pela cerveja, o homem disse ao menino:

— Corra até o porão e veja onde estão Elsie e a criada.

O menino desceu, e lá estavam Elsie, a esperta, e a empregada chorando juntas. Então ele perguntou:

— Por que estão chorando?

— Ah — disse Elsie —, e eu não tenho motivos para chorar? Se eu casar com Hans e tivermos um filho, e ele crescer e tiver que pegar cerveja aqui, a picareta vai cair na cabeça dele e matá-lo.

Então, disse o menino:

— Que esperta é nossa Elsie! — E sentou-se ao lado dela, e também começou a berrar.

No andar de cima, esperavam o menino, mas como ele ainda não voltou, o homem disse à mulher:

— Apenas desça ao porão e veja onde está Elsie!

A mulher desceu e encontrou os três em meio a suas lamentações, e perguntou qual era a causa; então Elsie lhe disse também que seu futuro filho seria morto pela picareta, quando crescesse e tivesse que pegar cerveja, e a picareta caísse. Com isso, a mãe disse da mesma forma:

— Que esperta é nossa Elsie! — E sentou-se e chorou com eles.

O homem do andar de cima esperou um pouco, mas como sua esposa não voltou e sua sede aumentou cada vez mais, ele disse:

— Eu mesmo devo ir ao porão e ver onde Elsie está.

Mas quando entrou no porão, e estavam todos sentados juntos chorando, e ele ouviu o motivo, que o filho de Elsie era a causa, e que algum dia Elsie talvez pudesse trazer um ao mundo e que este poderia ser morto pela picareta, se estivesse embaixo dela pegando cerveja no exato momento em que ela caísse, ele exclamou:

— Oh, como Elsie é esperta! — E sentou-se e também chorou com eles.

O noivo ficou sozinho no andar de cima por muito tempo; então, como ninguém voltava, ele pensou: *Devem estar me esperando lá embaixo; eu também devo ir lá e ver o que estão fazendo*. Quando ele chegou lá embaixo, os cinco estavam sentados chorando e lamentando de forma miserável, cada um superando o outro.

— Que infortúnio aconteceu? — perguntou ele.

— Ah, querido Hans — disse Elsie —, se nos casarmos e tivermos um filho, e ele for grande, talvez o mandemos vir aqui para pegar algo para beber, então a picareta que foi deixada ali em cima pode estourar seus miolos se cair, não temos então motivos para chorar?

— Vamos — disse Hans —, mais entendimento do que isso não é necessário para minha casa, já que é tão inteligente, Elsie, eu casarei com você.

E pegou a mão dela, levou-a para cima e se casou com ela.

Depois de um tempo após o casamento, Hans disse:

— Esposa, vou sair para trabalhar e ganhar algum dinheiro para nós; vá para o campo e colha o trigo para que tenhamos um pouco de pão.

— Sim, querido Hans, eu farei isso.

Depois que Hans foi embora, ela preparou um bom caldo e o levou para o campo consigo. Quando chegou ao campo, ela disse a si mesma:

— O que devo fazer; devo colher primeiro ou devo comer primeiro? Bem, eu vou comer primeiro.

Então ela bebeu seu caldo e, quando estava bem satisfeita, mais uma vez disse:

— O que devo fazer? Devo colher primeiro ou devo dormir primeiro? Vou dormir primeiro.

Então, ela se deitou entre o trigo e adormeceu. Hans estava em casa há muito tempo, mas Elsie não aparecia; então ele disse:

— Que esperta é minha Elsie; ela é tão trabalhadora que nem vem em casa para comer.

Mas quando a noite chegou e ainda assim ela não voltava, Hans saiu para ver o que ela havia colhido, mas nada havia sido cortado, e ela estava deitada no meio do trigo dormindo. Então, Hans correu para casa e trouxe uma rede de passarinheiro com sininhos e a pendurou em volta dela, que continuou dormindo. Depois, ele correu para casa, trancou a porta, sentou-se na cadeira e trabalhou. Por fim, quando já estava bem escuro, Elsie, a esperta, acordou e, quando se levantou, havia um tilintar ao redor dela, e os sinos badalavam a cada passo. Então, ela ficou alarmada e duvidou se realmente era Elsie, a esperta, e disse:

— Sou eu ou não sou eu?

Mas ela não sabia qual resposta dar a isso, e ficou em dúvida por um tempo. Por fim, pensou:

— Vou para casa perguntar se sou eu ou se não sou eu; eles certamente saberão.

Ela correu para a porta da própria casa, mas estava trancada; então, bateu à janela e gritou:

— Hans, Elsie está aí dentro?

— Sim — respondeu Hans —, ela está aqui dentro.

Então, ela ficou apavorada e disse:

— Ah, céus! Então, não sou eu. — E foi para outra porta; mas quando as pessoas ouviam o tilintar dos sinos, não queriam abrir, e ela não conseguiu entrar em lugar algum. Então ela saiu correndo da aldeia e ninguém a viu desde então.

O avarento nos arbustos

Um fazendeiro tinha um servo fiel e diligente, que havia trabalhado duro para ele por três anos, sem receber nenhum salário. Por fim, o homem pensou que não continuaria assim sem pagamento; então ele se dirigiu ao seu patrão e disse:

— Eu trabalhei duro para você por muito tempo, confiarei em você para me pagar o que eu mereço pelo meu trabalho.

O fazendeiro era um avarento terrível e sabia que seu empregado era um homem muito simples; então, pegou três moedinhas e lhe deu uma por cada ano de serviço. O pobre coitado achou que era muito dinheiro e disse para si mesmo:

— Por que eu deveria trabalhar duro e viver aqui com um pagamento ruim por mais tempo? Agora posso viajar pelo mundo inteiro e me divertir.

Com isso, ele colocou o dinheiro na bolsa e partiu, perambulando por colinas e vales.

Enquanto ele vagava pelos campos, cantando e dançando, um homenzinho o encontrou e perguntou por que ele estava tão feliz.

— Ora, o que deveria me deixar desanimado? — disse ele. — Tenho saúde e riqueza, por que me preocuparia? Economizei meus ganhos de três anos e tenho tudo guardado em segurança no bolso.

— E quanto você economizou? — quis saber o homenzinho.

— Três moedinhas inteiras — respondeu o camponês.

— Gostaria que as desse para mim — disse o outro. — Sou muito pobre.

Então o homem teve pena e entregou-lhe tudo o que tinha; e o homenzinho respondeu:

— Como você tem um coração tão bondoso e honesto, vou conceder-lhe três desejos, um para cada moeda; então escolha o que quiser.

Então o camponês se alegrou com sua boa sorte e disse:

— Gosto de muitas coisas mais do que dinheiro: primeiro, quero um arco que acerte tudo em que eu atirar; segundo, quero uma rabeca que faça dançar todos que me ouvirem tocá-la; e em terceiro lugar, gostaria que todos me dessem o que eu peça.

O anão disse que ele teria seus três desejos; então, lhe deu o arco e a rabeca, e foi embora.

Nosso honesto amigo também seguiu seu caminho; e se estava alegre antes, agora estava dez vezes mais. Ele não tinha ido muito longe antes de encontrar um velho avarento; perto deles havia uma árvore, e no galho mais alto estava pousado um tordo que cantava alegremente.

— Ah, que pássaro lindo! — disse o avarento. — Eu daria muito dinheiro para ter um desses.

— Se é só isso — disse o camponês —, em breve vou derrubá-lo.

Então, ele pegou seu arco e o tordo caiu nos arbustos ao pé da árvore. O avarento entrou no mato para encontrá-lo; mas, assim que ele entrou, seu companheiro pegou a rabeca e tocou, e o avarento começou a dançar e a pular, saltando cada vez mais alto no ar. Os espinhos logo rasgaram suas roupas até que ficaram penduradas em trapos em volta dele, e ele próprio ficou todo arranhado e ferido, de modo que o sangue escorreu.

— Oh, pelo amor de Deus! — gritou o avarento. — Senhor! Senhor! Por favor, largue essa rabeca. O que eu fiz para merecer isso?

— Você já se aproveitou de muitas pobres almas — disse o outro —, está apenas recebendo o que merece.

Então, ele tocou outra música. E o avarento implorou, prometeu e ofereceu dinheiro em troca sua liberdade. Contudo, ele não chegou ao preço do músico por algum tempo, e este o fez dançar cada vez mais rápido; o avarento fez propostas cada vez mais altas, até que por fim ofereceu cem florins que tinha em sua bolsa, os quais tinha conseguido pouco tempo antes enganando um pobre coitado qualquer. Quando o camponês viu tanto dinheiro, disse:

— Aceito sua proposta.

Dito isso, pegou a bolsa, guardou a rabeca e continuou sua viagem muito satisfeito com o negócio que fizera.

Enquanto isso, o avarento saiu do mato seminu e em uma situação deplorável, e refletiu sobre como se vingaria e passaria a perna em seu companheiro. Por fim, ele foi ao juiz e denunciou que um patife havia roubado seu dinheiro e o espancado, e que o sujeito que fez isso carregava um arco nas costas e uma rabeca pendurada no pescoço. Então o juiz enviou seus oficiais para trazer o acusado de onde quer que o encontrassem; e logo foi apanhado e trazido para julgamento.

O avarento contou sua história e alegou que seu dinheiro havia sido roubado.

— Não, você o deu para mim por tocar uma música — disse o camponês; o juiz, porém, disse-lhe que isso não era provável e encerrou o assunto ordenando que fosse levado para a forca.

Assim, ele foi levado, mas enquanto estava nos degraus, disse:

— Senhor juiz, conceda-me um último pedido.

— Qualquer coisa, menos a sua vida — respondeu o outro.

— Não — disse ele —, não peço por minha vida; peço apenas que me deixe tocar minha rabeca pela última vez.

O avarento gritou:

— Oh, não! Não! Pelo amor de Deus, não dê ouvidos a ele! Não dê ouvidos a ele!

Mas o juiz respondeu:

— É só desta vez, ele logo estará acabado.

O fato é que ele não podia recusar o pedido, por causa do terceiro presente do anão.

Então, o avarento disse:

— Amarrem-me, amarrem-me, por favor!

Mas o camponês pegou sua rabeca e começou a tocar uma melodia, e à primeira nota, juiz, escriturários e carcereiro começaram a se mexer; todos começaram a pular, e ninguém conseguiu segurar o avarento. À segunda nota, o carrasco largou o prisioneiro e também pôs-se a dançar; e quando havia tocado o primeiro compasso da música, todos estavam dançando: juiz, oficiais do tribunal e avarento, além de todas as pessoas que os seguiram para observar. A princípio, foi bastante alegre e agradável; mas depois de um tempo, a música e a dança pareciam não ter fim, começaram a gritar e implorar que parasse; mas ele não parou nem um pouco por causa de suas súplicas, até que o juiz não apenas lhe deu a vida, mas prometeu devolver-lhe os cem florins.

Então, ele chamou o avarento e disse:

— Diga-nos agora, seu patife, onde conseguiu esse ouro, ou tocarei apenas para você.

— Eu roubei — respondeu o avarento na frente de todos. — Reconheço que o roubei e que você o mereceu de forma justa.

Então o camponês parou a rabeca e deixou o avarento para ocupar seu lugar na forca.

Cinderela

A esposa de um homem rico adoeceu e, quando sentiu que seu fim estava próximo, chamou sua única filha até sua cama e disse:

— Sempre seja uma boa menina, e do céu eu olharei e cuidarei de você.

Pouco depois, ela fechou os olhos e faleceu, e foi sepultada no jardim; e a garotinha ia todos os dias até o túmulo e chorava, e sempre foi boa e gentil com todos ao seu redor. A neve caiu e espalhou uma bela cobertura branca sobre a sepultura; mas quando a primavera chegou e o sol a derreteu de novo, o pai havia se casado com outra esposa. Essa nova esposa tinha duas filhas, que trouxe para a casa; elas eram belas de rosto, mas maldosas de coração, e esse foi um momento triste para a pobre garotinha.

— O que a imprestável quer na sala de estar? — disseram elas. — Quem quer pão para comer deve primeiro ganhá-lo. Vá com a criada da cozinha!

Então, elas tomaram suas roupas finas e lhe deram um velho vestido cinza, zombaram dela e mandaram-na para a cozinha.

Lá ela foi forçada a trabalhar duro; levantar cedo antes do amanhecer, trazer a água, acender o fogo, cozinhar e lavar. Além disso, as irmãs a atormentavam de todas as maneiras e zombavam dela. À noite, quando estava cansada, não tinha cama para se deitar e foi obrigada a se deitar junto à lareira, entre as cinzas; e como isso, é claro, a deixava sempre empoeirada e suja, chamavam-na de Cinderela.

Certa vez, o pai estava indo à feira e perguntou às filhas da esposa o que deveria trazer para elas.

— Roupas elegantes — declarou a primeira.

— Pérolas e diamantes — exigiu a segunda.

— Agora, criança — disse ele para a própria filha —, o que você quer?

— O primeiro galho que roçar em seu chapéu quando o senhor virar o rosto para retornar para casa, querido pai — respondeu ela.

Então, ele comprou para as duas primeiras as roupas elegantes, bem como as pérolas e os diamantes que pediram e, a caminho de casa, enquanto cavalgava por um bosque verde, um galho de aveleira roçou nele e quase derrubou seu chapéu; então, ele o quebrou e levou-o embora; quando chegou em casa, o entregou para a filha. Ela, por sua vez, o pegou, foi até o túmulo da mãe, plantou-o lá e chorou tanto que ele foi regado com suas lágrimas, ali cresceu e tornou-se uma bela árvore. Três vezes por dia ela ia até lá e chorava; e logo um passarinho veio e construiu seu ninho na árvore, conversou com Cinderela, cuidou dela e trouxe-lhe o que ela desejasse.

Ora, aconteceu que o rei daquela terra organizou uma festa que duraria três dias; e dentre as convidadas, seu filho deveria escolher uma noiva. As duas irmãs de Cinderela foram convidadas; então, chamaram-na e disseram:

— Agora, penteie nossos cabelos, escove nossos sapatos e prenda nossos cintos para nós, pois vamos dançar na festa do rei.

Ela fez conforme mandaram, mas quando tudo terminou, não pôde deixar de chorar, pois pensou que gostaria muito de ter ido com elas ao baile; e, por fim, implorou muito à madrasta para que a deixasse ir.

— Você, Cinderela! — disse ela. — Você que não tem nada para vestir, nem mesmo um vestido, e também não sabe dançar... Você quer ir ao baile?

E como a garota continuou a implorar, a madrasta, para se livrar dela, finalmente falou:

— Vou jogar este prato cheio de ervilhas no monte de cinzas, e se, em duas horas, você tiver separado todas elas, irá para a festa também.

Então, jogou as ervilhas no meio das cinzas, mas a donzela correu pela porta dos fundos para o jardim e gritou:

> *Aqui, aqui, pelo céu atravessando,*
> *Pombas e pintarroxos, venham voando!*
> *E o melro, o tordo e o tentilhão,*
> *Aqui, aqui, venham num tufão!*
> *Venham todos, venham rápido me ajudar!*
> *Logo, logo! A catar, catar, catar!*

Primeiro vieram duas pombas brancas que entraram voando pela janela da cozinha; em seguida, vieram duas rolinhas; depois delas, vieram todos os passarinhos do céu, chilreando e esvoaçando, e voaram para cima das cinzas. As pombinhas abaixaram a cabeça e começaram a trabalhar, catando, catando e catando; e então os outros começaram a catar, catar e catar; com todos trabalhando juntos, logo cataram todos os grãos bons e os colocaram em um prato, deixando as cinzas de lado. Muito antes de uma hora, o trabalho estava concluído e saíram todos voando pelas janelas de novo.

Feito isso, Cinderela levou o prato para a madrasta, muito feliz com a ideia de que agora iria ao baile. Mas a madrasta disse:

— Não, não! Sua imunda, você não tem roupas e não sabe dançar; você não vai.

Quando Cinderela implorou muito para ir, disse:

— Se você conseguir separar dois desses pratos de ervilhas das cinzas em uma hora, você também irá.

E assim ela pensou que conseguiria enfim se livrar da enteada. Com isso, a madrasta jogou dois pratos de ervilhas nas cinzas.

Mas a donzela saiu para o jardim dos fundos da casa e gritou como antes:

> *Aqui, aqui, pelo céu atravessando,*
> *Pombas e pintarroxos, venham voando!*
> *E o melro, o tordo e o tentilhão,*
> *Aqui, aqui, venham num tufão!*
> *Venham todos, venham rápido me ajudar!*
> *Logo, logo! A catar, catar, catar!*

Primeiro vieram duas pombas brancas que entraram voando pela janela da cozinha; em seguida vieram duas rolinhas; depois delas, vieram todos os passarinhos do céu, chilreando e saltitando. E voaram para as cinzas, e as pombinhas baixaram a cabeça e começaram a trabalhar, catando, catando e catando; e então os outros começaram a catar, catar e catar; e puseram todos os grãos bons nos pratos, e deixaram todas as cinzas. Antes que meia hora tivesse se passado, tudo estava feito, e eles foram embora voando novamente. E, então, Cinderela levou os pratos para a madrasta, alegre por pensar que agora poderia ir ao baile. A madrasta, porém, disse:

— Não adianta, você não pode ir; não tem roupa e não sabe dançar, e só nos envergonharia.

E saiu com as duas filhas rumo ao baile.

Assim, quando todos se foram e não havia ninguém em casa, Cinderela foi, triste, sentou-se sob a aveleira, e clamou:

> *Derrame, derrame, aveleira,*
> *Ouro e prata sobre mim inteira!*

Então, seu amigo, o pássaro, saiu voando da árvore e trouxe para ela um vestido dourado e prateado e sapatilhas de seda com lantejoulas; e Cinderela os vestiu e seguiu as irmãs até a festa. Contudo, não a reconheceram, pensaram que devia ser alguma princesa estrangeira, de tão elegante e bela que estava em suas roupas suntuosas; elas não pensaram em Cinderela uma vez sequer, dando como certo que estava segura em casa, no meio da sujeira.

O príncipe logo se aproximou, pegou-a pela mão e dançou com ela, e mais ninguém; e ele não saiu do lado dela, mas quando mais alguém vinha convidá-la para dançar, ele dizia:

— Esta dama está dançando comigo.

Desse modo, dançaram até altas horas da noite; e, então, ela queria ir para casa, e o príncipe disse:

— Vou acompanhá-la até sua casa. — Pois ele queria saber onde a bela donzela morava.

Entretanto, ela escapou quando ele estava distraído e correu para casa; e como o príncipe a seguia, ela pulou para dentro do pombal e fechou a porta. Então ele esperou até que o pai dela voltasse para casa e disse-lhe que a donzela desconhecida, que estivera na festa, havia se escondido no pombal. Mas, quando arrombaram a porta, não encontraram ninguém lá dentro; e voltando para a casa, Cinderela estava deitada, como sempre, em seu vestido sujo junto às cinzas, e sua pequena lamparina estava acesa na chaminé. Acontece que ela correu o mais rápido que pôde pelo pombal até a aveleira, ali despiu suas belas roupas e colocou-as debaixo da árvore, para que o pássaro as levasse, e se deitou novamente em meio às cinzas em seu vestidinho cinza.

Na noite seguinte, quando mais uma vez a festa se realizou, e seu pai, madrasta e irmãs haviam saído, Cinderela foi até a aveleira e disse:

> *Derrame, derrame, aveleira,*
> *Ouro e prata sobre mim inteira!*

E o pássaro veio e trouxe um vestido ainda mais belo do que o aquele ela usara no dia anterior. E quando ela entrou no baile, todos se admiraram de sua beleza. O príncipe, que estava à sua espera, pegou-a pela mão e dançou com ela; e quando alguém a chamava para dançar, ele dizia como antes:

— Esta dama está dançando comigo.

Quando a noite chegou, ela quis ir para casa; e o príncipe a seguiu como antes, para ver em que casa ela entraria; mas ela fugiu dele e entrou no jardim atrás da casa do pai. Nesse jardim havia uma bela pereira cheia de frutos maduros; e Cinderela, sem saber onde se esconder, subiu nela sem que ele a visse. Então o príncipe a perdeu de vista e não conseguiu descobrir para onde ela tinha ido, mas esperou até que o pai voltasse para casa e disse a ele:

— A dama desconhecida que dançou comigo escapuliu, e acho que ela deve ter subido na pereira.

O pai pensou consigo mesmo: *Será que é Cinderela?* Em seguida, pediu que trouxessem um machado; e a árvore foi cortada, mas não acharam ninguém nela. E quando voltaram para a cozinha, lá estava Cinderela entre as cinzas; pois ela havia descido pelo outro lado da árvore e levado suas belas roupas de volta para o pássaro na aveleira; em seguida, colocou seu vestidinho cinza.

No terceiro dia, quando o pai, a madrasta e as irmãs se foram, ela foi novamente até o jardim e entoou:

> *Derrame, derrame, aveleira,*
> *Ouro e prata sobre mim inteira!*

Então, seu bondoso amigo, o pássaro, trouxe um vestido ainda mais deslumbrante do que o anterior, e sapatilhas de puro ouro; de modo que, quando ela chegou à festa, ninguém sabia o que dizer, maravilhados com sua beleza. E o príncipe não dançou com ninguém além dela; e quando alguém a convidava para dançar, ele dizia:

— Esta dama é *minha* parceira, senhor.

Quando a noite chegou, ela quis ir para casa; e o príncipe queria ir com ela, e disse a si mesmo: *Não vou perdê-la de vista desta vez*. No entanto, ela mais uma vez escapou dele, embora tenha ido com tanta pressa que deixou cair o sapatinho de ouro do pé esquerdo na escada.

O príncipe pegou o sapato e, no dia seguinte, foi até o rei, seu pai, e declarou:

— Tomarei como esposa a dama em que este sapatinho de ouro servir.

Então, as duas irmãs ficaram muito felizes ao ouvir isso; pois tinham belos pés e não tinham dúvidas de que poderiam calçar o sapatinho de ouro. A mais velha entrou primeiro no aposento onde estava o sapatinho, e quis experimentá-lo, e a mãe ficou seu ao lado. Contudo, seu dedão não entrava, o sapato era pequeno demais para ela. Vendo isso, a mãe lhe deu uma faca e disse:

— Não importa, corte-o fora; quando for rainha, não se importará com os dedos dos pés; não vai precisar andar.

Assim, a tola garota cortou o dedão, e assim apertou o pé dentro do sapato, e apresentou-se ao príncipe. Então ele a tomou como sua noiva, e a colocou ao lado dele em seu cavalo, e partiu com ela de volta para casa.

No entanto, a caminho de casa, tiveram que passar pela aveleira que Cinderela havia plantado; e no galho estava sentada uma pomba cantando:

> *Retorne! Retorne! Olhe para o calçado!*
> *O sapato é pequeno demais e está apertado!*
> *Príncipe! Príncipe! Pela noiva foi enganado,*
> *Pois não é a verdadeira que está ao seu lado.*

Ouvindo isso, o príncipe desceu e olhou para o pé dela; e viu, pelo sangue que escorria, como ela o enganara. Então, virou seu cavalo e levou a falsa noiva de volta para casa, e disse:

— Essa não é a noiva certa; deixe a outra irmã tentar calçar o sapatinho.

Então ela entrou no quarto e enfiou todo o pé no sapato, exceto o calcanhar, que era grande demais. No entanto, a mãe o apertou para que entrasse, até que sangrou, e levou-a diante o príncipe; ele a colocou como sua noiva ao seu lado no cavalo, e partiu com ela.

Mas quando chegaram à aveleira, a pombinha ainda estava lá e cantou:

> Retorne! Retorne! Olhe para o calçado!
> O sapato é pequeno demais e está apertado!
> Príncipe! Príncipe! Pela noiva foi enganado,
> Pois não é a verdadeira que está ao seu lado.

Então, ele olhou para baixo e viu que escorria tanto sangue do sapato que as meias brancas dela estavam vermelhas. Então, ele virou seu cavalo e a levou de volta também.

— Essa não é a noiva verdadeira — anunciou ele ao pai. — O senhor não tem outras filhas?

— Não — disse ele —; há apenas a pequena e imunda Cinderela aqui, filha de minha primeira esposa. Tenho certeza de que ela não pode ser a noiva.

O príncipe disse a ele para mandá-la vir. Mas a mãe disse:

— Não, não, ela está muito suja; ela não se atreverá a aparecer.

No entanto, o príncipe queria que ela viesse; e ela primeiro lavou o rosto e as mãos, depois entrou e fez uma reverência para ele, que lhe estendeu o sapatinho dourado. Então, ela tirou seu sapato tosco do pé esquerdo e calçou o sapatinho dourado, que lhe serviu como se tivesse sido feito para ela. E, quando ele se aproximou e observou o rosto dela, reconheceu-a e disse:

— Esta é a noiva certa.

No entanto, a madrasta e as duas irmãs ficaram assustadas e empalideceram de raiva, enquanto ele colocava Cinderela sobre o cavalo e se afastava com ela. E quando chegaram à aveleira, a pomba branca cantou:

> Pra casa! Pra casa! Olhe para o calçado!
> Princesa! O sapato está bem ajustado!
> Príncipe! Príncipe! Leve sua noiva apressado,
> Pois é a verdadeira que está ao seu lado.

E quando a pomba terminou sua canção, veio voando, pousou no ombro direito dela e a acompanhou para casa.

A serpente branca

Há muito tempo vivia um rei conhecido em toda a terra por sua sabedoria. Nada escapava ao conhecimento dele, e parecia que as notícias das coisas mais secretas lhe eram trazidas pelo ar. Mas ele tinha um costume estranho; todos os dias, depois do jantar, quando a mesa havia sido limpa e ninguém mais estava presente, um criado de confiança tinha que lhe trazer mais um prato. Estava coberto, no entanto, e nem mesmo o servo sabia o que havia nele, ninguém sabia, pois o rei nunca tirava a tampa para comer até que estivesse completamente sozinho.

Isso já acontecia havia muito tempo, quando, um dia o criado, que retirou o prato, ficou tão curioso que não conseguiu deixar de levá-lo para o próprio quarto. Depois de trancar a porta com cuidado, levantou a tampa e viu uma serpente branca no prato. Ao vê-la, porém, não pôde negar-se o prazer de saboreá-la; então, cortou um pedacinho e colocou na boca. Assim que a porção tocou sua língua, ele ouviu um estranho sussurro de vozes baixinhas do lado de fora da janela. Ele se aproximou e escutou, e então notou que eram os pardais que conversavam entre si e contavam uns para os outros todo o tipo de coisas que tinham visto nos campos e bosques. Comer a cobra deu a ele o poder de entender a linguagem dos animais.

Ora, aconteceu que nesse mesmo dia a rainha perdeu seu mais belo anel, e a suspeita de tê-lo roubado recaiu sobre esse fiel servo, que tinha permissão para ir a todos os lugares. O rei ordenou que o homem fosse trazido à sua presença e o ameaçou com palavras raivosas: a menos que pudesse apontar o ladrão antes da manhã seguinte, ele próprio seria considerado culpado e seria executado. Em vão ele declarou sua inocência e foi dispensado sem resposta melhor.

Em seu infortúnio e medo, ele desceu ao pátio e refletiu sobre como se livrar de seu problema. Nesse momento, alguns patos estavam reunidos e quietos, descansando junto a um riacho; enquanto arrumavam suas penas com os bicos, mantinham uma conversa confidencial. O servo ficou perto e escutou. Eles estavam contando uns aos outros sobre todos os lugares por onde andaram bamboleando a manhã toda, e sobre a comida boa que tinham encontrado; e uma pata disse em tom lamentoso:

— Algo me pesa no estômago; quando eu estava comendo, apressada, engoli um anel que estava debaixo da janela da rainha.

O criado imediatamente agarrou-a pelo pescoço, levou-a para a cozinha e disse ao cozinheiro:

— Aqui está uma bela pata; por favor, mate-a.

— É — disse o cozinheiro, e pesou-a na mão. — Ela não poupou esforços para se engordar e está esperando para ser assada há tempo suficiente.

Então, cortou a cabeça da pata e, enquanto estava sendo preparada para o espeto, o anel da rainha foi encontrado dentro dela.

Agora o servo podia provar sua inocência com facilidade; e o rei, para reparar o erro, permitiu-lhe pedir um favor e prometeu-lhe o melhor lugar que ele poderia desejar na corte. O criado recusou tudo e pediu apenas um cavalo e algum dinheiro para viajar, pois tinha a intenção de ver o mundo e explorar um pouco. Quando seu pedido foi atendido, ele partiu e um dia chegou a uma lagoa, onde viu três peixes presos nos juncos, ofegando por água. Embora se diga que os peixes são mudos, ele os ouviu lamentando por perecerem de forma tão miserável e, como tinha um coração bondoso, desceu do cavalo e colocou os três prisioneiros de volta na água. Eles saltaram de alegria, colocaram a cabeça para fora e gritaram para ele:

— Nós nos lembraremos de você e retribuiremos por nos salvar!

Ele continuou cavalgando e, depois de um tempo, pareceu-lhe ouvir uma voz na areia a seus pés. Ele escutou e ouviu um rei-formiga reclamar:

— Por que as pessoas, com seus animais desajeitados, não podem ficar longe de nossos corpos? Aquele cavalo estúpido, com seus cascos pesados, está pisando no meu povo, sem piedade!

Então ele passou para um outro caminho e o rei das formigas gritou para ele:

— Lembraremos de você, um gesto de bondade merece outro!

O caminho o levou a uma floresta, e lá ele viu dois velhos corvos parados ao lado de seu ninho, jogando fora seus filhotes.

— Fora, criaturas preguiçosas e imprestáveis! — gritavam eles. — Não podemos mais encontrar comida para vocês; são grandes o suficiente e são capazes de se sustentar.

Mas os coitados dos jovens corvos ficaram no chão, batendo as asas e gritando:

— Oh, que avezinhas indefesas nós somos! Devemos cuidar de nós mesmos e, no entanto, não podemos voar! O que podemos fazer, a não ser ficar aqui e morrer de fome?

Então o bom rapaz desmontou e matou o cavalo com a espada, e deu a eles para comer. Então, eles vieram correndo, saciaram a fome e gritaram:

— Nós nos lembraremos de você, um gesto de bondade merece outro!

E agora ele tinha que usar as próprias pernas, e depois de percorrer um longo caminho, chegou a uma grande cidade. Havia vasto burburinho e multidão nas ruas, e um homem veio a cavalo, gritando em voz alta:

— A princesa quer um marido; mas quem busca a mão dela deve realizar uma tarefa difícil, e, se não conseguir, perderá a vida.

Muitos já haviam tentado em vão; porém, quando o jovem viu a princesa, ficou tão impressionado com sua notável beleza que esqueceu todo o perigo, apresentou-se diante do rei e declarou-se pretendente.

Então, foi levado até o mar, e um anel de ouro foi jogado nas águas, diante de seus olhos; o rei ordenou que ele trouxesse este anel do fundo do mar e acrescentou:

— Se você emergir sem ele, será jogado de novo e de novo até perecer entre as ondas.

Todo o povo se entristeceu pelo rapaz bonito; então foram embora, deixando-o sozinho à beira-mar.

Ele ficou na praia e pensou no que deveria fazer, quando de repente viu três peixes nadando em sua direção, eram os mesmos peixes cujas vidas ele salvara. O do meio trazia na boca um mexilhão, que pôs na praia aos pés do jovem; quando este o pegou e abriu, encontrou ali o anel de ouro. Cheio de alegria, ele o levou ao rei e esperou que este lhe concedesse a recompensa prometida.

Contudo, quando a orgulhosa princesa percebeu que ele não era seu igual em nascimento, desprezou-o e exigiu que ele primeiro realizasse outra tarefa. Ela desceu ao jardim e espalhou com as próprias mãos dez sacos de sementes de painço na grama; então, disse:

— Amanhã de manhã, antes do nascer do sol, estas sementes devem ter sido recolhidas sem faltar um único grão.

O jovem sentou-se no jardim e pensou em como seria possível realizar essa tarefa, mas não conseguia pensar em nada, e lá ficou sentado, entristecido, esperando o raiar do dia, quando seria levado à morte. No entanto, assim que os primeiros raios do sol brilharam no jardim, ele viu todos os dez sacos enfileirados, bem cheios, e não faltava um único grão. O rei das formigas tinha vindo durante a noite com milhares e milhares de formigas, e as criaturas agradecidas tinham, com grande diligência, catado todas as sementes de painço, colocando-as nos sacos.

Logo, a própria princesa desceu ao jardim e ficou surpresa ao ver que o jovem havia realizado a tarefa que lhe havia dado. Mas ela ainda não conseguiu dominar seu coração orgulhoso e disse:

— Embora ele tenha realizado ambas as tarefas, não será meu marido até que me traga uma maçã da Árvore da Vida.

O rapaz não sabia onde a Árvore da Vida ficava, mas partiu e teria continuado para sempre, enquanto suas pernas aguentassem, embora não tivesse esperança de encontrá-la. Depois de ter percorrido três reinos, chegou certa noite a um bosque e deitou-se debaixo de uma árvore para dormir. Mas ouviu um farfalhar nos galhos e uma maçã dourada caiu em sua mão. Ao mesmo tempo, três corvos voaram até ele, empoleiraram-se em seus joelhos e disseram:

— Somos os três jovens corvos que você salvou da fome; quando crescemos e ouvimos que você estava procurando a Maçã Dourada, voamos acima do mar até o fim do mundo, onde está a Árvore da Vida, e trouxemos a maçã para você.

O jovem, cheio de alegria, partiu para casa e levou a Maçã Dourada para a linda princesa, que agora não tinha mais desculpas para dar. Eles cortaram a Maçã da Vida ao meio e comeram juntos; e então o coração dela se encheu de amor por ele, e os dois viveram em uma felicidade imperturbável até idade avançada.

O lobo e os sete cabritinhos

Era uma vez uma velha cabra que tinha sete filhinhos e os amava com todo o amor que uma mãe pode sentir por seus filhos. Um dia, ela queria ir até a floresta e buscar comida. Então, chamou todos os sete e disse:

— Queridos filhos, tenho que ir até a floresta, fiquem em guarda contra o lobo; se ele entrar, vai devorar todos vocês, pele, pelo e tudo mais. O desgraçado muitas vezes se disfarça, mas vocês o reconhecerão imediatamente por sua voz áspera e suas patas pretas.

Os cabritinhos disseram:

— Querida mãe, vamos nos cuidar bem; pode ir sem nenhuma preocupação.

Então, a velha baliu e seguiu seu caminho com a mente tranquila.

Não demorou muito para que alguém batesse à porta da casa e chamasse:

— Abram a porta, queridos filhos; sua mãe está aqui e trouxe algo para cada um de vocês.

Mas os cabritinhos souberam que era o lobo, pela voz áspera.

— Não vamos abrir a porta — gritaram eles —, você não é nossa mãe. Ela tem uma voz suave e agradável, mas sua voz é áspera; você é o lobo!

Então o lobo foi até uma loja e comprou um grande pedaço de giz, comeu e, com isso, fez sua voz ficar suave. Então, ele voltou, bateu à porta da casa e gritou:

— Abram a porta, queridos filhos, sua mãe está aqui e trouxe algo para cada um de vocês.

No entanto, o lobo havia apoiado as patas pretas contra a janela, e os cabritinhos as viram e gritaram:

— Não vamos abrir a porta, nossa mãe não tem pés pretos como você; você é o lobo!

Então, o lobo foi correndo até um padeiro e pediu:

— Eu machuquei minhas patas, esfregue um pouco de massa nelas para mim.

E depois que o padeiro tinha esfregado seus pés, ele correu até o moleiro e disse:

— Jogue um pouco de farinha branca sobre minhas patas para mim.

O moleiro pensou consigo mesmo: *O lobo quer enganar alguém*, e recusou; mas o lobo disse:

— Se você não fizer isso, vou devorá-lo.

Então, o moleiro ficou com medo e fez com que as patas dele ficassem brancas. É verdade, assim agem os seres humanos.

Desse modo, o desgraçado foi pela terceira vez à porta da casa, bateu e disse:

— Abram a porta para mim, crianças, sua querida mãezinha voltou para casa e trouxe para cada um de vocês algo da floresta.

Os cabritinhos gritaram:

— Primeiro mostre-nos suas patas para que possamos saber se você é nossa querida mãezinha.

Então, ele colocou as patas pela janela e, quando os cabritinhos viram que eram brancas, acreditaram em tudo o que ele disse, e abriram a porta. Mas quem entrou não foi outro senão o lobo! Eles ficaram apavorados e quiseram se esconder. Um saltou para debaixo da mesa, o segundo para a cama, o terceiro para dentro do fogão, o quarto para a cozinha, o quinto para dentro do armário, o sexto para debaixo do lavatório e o sétimo para a caixa do relógio. Mas o lobo encontrou todos eles e não fez grandes cerimônias; um após o outro, lançou-os goela abaixo. O mais novo, que estava na caixa do relógio, foi o único que ele não encontrou. Quando o lobo saciou o apetite, saiu, deitou-se debaixo de uma árvore no prado verde do lado de fora e começou a dormir. Logo depois, a velha cabra chegou em casa da floresta. Ai! Que cena ela encontrou! A porta da casa estava escancarada. A mesa, as cadeiras e os bancos haviam sido derrubados, a bacia do lavatório estava espatifada e as colchas e travesseiros haviam sido puxados para fora da cama. Ela procurou seus filhos, mas não estavam em lugar algum. Ela os chamou um após o outro pelo nome, mas ninguém respondeu. Por fim, quando chegou ao mais novo, uma vozinha gritou:

— Querida mãe, estou na caixa do relógio.

Ela soltou o cabrito, e este lhe disse que o lobo tinha vindo e comido todos os outros. Então, você pode imaginar o quanto ela chorou por seus pobres filhos.

Por fim, em sua dor, ela saiu, e o cabrito mais novo saiu correndo com ela. Quando chegaram ao prado, lá estava o lobo perto da árvore e roncava tão alto que os galhos tremiam. Ela o observou de todos os lados e viu que algo estava se remexendo e se revirando na barriga empanturrada.

— Ah, céus — disse ela —, será possível que meus pobres filhos, que ele engoliu para o jantar, ainda estejam vivos?

Então o cabritinho teve que correr até em casa e buscar tesoura, agulha e linha; a cabra abriu o estômago do monstro e, mal havia feito um corte, e um cabritinho colocou a cabeça para fora, quando ela cortou mais, todos os seis saltaram para fora um após o outro e todos ainda estavam vivos; não tinham sofrido qualquer dano, pois, em sua gula, o monstro os engolira inteiros. Que alegria sentiram! Abraçaram sua querida mãe e pularam como um alfaiate no dia do casamento. A mãe, no entanto, disse:

— Agora vão procurar algumas pedras grandes, e nós vamos encher o estômago dessa fera perversa, enquanto ainda está dormindo.

Então, os cabritinhos arrastaram as pedras até lá o mais rápido possível e colocaram quantas conseguiram no estômago dele; e a mãe o costurou de novo muito depressa, de modo que ele não percebeu nada e nem uma vez se mexeu.

Quando o lobo finalmente se cansou de dormir, levantou-se e, como as pedras em seu estômago o deixavam com muita sede, quis ir a um poço para beber. Mas quando começou a andar e a se mexer, as pedras em seu estômago bateram umas nas outras e chacoalharam. Então ele gritou:

> *O que chacoalha e rola*
> *Contra esses meus pobres ossos?*
> *Pensei que eram seis cabritos,*
> *Mas parecem seixos grossos.*

E, quando chegou ao poço e se inclinou sobre a água para beber, as pedras pesadas o fizeram cair e ele se afogou de maneira horrenda. Quando os sete cabritinhos viram isso, foram correndo para o local e gritaram em voz alta:

— O lobo está morto! O lobo está morto! — E dançaram de alegria ao redor do poço com a mãe.

A abelha-rainha

Certa vez, dois príncipes saíram para se aventurar pelo mundo, mas logo caíram em um estilo de vida tolo e esbanjador, de modo que não podiam retornar para casa. Então, o irmão deles, que era um homenzinho insignificante, saiu em busca dos irmãos; porém, quando os encontrou, eles apenas riram ao pensar que ele, que era tão jovem e simplório, estivesse tentando viajar pelo mundo, enquanto eles, que eram muito mais espertos, não conseguiram seguir adiante. No entanto, todos partiram em sua jornada juntos e, por fim, chegaram a um formigueiro. Os dois irmãos mais velhos o teriam derrubado, para ver como as pobres formigas, assustadas, correriam e levariam seus ovos embora. Mas o homenzinho disse:

— Deixem as pobres criaturas tranquilas, não permitirei que as incomodem.

Assim, seguiram adiante e chegaram a um lago onde muitos patos nadavam. Os dois irmãos queriam pegar dois e assá-los. Mas o terceiro disse:

— Deixem os coitados sossegados, vocês não os matarão.

Em seguida, chegaram a uma colmeia de abelhas em uma árvore oca, e havia tanto mel que escorria pelo tronco; e os dois irmãos queriam acender uma fogueira debaixo da árvore e matar as abelhas, para conseguir o mel. Mas o mais novo os impediu e disse:

— Deixem os lindos insetos em paz, não posso deixar que os queimem.

Por fim, os três irmãos chegaram a um castelo e, ao passarem pelos estábulos, viram belos cavalos ali, mas eram todos de mármore, e não havia nenhum homem à vista. Então, passaram por todos os cômodos, até que chegaram a uma porta em que havia três fechaduras; mas, no meio da porta, havia um postigo, de forma que eles podiam olhar para dentro do aposento. Lá viram um velhinho grisalho sentado a uma mesa; e eles o chamaram uma ou duas vezes, mas ele não ouviu; porém, eles chamaram uma terceira vez, e, então, ele se levantou e foi até eles.

Ele não disse nada, mas pegou-os pelo braço e conduziu-os a uma bela mesa coberta com todo tipo de coisas boas; e depois que comeram e beberam, ele os levou a um quarto de dormir.

Na manhã seguinte, ele foi até o mais velho e o levou a uma mesa de mármore, onde havia três tabuletas, contendo um relato dos meios pelos quais o castelo poderia ser desencantado. A primeira tabuleta dizia: *Na floresta, sob o musgo, estão as mil pérolas que pertencem à filha do rei; todas devem ser encontradas, e se uma estiver faltando ao pôr do sol, aquele que as estiver procurando será transformado em mármore.*

O irmão mais velho partiu e procurou as pérolas durante todo o dia; mas a noite chegou, e ele não havia encontrado as primeiras cem; então, ele foi transformado em pedra, tal como a tabuleta previra.

No dia seguinte, o segundo irmão assumiu a tarefa; mas ele não se saiu melhor do que o primeiro, pois só conseguiu encontrar a segunda centena de pérolas; e, portanto, também foi transformado em pedra.

Por fim chegou a vez do homenzinho; e ele procurou no musgo, mas era tão difícil encontrar as pérolas, e o trabalho era tão cansativo! Então ele se sentou em uma pedra e chorou. E enquanto estava sentado ali, o rei das formigas (cuja vida ele havia salvado) veio ajudá-lo com cinco mil formigas; e não demorou muito para que elas encontrassem todas as pérolas e as colocassem em um montinho.

A segunda tabuleta dizia: *A chave do quarto da princesa deve ser retirada do lago.* E quando o anão chegou à beira d'água, viu nadando os dois patos cujas vidas salvara; e eles mergulharam e logo trouxeram a chave do fundo.

A terceira tarefa foi a mais difícil. Era escolher a mais nova e a melhor das três filhas do rei. Ora, eram todas lindas e exatamente iguais; entretanto, foi-lhe dito que a mais velha havia comido um torrão de açúcar; a seguinte, um pouco de calda doce; e a mais nova, uma colher de mel; então, ele deveria adivinhar qual havia comido o mel.

Nesse momento, apareceu a rainha das abelhas que haviam sido salvas do fogo pelo homenzinho, e experimentou os lábios das três; por fim, ela pousou sobre os lábios daquela que havia comido o mel; dessa forma, o anão soube qual era a mais nova. Assim, o feitiço foi quebrado, e todos os que haviam sido transformados em pedra despertaram e retomaram suas verdadeiras formas. E o homenzinho casou-se com a mais nova e a melhor das princesas, e foi rei após a morte do pai dela; e seus dois irmãos se casaram com as outras duas irmãs.

Os duendes e o sapateiro

Era uma vez um sapateiro que trabalhava muito e era muito honesto, mas, ainda assim, não conseguia ganhar o suficiente para viver; e, por fim, tudo o que tinha no mundo se foi, exceto couro suficiente para fazer um par de sapatos.

Então, ele cortou o couro, preparou-o para fazer os sapatos no dia seguinte, com a intenção de se levantar cedo para trabalhar. Sua consciência estava limpa e seu coração leve em meio a todos os seus problemas; então, foi para a cama, tranquilo, deixou todos os seus cuidados nas mãos de Deus e logo adormeceu. De manhã, depois de ter feito suas orações, sentou-se para trabalhar; quando, para sua grande admiração, viu que lá estavam os sapatos prontos, sobre a mesa. O bom homem não sabia o que dizer ou pensar diante de um acontecimento tão estranho. Ele analisou o trabalho; não havia um ponto errado em todo o trabalho; tudo era tão puro e verdadeiro, que era uma verdadeira obra-prima.

No mesmo dia chegou um freguês, e os sapatos lhe caíram tão bem que ele pagou de bom grado um preço mais alto do que o habitual por eles; e o pobre sapateiro, com o dinheiro, comprou couro suficiente para fazer mais dois pares. À noite, ele cortou o couro e foi dormir cedo, para que pudesse se levantar e começar bem cedo no dia seguinte; mas ele foi poupado de todo o esforço, pois quando se levantou pela manhã o trabalho estava feito por ele. Logo chegaram compradores, que lhe pagaram generosamente por suas mercadorias, de modo que ele comprou couro suficiente para mais quatro pares. Ele cortou o couro mais uma vez durante a noite e encontrou o trabalho feito pela manhã, como antes; e assim continuou por algum tempo, o que era preparado à noite estava sempre terminado ao raiar do dia, e o bom homem logo voltou a ser próspero e abastado.

Uma noite, por volta da época do Natal, enquanto ele e a esposa estavam sentados ao redor do fogo conversando, o sapateiro disse a ela:

— Eu gostaria de me sentar e vigiar esta noite, para que possamos ver quem é que vem e faz meu trabalho por mim.

A esposa gostou da ideia; então, eles deixaram uma luz acesa, e se esconderam em um canto da sala, atrás de uma cortina que havia ali, e ficaram vendo o que aconteceria.

Assim que deu meia-noite, entraram dois duendes nus e se sentaram no banco do sapateiro, pegaram todo o couro que havia sido cortado e começaram a dobrar com seus dedinhos, costurando, batendo e martelando com tal velocidade, que o sapateiro ficou maravilhado e não conseguia desviar os olhos deles. E eles continuaram, até que o trabalho havia sido completado, e os sapatos estavam prontos para o uso em cima da mesa. Isso foi muito antes do amanhecer; e, então, eles foram embora tão rápido quanto um relâmpago.

No dia seguinte, a esposa disse ao sapateiro:

— Essas criaturinhas nos enriqueceram, e devemos ser gratos a elas e fazer-lhes uma boa ação, se pudermos. Lamento muito vê-los andar daquele jeito; e, de fato, não é muito decente, pois não têm nada nas costas para evitar o frio. Já sei, vou fazer uma camisa para cada um deles, um casaco, um colete e um par de calças também; e você faça para cada um deles um pequeno par de sapatos.

A ideia agradou muito ao bom sapateiro; e uma noite, quando todas as coisas estavam prontas, colocaram-nas sobre a mesa, em vez do couro que costumavam cortar, e então se esconderam, para ver o que os pequenos duendes fariam.

Por volta da meia-noite, eles chegaram, dançando e pulando, saltitando pela sala e depois foram sentar para trabalhar, como de costume; mas quando viram as roupas deixadas para eles, riram muito, parecendo imensamente encantados.

Então, vestiram-se em um piscar de olhos e dançaram, pularam e saltitaram, tão alegres quanto possível; até que, por fim, dançaram porta afora e pelos campos.

O bom casal não os viu mais; mas tudo correu bem com eles daquele momento em diante, enquanto viveram.

O zimbro

Há muito, muito tempo, cerca de dois mil anos, vivia um homem rico com uma esposa boa e bonita. Eles se amavam muito, mas lamentavam muito não terem filhos. Desejavam tanto ter um, que a esposa orava por isso dia e noite, mas ainda assim permaneceram sem filhos.

Na frente da casa, havia um pátio, no qual crescia um zimbro. Num dia de inverno, a esposa estava debaixo da árvore para descascar algumas maçãs e, enquanto as descascava, cortou o dedo e o sangue caiu na neve.

— Ah — suspirou a mulher pesadamente —, se ao menos eu tivesse um filho, vermelho como sangue e branco como a neve.

E, enquanto dizia essas palavras, seu coração ficou leve dentro do peito, e parecia-lhe que seu desejo havia sido concedido, e ela voltou para casa sentindo-se feliz e reconfortada. Um mês se passou e toda a neve havia desaparecido; então, mais outro mês se passou, e toda a terra ficou verde. Assim, os meses se sucederam, e primeiro as árvores brotaram na floresta, e logo os galhos verdes cresceram densamente entrelaçados, e então as flores começaram a cair. Mais uma vez a esposa estava debaixo do zimbro, e este exalava um perfume tão doce que seu coração saltou de alegria, e ela ficou tão emocionada em sua felicidade, que caiu de joelhos. Logo as frutas ficaram redondas e firmes, e ela estava feliz e em paz; mas quando estavam completamente maduras, ela colheu as frutinhas e comeu-as com avidez, e em seguida ficou triste e doente. Pouco depois, chamou o marido e disse-lhe, chorando:

— Se eu morrer, me enterre debaixo do zimbro.

Então, ela voltou a se sentir reconfortada e feliz, e, antes que outro mês se passasse, teve um filhinho, e quando viu que era branco como a neve e vermelho como sangue, sua alegria foi tão grande que faleceu.

O marido a enterrou sob o zimbro e chorou amargamente por ela. Aos poucos, porém, sua tristeza diminuiu e, embora às vezes ainda sofresse com a perda, conseguiu continuar como de costume e, mais tarde, casou-se de novo.

Ele agora teve uma filhinha; a criança nascida de sua primeira esposa era um menino, vermelho como sangue e branco como a neve. A mãe amava muito a filha, e quando olhava para ela e depois olhava para o menino, doía-lhe o coração pensar que ele sempre ficaria no caminho da própria filha, e ela pensava o tempo todo em como poderia obter toda a propriedade para a menina. Esse pensamento maligno tomou conta dela cada vez mais e a fez se comportar muito mal com o menino. Ela o levava de um lugar para outro com cascudos e bofetadas, de modo que a pobre criança andava com medo e não tinha paz desde o momento em que chegava da escola até o momento em que voltava para lá.

Um dia, a filhinha veio correndo até a mãe na despensa e disse:

— Mãe, me dê uma maçã.

— Claro, minha filha — disse a esposa, e deu a ela uma bela maçã do baú, que tinha uma tampa muito pesada e uma grande fechadura de ferro.

— Mãe — disse a filhinha de novo —, meu irmão não pode receber uma também?

A mãe ficou brava com a sugestão, mas respondeu:

— Sim, quando ele chegar da escola.

Nesse momento, ela olhou pela janela e o viu chegando, e parecia que um espírito maligno havia entrado nela, pois arrancou a maçã da mão de sua filhinha e disse:

— Você não terá uma antes de seu irmão.

Ela jogou a maçã no baú e o fechou. O garotinho entrou nesse momento, e o espírito maligno na esposa a fez dizer com gentileza a ele:

— Meu filho, você quer uma maçã? — Mas lançou a ele um olhar perverso.

— Mãe — disse o menino —, que olhar terrível você tem! Sim, dê-me uma maçã.

O pensamento veio a ela: iria matá-lo.

— Venha comigo — chamou ela, e levantou a tampa do baú —; tire uma para você.

E quando ele se inclinou para fazer isso, o espírito maligno a incitou, e *bam!* Abaixo veio a tampa e a cabeça do garotinho caiu. Então ela foi tomada pelo medo ao pensar no que tinha feito. *Se ao menos eu puder impedir que alguém saiba que fiz isso,* ela pensou. Em seguida subiu até o quarto e tirou um lenço branco da gaveta superior; então colocou a cabeça do menino de volta nos ombros, e a amarrou com o lenço para que nada pudesse ser visto, e o colocou em uma cadeira perto da porta com uma maçã na mão.

Logo depois disso, a pequena Marleen aproximou-se da mãe, que estava mexendo uma panela de água fervente sobre o fogo, e disse:

— Mãe, o irmão está sentado à porta com uma maçã na mão e está tão pálido; e quando pedi que ele me desse a maçã, ele não respondeu, e isso me assustou.

— Vá até ele de novo — disse a mãe —, e se ele não responder, dê-lhe um tapa na orelha.

Então a pequena Marleen foi e disse:

— Irmão, me dê essa maçã. — Mas ele não disse uma palavra; então ela lhe deu um tapa na orelha, e a cabeça dele saiu rolando. Ela ficou tão apavorada com isso, que saiu correndo, chorando e gritando pela mãe.

— Oh! — ela disse —, eu derrubei a cabeça do meu irmão.

E então ela chorou e chorou, e nada a fazia parar.

— O que você fez! — disse a mãe. — Mas ninguém deve saber disso, então você deve guardar segredo; o que está feito não pode ser desfeito; vamos transformá-lo em morcela.

E ela pegou o menino e o cortou, fez morcela dele e o colocou para cozinhar. Mas Marleen ficou olhando, e chorou e chorou, e suas lágrimas caíram na panela, de modo que não foi necessário colocar sal.

Pouco depois, o pai chegou em casa e sentou-se para jantar; ele perguntou:

— Onde está meu filho?

A mãe não se manifestou, mas deu-lhe um grande prato de morcela, e Marleen ainda chorava sem cessar.

O pai perguntou mais uma vez:

— Onde está meu filho?

— Oh — respondeu a esposa —, ele foi para o campo ver o tio-avô da mãe; vai ficar lá por algum tempo.

— Por que ele foi para lá? E nem se despediu de mim!

— Bem, ele gosta de lá e me disse que ficaria fora por umas seis semanas; ele é bem cuidado lá.

— Estou muito chateado com isso — disse o marido —, caso não esteja tudo bem, e ele devia ter se despedido de mim.

Com isso, ele continuou a jantar e disse:

— Pequena Marleen, por que está chorando? Seu irmão logo estará de volta.

Então, ele pediu mais morcela à esposa e, enquanto comia, jogou os ossos debaixo da mesa.

A pequena Marleen subiu e tirou seu melhor lenço de seda da gaveta de baixo, e nele embrulhou todos os ossos que estavam embaixo da mesa e os carregou para fora e, o tempo todo, não fazia nada além de chorar. Então, ela os colocou na grama verde sob o zimbro, e mal o tinha feito, toda a sua tristeza pareceu deixá-la e não chorou mais. E, agora, o zimbro começou a se mover, e os galhos balançaram para frente e para trás, primeiro se afastando um do outro e depois se aproximando de novo, como se fosse alguém batendo palmas de alegria. Depois disso, uma neblina envolveu a árvore, e, no meio dela, havia um ardor como de fogo, e do fogo voou um lindo pássaro, que se elevou no ar, cantando magnificamente, e, quando não podia mais ser visto, o zimbro estava lá como antes, e o lenço de seda e os ossos haviam desaparecido.

A pequena Marleen agora se sentia tão alegre e feliz quanto estaria se seu irmão ainda estivesse vivo e voltou para casa e sentou-se com alegria à mesa e comeu.

O pássaro voou e pousou na casa de um ourives e começou a cantar:

> *Mamãe matou seu filhinho;*
> *Papai chorou seu menininho;*
> *A irmã me amava mais do que tudo;*
> *Ela me cobriu com seu lenço,*
> *Levou meus ossos, lá fiquei,*
> *Aos pés do zimbro apenso.*
> *Cau, cau, que linda ave virei!*

O ourives estava em sua oficina fazendo uma corrente de ouro, quando ouviu o canto do pássaro em seu telhado. Achou tão bonito que se levantou, saiu correndo e, ao cruzar a soleira, perdeu um de seus chinelos. Mas ele correu para o meio da rua, com um chinelo num pé e uma meia no outro; ele permanecia de avental e ainda segurava a corrente de ouro e as pinças, e assim ficou observando o pássaro, enquanto o sol brilhava sobre a rua.

— Pássaro — disse ele —, como canta lindamente! Cante-me essa canção de novo.

— Não — disse o pássaro —, eu não canto duas vezes a troco de nada. Dê-me essa corrente de ouro e eu a cantarei para você mais uma vez.

— Aqui está a corrente, pegue-a — ofereceu o ourives. — Apenas cante essa canção para mim de novo.

O pássaro desceu voando e pegou a corrente de ouro em sua garra direita, e, então, pousou novamente na frente do ourives e cantou:

> *Mamãe matou seu filhinho;*
> *Papai chorou seu menininho;*
> *A irmã me amava mais do que tudo;*
> *Ela me cobriu com seu lenço,*
> *Levou meus ossos, lá fiquei,*
> *Aos pés do junípero apenso.*
> *Cau, cau, que linda ave virei!*

Então voou para longe e se acomodou no telhado da casa de um sapateiro e cantou:

> *Mamãe matou seu filhinho;*
> *Papai chorou seu menininho;*
> *A irmã me amava mais do que tudo;*
> *Ela me cobriu com seu lenço,*
> *Levou meus ossos, lá fiquei,*
> *Aos pés do zimbro apenso.*
> *Cau, cau, que linda ave virei!*

O sapateiro o ouviu, deu um pulo e saiu correndo em mangas de camisa, e ficou observando o pássaro no telhado com a mão acima dos olhos para não ficar cego pelo sol.

— Pássaro — disse ele —, como canta lindamente!

Então ele chamou a esposa pela porta:

— Esposa, saia; aqui está um pássaro, venha vê-lo e ouça como é lindo o canto dele.

Então, chamou a filha e as crianças, depois os aprendizes, meninas e meninos, e todos subiram a rua correndo para ver o pássaro, e viram quão esplêndido era com suas penas vermelhas e verdes, e seu pescoço como ouro polido, e olhos como duas estrelas brilhantes em sua cabeça.

— Pássaro — disse o sapateiro —, cante essa canção de novo.

— Não — respondeu o pássaro —, não canto duas vezes por nada; você deve me dar alguma coisa.

— Mulher — disse o homem —, vá até o sótão; na prateleira mais alta verá um par de sapatos vermelhos; traga-os para mim.

A esposa entrou e foi buscar os sapatos.

— Pronto, pássaro — disse o sapateiro —, agora cante aquela canção para mim de novo.

O pássaro desceu voando e pegou os sapatos vermelhos em sua garra esquerda, e então voltou para o telhado e cantou:

> *Mamãe matou seu filhinho;*
> *Papai chorou seu menininho;*
> *A irmã me amava mais do que tudo;*
> *Ela me cobriu com seu lenço,*
> *Levou meus ossos, lá fiquei,*
> *Aos pés do junípero apenso.*
> *Cau, cau, que linda ave virei!*

Quando terminou, voou para longe. Estava com a corrente na garra direita e os sapatos na esquerda, e voou direto para um moinho, que fazia *clique claque, clique claque, clique claque.* Dentro do moinho, estavam vinte dos homens do moleiro cortando uma pedra, e, enquanto faziam *rique raque, rique raque, rique raque,* o moinho fazia *clique claque, clique claque, clique claque.*

O pássaro pousou numa tília em frente ao moinho e cantou:

> *Mamãe matou seu filhinho;*

então um dos homens parou,

> *Papai chorou seu menininho;*

mais dois homens pararam e escutaram,

> *A irmã me amava mais do que tudo;*

em seguida, mais quatro pararam,

> *Ela me cobriu com seu lenço,*
> *Levou meus ossos, lá fiquei,*

Assim, havia apenas oito no trabalho,

> *Aos pés*

e então apenas cinco,

> *do zimbro apenso.*

e então apenas um,

> *Cau, cau, que linda ave virei!*

então ergueu o olhar e o último havia parado de trabalhar.

— Pássaro — disse ele —, que linda é sua canção! Deixe-me ouvir também; cante mais uma vez.

— Não — respondeu o pássaro —, não canto duas vezes a troco de nada; dê-me aquela mó, e cantarei novamente.

— Se pertencesse apenas a mim — disse o homem —, você a teria.

— Sim, sim — disseram os outros —, se cantar de novo, ele pode tê-la.

A ave desceu, e todos os vinte moleiros levantaram a pedra com uma vara; então, o pássaro enfiou a cabeça no buraco e pegou a pedra em volta do pescoço como se fosse uma coleira, e voou com ela de volta para a árvore e cantou:

Mamãe matou seu filhinho;
Papai chorou seu menininho;
A irmã me amava mais do que tudo;
Ela me cobriu com seu lenço,
Levou meus ossos, lá fiquei,
Aos pés do zimbro apenso.
Cau, cau, que linda ave virei!

E quando terminou sua canção, abriu as asas e, com a corrente na garra direita, os sapatos na esquerda e a pedra de moinho em volta do pescoço, voou imediatamente para a casa do pai.

O pai, a mãe e a pequena Marleen estavam jantando.

— Como me sinto alegre — disse o pai —, tão satisfeito e contente.

— E eu — disse a mãe —, me sinto tão angustiada, como se uma forte tempestade estivesse chegando.

Mas a pequena Marleen apenas chorava e chorava.

Então o pássaro veio voando em direção à casa e pousou no telhado.

— Estou tão feliz — disse o pai —, e como o sol brilha lindamente. Sinto como se fosse ver um velho amigo.

— Ai! — disse a esposa. — E eu estou tão angustiada e inquieta que meus dentes batem, e sinto como se houvesse um fogo em minhas veias — E abriu o vestido com violência.

O tempo todo a pequena Marleen ficou sentada no canto chorando, e o prato em seu colo estava molhado com suas lágrimas.

Nesse momento o pássaro voou para o zimbro e começou a cantar:

Mamãe matou seu filhinho;

a mãe fechou os olhos e os ouvidos para não ver nem ouvir nada, mas havia um rugido em seus ouvidos como de uma tempestade violenta, e em seus olhos havia um ardor e clarão como de um relâmpago:

Papai chorou seu menininho;

— Ouça, mãe — disse o homem —, o lindo pássaro que está cantando tão magnificamente; e como o sol está quente e brilhante, e que aroma delicioso de especiarias no ar!

A irmã me amava mais do que tudo;

então a pequena Marleen apoiou a cabeça nos joelhos e soluçou.
— Preciso sair e ver o pássaro mais de perto — disse o homem.
— Ah, não vá! — gritou a esposa. — Sinto como se a casa inteira estivesse em chamas!
Mas o homem saiu e olhou para o pássaro.

Ela me cobriu com seu lenço,
Levou meus ossos, lá fiquei,
Aos pés do zimbro apenso.
Cau, cau, que linda ave virei!

Com isso, o pássaro deixou cair a corrente de ouro, e ela caiu bem ao redor do pescoço do homem, de modo que serviu perfeitamente nele.
Ele entrou e disse:
— Veja, que pássaro esplêndido; ele me deu esta linda corrente de ouro e é tão bonito.
A esposa, porém, estava com tanto medo e receio, que caiu no chão, e sua touca lhe caiu da cabeça.
Então o pássaro recomeçou:

Mamãe matou seu filhinho;

— Ai de mim! — exclamou a esposa. — Quem dera eu estivesse a mil palmos abaixo da terra, para que não ouvisse essa música.

Papai chorou seu menininho;

então a mulher caiu novamente como se estivesse morta.

A irmã me amava mais do que tudo;

— Bem — disse a pequena Marleen —, vou sair também e ver se o pássaro me dá alguma coisa.
Então ela saiu.

Ela me cobriu com seu lenço,
Levou meus ossos, lá fiquei,

e ele jogou os sapatos para ela,

Aos pés do zimbro apenso.
Cau, cau, que linda ave virei!

E, agora, ela se sentia muito feliz e alegre, calçou os sapatos e dançou e pulou com eles.

— Eu estava tão infeliz quando saí — disse ela —, mas tudo isso passou; esse é realmente um pássaro esplêndido, e me deu um par de sapatos vermelhos.

A esposa se levantou de um salto, com o cabelo em pé na cabeça parecendo chamas de fogo.

— Então, vou sair também — disse ela —, e ver se isso vai aliviar meu sofrimento, pois sinto como se o mundo estivesse acabando.

Mas quando ela cruzou o limiar, *crash!*, o pássaro jogou a mó em sua cabeça, ela foi esmagada e morreu.

O pai e a pequena Marleen ouviram o som e saíram correndo, mas só viram fumaça, chamas e fogo subindo do local, e, quando tudo isso passou, lá estava o irmãozinho, e ele pegou o pai e a pequena Marleen pela mão; então, os três se regozijaram e entraram juntos, sentaram-se para jantar e comeram.

O nabo

Havia dois irmãos que eram soldados; um era rico, e o outro, pobre. O homem pobre decidiu tentar melhorar sua situação; assim, deixando de lado seu uniforme, tornou-se jardineiro e cavou bem seu solo e semeou nabos.

Quando as sementes brotaram, havia uma planta maior do que todas as outras; e foi ficando cada vez maior e parecia que nunca iria parar de crescer; de modo que poderia ter sido chamado de príncipe dos nabos, pois nunca antes se viu um como aquele e nunca mais se verá. Por fim, era tão grande que ocupava uma carroça, e dois bois mal conseguiam puxá-la; e o jardineiro não sabia o que fazer com aquilo nem se seria uma bênção ou uma maldição para ele. Um dia, disse a si mesmo:

— O que devo fazer com isso? Se o vender, não trará mais do que outro; e para comer, os nabos pequenos são melhores do que esse; o melhor talvez seja carregá-lo e entregá-lo ao rei como sinal de respeito.

Então, emparelhou seus bois e levou o nabo para a corte e o deu ao rei.

— Que coisa maravilhosa! — disse o rei. — Já vi muitas coisas estranhas, mas nunca vi um monstro como este. Onde conseguiu a semente? Ou é apenas a sua boa sorte? Se for, você é um verdadeiro filho da fortuna.

— Ah, não! — respondeu o jardineiro. — Não sou filho da fortuna; sou um pobre soldado, que nunca conseguiu o suficiente para viver; então deixei de lado meu uniforme e comecei a trabalhar, lavrando o solo. Eu tenho um irmão, que é rico e, vossa majestade o conhece bem, e todo o mundo o conhece; mas porque sou pobre, todo mundo me esquece.

O rei então se compadeceu dele e disse:

— Você não será mais pobre. Eu lhe darei tanto que será mais rico do que seu irmão.

Então, ele lhe deu ouro, terras e rebanhos, e o fez tão rico que a fortuna de seu irmão não se comparava à dele.

Quando o irmão soube de tudo isso, e de como um nabo enriqueceu tanto o jardineiro, invejou-o profundamente e pensou em como poderia conseguir a mesma sorte para si. No entanto, decidiu agir com mais esperteza do que o irmão e preparou um rico presente de ouro e belos cavalos para o rei; e pensou que receberia um presente muito maior em troca; pois, se seu irmão recebeu tanto apenas por um nabo, quanto valeria seu presente?

O rei aceitou o presente com muita delicadeza e disse que não sabia o que dar em troca que fosse mais valioso e maravilhoso do que o enorme nabo; então, o soldado foi forçado a colocá-lo em uma carroça e arrastá-lo para casa consigo. Quando chegou em casa, não sabia em quem descontar sua raiva e rancor; e, por fim, pensamentos perversos vieram à sua mente, e ele decidiu matar o irmão.

Então, contratou alguns bandidos para matá-lo; e, mostrando-lhes onde deveriam ficar de tocaia, foi até o irmão e disse:

— Querido irmão, encontrei um tesouro escondido; vamos desenterrá-lo e compartilhá-lo entre nós.

O outro não suspeitou de sua malícia; assim, eles foram juntos e, enquanto viajavam, os assassinos o atacaram, o amarraram e iam enforcá-lo numa árvore.

Contudo, enquanto se preparavam, ouviram ao longe o tropel de um cavalo, que os assustou tanto que empurraram o pescoço e os ombros do prisioneiro para dentro de um saco e o ergueram por uma corda na árvore, onde o deixaram pendurado e fugiram. Enquanto isso, ele se esforçou muito até fazer um buraco grande o suficiente para colocar a cabeça para fora.

Quando o cavaleiro apareceu, revelou-se um estudante, um rapaz alegre que estava viajando em seu cavalo e cantando enquanto caminhava. Assim que o homem no saco o viu passar debaixo da árvore, gritou:

— Bom dia! Bom dia, meu amigo!

O estudante olhou para todos os lados; e não vendo ninguém, sem saber de onde vinha a voz, perguntou:

— Quem me chama?

Então, o homem na árvore respondeu:

— Erga os olhos, pois eis que aqui estou no saco da sabedoria; aqui aprendi, em pouco tempo, coisas grandiosas e maravilhosas. Comparado a este assento, todo o aprendizado das escolas é vazio como o ar. Um pouco mais, e saberei tudo o que se pode saber e sairei mais sábio do que o mais sábio dos homens. Daqui compreendo os sinais e movimentos dos céus e das estrelas; as leis que controlam os ventos; o número de grãos de areia nas praias; a cura dos enfermos; as virtudes de todos os simples, dos pássaros e das pedras preciosas. Se ficasse apenas uma vez aqui, meu amigo, sentiria e possuiria o poder do conhecimento.

O estudante ouviu tudo isso e se admirou muito; por fim, disse:

— Benditos sejam o dia e a hora em que o encontrei; não consegue dar um jeito de me deixar entrar no saco por um tempo?

Então o outro respondeu, como se fosse muito a contragosto:

— Posso ceder um pouco de espaço para que fique aqui, se me recompensar bem e me pedir com gentileza; mas você deve ficar ainda uma hora aí embaixo, até que eu aprenda alguns pequenos assuntos que ainda são desconhecidos para mim.

Então, o estudante se sentou e esperou um pouco; mas o tempo pesava sobre ele, e implorou com fervor para que pudesse subir logo, pois sua sede de conhecimento era grande. Então, o outro fingiu ceder e disse:

— Você tem que fazer o saco da sabedoria descer, desatando aquela corda, e então entrará.

Ao ouvir isso, o estudante o desceu, abriu o saco e o libertou.

— Agora — exclamou ele —, deixe-me subir depressa.

E começou a se colocar no saco, entrando primeiro com os calcanhares:

— Espere um pouco — disse o jardineiro —, não é desse jeito.

Então empurrou-o para dentro primeiro pela cabeça, amarrou o saco, e logo ergueu o buscador da sabedoria no ar.

— Como está, amigo? — disse ele. — Não sente que a sabedoria vem até você? Fique aí em paz, até que seja um homem mais sábio do que era.

Assim dizendo, foi embora no cavalo do estudante e deixou o pobre coitado para reunir sabedoria até que alguém viesse e o descesse.

Hans, o espertinho

A mãe de Hans disse:
— Aonde está indo, Hans?
Hans respondeu:
— Ver Gretel.
— Comporte-se bem, Hans.
— Ah, vou me comportar bem. Até logo, mãe.
— Até logo, Hans.
Hans encontra Gretel.
— Bom dia, Gretel.
— Bom dia, Hans. O que traz de bom?
— Não trago nada, quero que me dê algo.
Gretel presenteia Hans com uma agulha, Hans diz:
— Até logo, Gretel.
— Até logo, Hans.
Hans pega a agulha, coloca-a em uma carroça de feno e segue a carroça até em casa.
— Boa noite, mãe.
— Boa noite, Hans. Onde esteve?
— Com Gretel.
— O que levou para ela?
— Não levei nada; eu ganhei uma coisa.
— O que Gretel deu a você?
— Ela me deu uma agulha.
— Onde está a agulha, Hans?
— Coloquei-a na carroça de feno.
— Isso não foi bom, Hans. Devia ter colocado a agulha na manga da sua camisa.
— Não se preocupe, farei melhor da próxima vez.

— Aonde está indo, Hans?
— Ver Gretel, mãe.
— Comporte-se bem, Hans.

— Ah, vou me comportar bem. Até breve, mãe.
— Até breve, Hans.
Hans encontra Gretel.
— Bom dia, Gretel.
— Bom dia, Hans. O que traz de bom?
— Não trago nada. Quero receber algo.
Gretel presenteia Hans com uma faca.
— Até breve, Gretel.
— Até breve, Hans.
Hans pega a faca, enfia-a na manga da camisa e vai para casa.
— Boa noite, mãe.
— Boa noite, Hans. Onde você esteve?
— Com Gretel.
— O que levou para ela?
— Eu não levei nada para ela, ela me deu uma coisa.
— O que Gretel deu para você?
— Uma faca.
— Onde está a faca, Hans?
— Enfiada na minha manga.
— Isso não foi bom, Hans, devia ter colocado a faca no bolso.
— Não se preocupe, farei melhor da próxima vez.

— Aonde está indo, Hans?
— Ver Gretel, mãe.
— Comporte-se bem, Hans.
— Ah, vou me comportar bem. Até mais, mãe.
— Até mais, Hans.
João encontra Gretel.
— Bom dia, Gretel.
— Bom dia, Hans. O que traz de bom?
— Não trago nada, quero receber algo.
Gretel presenteia Hans com um cabritinho.
— Até depois, Gretel.
— Até depois, Hans.
Hans pega o cabritinho, amarra suas pernas e o coloca no bolso. Quando ele chega em casa, o animal está sufocado.
— Boa noite, mãe.
— Boa noite, Hans. Onde você esteve?
— Com Gretel.

— O que levou para ela?
— Não levei nada, ela me deu uma coisa.
— O que Gretel deu a você?
— Ela me deu um cabritinho.
— Onde está o cabritinho, Hans?
— Coloquei-o no bolso.
— Isso não está certo, Hans, você deveria ter colocado uma corda em volta do pescoço do cabritinho.
— Não se preocupe, farei melhor da próxima vez.

— Aonde está indo, Hans?
— Ver Gretel, mãe.
— Comporte-se bem, Hans.
— Ah, vou me comportar bem. Até mais, mãe.
— Até mais, Hans.
Hans encontrou Gretel.
— Bom dia, Gretel.
— Bom dia, Hans. O que traz de bom?
— Não trago nada, quero receber algo.
Gretel presenteia Hans com um pedaço de bacon.
— Até mais, Gretel.
— Até mais, Hans.
Hans pega o bacon, amarra-o a uma corda e o arrasta atrás de si. Os cães vêm e devoram o bacon. Ao chegar em casa, ele está com a corda na mão e não há mais nada pendurado nela.
— Boa noite, mãe.
— Boa noite, Hans. Onde você esteve?
— Com Gretel.
— O que você levou para ela?
— Eu não levei nada para ela, ela me deu uma coisa.
— O que Gretel deu para você?
— Ela me deu um pouco de bacon.
— Onde está o bacon, Hans?
— Eu o amarrei a uma corda, trouxe-o para casa, cachorros pegaram.
— Isso não foi bom, Hans, você deveria ter carregado o bacon na cabeça.
— Não se preocupe, farei melhor da próxima vez.

— Aonde está indo, Hans?
— Ver Gretel, mãe.
— Comporte-se bem, Hans.
— Vou me comportar bem. Até logo, mãe.
— Até logo, Hans.
Hans encontra Gretel.
— Bom dia, Gretel.
— Bom dia, Hans, o que traz de bom?
— Não trago nada, mas gostaria de receber algo.
Gretel presenteia Hans com um bezerro.
— Adeus, Gretel.
— Adeus, Hans.
Hans pega o bezerro, coloca-o na cabeça e o bezerro chuta seu rosto.
— Boa noite, mãe.
— Boa noite, Hans. Onde esteve?
— Com Gretel.
— O que levou para ela?
— Eu não levei nada, mas recebi uma coisa.
— O que Gretel deu a você?
— Um bezerro.
— Onde você colocou o bezerro, Hans?
— Eu o coloquei na cabeça e ele chutou meu rosto.
— Isso não foi bom, Hans, você deveria ter conduzido o bezerro e o colocado na baia.
— Não se preocupe, farei melhor da próxima vez.

— Aonde está indo, Hans?
— Ver Gretel, mãe.
— Comporte-se bem, Hans.
— Ah, vou me comportar bem. Até logo, mãe.
— Até logo, Hans.
Hans encontra Gretel.
— Bom dia, Gretel.
— Bom dia, Hans. O que você traz de bom?
— Não trago nada, mas gostaria de receber algo.
Gretel diz a Hans:
— Eu irei com você.
Hans pega Gretel, amarra-a a uma corda, leva-a para a baia e a prende. Então Hans vai até a mãe.

— Boa noite, mãe.

— Boa noite, Hans. Onde você esteve?

— Com Gretel.

— O que você levou para ela?

— Eu não levei nada para ela.

— O que Gretel deu a você?

— Ela não me deu nada, ela veio comigo.

— Onde você deixou Gretel?

— Eu a conduzi pela corda, amarrei-a na baia e espalhei um pouco de grama para ela.

— Isso não foi bom, Hans, você devia ter olhado para ela com olhos amigáveis.

— Não se preocupe, farei melhor da próxima vez.

Hans entrou no estábulo, arrancou os olhos de todos os bezerros e das ovelhas e os jogou em Gretel. Então, Gretel ficou com raiva, se soltou e fugiu, e rompeu o noivado com Hans.

As três línguas

Era uma vez um velho conde que vivia na Suíça; ele tinha um filho único, mas o rapaz era tolo e não conseguia aprender nada. Então, disse o pai:

— Ouça, meu filho, por mais que eu tente, não consigo enfiar nada em sua cabeça. Você deve partir, vou entregá-lo aos cuidados de um célebre mestre, que verá o que consegue fazer com você.

O jovem foi enviado para uma cidade estrangeira e permaneceu um ano inteiro com o mestre. Ao fim desse tempo, voltou para casa e o pai perguntou:

— Agora, meu filho, o que aprendeu?

— Pai, aprendi o que os cães dizem quando latem.

— Senhor, tenha piedade de nós! — gritou o pai. — Isso é tudo que você aprendeu? Vou mandá-lo para outra cidade, para outro mestre.

O jovem foi levado para lá e também ficou um ano com esse mestre. Quando o rapaz voltou, o pai perguntou mais uma vez:

— Meu filho, o que aprendeu?

Ele respondeu:

— Pai, eu aprendi o que os pássaros falam.

Então o pai ficou furioso e disse:

— Ah, rapaz sem salvação, desperdiçou o tempo precioso e não aprendeu nada; não tem vergonha de aparecer diante de mim? Vou enviá-lo a um terceiro mestre, mas, se você não aprender nada desta vez, não serei mais seu pai.

O jovem permaneceu um ano inteiro também com o terceiro mestre, e quando voltou para casa, o pai perguntou:

— Meu filho, o que aprendeu?

Ele respondeu:

— Caro pai, eu aprendi esse ano o que os sapos coaxam.

Então o pai explodiu na mais violenta ira, saltou de pé, chamou seus empregados e disse:

— Este homem não é mais meu filho, eu o expulso e ordeno que o levem para a floresta e o matem.

Eles o levaram, mas quando deveriam tê-lo matado, não conseguiram fazê-lo por pena; deixaram-no ir e cortaram os olhos e a língua de um cervo para que pudessem levá-los ao velho como prova.

O jovem vagou e, depois de algum tempo, chegou a uma fortaleza onde implorou por uma noite de hospedagem.

— Claro — disse o senhor do castelo —, se quiser passar a noite lá embaixo na velha torre, vá; mas devo alertá-lo, é por sua conta e risco, pois está cheia de cães selvagens, que latem e uivam sem parar, e, em certas horas, é preciso dar-lhes um homem, que eles devoram imediatamente.

Todo o distrito estava triste e consternado por causa deles e, ainda assim, ninguém era capaz de fazer algo para impedir. O jovem, porém, não teve medo e disse:

— Deixe-me descer até os cães selvagens e me dê algo que eu possa jogar para eles; não me farão mal nenhum.

Conforme pediu, deram-lhe comida para os animais selvagens e o levaram até a torre. Quando entrou, os cachorros não latiram para ele, mas abanaram o rabo amigavelmente à sua volta, comeram o que lhes deu e não machucaram um fio de cabelo de sua cabeça. Na manhã seguinte, para espanto de todos, saiu de novo são e salvo, e disse ao senhor do castelo:

— Os cães me revelaram, em sua própria língua, por que moram lá e trazem o mal sobre a terra. Eles estão enfeitiçados e são obrigados a vigiar um grande tesouro que está embaixo na torre, e não podem descansar até que seja levado, e eu também aprendi, ouvindo-os, como isso deve ser feito.

Então, todos os que ouviram isso se alegraram, e o senhor do castelo disse que o adotaria como filho se ele tivesse êxito. Ele desceu de novo e, como sabia o que tinha que fazer, o fez com cuidado e trouxe consigo um baú cheio de ouro. O uivo dos cães selvagens não foi mais ouvido: eles haviam desaparecido, e o país estava livre do problema.

Depois de certo tempo, ele colocou na cabeça que iria viajar para Roma. No caminho, passou por um pântano, no qual vários sapos estavam sentados coaxando. Ele os escutou e, quando se deu conta do que diziam, ficou muito pensativo e triste. Por fim, chegou a Roma, onde o Papa acabara de morrer, e havia grande dúvida entre os cardeais sobre quem deveriam nomear como sucessor. Por fim, concordaram que a pessoa a ser escolhida para ser Papa devia ser marcada por algum sinal divino e milagroso. Assim que foi decidido, o jovem conde entrou na igreja e, de repente, duas pombas brancas como a neve voaram para seus ombros e ali permaneceram. Os eclesiásticos reconheceram ali o sinal dos céus e lhe perguntaram no mesmo instante se ele aceitava ser Papa. Ele ficou indeciso e não sabia se era digno, mas as pombas o aconselharam a aceitar, e, por fim, ele concordou. Então, foi ungido e consagrado, e assim se cumpriu o que ouvira dos sapos em seu caminho e que tanto o afetara: que ele se tornaria Sua Santidade, o Papa. Então, teve que rezar uma missa e não sabia uma palavra, mas as duas pombas permaneceram pousadas em seus ombros todo o tempo, e ditaram tudo em seu ouvido.

O raposo e a gata

Um dia, aconteceu que a gata encontrou o raposo em uma floresta, e, como pensou consigo mesma: *Ele é inteligente, muito experiente e muito estimado no mundo*, cumprimentou-o de forma amigável.

— Bom dia, caro senhor raposo, como está? Como vão as coisas? Como tem passado nesses tempos difíceis?

O raposo, cheio de arrogância, olhou para a gata da cabeça aos pés, e por muito tempo não soube se daria ou não alguma resposta. Por fim, disse:

— Ora, sua miserável lambe-bigodes, sua tola malhada, sua caçadora de ratos gulosa, no que pode estar pensando? Como tem coragem de perguntar como estou indo? O que você sabe? Quantas artes conhece?

— Eu entendo apenas uma — respondeu a gata, com humildade.

— Que arte é essa? — perguntou o raposo.

— Quando os cães estão me perseguindo, consigo pular em uma árvore e me salvar.

— Isso é tudo? — disse o raposo. — Sou mestre em cem artes e, de quebra, ainda sou cheio de astúcia. Você me faz sentir pena; venha comigo, eu vou lhe ensinar como as pessoas se livram dos cães.

Nesse momento, veio um caçador com quatro cães. A gata saltou com agilidade para cima de uma árvore e sentou-se no topo dela, onde os galhos e a folhagem a escondiam.

— Use sua astúcia, senhor raposo, use sua astúcia — gritou a gata para ele, mas os cães já o haviam agarrado e o seguravam com força.

— Ah, senhor raposo — gritou a gata. — Você com suas cem artes foi deixado na mão! Se fosse capaz de escalar como eu, não teria perdido a vida.

Os quatro irmãos inteligentes

Queridos filhos — disse um homem pobre a seus quatro filhos —, não tenho nada para lhes dar; devem sair pelo vasto mundo e tentar a sorte. Comecem aprendendo algum ofício ou outro e vejam como se saem.

Dessa forma, os quatro irmãos pegaram seus cajados e jogaram suas trouxas no ombro e, depois de se despedirem do pai, saíram todos juntos portão afora. Depois de caminhar uma boa distância, chegaram a uma encruzilhada com quatro caminhos, cada um levando a um país diferente. Então, o mais velho disse:

— Devemos nos separar aqui; mas, neste dia, daqui a quatro anos, voltaremos a este local e, até lá, cada um deve buscar o que pode fazer por si mesmo.

Assim, cada irmão seguiu seu caminho; e enquanto o mais velho seguia seu rumo, um homem o encontrou e perguntou-lhe para onde estava indo e o que queria.

— Vou tentar a sorte no mundo e gostaria de começar aprendendo alguma arte ou ofício — respondeu.

— Então — disse o homem —, venha comigo, e vou ensiná-lo a se tornar o ladrão mais astuto que já existiu.

— Não — retorquiu o outro —, esta não é uma ocupação honesta e o que se pode esperar ganhar com isso no fim das contas, senão a forca?

— Oh! — disse o homem —, você não precisa temer a forca; pois vou ensiná-lo a roubar apenas o que for apropriado; não me meto com nada além daquilo que ninguém mais é capaz de obter ou com o que ninguém se importa e onde ninguém pode descobrir você.

Então, o jovem concordou em seguir esse ofício, e logo se mostrou tão astuto, que nada escapava dele depois que se tornasse seu alvo.

O segundo irmão também conheceu um homem que, quando descobriu o objetivo de sua jornada, perguntou-lhe que ofício ele pretendia seguir.

— Ainda não sei — respondeu o rapaz.

— Então venha comigo e seja um observador de estrelas. É uma arte nobre, pois nada pode ser escondido de você, uma vez que entende as estrelas.

A ideia o agradou muito, e ele logo se tornou um observador de estrelas tão habilidoso que, quando cumpriu seu tempo e quis deixar seu mestre, este lhe deu uma luneta e disse:

— Com isso conseguirá ver tudo o que está se passando no céu e na terra, e nada poderá ser escondido de você.

O terceiro irmão conheceu um caçador, que o levou consigo, e lhe ensinou tão bem tudo relacionado à caça, que ele se tornou muito hábil no ofício das matas; e quando deixou seu mestre, este lhe deu um arco e disse:

— Tudo em que você atirar com este arco, com certeza acertará.

O irmão mais novo também encontrou um homem que lhe perguntou o que desejava fazer.

— Não gostaria — disse ele — de se tornar alfaiate?

— Ah, não! — disse o rapaz. — Nunca vai me agradar o ato de ficar sentado de pernas cruzadas de manhã à noite, trabalhando de um lado para o outro com a agulha e o ferro de passar.

— Ora — respondeu o homem —, esse não é meu tipo de alfaiataria; venha e aprenderá outro tipo de ofício comigo.

Sem saber o que fazer de melhor, o rapaz concordou com o plano e aprendeu a costurar desde o início; e quando deixou seu mestre, este lhe deu uma agulha e disse:

— Você pode costurar qualquer coisa com isso, seja mole como um ovo ou dura feito aço; e a junção ficará tão delicada que nenhuma costura ficará à vista.

Após o período de quatro anos, na data combinada, os quatro irmãos se encontraram na encruzilhada; e tendo-se cumprimentado, dirigiram-se à casa do pai, onde lhe contaram tudo o que lhes havia acontecido e como cada um havia aprendido um ofício.

Então, um dia, quando estavam sentados diante da casa debaixo de uma árvore muito alta, o pai disse:

— Eu gostaria de testar o que cada um de vocês é capaz de fazer.

Então olhou para cima e disse ao segundo filho:

— No topo desta árvore há um ninho de pintassilgo; diga-me quantos ovos há nele.

O observador de estrelas pegou sua luneta, olhou para cima e disse:

— Cinco.

— Agora — disse o pai ao filho mais velho —, tire os ovos sem deixar a ave que está sentada em cima deles, chocando, note o que você está fazendo.

Então, o ladrão astuto subiu na árvore e trouxe para seu pai os cinco ovos de debaixo da ave, que não viu nem sentiu o que ele estava fazendo, mas continuou sentada, tranquila. Então, o pai pegou os ovos e colocou um em cada canto da mesa, e o quinto no meio, e disse ao caçador:

— Corte todos os ovos em dois pedaços de uma só vez.

O caçador pegou seu arco, e de uma só vez atingiu todos os cinco ovos, como seu pai desejava.

— Agora é a sua vez — disse ele ao jovem alfaiate —; costure os ovos e os filhotes dentro neles em um pedaço de novo, de modo tão preciso que o tiro não lhes terá feito mal.

Então, o alfaiate pegou sua agulha e costurou os ovos como lhe foi pedido; e, quando terminou, o ladrão foi enviado para levá-los de volta ao ninho e colocá-los sob a ave sem que ela percebesse. Então, ela continuou sentada e os chocou, e, em poucos dias, eles rastejaram para fora, e tinham apenas uma pequena faixa vermelha em seus pescoços, onde o alfaiate os havia costurado.

— Muito bem, filhos! — disse o velho. — Vocês fizeram bom uso do seu tempo e aprenderam algo que vale a pena saber; mas tenho certeza de que não sei qual deveria receber o prêmio. Ah, que em breve chegue o momento de usarem suas habilidades para prosperar!

Não muito depois disso, houve uma grande agitação no país; pois a filha do rei havia sido levada por um poderoso dragão, e o rei lamentou sua perda dia e noite, e fez saber que quem a trouxesse de volta para ele a teria por esposa. Então, os quatro irmãos disseram um ao outro:

— Aqui está uma chance para nós; vamos ver o que podemos fazer.

E concordaram em ver se conseguiam libertar a princesa.

— Logo descobrirei onde ela está — disse o observador de estrelas, enquanto olhava através de sua luneta; e logo gritou: — Eu a vejo ao longe, sentada em uma rocha no mar, e posso ver o dragão ali perto, vigiando-a.

Em seguida, foi até o rei e pediu um navio para si e seus irmãos; e eles navegaram juntos pelo mar, até que chegaram ao lugar certo. Lá encontraram a princesa sentada na rocha, como o observador de estrelas havia dito; e o dragão estava adormecido, com a cabeça no colo dela.

— Não ouso atirar nele — disse o caçador —, pois poderia matar a bela moça também.

— Então vou testar minha habilidade — disse o ladrão, e foi e roubou-a de debaixo do dragão, de maneira tão silenciosa e suave que a fera não percebeu, mas continuou roncando.

Então partiram apressados com ela, cheios de alegria em seu barco em direção ao navio; mas logo veio o dragão rugindo pelo ar atrás deles; pois acordou e deu falta da princesa. Mas quando sobrevoou o barco e quis saltar sobre eles e levar a princesa, o caçador pegou seu arco e atirou direto no coração dele, de modo que caiu morto. Eles ainda não estavam seguros; pois era um animal tão grande que, em sua queda, virou o barco, e tiveram que nadar em mar aberto em cima de algumas pranchas. Então o alfaiate pegou sua agulha e com alguns pontos grandes juntou algumas das tábuas, sentou-se sobre elas e navegou ao redor e recolheu todos os pedaços do barco; e então os pregou, tão depressa que o barco logo ficou pronto, e então alcançaram o navio e voltaram para casa sãos e salvos.

Quando trouxeram a princesa para o pai, houve grande alegria; e ele disse aos quatro irmãos:

— Um de vocês se casará com ela, mas vocês devem decidir entre si qual será.

Então surgiu uma discussão entre eles; e o observador de estrelas disse:

— Se eu não tivesse descoberto a princesa, toda a sua habilidade teria sido inútil; portanto, ela deve ser minha.

— Vê-la não teria sido útil —d isse o ladrão — se eu não a tivesse tirado do dragão; portanto, ela deve ser minha.

— Não, ela é minha — devolveu o caçador. — Pois, se eu não tivesse matado o dragão, ele teria, afinal, despedaçado vocês e a princesa.

— E se eu não tivesse costurado o barco novamente — concluiu o alfaiate —, vocês todos teriam se afogado; por isso, ela é minha.

Nesse momento, o rei os interrompeu e disse:

— Cada um de vocês está certo; e como não podem todos ter a jovem, a melhor solução é nenhum de vocês tê-la; pois a verdade é que existe alguém de quem ela gosta muito mais. Contudo, para compensar sua perda, darei a cada um de vocês, como recompensa por sua habilidade, meio reino.

Diante disso, os irmãos concordaram que esse plano seria muito melhor do que brigar ou casar com uma dama que não estava inclinada a aceitá-los. E o rei então deu a cada um meio reino, como havia dito; eles viveram muito felizes o resto de seus dias e cuidaram bem de seu pai; e alguém cuidou melhor da jovem e não deixou o dragão ou um dos artesãos tê-la novamente.

Lílian e o leão

Um mercador, que tinha três filhas, certa vez, ia sair de viagem; mas antes de partir, perguntou a cada uma que presente deveria lhe trazer. A mais velha desejava pérolas; a segunda, joias; a terceira, porém, que se chamava Lílian, disse:

— Querido pai, traga-me uma rosa.

Bem, não era tarefa fácil encontrar uma rosa, pois estavam no meio do inverno; no entanto, como ela era sua filha mais bonita e gostava muito de flores, o pai disse que faria o que pudesse. Então beijou as três e se despediu delas.

Quando chegou a hora de voltar para casa, ele comprou pérolas e joias para as duas mais velhas, mas procurou em vão por toda parte pela rosa; e quando entrava em qualquer jardim e pedia tal coisa, as pessoas riam dele e perguntavam se ele achava que rosas cresciam na neve. Isso o entristeceu muito, pois Lílian era sua filha mais querida; e enquanto voltava para casa, pensando no que deveria levar para ela, chegou a um belo castelo; e ao redor do castelo havia um jardim, no qual metade parecia ser verão e a outra metade inverno. De um lado, as flores mais belas estavam em plena floração e, do outro, tudo parecia sombrio e enterrado na neve.

— Que sorte! — exclamou ele, chamando o empregado, e lhe disse para ir a um lindo canteiro de rosas que ali havia, e de lá lhe trazer uma das melhores flores.

Feito isso, estavam cavalgando muito satisfeitos, quando surgiu um leão feroz e rugiu:

— Quem roubou minhas rosas será devorado vivo!

Então o homem disse:

— Eu não sabia que o jardim lhe pertencia; não há nada que eu possa fazer para salvar minha vida?

— Não! — bradou o leão. — Nada, a menos que se comprometa a me dar o que quer que o encontre em seu retorno para casa; se concordar com isso, eu lhe darei sua vida, e também a rosa para sua filha.

Mas o homem não estava disposto a fazê-lo e disse:

— Pode ser que seja minha filha mais nova, que mais me ama, e sempre corre ao meu encontro quando volto para casa.

Então, o criado ficou muito assustado e disse:

— Talvez seja apenas um gato ou um cachorro.

Por fim, o homem cedeu com o coração pesado e pegou a rosa; alegando que daria ao leão o que quer que o encontrasse primeiro em seu retorno.

E quando chegou perto de casa, foi Lílian, sua filha mais nova e mais querida, que o encontrou; ela veio correndo, beijou-o e deu-lhe as boas-vindas; e quando viu que ele trouxera a rosa, ficou ainda mais contente. Mas o pai começou a ficar muito triste e a chorar, dizendo:

— Ai, minha filha querida! Comprei esta flor por um alto preço, pois disse que lhe daria a um leão selvagem; e quando ele a tiver, a despedaçará e a devorará.

Então contou a ela tudo o que havia acontecido e disse que ela não deveria ir, que não importava o que acontecesse.

Mas ela o consolou e disse:

— Querido pai, a palavra que deu deve ser mantida. Vou até o leão e irei acalmá-lo; talvez ele me deixe voltar para casa em segurança.

Na manhã seguinte, ela perguntou o caminho a seguir, despediu-se do pai e saiu com coragem para o bosque. Contudo, o leão era um príncipe encantado. Durante o dia, ele e toda a sua corte eram leões, mas à noite retomavam suas formas verdadeiras. E quando Lílian chegou ao castelo, o príncipe a recebeu com tanta cortesia que a moça concordou em se casar com ele. A festa de casamento foi realizada, e eles viveram felizes juntos por muito tempo. O príncipe era visto somente quando a noite chegava, quando então reunia sua corte; mas todas as manhãs deixava sua noiva e ia embora sozinho, ela não sabia para onde, até que à noite retornasse.

Depois de algum tempo, o príncipe disse a ela:

— Amanhã haverá uma grande festa na casa de seu pai, pois sua irmã mais velha vai se casar; e se quiser ir visitá-la, meus leões a levarão até lá.

Então, ela se alegrou muito com a ideia de ver seu pai de novo, e partiu com os leões; e todos ficaram muito felizes em encontrá-la, pois pensavam que ela estava morta há muito tempo. Ela, no entanto, contou-lhes o quanto estava feliz, e ficou até a comemoração terminar, e então voltou para a floresta.

Sua segunda irmã se casou logo depois, e quando Lílian foi convidada para ir ao casamento, ela disse ao príncipe:

— Eu não irei sozinha desta vez, você deve ir comigo.

Mas ele não aceitou e disse que seria muito perigoso; pois se o menor raio de luz de uma tocha recaísse sobre ele, seu encantamento se tornaria ainda pior, pois seria transformado em uma pomba e forçado a vagar pelo mundo por sete longos anos. No entanto, Lílian não lhe deu sossego e disse que cuidaria para que nenhuma luz recaísse sobre ele. Assim, por fim, partiram juntos e levaram consigo seu filhinho; e ela escolheu um grande salão com paredes grossas para ele ficar enquanto as tochas do casamento eram acesas; mas, infelizmente, ninguém notou que havia uma fresta na porta. Então o casamento foi realizado com grande pompa, mas quando a procissão veio da igreja e passou com as tochas em frente ao salão, um raio de luz muito pequeno caiu sobre o príncipe. Em um instante ele desapareceu, e quando a esposa entrou e procurou por ele, encontrou apenas uma pomba branca, que lhe disse:

— Sete anos devo voar de um canto a outro sobre a face da terra, mas de vez em quando deixarei cair uma pena branca, que lhe mostrará o caminho que estou seguindo; siga-a e, por fim, poderá me alcançar e me libertar.

Dito isso, ele voou pela porta, e a pobre Lílian o seguiu; e de vez em quando uma pena branca caía e lhe mostrava o caminho a seguir. Assim, ela foi vagando pelo vasto mundo e não olhou nem para a direita nem para a esquerda, nem descansou por sete anos. Até que começou a se alegrar, e pensou consigo mesma que estava chegando o tempo em que todos os seus problemas acabariam; no entanto, o repouso ainda estava longe, pois um dia, enquanto viajava, ela não viu a pena branca e, quando ergueu os olhos, não conseguiu ver a pomba em parte alguma. *Agora*, pensou ela consigo mesma, *nenhuma ajuda de homens pode me ser útil.* Assim, ela se dirigiu ao sol e disse:

— Você brilha em todos os lugares, no topo das colinas e nas profundezas dos vales, viu em algum lugar minha pomba branca?

— Não — respondeu o sol —, não a vi; mas eu lhe darei uma caixa, abra-a quando estiver em um momento de necessidade.

Então, ela agradeceu ao sol e seguiu seu caminho até o anoitecer; e quando a lua surgiu, gritou para ela e disse:

— Você brilha pela noite, acima de campos e bosques, não viu em nenhum lugar minha pomba branca?

— Não — respondeu a lua —, não posso ajudá-la, mas vou lhe dar um ovo; quebre-o quando a necessidade chegar.

Então ela agradeceu à lua e continuou até que o vento noturno soprou; e ela levantou a voz para ele, e disse:

— Você sopra por cada árvore e sob cada folha, não viu minha pomba branca?

— Não — respondeu o vento noturno —, mas vou perguntar a três outros ventos; talvez eles a tenham visto.

Então vieram o vento leste e o vento oeste, e disseram que também não a tinham visto, mas o vento sul disse:

— Eu vi a pomba branca; ela fugiu para o Mar Vermelho e está transformada mais uma vez em leão, pois os sete anos se passaram, e lá está lutando contra um dragão; e o dragão é uma princesa encantada, que procura separá-lo de você.

Então, o vento noturno disse:

— Eu lhe darei conselhos. Vá para o Mar Vermelho; na margem direita há muitos juncos, conte-os e, quando chegar ao décimo primeiro, quebre-o e ferirá o dragão com ele; e assim o leão terá a vitória, e ambos aparecerão para você em suas verdadeiras formas. Então olhe em volta e verá um grifo, alado como um pássaro, sentado à beira do Mar Vermelho; suba nas costas dele com seu amado o mais rápido possível, e ele os carregará acima das águas até sua casa. Também lhe darei esta noz — continuou o vento noturno. — Quando estiver na metade do caminho, jogue-a, e das águas brotará no mesmo instante uma nogueira alta na qual o grifo poderá descansar, caso contrário, ele não teria forças para carregá-los por todo o trajeto. Portanto, se você se esquecer de jogar a noz, ele deixará vocês dois caírem no mar.

Dessa forma, nossa pobre andarilha seguiu adiante e encontrou tudo como o vento noturno havia descrito; ela arrancou o décimo primeiro junco, feriu o dragão; o leão logo se transformou no príncipe, e o dragão em uma princesa novamente. Entretanto, assim que a princesa foi libertada do feitiço, ela agarrou o príncipe pelo braço e pulou nas costas do grifo, e saiu levando o príncipe consigo.

Assim, a infeliz viajante ficou mais uma vez abandonada e desamparada; mas ela se animou e disse:

— Enquanto o vento soprar, e enquanto o galo cantar, eu seguirei viagem, até encontrá-lo de novo.

Lílian continuou por um longo, longo caminho, até que finalmente chegou ao castelo para onde a princesa levara o príncipe; e havia um banquete preparado, e ela soube que o casamento estava prestes a ocorrer.

— Deus me ajude agora! — exclamou ela e pegou a caixa dada pelo sol, e descobriu que dentro dela havia um vestido tão deslumbrante quanto o próprio sol. Então, vestiu-o, entrou no palácio, e todo o povo olhou para ela; e o vestido agradou tanto à noiva que ela perguntou se estava à venda.

— Nem por ouro nem por prata — respondeu —, mas por carne e sangue.

A princesa perguntou o que ela queria dizer, e Lílian disse:

— Deixe-me falar com o noivo esta noite no quarto dele, e lhe darei o vestido.

Por fim, a princesa concordou, mas disse ao camareiro para dar ao príncipe um sonífero, para que ele não ouvisse nem visse a moça. Quando a noite chegou e o príncipe adormeceu, Lílian foi conduzida ao quarto, sentou-se a seus pés e disse:

— Eu o sigo há sete anos. Fui ao sol, à lua e ao vento noturno, para procurá-lo, e finalmente ajudei-o a vencer o dragão. Vai então me esquecer por completo?

Mas o príncipe dormiu o tempo todo de forma tão profunda, que a voz dela apenas passava por ele, e parecia o assovio do vento entre os abetos.

Então, a pobre Lílian foi conduzida para fora e forçada a ceder o vestido dourado; e quando viu que não havia solução, ela foi para uma campina, sentou e chorou. Mas, enquanto estava lá, lembrou do ovo dado pela lua; e quando o quebrou, saíram dele uma galinha e doze pintinhos de ouro puro que brincaram ao seu redor e depois se aninharam sob as asas da mãe, de modo a formar a visão mais bonita do mundo. E ela se levantou e os conduziu diante de si, até que a noiva os viu de sua janela, e gostou tanto deles que veio e perguntou se Lílian venderia a ninhada.

— Nem por ouro, nem por prata, mas por carne e sangue; permita-me falar com o noivo no quarto mais uma vez esta noite, e lhe darei toda a ninhada.

Então, a princesa pensou em traí-la como antes e concordou com o pedido; porém, quando o príncipe foi para seus aposentos, perguntou ao camareiro por que o vento assoviara tanto durante a noite. E o camareiro contou-lhe tudo: como lhe dera uma poção para dormir, e como uma pobre donzela tinha vindo e falado com ele em seu quarto, e que voltaria naquela noite. Sabendo disso, o príncipe teve o cuidado de jogar fora o sonífero; e quando Lílian veio e começou de novo a contar a ele as desgraças haviam acontecido com ela, e quão fiel a ele havia sido, o príncipe reconheceu a voz de sua amada esposa, pôs-se de pé e disse:

— Parece que você me acordou de um sonho, pois a estranha princesa me enfeitiçou, de modo que me esqueci completamente de você; mas o céu a enviou até mim em uma hora abençoada.

E fugiram do palácio às escondidas durante a noite, montaram no grifo, que voou de volta com eles acima do Mar Vermelho. Quando estavam na metade do caminho, Lílian deixou a noz cair na água, e no mesmo instante uma grande nogueira surgiu do mar, onde o grifo descansou por um tempo e depois os levou em segurança até em casa. Lá encontraram seu filho, agora crescido, gracioso e belo; e depois de todos os seus problemas viveram felizes, juntos, até o fim de seus dias.

A raposa e o cavalo

Um fazendeiro tinha um cavalo que fora um servo excelente e fiel, mas agora estava velho demais para trabalhar; então, o fazendeiro decidiu não lhe dar mais nada para comer e disse:

— Não quero mais você; então, saia do meu estábulo; não vou aceitá-lo de volta até que esteja mais forte do que um leão.

Então, abriu a porta e o colocou para fora.

O pobre cavalo ficou muito melancólico e vagou para cima e para baixo na floresta, procurando algum pequeno abrigo do vento frio e da chuva. Certa hora, uma raposa o encontrou:

— Qual é o problema, meu amigo? — disse ela. — Por que anda cabisbaixo e parece tão solitário e infeliz?

— Ah — respondeu o cavalo —, a justiça e a avareza nunca habitam na mesma casa; meu mestre esqueceu tudo o que fiz por ele por tantos anos e, como não posso mais trabalhar, ele me deixou à deriva e disse que, a menos que eu fique mais forte que um leão, não me aceitará de volta; que chance eu tenho? Ele sabe que não tenho nenhuma, ou não falaria assim.

No entanto, a raposa pediu que ele se animasse e disse:

— Eu o ajudarei; deite-se ali, estique-se bastante rígido e finja estar morto.

O cavalo fez o que lhe foi dito, e a raposa foi direto até o leão que morava em uma caverna próxima e disse-lhe:

— Um pouco adiante jaz um cavalo morto; venha comigo e poderá fazer uma excelente refeição com a carcaça dele.

O leão ficou muito satisfeito e partiu na mesma hora; e quando chegaram ao cavalo, a raposa disse:

— Você não poderá comê-lo aqui com conforto. Tenho uma ideia, vou amarrar você ao rabo dele, e então poderá levá-lo para o seu covil e comê-lo à com tranquilidade.

Esta ideia agradou ao leão; então, ele se deitou, quieto, para que a raposa o amarrasse ao cavalo. A raposa, porém, conseguiu amarrar as pernas do leão e prendeu tudo tão bem e tão apertado que nem com toda a sua força o leão conseguiu se libertar. Quando terminou o trabalho, a raposa bateu no ombro do cavalo e disse:

— Vá! Cavalo! Vá!

Então ele se levantou e saiu arrastando o leão atrás de si. A fera começou a rugir e a urrar, até que todos os pássaros da floresta fugiram assustados; o cavalo, porém, deixou que ele cantasse e seguiu em silêncio pelos campos até a casa de seu senhor.

— Aqui está ele, mestre — disse ele —, eu o derrotei.

E quando o fazendeiro viu seu velho servo, seu coração cedeu e disse:

— Você ficará no seu estábulo e será bem cuidado.

E assim o pobre cavalo velho teve o suficiente para comer e viveu, até morrer.

A luz azul

Era uma vez um soldado que, por muitos anos, serviu fielmente ao rei, mas, quando a guerra acabou, não pôde mais servir por causa dos muitos ferimentos que recebeu. O rei lhe disse:

— Pode voltar para sua casa, não preciso mais de você, e você não receberá mais dinheiro, pois só recebe salário quem me presta serviço em troca dele.

O soldado não sabia como ganhar a vida, foi embora muito perturbado e caminhou o dia inteiro, até que à noite entrou em uma floresta. Quando a escuridão chegou, ele viu uma luz, à qual seguiu e chegou a uma casa onde morava uma bruxa.

— Dê-me uma noite de hospedagem e um pouco para comer e beber — ele disse a ela —, ou morrerei de fome.

— Ora — ela respondeu —, quem dá alguma coisa a um soldado desertor? No entanto, serei compassiva e o acolherei, se fizer o que eu pedir.

— O que você quer? — disse o soldado.

— Que você cave todo o meu jardim para mim amanhã.

O soldado consentiu, e, no dia seguinte, trabalhou com todas as suas forças, mas não conseguiu terminar até a noite.

— Vejo — disse a bruxa —, que você não pode fazer mais nada hoje, mas vou mantê-lo mais uma noite, em pagamento, amanhã você terá que cortar um monte de lenha para mim em pedaços pequenos.

O soldado passou o dia inteiro fazendo isso, e à noite a bruxa propôs que ele ficasse mais uma noite.

— Amanhã, você só vai me fazer um trabalho muito insignificante. Atrás da minha casa, há um velho poço seco, no qual minha luz caiu, ela queima azul e nunca se apaga, e você deve trazê-la de volta.

No dia seguinte, a velha o levou até o poço e o baixou em uma cesta. Ele encontrou a luz azul e fez um sinal para que ela o puxasse para cima. Ela o puxou para cima, mas quando ele chegou perto da borda, ela estendeu a mão e quis tirar a luz azul dele.

— Não — disse ele, percebendo sua má intenção —, eu não vou lhe entregar a luz até que eu esteja com os dois pés no chão.

A bruxa se enfureceu, deixou-o cair de volta no poço e foi embora.

O pobre soldado caiu sem ferimentos no chão úmido, e a luz azul continuou ardendo, mas de que isso lhe servia? Ele via muito bem que não poderia escapar da morte. Ficou sentado por um tempo, muito entristecido; então, de repente, tateou no bolso e encontrou seu cachimbo, que ainda estava meio cheio. *Este será meu último prazer*, pensou, puxou-o, acendeu-o na luz azul e começou a fumar. Quando a fumaça tinha tomado a caverna, de repente um pequeno homenzinho sombrio apareceu diante dele e disse:

— Senhor, quais são as suas ordens?

— Quais são as minhas ordens? — respondeu o soldado, bastante espantado.

— Devo fazer tudo o que me ordena — disse o homenzinho.

— Bem — ponderou o soldado —, então, em primeiro lugar, ajude-me a sair deste poço.

O homenzinho o pegou pela mão e o conduziu por uma passagem subterrânea, mas ele não se esqueceu de levar a luz azul consigo. No caminho, o homenzinho mostrou-lhe os tesouros que a bruxa havia recolhido e escondido ali, e o soldado pegou todo o ouro que pôde carregar. Quando estava acima da terra, ele disse ao homenzinho:

— Agora vá, prenda a velha bruxa, e leve-a até o juiz.

Em pouco tempo ela veio como o vento, montada em um gato selvagem e gritando assustadoramente. Nem demorou muito para que o homenzinho reaparecesse.

— Está tudo feito — disse ele —, e a bruxa já está pendurada na forca. Que outras ordens meu senhor tem? — perguntou o homenzinho.

— Neste momento, nenhuma — respondeu o soldado —, você pode voltar para casa, mas esteja atento, se eu o chamar.

— Não precisa fazer nada além de acender seu cachimbo na luz azul, e aparecerei diante de você imediatamente.

Dito isso, ele desapareceu diante de seus olhos.

O soldado voltou para a cidade de onde veio. Foi à melhor estalagem, encomendou roupas bonitas e depois pediu ao senhorio que lhe preparasse o quarto mais bonito possível. Quando estava pronto e o soldado se acomodou nele, chamou o pequeno homenzinho sombrio e disse:

— Servi fielmente ao rei, mas ele me dispensou e me abandonou à miséria, e agora quero me vingar.

— O que devo fazer? — perguntou o homenzinho.

— Tarde da noite, quando a filha do rei estiver na cama, traga-a aqui, adormecida, ela me servirá como uma criada.

O homenzinho disse:

— Isso é fácil para mim, mas muito perigoso para você, pois se for descoberto, acabará em maus lençóis.

Quando soou a meia-noite, a porta se abriu e o homenzinho entrou carregando a princesa.

— Ah! Aí está você! — exclamou o soldado. — Vamos logo, comece a trabalhar! Pegue a vassoura e varra o quarto.

Quando ela terminou de fazer isso, ele ordenou que ela fosse até sua cadeira e então esticou os pés e disse:

— Tire minhas botas — e então as atirou nela, e a fez pegá-las de novo, limpá-las e poli-las.

Ela, porém, fez tudo o que ele mandou, sem reclamação, em silêncio e com os olhos semicerrados. Quando o primeiro galo cantou, o homenzinho a levou de volta ao palácio real e a deitou em sua cama.

Na manhã seguinte, quando a princesa se levantou, ela foi até o pai e contou-lhe que tivera um sonho muito estranho.

— Fui carregada pelas ruas com a rapidez de um relâmpago — disse ela —, e levada para o quarto de um soldado, e tive que servi-lo como uma criada, varrer seu quarto, limpar suas botas e fazer todo tipo de serviço doméstico. Foi apenas um sonho, mas estou tão cansada quanto se tivesse feito tudo de verdade.

— O sonho pode ter sido verdade — disse o rei. — Vou lhe dar um conselho. Encha seu bolso de ervilhas e faça um pequeno buraco no bolso, e então, se for levada de novo, elas cairão e deixarão um rastro pelas ruas.

Mas, sem ser visto pelo rei, o homenzinho estava parado ao seu lado, enquanto dizia isso, e ouviu tudo. À noite, quando a princesa adormecida foi mais uma vez carregada pelas ruas, algumas ervilhas de fato caíram de seu bolso, mas não deixaram rastro, pois o astuto homenzinho havia pouco antes espalhado ervilhas por todas as ruas da cidade. E, novamente, a princesa foi obrigada a trabalhar como criada até o cantar do galo.

Na manhã seguinte, o rei enviou seus homens para procurar a trilha, mas foi tudo em vão, pois em todas as ruas havia crianças pobres sentadas, colhendo ervilhas e dizendo:

— Deve ter chovido ervilhas, ontem à noite.

— Precisamos pensar em outra coisa — disse o rei. — Não tire seus sapatos quando for para a cama e, antes de voltar do lugar para onde foi levada, esconda um deles lá, logo darei um jeito de encontrá-lo.

O homenzinho preto ouviu essa trama, e à noite, quando o soldado ordenou-lhe de novo que trouxesse a princesa, revelou-a para ele e disse que não conhecia nenhum expediente para anular esse estratagema, e que se o sapato fosse encontrado na casa do soldado, tudo iria acabar mal para ele.

— Faça o que eu mando — respondeu o soldado, e, novamente, nesta terceira noite, a princesa foi obrigada a trabalhar como uma criada, mas antes de ir embora, ela escondeu o sapato debaixo da cama.

Na manhã seguinte, o rei mandou que a cidade inteira procurasse o sapato de sua filha. Foi encontrado nos aposentos do soldado, e o próprio soldado, que, a pedido do anão, havia saído da cidade, logo foi trazido de volta e jogado na prisão. Em sua fuga, ele havia esquecido as coisas mais valiosas que possuía, a luz azul e o ouro, e tinha apenas um ducado no bolso. E, agora, acorrentado, ele estava parado na janela de sua masmorra, quando por acaso viu um de seus companheiros passar. O soldado bateu na vidraça e, quando este homem se aproximou, disse-lhe:

— Faça a gentileza de me trazer o pequeno embrulho que deixei na estalagem, e eu lhe darei um ducado em troca.

Seu companheiro correu até lá e trouxe o que ele queria. Assim que o soldado ficou sozinho de novo, acendeu o cachimbo e chamou o homenzinho sombrio.

— Não tenha medo — disse este ao seu mestre. — Vá aonde quer que eles o levem e deixe-os fazer o que quiserem, apenas leve a luz azul consigo.

No dia seguinte, o soldado foi julgado e, embora não tivesse feito nada de perverso, o juiz o condenou à morte. Quando foi levado para morrer, ele implorou um último favor ao rei.

— O que você quer? — perguntou o rei.

— Quero poder fumar mais um cachimbo no caminho.

— Pode até fumar três — respondeu o rei —, mas não pense que vou poupar sua vida.

Então, o soldado pegou seu cachimbo e acendeu-o na luz azul, e assim que algumas nuvens de fumaça subiram, o homenzinho estava lá com um pequeno porrete na mão e disse:

— O que meu senhor ordena?

— Acabe com aquele falso juiz ali, e seu oficial, e não poupe o rei que me tratou tão mal.

Então, o homenzinho caiu sobre eles como um relâmpago, disparando de um lado para o outro, e quem quer que fosse tocado por seu porrete caía ao chão e não se mexia mais. O rei ficou apavorado, se colocou à mercê do soldado e, em troca de sua vida, entregou-lhe seu reino e sua filha para esposa.

O corvo

Era uma vez uma rainha que tinha uma filhinha, ainda jovem demais para correr sozinha. Um dia, a criança estava muito agitada, e a mãe não conseguia acalmá-la, não importava o que fizesse. Ela perdeu a paciência, e vendo os corvos voando ao redor do castelo, abriu a janela e disse:

— Quem dera você fosse um corvo e voasse para longe; então, eu teria um pouco de paz.

Mal as palavras haviam saído de sua boca, a criança em seus braços se transformou em um corvo e voou para longe pela janela aberta. O pássaro voou para um bosque escuro e lá permaneceu por muito tempo, enquanto os pais não podiam nem ouvir falar da filha.

Muito tempo depois, um homem atravessava a floresta quando ouviu um corvo chamando e seguiu o som da voz. Ao se aproximar, o corvo disse:

— Sou filha de um rei por nascimento, mas agora estou sob algum feitiço; no entanto, você pode me libertar.

— O que devo fazer? — ele perguntou.

A ave respondeu:

— Entre mais fundo na floresta até chegar a uma casa, onde mora uma velha; ela lhe oferecerá comida e bebida, mas você não deve consumir nada; se o fizer, cairá num sono profundo e não poderá me ajudar. No jardim atrás da casa, há um grande monte de cascas de árvore, e você deve ficar de pé nele e esperar por mim. Irei até lá em minha carruagem às duas horas da tarde por três dias seguidos; no primeiro dia, será puxada por quatro cavalos brancos; no segundo, por quatro cavalos castanhos; e, no último, por quatro cavalos pretos; mas, se você não conseguir ficar acordado e eu o encontrar dormindo, não serei libertada.

O homem prometeu fazer tudo o que ela desejava, mas a ave disse:

— Ai! Eu sei mesmo agora que você vai aceitar algo da mulher e não poderá me salvar.

O homem assegurou-lhe mais uma vez que não tocaria em nada de comer ou beber.

Quando ele chegou na casa e entrou, a velha o encontrou e disse:

— Coitado! Como você está cansado! Entre e descanse e deixe-me dar-lhe algo para comer e beber.

— Não — respondeu o homem —, não vou comer nem beber.

Mas ela não o deixou em paz e insistiu, dizendo:

— Se não vai comer nada, pelo menos tome um gole de vinho; um gole não faz diferença.

Por fim, ele se deixou persuadir e bebeu.

À medida que se aproximava a hora marcada, ele saiu para o jardim e subiu na pilha de cascas para esperar o corvo. De repente, uma sensação de fadiga tomou conta dele e, incapaz de resistir, ele se deitou um pouco, totalmente determinado, porém, a ficar acordado; mas, em um minuto, seus olhos se fecharam por conta própria, e ele caiu em um sono tão profundo que nem todos os ruídos do mundo o teriam despertado. Às duas horas, veio o corvo, puxado por seus quatro cavalos brancos; mas antes mesmo de chegar ao local, a ave disse para si mesma, suspirando:

— Tenho certeza de que ele adormeceu.

Quando ela entrou no jardim, lá o encontrou como temia, deitado na pilha de cascas, em sono profundo. Ela saiu de sua carruagem e foi até ele; ela o chamou e o sacudiu, mas foi em vão: ele continuou dormindo.

No dia seguinte, ao meio-dia, a velha veio até ele mais uma vez com comida e bebida, que a princípio ele recusou. Por fim, vencido pela persistente insistência dela para que ele tomasse algo, ergueu o copo e bebeu de novo.

Por volta das duas horas, ele foi para o jardim e até a pilha de cascas para esperar a corvo. Estava lá não havia muito tempo quando começou a se sentir tão cansado que seus membros mal pareciam ser capazes de sustentá-lo, e ele não conseguia mais ficar de pé; então, outra vez, ele deitou e adormeceu profundamente. Enquanto o corvo conduzia seus quatro cavalos castanhos, ele disse com tristeza para si mesmo:

— Eu sei que ele adormeceu.

A ave foi procurá-lo como antes, mas ele estava dormindo e foi impossível acordá-lo.

No dia seguinte, a velha lhe perguntou:

— O que está fazendo? Você não está comendo nem bebendo nada, quer se matar?

Ele respondeu:

— Não posso e não vou comer nem beber.

Mas ela pôs o prato de comida e o copo de vinho na frente dele, e quando ele sentiu o aroma do vinho, não conseguiu resistir à tentação e tomou um gole profundo.

Quando chegou a hora de novo, ele foi, como de costume, ao monte de cascas no jardim para esperar a filha do rei, mas sentiu-se ainda mais cansado do que nos dois dias anteriores e, jogando-se no chão, dormiu como uma pedra. Às duas horas, o corvo podia ser visto se aproximando, e, desta vez, seu cocheiro e tudo ao redor dela, assim como os cavalos, eram pretos.

A ave estava mais triste do que nunca enquanto se aproximava e disse com pesar:

— Sei que ele adormeceu e não poderá me libertar.

Ela o encontrou dormindo pesadamente, e todos os seus esforços para acordá-lo foram em vão. Então, ela colocou ao lado dele um pão, um pouco de carne e um frasco de vinho de tal tipo que, por mais que ele os consumisse, nunca diminuiriam. Depois disso, ela tirou do dedo um anel de ouro no qual seu nome estava gravado e o colocou em um dos dele. Por fim, deixou uma carta perto dele, na qual, depois de dar-lhe detalhes sobre a comida e a bebida que havia lhe deixado, concluía com as seguintes palavras:

— Vejo que, enquanto permanecer aqui, nunca poderá me libertar; se, no entanto, ainda deseja fazê-lo, venha ao castelo dourado de Stromberg; você é bem capaz de fazer isso.

Ela, então, voltou para sua carruagem e dirigiu para o castelo dourado de Stromberg.

Quando o homem acordou e descobriu que estivera dormindo, ficou com o coração triste e disse:

— Ela sem dúvida esteve aqui e foi embora de novo, e agora é tarde demais para salvá-la.

Nesse momento, ele viu as coisas que estavam ao seu lado, leu a carta e soube tudo o que havia acontecido. Levantou-se sem demora, ansioso para partir e chegar ao castelo de Stromberg, mas não tinha ideia da direção pela qual deveria ir. Ele viajou por um longo tempo em busca do lugar e, enfim, chegou a uma floresta escura, através da qual caminhou por quatorze dias e sem conseguir encontrar uma saída. Mais uma vez a noite chegou, e, exausto, ele deitou debaixo de um arbusto e adormeceu. Outra vez, no dia seguinte, ele seguiu seu caminho pela floresta, e, naquela noite, pensando em descansar de novo, ele se deitou como antes, mas ouviu tantos uivos e gemidos que foi impossível dormir. Ele esperou até que estivesse mais escuro e as pessoas começassem a iluminar suas casas, e, então, vendo uma pequena luz à sua frente, se dirigiu até ela.

Ele descobriu que a luz vinha de uma casa que parecia menor do que de fato era, pelo contraste entre sua altura com a de um imenso gigante que estava na frente dela. Ele pensou consigo mesmo: *Se o gigante me vir entrando, minha vida não valerá muito.* No entanto, depois de um tempo, ele reuniu coragem e seguiu em frente. Quando o gigante o viu, gritou:

— É uma sorte você ter vindo, pois há muito tempo não como nada. Agora posso ter você para o meu jantar.

— Eu preferiria que você não fizesse isso — disse o homem —, porque eu não me entrego de bom grado para ser comido; se está querendo comida, eu tenho o suficiente para saciar sua fome.

— Se é assim — respondeu o gigante —, eu o deixarei em paz. Só pensei em comer você porque não tinha mais nada.

Então, entraram juntos e se sentaram, e o homem pegou o pão, a carne e o vinho, que ainda não haviam acabado, embora, ele tivesse comido e bebido deles. O gigante ficou satisfeito com a refeição e comeu e bebeu à vontade. Quando terminou o jantar, o homem perguntou se ele podia indicar-lhe o caminho para o castelo de Stromberg. O gigante disse:

— Vou olhar no meu mapa; nele estão marcadas todas as cidades, vilas e casas.

Então, ele pegou seu mapa e procurou o castelo, mas não conseguiu encontrá-lo.

— Não se preocupe — disse ele —, tenho mapas maiores lá em cima no armário, vamos dar uma olhada neles.

Mas procuraram em vão, pois o castelo não estava marcado nem mesmo neles. O homem agora achou que gostaria de continuar sua jornada, mas o gigante implorou que ele ficasse mais um ou dois dias até o retorno de seu irmão, que estava fora em busca de provisões. Quando o irmão voltou para casa, eles lhe perguntaram sobre o castelo de Stromberg, e ele disse que iria olhar nos próprios mapas assim que tivesse comido e saciado a fome. Então, quando ele terminou de jantar, todos subiram juntos até seu quarto e examinaram os mapas, mas o castelo não foi encontrado. Então, ele foi buscar outros mapas mais antigos, e continuaram procurando o castelo até que finalmente o encontraram, mas estava a muitos milhares de quilômetros de distância.

— Como poderei chegar lá? — perguntou o homem.

— Tenho duas horas de folga — disse o gigante —, e vou levá-lo até a vizinhança do castelo; então, precisarei voltar para cuidar da criança que está sob nossos cuidados.

O gigante, então, carregou o homem até cerca de quinhentos quilômetros de distância do castelo, onde o deixou, dizendo:

— Você poderá andar o restante do caminho sozinho.

O homem viajou dia e noite até chegar o castelo dourado de Stromberg. Encontrou-o, porém, numa montanha de vidro e, olhando para cima, viu a donzela encantada dar a volta no castelo e depois entrar. Ele ficou muito feliz em vê-la e ansiava por chegar ao topo da montanha, mas as encostas eram tão escorregadias que, toda vez que tentava subir, ele caía de novo. Quando ele viu que era impossível alcançá-la, ficou muito triste e disse a si mesmo:

— Vou ficar aqui e esperar por ela.

Então construiu para si uma pequena cabana, e lá sentou-se e observou por um ano inteiro, e todos os dias via a princesa dando a volta no castelo, mas ainda não conseguia se aproximar dela.

Olhando para fora de sua cabana um dia, viu três ladrões brigando e gritou para eles:

— Deus esteja com vocês.

Eles pararam quando ouviram o chamado, mas, olhando em volta e não vendo ninguém, continuaram sua briga, que agora se tornara mais furiosa.

— Deus esteja com vocês — ele gritou mais uma vez, e mais uma vez eles pararam e olharam ao redor, mas não vendo ninguém retornaram para sua briga.

Uma terceira vez ele gritou:

— Deus esteja com vocês. — E, então, pensando que gostaria de saber o motivo da disputa entre os três homens, saiu e perguntou por que estavam brigando com tanta raiva um com o outro.

Um deles disse que havia encontrado um bastão, e que ele tinha apenas que bater com ele em qualquer porta pela qual desejasse passar, e ela imediatamente se abria. Outro lhe disse que havia encontrado uma capa que tornava seu portador invisível; e o terceiro, que havia pegado um cavalo que faria seu cavaleiro ultrapassar qualquer obstáculo, e até mesmo a montanha de vidro. Eles não conseguiam decidir se permaneceriam juntos e usariam as coisas em comum, ou se iriam se separar. Ao ouvir isso, o homem disse:

— Eu lhes darei algo em troca dessas três coisas; não dinheiro, pois isso eu não tenho, mas algo de muito mais valor. Antes, porém, devo comprovar se tudo o que me disseram sobre suas três coisas é verdade.

Os ladrões, portanto, o fizeram montar no cavalo e lhe entregaram o bastão e a capa, e, quando ele a vestiu, não estava mais visível. Então, ele os atacou com o bastão e os espancou um após o outro, gritando:

— Tomem, vagabundos preguiçosos, vocês têm o que merecem. Estão satisfeitos agora?

Depois disso, ele subiu a montanha de vidro. Quando chegou ao portão do castelo, encontrou-o fechado, mas deu-lhe um golpe com o bastão, que se escancarou e ele o atravessou. Ele subiu os degraus e entrou na sala onde a donzela estava sentada, com uma taça de ouro cheia de vinho diante dela. Ela não podia vê-lo porque ele ainda usava a capa. Ele tirou do dedo o anel que ela lhe dera e o jogou na taça, de modo que tilintou ao tocar no fundo.

— Esse é o meu próprio anel — ela exclamou. — E, se é verdade, o homem que veio me libertar também deve estar aqui.

Ela o procurou pelo castelo, mas não conseguiu encontrá-lo em lugar nenhum. Enquanto isso, ele havia saído novamente, montado em seu cavalo e tirado a capa. Quando, portanto, ela chegou ao portão do castelo, o viu e deu um grito de alegria. Então ele apeou e a tomou nos braços; e ela o beijou e disse:

— Agora você realmente me libertou, e amanhã celebraremos nosso casamento.

A gansa de ouro

Era uma vez um homem que tinha três filhos, o mais novo dos quais era chamado Tonto e ele era desprezado, ridicularizado e zombavam dele em todas as ocasiões.

Certo dia, o mais velho quis ir para a floresta cortar lenha, e, antes que ele saísse, a mãe lhe deu um lindo bolo doce e uma garrafa de vinho para que não passasse fome nem sede.

Quando ele entrou na floresta, encontrou um velhinho de cabelos cinzentos que lhe deu bom dia e disse:

— Dê-me um pedaço de bolo do seu bolso e deixe-me tomar um gole do seu vinho; estou com tanta fome e sede.

Contudo o filho esperto respondeu:

— Se eu lhe der meu bolo e vinho, não terei nada para mim; vá embora — e deixou o homenzinho para trás e seguiu em frente.

Mas quando começou a cortar uma árvore, não demorou muito para errar um golpe, e o machado o cortou no braço, de modo que ele teve que ir para casa cuidar do ferimento. E isso foi obra do homenzinho acinzentado.

Depois disso o segundo filho foi para a floresta, e a mãe lhe deu, como dera ao mais velho, um bolo e uma garrafa de vinho. O velhinho acinzentado também o encontrou e pediu-lhe um pedaço de bolo e um gole de vinho. Mas o segundo filho também disse com bastante sensatez:

— O que eu lhe der será tirado de mim; vá embora! — e deixou o homenzinho para trás e continuou.

Sua punição, no entanto, não demorou; depois de ter dado alguns golpes na árvore, ele se feriu na perna, de modo que teve que ser carregado para casa.

Então, Tonto disse:

— Pai, deixe-me ir cortar madeira.

O pai respondeu:

— Seus irmãos se machucaram fazendo isso, esqueça, você não entende nada disso.

No entanto, Tonto insistiu tanto que, por fim, o pai disse:

— Vá, então, vai ficar mais sábio se machucando.

A mãe lhe deu um bolo feito com água e assado nas cinzas e uma garrafa de cerveja azeda.

Quando ele chegou à floresta, o velhinho acinzentado também o encontrou e, cumprimentando-o, disse:

— Dê-me um pedaço de seu bolo e um gole de sua garrafa; estou com tanta fome e sede.

Tonto respondeu:

— Só tenho bolo de cinzas e cerveja azeda; se isso lhe agrada, podemos nos sentar e comer.

Então, eles se sentaram, e, quando Tonto tirou seu bolo de cinzas, era um bom bolo doce, e a cerveja azeda tinha se tornado um bom vinho. Então, comeram e beberam, e, depois disso, o homenzinho disse:

— Por você ter um bom coração e estar disposto a dividir o que tem, eu lhe darei boa sorte. Ali está uma árvore velha, corte-a e encontrará algo nas raízes.

Então, o homenzinho se despediu dele.

Tonto foi e derrubou a árvore, e, quando ela caiu, havia, sentada nas raízes, uma gansa com penas de ouro puro. Ele a levantou e, levando-a consigo, foi até uma estalagem onde pensou que passaria a noite. Ora, o anfitrião tinha três filhas, que viram a gansa e ficaram curiosas para saber que pássaro tão maravilhoso era aquele e desejaram ter uma de suas penas douradas.

A mais velha pensou: *Logo encontrarei uma oportunidade de arrancar uma pena*, e, assim que Tonto saiu, ela agarrou a gansa pela asa, mas seu dedo e sua mão ficaram grudados nela.

A segunda veio logo depois, pensando apenas em como poderia conseguir uma pena para si mesma, mas, mal havia tocado na irmã, ficou presa.

Por fim, a terceira também veio com a mesma intenção, e as outras gritaram:

— Não encoste, pelo amor de Deus, fique longe!

Mas ela não entendia por que deveria ficar longe. *Elas estão lá*, pensou, *posso estar lá também*, e correu até elas; mas, assim que tocou na irmã, ficou grudada nela. Então, tiveram que passar a noite com a gansa.

Na manhã seguinte, Tonto pegou a gansa debaixo do braço e partiu, sem se preocupar com as três garotas que estavam presas a ela. As três eram obrigadas a correr atrás dele o tempo todo, ora para a esquerda, ora para a direita, onde quer que suas pernas o levassem.

No meio dos campos, o pároco os encontrou e, ao ver a procissão, disse:

— Que vergonha, moças inúteis, por que estão correndo pelos campos atrás desse rapaz? Que vergonha!

Ao mesmo tempo, ele agarrou a mais nova pela mão para puxá-la, mas assim que a tocou, ele também ficou preso e foi obrigado a correr atrás dela.

Em pouco tempo, o sacristão passou e viu seu mestre, o pároco, correndo atrás de três garotas. Ele ficou surpreso com isso e gritou:

— Ei! Reverendo, para onde vai tão depressa? Não esqueça que hoje temos um batizado! — e, correndo atrás dele, agarrou-o pela manga, mas também ficou preso.

Enquanto os cinco trotavam assim um atrás do outro, dois trabalhadores vieram dos campos com suas enxadas; o pároco chamou-os e implorou para que libertassem a ele e ao sacristão. Mas eles mal haviam tocado o sacristão quando ficaram presos, e agora havia sete deles correndo atrás de Tonto e da gansa.

Pouco tempo depois, ele chegou a uma cidade governada por um rei que tinha uma filha tão séria que ninguém conseguia fazê-la rir. Por isso, o rei decretou que aquele que conseguisse fazê-la rir, se casaria com ela. Quando Tonto soube disso, foi com sua gansa e todo o seu cortejo diante da filha do rei, e, assim que ela viu as sete pessoas correndo sem parar, uma atrás da outra, começou a rir muito alto e parecia que não ia parar nunca. Então, Tonto pediu para tê-la como esposa; mas o rei não gostou do genro, e deu todo tipo de desculpas e disse que primeiro ele precisava encontrar um homem que pudesse beber uma adega inteira de vinho. Tonto pensou no homenzinho acinzentado, que decerto poderia ajudá-lo; assim, foi até a floresta, e no mesmo lugar onde havia derrubado a árvore, viu um homem sentado, que tinha uma expressão muito triste. Tonto perguntou-lhe por que estava tão cabisbaixo, e ele respondeu:

— Tenho uma sede tão grande e não posso saciá-la; eu não suporto água fria, acabei de esvaziar um barril de vinho, mas para mim é como uma gota em uma pedra quente!

— Pronto, eu posso ajudá-lo — disse Tonto —, apenas venha comigo e você ficará saciado.

Ele o levou até a adega do rei, e o homem se curvou sobre os barris enormes, e bebeu e bebeu até sua barriga doer, e antes que o dia tivesse terminado, esvaziou todos os barris. Então, Tonto pediu mais uma vez por sua noiva, mas o rei ficou aborrecido que um sujeito tão feio, a quem todos chamavam de Tonto, casasse com sua filha, e impôs uma nova condição; ele deveria primeiro encontrar um homem que pudesse comer uma montanha inteira de pão. Tonto não pensou muito e foi direto para a floresta, onde, no mesmo lugar estava sentado um homem que estava amarrando o próprio corpo com uma correia, fazendo uma cara horrível e dizendo:

— Comi um forno inteiro de pãezinhos, mas de que serve isso quando se tem uma fome como a minha? Meu estômago continua vazio e preciso me amarrar para não morrer de fome.

Com isso, Tonto ficou feliz e disse:

— Levante-se e venha comigo; vai comer até ficar farto.

Conduziu-o ao palácio do rei, onde toda a farinha do reino inteiro estava guardada, e fez que assassem uma enorme montanha de pão. O homem da floresta parou diante dela, começou a comer e, ao fim de um dia, toda a montanha havia desaparecido. Então, Tonto, pela terceira vez, pediu sua noiva; mas o rei, mais uma vez, procurou uma saída e pediu por um navio que pudesse navegar na terra e na água.

— Assim que voltar velejando nele — disse ele —, terá minha filha como esposa.

Tonto foi direto para a floresta, e lá estava o homenzinho acinzentado a quem havia dado seu bolo. Quando ele ouviu o que Tonto queria, disse:

— Já que você me deu de comer e beber, eu lhe darei o navio; e faço tudo isso porque você foi gentil comigo.

Então, deu a ele o navio que podia navegar pela terra e pela água, e quando o rei viu isso, não pôde mais impedi-lo de casar com sua filha. O casamento foi celebrado e, após a morte do rei, Tonto herdou seu reino e viveu por muito tempo contente com a esposa.

A Água da Vida

Muito antes de você ou eu nascermos, reinava, em um país muito distante, um rei que tinha três filhos. Este rei uma vez ficou muito doente, tão doente que ninguém pensou que ele sobreviveria. Seus filhos ficaram muito tristes com a doença do pai; e, enquanto caminhavam juntos, muito pesarosos, no jardim do palácio, um velhinho os encontrou e perguntou qual era o problema. Disseram-lhe que o pai estava muito doente e que temiam que nada pudesse salvá-lo.

— Eu sei o que poderia curá-lo — disse o velhinho —, a Água da Vida. Se ele tomasse um gole, ficaria bem de novo; mas é muito difícil de conseguir.

Então o filho mais velho disse:

— Logo vou encontrá-la — e ele foi até o rei doente e implorou para que pudesse ir procurar a Água da Vida, pois era a única coisa que poderia salvá-lo.

— Não — disse o rei. — Prefiro morrer a colocá-lo em um perigo tão grande quanto deverá encontrar em sua jornada.

Mas ele implorou tanto que o rei concordou; e o príncipe pensou consigo mesmo: *Se eu trouxer esta água para meu pai, ele me tornará o único herdeiro de seu reino.*

Então, ele partiu e, depois de algum tempo, chegou a um vale profundo, coberto de rochas e bosques; e, enquanto olhava ao redor, viu de pé, acima dele, em uma das rochas, um homenzinho pequeno e feio, com um gorro pontudo e um manto escarlate; e o homenzinho chamou-o e disse:

— Príncipe, para onde está indo tão apressado?

— Por que se interessa, seu diabinho feio? — respondeu o príncipe, altivo, e seguiu adiante.

Mas o homenzinho ficou furioso com tal comportamento e lançou sobre ele um feitiço de azar; de modo que, enquanto ele continuava pela passagem da montanha, ela se tornou cada vez mais estreita, e, por fim, o caminho ficou tão apertado que ele não podia dar um passo à frente; e, quando pensou em virar seu cavalo e voltar pelo caminho por onde veio, ouviu uma risada alta ao seu redor e descobriu que o caminho estava fechado atrás dele, de modo que estava preso. Em seguida, ele tentou descer do cavalo e seguir a pé, mas de novo a risada ecoou em seus ouvidos, e ele se viu incapaz de dar um passo, e assim foi forçado a permanecer ali enfeitiçado.

Enquanto isso, o velho rei permanecia na esperança diária do retorno de seu filho, até que, por fim, o segundo filho disse:

— Pai, irei em busca da Água da Vida.

Pois pensou consigo mesmo: *Meu irmão certamente está morto, e o reino será meu se eu encontrar a água*. A princípio, o rei estava muito relutante em deixá-lo ir, mas, finalmente, cedeu ao seu desejo. Então, ele partiu e seguiu a mesma estrada que o irmão havia seguido e encontrou o mesmo duende, que o parou no mesmo local nas montanhas, dizendo, como antes:

— Príncipe, príncipe, para onde vai tão apressado?

— Cuide de sua própria vida, intrometido! — disse o príncipe com desdém e continuou cavalgando.

Contudo, o duende lançou sobre ele o mesmo feitiço que colocou no irmão mais velho, e ele também foi por fim obrigado a ficar no coração das montanhas. Assim ocorre com os tolos orgulhosos, que se consideram superiores aos outros e são arrogantes demais para pedir ou receber conselhos.

Quando o segundo príncipe já havia partido havia muito tempo, o filho mais novo disse que ia procurar a Água da Vida, e acreditava que, em breve, seria capaz de curar seu pai novamente. Então ele partiu, e o duende também o encontrou no mesmo lugar no vale, entre as montanhas, e disse:

— Príncipe, para onde vai tão apressado?

E o príncipe respondeu:

— Eu estou indo em busca da Água da Vida, porque meu pai está doente, e pode morrer. Você pode me ajudar? Por favor, seja bondoso e me ajude se puder!

— Você sabe onde pode encontrá-la? — perguntou o duende.

— Não — disse o príncipe —, eu não sei. Por favor, diga-me se souber.

— Bem, como você falou comigo com gentileza e é sábio o suficiente para pedir conselhos, eu lhe direi como e para onde ir. A água que você procura brota de um poço em um castelo encantado; e, para que você possa alcançá-lo em segurança, eu lhe darei uma vara de ferro e dois pequenos pães; bata na porta de ferro do castelo três vezes com a varinha, e ela se abrirá; dois leões famintos estarão deitados lá dentro de boca aberta para devorar uma presa, mas se você lhes jogar o pão, eles deixarão que passe; então, corra até o poço e pegue um pouco da Água da Vida antes que o relógio bata as doze; pois, se você demorar mais, a porta se fechará diante de você para sempre.

Então, o príncipe agradeceu ao seu amiguinho de manto escarlate por sua amistosa ajuda, e pegou a varinha e o pão, e viajou sem parar, por mar e por terra, até que chegou ao fim de sua jornada e encontrou tudo conforme o homenzinho havia lhe dito. A porta se abriu ao terceiro golpe da varinha, e, quando os leões se aquietaram, ele atravessou o castelo e finalmente chegou a um belo salão. Ao redor, viu vários cavaleiros sentados em transe; então, ele tirou seus anéis e os colocou nos próprios dedos. Em outra sala, ele viu sobre uma mesa uma espada e um pão, que também pegou. Mais adiante, ele chegou a uma sala onde uma bela jovem estava sentada em um sofá; e ela o recebeu com alegria, e disse, se a libertasse do feitiço que a prendia, o reino seria dele, se ele voltasse em um ano e se casasse com ela. Então, ela lhe disse que o poço contendo a Água da Vida estava nos jardins do palácio; e ordenou-lhe que se apressasse e tirasse o que quisesse antes de o relógio bater as doze horas.

Ele continuou andando; e, enquanto caminhava por belos jardins, chegou a um delicioso local sombreado no qual havia um sofá; e ele pensou consigo mesmo, como se sentia cansado, que descansaria um pouco e contemplaria as belas paisagens ao redor. Então, deitou, e o sono caiu sobre ele sem que percebesse, de modo que não acordou até que o relógio batesse um quarto para as doze. Assim, ele pulou do sofá terrivelmente assustado, correu para o poço, encheu um cálice que estava ali ao lado com água e apressou-se para fugir a tempo. No instante em que estava saindo pela porta de ferro, soou a décima segunda badalada, e a porta se fechou tão depressa sobre ele que arrancou um pedaço de seu calcanhar.

Quando se viu seguro, ficou muito feliz ao pensar que havia conseguido a Água da Vida; e, voltando para casa, passou pelo pequeno homenzinho, que, vendo a espada e o pão, disse:

— Conseguiu um nobre prêmio; com a espada pode destruir exércitos inteiros com apenas um golpe, e o pão nunca lhe faltará.

Então o príncipe pensou consigo mesmo: *Não posso voltar para casa de meu pai sem meus irmãos*; então, disse:

— Caro amigo, você saberia me dizer onde estão meus dois irmãos, que partiram em busca da Água da Vida antes de mim, e nunca mais voltaram?

— Eu os prendi com um feitiço entre duas montanhas — disse o anão —, porque eram orgulhosos e malcomportados e não quiseram pedir conselhos.

O príncipe implorou tanto por seus irmãos, que o homenzinho acabou libertando os dois, embora a contragosto, dizendo:

— Cuidado com eles, pois têm corações maldosos.

O irmão, no entanto, ficou muito feliz ao vê-los e contou-lhes tudo o que havia lhe acontecido; como ele encontrara a Água da Vida, e pegara um copo cheio dela; e como libertara uma linda princesa de um feitiço que a prendia; e como ela se comprometera a esperar um ano inteiro e depois se casar com ele e dar-lhe o reino.

Então, os três cavalgaram juntos e, a caminho de casa, chegaram a um país devastado pela guerra e por uma fome terrível, de modo que se temia que todos fossem morrer. Mas o príncipe deu o pão ao rei da terra, e todo o reino comeu dele. E ele emprestou ao rei a espada maravilhosa, e ele destruiu o exército inimigo com ela; e, dessa forma, o reino voltou a ter paz e abundância. Da mesma forma, ele fez amizade com dois outros países pelos quais passaram em seu caminho.

Quando chegaram ao mar, embarcaram num navio e, durante a viagem, os dois mais velhos conversaram entre si:

— Nosso irmão conseguiu a água que não conseguimos encontrar, por isso nosso pai nos abandonará e lhe dará o reino, que é nosso direito.

Então, ficaram cheios de inveja e desejo de vingança, e planejaram como poderiam arruiná-lo. Assim, esperaram até que o mais novo estivesse dormindo, tiraram a Água da Vida do cálice e a pegaram para si, deixando água salgada do mar no lugar.

Quando chegaram ao fim da viagem, o filho mais novo trouxe o cálice ao rei enfermo, para que bebesse e fosse curado. No entanto, mal havia tomado a água salgada do mar e ficou ainda pior do que antes; e, então, os dois filhos mais velhos entraram e culparam o mais novo pelo que havia feito; e disseram que ele queria envenenar o pai, mas que eles haviam encontrado a Água da Vida e a trouxeram com eles. Mal começou a beber do que lhe trouxeram, o rei sentiu que a doença o abandonava, e estava tão forte e bem como em sua juventude. Então, eles foram até o irmão, riram dele e disseram:

— Bem, irmão, você encontrou a Água da Vida, não é? Você fez o trabalho e nós receberemos a recompensa. Ora, com toda a sua inteligência, por que não conseguiu perceber? Ano que vem um de nós vai tirar sua linda princesa, se não tomar cuidado. É melhor você não dizer nada sobre isso ao nosso pai, pois ele não acreditará em uma palavra do que disser; e se você contar histórias, perderá sua vida na barganha, mas fique quieto, e nós o deixaremos em paz.

O velho rei ainda estava muito zangado com seu filho mais novo, e pensava que ele realmente pretendia tirar sua vida; então, reuniu sua corte e perguntou o que deveria ser feito, e todos concordaram que ele deveria ser executado. O príncipe não sabia nada do que estava acontecendo, até que um dia, quando o principal caçador do rei saiu para caçar com ele, e os dois estavam sozinhos na floresta juntos, o caçador parecia tão triste que o príncipe disse:

— Meu amigo, qual é o problema?

— Não posso e não ouso dizer-lhe — disse ele.

Mas o príncipe implorou muito e disse:

— Apenas me diga o que é, e não pense que vou ficar com raiva, pois eu vou perdoá-lo.

— Ai de mim! — disse o caçador. — O rei ordenou que eu o matasse.

O príncipe se assustou com isso e disse:

— Deixe-me viver, e eu vou trocar de roupas com você; você levará minha túnica real para mostrar a meu pai e me dará a sua túnica surrada.

— De todo o coração — concordou o caçador. — Com certeza ficarei feliz em salvá-lo, pois não teria sido capaz de atirar em você.

Então pegou a roupa do príncipe, deu-lhe a surrada e saiu pela floresta.

Algum tempo depois, três grandes comitivas de embaixadores chegaram à corte do velho rei, com ricos presentes de ouro e pedras preciosas para seu filho mais novo; tudo isso havia sido enviado pelos três reis a quem ele havia emprestado a espada e o pão, a fim de livrá-los de seus inimigos e alimentar seu povo. Isso tocou o coração do velho rei, e ele pensou que seu filho ainda poderia ser inocente, e disse à sua corte:

— Ah, se meu filho ainda estivesse vivo! Como me entristece tê-lo condenado à morte!

— Ele ainda está vivo — disse o caçador —, e estou feliz por ter tido pena dele e tê-lo deixado ir em paz e ter trazido para casa a túnica real dele.

Ao saber disso, o rei ficou cheio de alegria e fez saber em todo o seu reino que, caso seu filho voltasse à corte, ele o perdoaria.

Enquanto isso, a princesa esperava, ansiosa, até que seu libertador voltasse; e mandou fazer uma estrada que levava ao seu palácio, toda de ouro brilhante; e disse a seus cortesãos que, quem viesse a cavalo e fosse direto até o portão pela estrada era seu verdadeiro amado, e que deveriam deixá-lo entrar; mas quem quer que andasse às margens dela, deviam ter certeza de que não era o certo e que deviam mandá-lo embora imediatamente.

Logo chegou a hora em que o irmão mais velho pensou em correr para ir ter com a princesa e dizer que fora ele quem a libertara, e que ele devia tê-la como esposa, e o reino com ela. Ao chegar diante do palácio e ver a estrada de ouro, ele parou para observá-la e pensou consigo mesmo: *Seria uma pena cavalgar nessa bela estrada;* então, deu a volta e andou à direita dela. Mas quando ele chegou ao portão, os guardas, que tinham visto o caminho que tomara, lhe disseram que ele não podia ser quem dizia ser, e que deveria ir embora.

O segundo príncipe partiu logo depois na mesma missão; e quando ele chegou à estrada dourada, e seu cavalo pôs uma pata nela, ele parou para observá-la, a achou muito bonita, e disse para si mesmo: *Seria uma pena pisar nela!* Então ele também deu a volta e cavalgou à esquerda da estrada. Mas quando ele chegou ao portão, os guardas disseram que ele não era o verdadeiro príncipe, e que ele também deveria ir embora; e assim ele fez.

Agora, quando o ano se completou, o terceiro irmão deixou a floresta em que estava escondido por medo da ira de seu pai e partiu em busca de sua noiva. Então, ele seguiu viagem, pensando nela durante todo o caminho, e cavalgou tão rápido que nem mesmo percebeu do que a estrada era feita, mas passou com seu cavalo direto sobre ela; e quando chegou ao portão, este se abriu, e a princesa o recebeu com alegria, e disse que ele era seu libertador, e agora devia ser seu marido e senhor do reino. Passada a primeira alegria do encontro, a princesa contou-lhe que ouvira dizer que o pai o havia perdoado e que desejava tê-lo de volta em casa; então, antes de seu casamento com a princesa, ele foi visitar o pai, levando-a consigo. Então, ele contou tudo ao pai; como os irmãos o enganaram e roubaram e, ainda, que ele havia suportado todas essas injustiças por amor ao pai. E o velho rei ficou muito zangado e queria punir seus filhos perversos; mas eles escaparam, embarcaram em um navio e se lançaram ao grande mar, e, para onde foram, ninguém sabia e ninguém se importava.

E agora o velho rei reuniu sua corte e pediu a todo o seu reino que viesse celebrar o casamento de seu filho e da princesa. E jovens e velhos, nobres e escudeiros, mansos e simples, atenderam imediatamente ao chamado; e entre os outros veio o simpático homenzinho, com o chapéu de pão de açúcar e um novo manto escarlate.

> *E celebrou-se o casamento, e alegres os sinos soaram.*
> *E todas as boas pessoas dançaram e cantaram,*
> *E não sei dizer o quanto festejaram e se divertiram.*

Os doze caçadores

Era uma vez um príncipe que tinha uma noiva a quem amava muito. E quando estava com ela e muito feliz, veio a notícia de que seu pai estava doente no leito de morte, e desejava vê-lo mais uma vez antes de seu fim. Então, ele disse à sua amada:

— Devo ir agora e deixá-la, dou-lhe um anel para que se lembre de mim. Quando me tornar rei, voltarei para buscá-la.

Então, ele partiu e, quando chegou ao pai, este estava gravemente doente e perto da morte. Ele disse:

— Querido filho, eu queria vê-lo mais uma vez antes do meu fim, prometa-me casar como eu desejo — e nomeou a filha de um certo rei que deveria ser sua esposa.

O filho estava tão angustiado que não pensou no que estava fazendo e disse:

— Sim, querido pai, sua vontade será feita.

Então, o rei fechou os olhos e morreu.

Portanto, quando o filho foi proclamado rei, e o tempo de luto terminou, ele foi forçado a cumprir a promessa que havia feito ao pai, e fez com que a princesa fosse pedida em casamento, e ela foi prometida a ele. Sua primeira noiva soube disso e se preocupou tanto com a fidelidade dele que quase morreu. Então, o pai disse a ela:

— Querida filha, por que está tão triste? O que você quiser, eu lhe dou.

Ela pensou por um momento e disse:

— Querido pai, desejo onze moças iguaizinhas a mim em rosto, corpo e tamanho.

O pai disse:

— Se for possível, seu desejo será seja realizado — e ele mandou fazer uma busca por todo o reino, até que onze jovens donzelas foram encontradas que se pareciam exatamente com sua filha em rosto, corpo e tamanho.

Quando se apresentaram à princesa, esta mandou fazer doze vestes de caçador, todas iguais, e as onze donzelas tiveram que vestir as roupas de caçador, e ela mesma vestiu a décima segunda. Depois disso ela se despediu do pai, e partiu com elas, e cavalgou para a corte do ex-noivo, a quem ela tanto amava. Lá ela perguntou se ele precisava de caçadores, e se as receberia a seu serviço. O rei olhou para ela e não a reconheceu, mas como pareciam rapazes tão bem-apessoados, ele disse que sim, e que os empregaria de bom grado e agora eram os doze caçadores do rei.

O rei, no entanto, tinha um leão que era um animal maravilhoso, pois conhecia todas as coisas ocultas e secretas. Aconteceu que certa noite ele disse ao rei:

— Você acha que tem doze caçadores?

— Sim — disse o rei —, são doze caçadores.

O leão continuou:

— Você está enganado, são doze moças.

O rei disse:

— Isso não pode ser verdade! Como vai me provar isso?

— Oh, mande espalharem algumas ervilhas no chão da antecâmara — respondeu o leão —, e então logo verá. Os homens têm um passo firme, e, quando andam sobre ervilhas nenhuma se mexe, mas as moças tropeçam, saltitam e arrastam os pés, e as ervilhas saem do lugar.

O rei ficou muito satisfeito com o conselho e mandou que as ervilhas fossem espalhadas.

Havia, porém, um servo do rei que era amigo dos caçadores que, quando soube que iam ser postos à prova, foi até eles, repetiu tudo, e disse:

— O leão quer fazer o rei acreditar que vocês são moças.

Então, a princesa agradeceu-lhe e disse às suas donzelas:

— Demonstrem um pouco de força e pisem com firmeza nas ervilhas.

Então, na manhã seguinte, quando o rei chamou os doze caçadores, e, quando eles entraram na antecâmara onde estavam as ervilhas, seu passo era tão firme e tinham um andar tão forte e seguro, que nenhuma das ervilhas rolou ou se mexeu. Então foram embora novamente, e o rei disse ao leão:

— Você mentiu para mim, eles andam como homens.

O leão disse:

— Elas foram informadas de que seriam postas à prova, e demonstraram alguma força. Basta trazer doze rodas de fiar para a antecâmara, e irão até elas e ficarão satisfeitas, e isso é algo que nenhum homem faria.

O rei apreciou o conselho e ordenou que as rodas de fiar fossem colocadas na antecâmara.

Mas o criado, que tinha amizade com os caçadores, foi até eles e revelou o plano. Então, quando estavam sozinhas, a princesa disse às suas onze moças:

— Demonstrem um pouco de controle e não olhem para as rodas de fiar.

E, na manhã seguinte, quando o rei ordenou que seus caçadores fossem chamados, eles atravessaram a antecâmara e nem mesmo uma vez olharam para as rodas de fiar. Então, o rei disse novamente ao leão:

— Você me enganou, eles são homens, porque não olharam para as rodas de fiar.

O leão respondeu:

— Elas se controlaram.

O rei, porém, não acreditava mais no leão.

Os doze caçadores sempre seguiam o rei à caça, e seu apreço por eles aumentava continuamente. Ora, aconteceu que certa vez, quando estavam caçando, chegou a notícia de que a noiva do rei se aproximava. Quando a verdadeira noiva ouviu isso, sofreu tanto que seu coração quase se partiu e ela caiu desmaiada no chão. O rei pensou que algo havia acontecido com seu caro caçador, correu até ele, queria ajudá-lo e tirou a luva dele. Então viu o anel que havia dado à sua primeira noiva e, quando olhou para seu rosto, a reconheceu. Diante disso seu coração ficou tão comovido que a beijou, e quando ela abriu os olhos ele disse:

— Você é minha, e eu sou seu, e ninguém no mundo pode alterar isso.

Ele enviou um mensageiro para a outra noiva, e rogou-lhe que voltasse para o próprio reino, pois ele já tinha uma esposa, e alguém que acabava de reencontrar uma chave velha não precisava de uma nova. Então o casamento foi celebrado, e o leão foi recuperou o favor do rei, porque, afinal de contas, havia dito a verdade.

O rei da montanha dourada

Era uma vez um mercador que tinha apenas um filho, um menino, ainda muito pequeno, que mal conseguia correr sozinho. Naquela época, o comerciante tinha dois navios cheios de muitas riquezas, os quais estavam em uma viagem pelos mares; o homem os havia carregado todas as suas posses, na esperança de obter grandes ganhos, até que recebeu a notícia de que ambos haviam naufragado. Assim, de rico, tornou-se de repente tão pobre que nada lhe restava além de um pequeno pedaço de terra, para onde ia muitas vezes à tarde para dar um passeio e tirar um pouco a mente de seus problemas.

Um dia, enquanto perambulava imerso em seus pensamentos, refletindo com muita tristeza sobre o que fora, o que era agora e o que haveria de ser, de repente, apareceu diante dele um homenzinho escuro e de aparência bruta.

— Por favor, amigo, por que está tão triste? — disse ele ao mercador. — O que pesa tanto em seu coração?

— Se puder me fazer algum bem, lhe direi de bom grado — respondeu o mercador.

— Quem sabe, talvez eu faça? — disse o homenzinho. — Diga-me o que o aflige, e talvez descubra que posso ser lhe útil.

Então, o mercador contou-lhe como toda a sua riqueza foi parar no fundo do mar, e como não tinha mais nada além daquele pequeno terreno.

— Ah, não se preocupe com isso — disse o homenzinho —; apenas se comprometa a me trazer aqui, passados doze anos, o que primeiro vier ao seu encontro quando voltar para casa, e lhe darei o quanto quiser.

O mercador achou que o pedido não era grande coisa; que provavelmente seria seu cachorro ou seu gato, ou algo desse tipo, mas esqueceu seu filhinho Heinel; assim, concordou com a barganha, e assinou e selou o acordo comprometendo-se a fazer o que lhe foi pedido.

Entretanto, ao se aproximar de casa, o filhinho ficou tão feliz em vê-lo que se esgueirou atrás dele, agarrou suas pernas com firmeza, levantou o olhar para o rosto do pai e riu. Então, o pai sobressaltou-se, tremendo de medo e horror, e entendeu o que se comprometera a fazer; mas como não havia aparecido nenhum ouro, ele se acalmou, pensando que o homenzinho estava apenas pregando uma peça nele e que, de qualquer forma, quando o dinheiro chegasse, ele veria o portador e não o aceitaria.

Cerca de um mês depois, ele subiu até um quarto de tralhas para procurar algum ferro velho que pudesse vender para conseguir um pouco de dinheiro; e ali, em vez do ferro, encontrou uma grande pilha de ouro no chão. Ao ver isso, ficou radiante e, esquecendo-se do filho, voltou aos negócios e tornou-se um mercador ainda mais rico do que antes.

Enquanto isso, o pequeno Heinel cresceu e, à medida que o fim dos doze anos se aproximava, o mercador começou a se lembrar de seu compromisso e ficou muito triste e pensativo, de modo que a preocupação e a tristeza marcavam seu rosto. O menino, um dia, perguntou qual era o problema, mas por algum tempo, o pai não quis contar; por fim, porém, disse que, sem saber, vendera o filho em troca de ouro a um feio homenzinho escuro, e que estavam se completando os doze anos quando ele deveria cumprir sua palavra. Então, Heinel disse:

— Pai, não se preocupe com isso; eu serei demais para o homenzinho.

Quando chegou a hora, pai e filho foram juntos até o lugar combinado: e o filho desenhou um círculo no chão e colocou a si mesmo e ao seu pai no meio dele. O homenzinho escuro logo apareceu e deu voltas e voltas ao redor do círculo, mas não conseguiu encontrar nenhuma maneira de entrar nele, e não podia ou não ousava saltar por cima dele. Por fim, o menino lhe disse:

— Tem alguma coisa a nos dizer, meu amigo, o que quer?

Ora, Heinel havia feito amizade com uma fada bondosa, que gostava dele, e lhe disse o que fazer; pois esta fada sabia a boa sorte estava reservada para ele.

— Trouxe o que me disse que traria? — perguntou o homenzinho ao mercador.

O velho ficou calado, mas Heinel falou novamente:

— O que quer aqui?

O homenzinho disse:

— Vim falar com seu pai, não com você.

— Você enganou e seduziu meu pai — disse o filho —; por favor, desfaça o compromisso com ele imediatamente.

— Fui justo e honesto — retrucou o velhinho —; o certo é o certo; paguei meu dinheiro, e seu pai o recebeu e o gastou; então, faça a gentileza de me deixar receber aquilo pelo que paguei.

— Você deve ter meu consentimento para isso primeiro — disse Heinel —, então, por favor, entre aqui e vamos conversar.

O velho sorriu e mostrou os dentes, como se fosse ter ficado muito contente em entrar no círculo, se pudesse. Então, finalmente, depois de uma longa conversa, chegaram a um acordo. Heinel concordou que o pai devia entregá-lo, e que até esse ponto o homenzinho deveria ter seu pedido atendido; porém, por outro lado, a fada havia dito a Heinel que a boa sorte estava reservada para ele, se ele seguisse o próprio arbítrio; e ele não escolheu ser entregue ao seu amigo corcunda, que parecia tão ansioso por sua companhia.

Assim, para chegarem a uma espécie de empate sobre o assunto, foi decidido que Heinel deveria ser colocado em um bote, que estava não muito longe à beira-mar; que o pai deveria empurrá-lo com a própria mão, e que, dessa forma, ele deveria ser colocado à deriva, e entregue à má ou boa sorte do vento e do tempo. Então, o menino se despediu do pai e entrou no bote, mas antes que este se afastasse muito, uma onda o atingiu, e ele virou com um lado embaixo d'água; então, o mercador pensou que o pobre Heinel estava perdido e foi para casa muito triste, enquanto o homenzinho seguiu seu caminho, pensando que, de qualquer forma, havia conseguido sua vingança.

O bote, porém, não afundou, pois a boa fada cuidou de seu amigo e logo ergueu o barco novamente, que seguiu adiante em segurança. O rapaz ficou a salvo lá dentro, até que, por fim, o bote encalhou em uma terra desconhecida. Ao desembarcar na praia, o garoto viu diante de si um belo castelo, mas vazio e sombrio por dentro, pois estava encantado. *Aqui*, disse ele para si mesmo, *encontrarei o prêmio sobre o qual a boa fada me contou*. Assim, ele explorou todo o castelo mais uma vez, até que, por fim, encontrou uma cobra branca, enrodilhada sobre uma almofada em uma das câmaras.

Ora, a cobra branca era uma princesa enfeitiçada; e ela ficou muito feliz em vê-lo e disse:

— Veio para finalmente me libertar? Doze longos anos esperei até que a fada o trouxesse aqui, como ela havia prometido, pois só você pode me salvar. Esta noite, doze homens virão: seus rostos estarão escuros e eles estarão usando cotas de malha. Eles perguntarão o que faz aqui, mas não responda; e deixe que eles façam o que quiserem: bater, chicotear, beliscar, espetar ou atormentar você. Suporte tudo; apenas não diga uma palavra, e, às doze horas, eles deverão ir embora. Na segunda noite, outros doze virão; e na terceira noite, vinte e quatro, que até mesmo cortarão sua cabeça; mas na décima segunda hora daquela noite o poder deles se acabará; e eu estarei livre, virei e trarei a você a Água da Vida, irei lavá-lo com ela, e lhe trarei de volta à vida.

E tudo ocorreu conforme ela havia dito; Heinel suportou tudo e não disse uma palavra; e, na terceira noite, a princesa veio e atirou-se ao seu pescoço e o beijou. Alegria e contentamento irromperam por todo o castelo, o casamento foi celebrado e ele foi coroado rei da Montanha Dourada.

Eles viveram juntos muito felizes, e a rainha teve um filho. E, assim, oito anos se passaram, até que o rei lembrou-se do pai e começou a ansiar por vê-lo novamente. A rainha, no entanto, foi contra sua partida e disse:

— Eu sei bem quais infortúnios se abaterão sobre nós se você for.

No entanto, ele não lhe deu descanso até que ela concordasse. Quando ele foi embora, ela lhe entregou um anel dos desejos e disse:

— Pegue este anel e coloque-o no dedo; o que você desejar, ele lhe trará; só prometa nunca o usar para me trazer daqui para a casa de seu pai.

Então, ele disse que faria o que ela pediu, e colocou o anel no dedo, e desejou estar perto da cidade onde o pai morava.

Heinel se viu diante dos portões em um momento; mas os guardas não o deixaram entrar, porque ele estava vestido de maneira tão estranha. Então, ele subiu uma colina vizinha, onde morava um pastor, e pegou emprestado uma túnica velha com ele e, dessa forma, entrou sem chamar a atenção na cidade. Quando chegou à casa do pai, ele disse que era seu filho; mas o mercador não acreditou e disse que tinha apenas um filho, seu pobre Heinel, que ele sabia que estava morto há muito tempo e como o rapaz estava vestido apenas como um pobre pastor, nem ao menos lhe deu algo para comer. O rei, no entanto, ainda jurou que era filho do mercador e disse:

— Não há nenhuma marca pela qual me reconheceria se eu realmente fosse seu filho?

— Sim — disse a mãe —, nosso Heinel tinha uma marca parecida com uma framboesa no braço direito.

Então, ele mostrou a marca, e eles entenderam ser verdade o que ele havia dito.

Em seguida, ele lhes contou como era o rei da Montanha Dourada e que era casado com uma princesa e tinha um filho de sete anos. Mas o mercador disse:

— Isso não pode ser verdade; mas que belo rei seria um que viaja por aí vestindo uma túnica de pastor!

Diante disso, o filho ficou irritado e, esquecendo sua palavra, virou seu anel e desejou que sua rainha e filho viessem até ele. Em um instante os dois estavam diante dele; mas a rainha chorou e disse que ele havia quebrado sua palavra, e a má sorte se seguiria. Ele fez tudo o que pôde para acalmá-la, e ela finalmente pareceu apaziguada; mas ela não estava de verdade, e apenas pensava em como deveria puni-lo.

Um dia, ele a levou para passear fora da cidade e mostrou-lhe o local onde o bote foi lançado à deriva no oceano. Então, ele se sentou e disse:

— Estou muito cansado; sente-se ao meu lado, vou descansar minha cabeça em seu colo e dormir um pouco.

No entanto, assim que ele adormeceu, ela retirou o anel do dedo dele, esgueirou-se para longe e desejou que ela e o filho estivessem de volta em seu reino. E quando ele acordou, viu-se sozinho e notou que o anel havia sumido de seu dedo.

— Não posso voltar para a casa do meu pai — disse ele —, diriam que sou um feiticeiro; viajarei pelo mundo, até voltar ao meu reino.

Assim dizendo, partiu e viajou até chegar a uma colina, onde três gigantes repartiam os bens de seu pai; e ao vê-lo passar, eles gritaram e disseram:

— Homens pequenos são muito espertos; ele dividirá os bens entre nós.

Bem, havia uma espada que cortava a cabeça de um inimigo sempre que o portador dizia as palavras: *Corte-lhe as cabeças*!; uma capa que tornava o dono invisível, ou lhe dava qualquer forma que desejasse; e um par de botas que levavam o usuário para onde quisesse. Heinel disse que eles deviam primeiro deixá-lo experimentar essas coisas maravilhosas; depois disso, seria capaz de saber qual valor atribuir a elas. Então, eles lhe deram o manto, e ele desejou ser uma mosca, e em um instante era uma mosca.

— O manto é muito bom — disse ele —, agora deem-me a espada.

— Não — disseram eles —; não, a menos que se comprometa a não dizer: *Corte-lhe as cabeças*!, pois, se fizer isso, todos seremos homens mortos.

Então, entregaram-na a ele, mandando-o experimentar em uma árvore. Em seguida, ele também pediu as botas; e, no momento em que tinha os três, em seu poder, desejou estar na Montanha Dourada; e lá estava ele em um instante. Assim, os gigantes foram deixados para trás sem bens para dividir ou sobre os quais discutir.

Ao aproximar-se do castelo, Heinel ouviu o som de música alegre; e as pessoas ao redor lhe disseram que sua rainha estava prestes a se casar com outro marido. Então, ele se cobriu com a capa e atravessou o salão do castelo, e se colocou ao lado da rainha, onde ninguém o viu. Mas quando qualquer coisa para comer era colocada no prato dela, ele a pegava e comia; e, quando uma taça de vinho foi entregue a ela, ele a pegou e bebeu; e, assim, embora continuassem dando comida e bebida a ela, seu prato e xícara estavam sempre vazios.

Diante disso, o medo e o remorso tomaram conta dela, e ela entrou sozinha em seu quarto e ficou ali chorando; e ele a seguiu até lá.

— Ai! — disse ela para si mesma — Não fui libertada uma vez? Por que então esse encantamento ainda parece me prender?

— Falsa e inconstante! — disse ele. — De fato veio alguém que te libertou, e ele agora está perto de você novamente; mas como o usou? Acaso ele merecia ter recebido tal tratamento de sua parte?

Depois disso, ele saiu e mandou o grupo ir embora e disse que o casamento estava acabado, pois havia retornado ao reino. Contudo, os príncipes, nobres e homens importantes zombaram dele. No entanto, ele não desejava discutir com eles, mas apenas perguntou se iriam embora em paz ou não. Então, eles se voltaram contra o reit e tentaram prendê-lo; mas ele puxou sua espada. *Corte-lhe as cabeças!*, gritou ele; e, com a palavra, as cabeças dos traidores caíram diante dele, e Heinel era mais uma vez rei da Montanha Dourada.

Doutor sabetudo

Era uma vez um pobre camponês chamado Caranguejo, que conduziu com dois bois uma carga de lenha para a cidade e a vendeu a um médico por dois táleres. Quando o dinheiro estava sendo contado para ele, por acaso, o médico estava sentado à mesa, e quando o camponês viu como ele comia e bebia, seu coração desejou o que viu, e de bom grado teria sido médico também. Assim, ele permaneceu ali por algum tempo e, por fim, perguntou se ele também não podia ser médico.

— Ah, sim — disse o médico —, pode se tornar um em pouco tempo.

— O que devo fazer? — perguntou o camponês.

— Em primeiro lugar, compre um livro ABC do tipo que tem um galo no frontispício; segundo, transforme sua carroça e seus dois bois em dinheiro, e arranje algumas roupas e tudo o mais relacionado à medicina; em terceiro lugar, mande pintar um cartaz para si com os dizeres: *Sou o doutor Sabetudo* e pregue-o acima da porta de sua casa.

O camponês fez tudo o que lhe fora dito para fazer. Quando havia tratado as pessoas por algum tempo, mas não muito, um rico e grande senhor teve algum dinheiro roubado. Então, contaram a ele sobre o doutor Sabetudo que vivia em certa aldeia e poderia saber o que aconteceu com o dinheiro. Assim, o senhor mandou atrelar os cavalos à carruagem, dirigiu-se à aldeia e perguntou a Caranguejo se ele era o doutor Sabetudo. Sim, era, ele disse. Então deveria ir com ele e trazer de volta o dinheiro roubado.

— Ah, sim, mas Grete, minha esposa, precisa ir também.

O senhor concordou e permitiu que os dois se sentassem na carruagem, e todos foram embora juntos. Quando chegaram ao castelo do nobre, a mesa estava posta, e Caranguejo foi instruído a sentar e comer.

— Sim, mas minha mulher, Grete, também — disse ele, e sentou-se com ela à mesa. E quando o primeiro criado veio com um prato leve, o camponês cutucou sua esposa e disse: *Grete, esse foi o primeiro*, querendo dizer que foi o criado que trouxe o primeiro prato. O criado, porém, deduziu que ele queria dizer com isso: *Esse é o primeiro ladrão*, e, como realmente era, ficou apavorado e disse ao seu camarada do lado de fora:

— O médico sabe de tudo; vamos nos dar mal, ele disse que eu fui o primeiro.

O segundo não queria nem sequer entrar, mas foi obrigado. Então, quando ele entrou com seu prato, o camponês cutucou a esposa e disse: *Grete, esse é o segundo*. Este servo ficou igualmente alarmado e saiu o mais rápido que pôde. O terceiro não se saiu melhor, pois o camponês disse mais uma vez: *Grete, esse é o terceiro*. O quarto teve que levar um prato que estava coberto, e o senhor disse ao médico que ele deveria mostrar sua habilidade, e adivinhar o que estava embaixo da tampa. Na verdade, havia caranguejos. O médico olhou para o prato, não sabia o que dizer e exclamou:

— Ah, pobre Caranguejo.

Quando o senhor ouviu isso, bradou:

— Aí está! Ele sabe; também deve saber quem tem o dinheiro!

Diante disso, os criados pareceram terrivelmente preocupados e fizeram um sinal para o médico para que ele saísse por um momento. Quando, portanto, ele saiu, todos os quatro confessaram-lhe que haviam roubado o dinheiro, e disseram que o devolveriam de bom grado e que ainda lhe dariam uma boa quantia no acordo, se ele não os denunciasse, pois se o fizesse, eles seriam enforcados. Eles o levaram ao local onde o dinheiro estava escondido. Com isso, o médico ficou satisfeito e voltou para a sala, sentou-se à mesa e disse:

— Meu senhor, agora vou procurar em meu livro onde está escondido o ouro.

O quinto servo, porém, entrou no fogão para saber se o médico sabia ainda mais. O médico, porém, ficou quieto e abriu seu livro ABC, virou as páginas para trás e para frente e procurou o galo. Como não conseguiu encontrá-lo de imediato, disse:

— Sei que você está aí, então é melhor sair!

O servo no fogão pensou que o doutor estava falando dele, e aterrorizado, pulou para fora, gritando:

— Esse homem sabe tudo!

Então, o doutor Sabetudo mostrou ao senhor onde o dinheiro estava, mas não disse quem o havia roubado, e recebeu de ambos os lados muito dinheiro em recompensa, tornando-se um homem de renome.

Os sete corvos

Era uma vez um homem que tinha sete filhos e, por último, uma filha. Embora a menina fosse muito bonita, ela era tão fraca e pequena que pensaram que ela não sobreviveria; mas disseram que ela deveria ser batizada imediatamente.

Então, o pai mandou um de seus filhos às pressas à fonte para buscar água, mas os outros seis saíram correndo com ele. Cada um desejava ser o primeiro a tirar a água, e, por isso, estavam tão apressados que todos deixaram seus cântaros cair no poço, e ficaram se entreolhando abobalhados, e não sabiam o que fazer, pois ninguém ousava ir para casa. Enquanto isso, o pai estava inquieto e não sabia o que fazia os jovens demorarem tanto.

— Decerto — disse ele —, todos os sete devem ter se esquecido da vida brincando.

E, depois de ter esperado ainda mais sem que eles voltassem, ficou furioso e desejou que todos se transformassem em corvos. Mal havia dito as palavras, quando ouviu um grasnar acima da cabeça, olhou para o alto e viu sete corvos negros como carvão voando em círculos. Por mais triste que estivesse por ver seu desejo assim realizado, não sabia como o que estava feito poderia ser desfeito, e consolou-se o melhor que pôde pela perda dos sete filhos com sua querida filhinha, que logo se tornou mais forte e cada dia mais bela.

Por muito tempo, ela não soube que já tivera irmãos; pois o pai e a mãe tiveram o cuidado de não falar deles perto dela; porém, por acaso, um dia ela ouviu as pessoas ao redor falarem neles.

— Sim — diziam —, ela é linda mesmo, mas ainda assim, é uma pena que seus irmãos tenham se perdido por causa dela.

Ouvindo isso, ela ficou muito triste e foi até o pai e a mãe e perguntou se tinha irmãos e o que acontecera com eles. Então, eles não ousaram mais esconder a verdade dela, mas disseram que era a vontade do Céu, e que seu nascimento era apenas a causa inocente do ocorrido; mas a garotinha chorava, pesarosa, por isso todos os dias, e se julgava obrigada a fazer tudo o que pudesse para trazer os irmãos de volta; e não conheceu paz nem contentamento, até que, finalmente, um dia, ela fugiu e partiu para o vasto mundo para encontrar seus irmãos, onde quer que estivessem, e libertá-los, não importando o que custasse.

Ela não levou nada além de um pequeno anel que o pai e a mãe lhe deram, um pedaço de pão para o caso de ter fome, um pequeno jarro de água para o caso de ter sede e um banquinho para descansar quando estivesse cansada. Assim, ela vagou e viajou até chegar ao fim do mundo; então, chegou até o sol, mas o sol era muito quente e ardente; então, ela correu rapidamente até a lua, mas a lua era fria e gélida, e disse:

— Sinto cheiro de carne e sangue aqui!

Ouvindo isso, a menina saiu correndo e foi até as estrelas, e as estrelas foram gentis com ela, e cada estrela sentava-se no próprio banquinho; mas a Estrela da Manhã levantou-se e deu-lhe um pequeno pedaço de madeira, e disse:

— Se você não tiver este pequeno pedaço de madeira, não conseguirá abrir o castelo que fica na montanha de vidro, e lá moram seus irmãos.

A garotinha pegou o pedaço de madeira, enrolou-o em um paninho e continuou até chegar à montanha de vidro, onde encontrou a porta fechada. Então, procurou o pequeno pedaço de madeira; mas quando desembrulhou o pano, ele não estava lá, e ela percebeu que havia perdido o presente das boas estrelas. O que faria? Queria salvar os irmãos, e não tinha a chave do castelo da montanha de vidro; então, essa irmãzinha fiel tirou uma faca do bolso e cortou seu dedo mindinho, que era exatamente do tamanho do pedaço de madeira que ela havia perdido, e colocou-o na porta e a abriu.

Quando ela entrou, um homenzinho veio até ela e disse:

— O que está procurando?

— Procuro meus irmãos, os sete corvos — respondeu ela.

Então o homenzinho disse:

— Meus senhores não estão em casa; mas, se quiser esperar até que eles voltem, por favor, entre.

Ora, o homenzinho estava preparando o jantar, e ele trouxe a comida em sete pratinhos e a bebida em sete copinhos, e os colocou sobre a mesa, e de cada pratinho a irmã comia um pedacinho, e de cada copinho tomava uma gotinha; mas deixou o anel que trouxera consigo cair no último copo.

De repente, ela ouviu um esvoaçar e crocitar no ar, e o anão disse:

— Aí vêm meus senhores.

Quando eles entraram, queriam comer e beber, e procuraram seus pratinhos e copos. Então, um disse após o outro:

— Quem comeu do meu pratinho? E quem esteve bebendo no meu copinho?

Crá! Crá! Bem, acredito eu
Que um lábio mortal aqui bebeu.

Quando o sétimo chegou ao fundo de seu copo e encontrou o anel, olhou para ele e soube que era de seu pai e de sua mãe, e disse:

— Ah, se nossa irmãzinha viesse! Então estaríamos livres.

Quando a garotinha ouviu isso, pois ela ficara atrás da porta o tempo todo e escutara, ela correu até eles, e, em um instante, todos os corvos retomaram sua forma correta; e todos se abraçaram e se beijaram, e foram alegremente para casa.

O casamento da sra. Raposa

PRIMEIRA HISTÓRIA

Era uma vez um velho raposo de nove caudas, o qual acreditava que sua esposa não lhe era fiel, e queria testá-la. Ele se esticou sob o banco, não moveu um membro e se comportou como se estivesse morto. A sra. Raposa foi para o quarto, trancou-se, e sua empregada, srta. Gata, ficou ao lado da lareira cozinhando. Quando se soube que o velho raposa estava morto, pretendentes se apresentaram. A empregada ouviu alguém na porta da casa, batendo. Ela foi e abriu, e era um jovem raposo, que disse:

> *O que faz dona Gata ocupada?*
> *Ela já está de pé ou deitada?*

Ela respondeu:

> *Não vou dormir, estou acordando,*
> *Quer saber o que estou cozinhando?*
> *Cerveja com manteiga a esquentar,*
> *Quer vir me acompanhar no jantar?*

— Não, obrigado, senhorita — disse o raposo —, o que a senhora Raposa está fazendo?

A empregada respondeu:

> *Está lá em seu quarto chorando,*
> *Em sua tristeza lamentando,*
> *Seu olhinho bem vermelho,*
> *Pois morreu o Raposo velho.*

— Apenas diga a ela, senhorita, que aqui está um jovem raposo que gostaria de cortejá-la.

— Certamente, jovem senhor.

> *A gata sobe as escadas, toc, toc,*

Na porta ela bate, toc, toc, toc
"Senhora Raposa, ainda está aí?"
Ela disse: "Sim, dona Gata, aqui".
"Um galanteador chegou a pé".
"Minha querida, como ele é?"

— Ele tem nove caudas tão bonitas quanto as do falecido sr. Raposo?
— Ah, não — respondeu a gata —, ele tem apenas uma.
— Então, não me interessa.

A senhorita Gata desceu e mandou o pretendente embora. Logo depois, houve outra batida, e outro raposo estava na porta querendo cortejar a sra. Raposa. Ele tinha duas caudas, mas não se saiu melhor do que o primeiro. Depois disso vieram mais, cada um com uma cauda a mais do que o outro, mas todos foram recusados, até que finalmente veio um que tinha nove caudas, tal como o velho sr. Raposo. Ao ouvir isso, a viúva disse alegremente à gata:

Abra bem os portões e as portas agora,
E leve o velho Raposo para fora.

Mas assim que o casamento ia ser celebrado, o velho sr. Raposo despertou debaixo do banco, e espancou toda a ralé, e expulsou a eles e à sra. Raposa de casa.

SEGUNDA HISTÓRIA

Quando o velho sr. Raposo morreu, o lobo veio como pretendente e bateu à porta, e a gata, que era criada da sra. Raposa, abriu-a para ele. O lobo a cumprimentou e disse:

Bom dia, dona Gata de Kehrewit,
Por que está aí sozinha e triste?
O que está fazendo de bom?

A gata respondeu:

Um pão tão doce estou a lanchar,
Com leite, não quer me acompanhar?

— Não, obrigado, sra. Gata — respondeu o lobo. — A sra. Raposa não está em casa?

A gata disse:

> *Lamentando seu triste destino,*
> *Chorando um sofrer tão repentino,*
> *Ela está em seu quarto tão penoso,*
> *Pois já morreu o velho Raposo.*

O lobo respondeu:

> *"Se ela precisa de um marido assim,*
> *Então ela pode, por favor, vir a mim?"*
> *A gata corre depressa pela escada,*
> *A cauda pra lá e pra cá balançada,*
> *Até que chega à porta do quarto.*
> *Com cinco anéis de ouro, bate à porta:*
> *"Está aí dentro, minha boa senhora?*
> *Se precisa de um marido agora,*
> *Então pode, por favor, vir pra fora?"*

A sra. Raposa perguntou:

— O cavalheiro usa meias vermelhas e tem uma boca pontuda?

— Não — respondeu a gata.

— Então, ele não me interessa.

Quando o lobo se foi, veio um cachorro, um veado, um lebrão, um urso, um leão e todos os animais da floresta, um após o outro. Contudo sempre faltava uma das boas qualidades que o velho sr. Raposo possuía, e a gata sempre tinha que mandar os pretendentes embora. Finalmente apareceu um jovem raposo. Então, a sra. Raposa disse:

— O cavalheiro usa meias vermelhas e tem uma boca pontuda?

— Sim — disse a gata —, ele tem.

— Então deixe-o subir — disse a sra. Raposa, e ordenou que a criada preparasse a festa de casamento.

> *"Varra este quarto limpinho agora,*
> *Da janela jogue o velho homem fora!*
> *Pois muitos ratos gordos ele buscou,*
> *Mas em sua esposa nunca pensou,*
> *Sem ela, comeu todos que pegou."*

Então, o casamento foi celebrado com o jovem sr. Raposo, e houve muita alegria e dança; e, se não pararam, ainda estão dançando.

A salada mágica

Certa vez, um jovem e alegre caçador estava caminhando depressa por uma floresta, quando apareceu uma velhinha e lhe disse:

— Bom dia, bom dia; você parece bastante alegre, mas eu estou com fome e sede. Por favor, dê-me algo para comer.

O caçador teve pena dela, colocou a mão no bolso e deu a ela o que tinha. Então, quis seguir seu caminho; mas ela o deteve e disse:

— Ouça, meu amigo, o que vou lhe dizer; vou recompensá-lo por sua bondade; siga seu caminho e, em pouco tempo, chegará a uma árvore onde verá nove pássaros sentados em cima de um manto. Atire no meio deles, e um cairá morto; o manto também cairá; pegue-o, é um manto dos desejos, e quando usá-lo, irá para qualquer lugar onde desejar estar. Abra o pássaro morto, tire seu coração e guarde-o e encontrará um pedaço de ouro debaixo do travesseiro todas as manhãs quando se levantar. É o coração do pássaro que lhe trará essa boa sorte.

O caçador agradeceu a ela e pensou consigo mesmo: *Se tudo isso acontecer, será bom para mim.* Quando ele havia dado cerca de cem passos, ouviu uma gritaria e chilreado, olhou para cima e viu um bando de pássaros puxando uma capa com os bicos e pés; gritando, brigando e puxando um ao outro como se cada um desejasse tê-lo para si.

— Bem — disse o caçador —, isso é maravilhoso; está acontecendo exatamente como a velha falou.

Então, atirou no meio deles, de modo que suas penas voaram para todo lado. Lá se foi o bando tagarelando; mas um caiu morto, e o manto caiu com ele. Então o caçador fez o que a velha lhe disse, cortou o pássaro, tirou o coração e levou o manto para casa.

Na manhã seguinte, quando acordou, ele levantou o travesseiro e lá estava o pedaço de ouro brilhando embaixo; o mesmo aconteceu no dia seguinte e, de fato, todos os dias quando ele se levantava. Ele acumulou uma grande quantidade de ouro e, por fim, pensou consigo mesmo: *Para que me serve este ouro enquanto estou em casa? Vou sair pelo mundo e olhar ao meu redor.*

Então ele se despediu dos amigos, pendurou a bolsa e o arco no ombro e foi embora. Aconteceu que seu caminho um dia passava por um bosque denso, ao fim do qual havia um grande castelo em um prado verde, e em uma das janelas estava uma velha com uma jovem muito bela ao seu lado olhando em volta. Ora, a velha era uma feiticeira e disse à jovem:

— Há um rapaz saindo do bosque que traz consigo um prêmio maravilhoso; devemos tirá-lo dele, minha querida filha, pois é mais adequado para nós do que para ele. Ele tem um coração de pássaro que faz aparecer um pedaço de ouro debaixo do travesseiro todas as manhãs.

Enquanto isso, o caçador se aproximou e olhou para a dama, e disse para si mesmo:

— Viajei tanto que gostaria de entrar neste castelo e descansar, pois tenho dinheiro suficiente para pagar pelo que quiser.

Mas a verdadeira razão era que ele queria ver mais da bela dama. Então, ele entrou na residência e foi bem recebido; e não demorou muito para que estivesse tão apaixonado que não pensava em outra coisa senão em admirar os olhos da dama e fazer tudo o que ela desejava. Então a velha disse:

— Agora é a hora de pegar o coração do pássaro.

Desse modo, a dama o roubou, e o rapaz nunca mais encontrou ouro sob seu travesseiro, pois o coração estava debaixo do travesseiro da jovem dama, e a velha o guardava todas as manhãs; mas ele estava tão apaixonado que nunca sentiu falta de seu prêmio.

— Bem — disse a velha bruxa —, temos o coração do pássaro, mas ainda não o manto dos desejos, e isso também devemos conseguir.

— Deixemos isso para ele — disse a jovem dama — ele já perdeu sua riqueza.

Então, a bruxa ficou muito zangada e retrucou:

— Esse manto é muito raro e maravilhoso, e eu preciso dele e vou tê-lo.

Então, a moça fez o que a velha mandou e sentou-se à janela, olhando o campo e parecia muito triste; então, o caçador disse:

— O que lhe deixa tão triste?

— Ah! Caro senhor — disse ela —, lá está a montanha de granito onde crescem todos os diamantes caros, e quero tanto ir até lá que, sempre que penso nela, não consigo deixar de ficar triste, pois quem pode alcançá-la? Só os pássaros e as moscas; homens não são capazes.

— Se isso é tudo que lhe entristece — disse o caçador —, vou levá-la até lá de todo o coração

Então, ele a colou sob o manto e, no momento em que desejou estar na montanha de granito, os dois apareceram lá. Os diamantes reluziam tanto por todos os lados que eles ficaram encantados com a visão e pegaram os melhores. Mas a velha bruxa fez cair sobre ele um sono profundo, e o rapaz disse à jovem dama:

— Vamos sentar e descansar um pouco, estou tão cansado que não consigo mais ficar de pé.

Então, eles se sentaram e ele deitou a cabeça no colo dela e adormeceu; e, enquanto ele dormia, ela tirou o manto dos ombros dele, colocou-o sobre os próprios, pegou os diamantes e desejou voltar para casa.

Quando ele acordou e descobriu que sua dama o havia enganado e lhe deixara sozinho na montanha desolada, ele disse:

— Ai! Quanta malandragem há no mundo!

E lá ficou em grande tristeza e medo, sem saber o que fazer. Ora, esta montanha pertencia a gigantes ferozes que viviam nela; e ao ver três deles vagando pelos arredores, pensou consigo mesmo: *Só conseguirei me salvar se fingir que estou dormindo*; então, ele se deitou como se estivesse em um sono profundo. Quando os gigantes se aproximaram dele, o primeiro empurrou-o com o pé e disse:

— Que verme é esse que está aqui enrodilhado?

— Pise nele e mate-o — disse o segundo.

— Não vale a pena — disse o terceiro —, deixe-o viver, ele subirá mais alto na montanha, e uma nuvem descerá e o levará embora.

E eles seguiram adiante. Mas o caçador ouviu tudo o que disseram; e, assim que eles se foram, ele subiu ao topo da montanha, e, depois de estar sentado lá por um curto tempo, uma nuvem desceu ao seu redor, pegou-o em um redemoinho e carregou-o por algum tempo, até que se acalmou em um jardim, e ele caiu suavemente no chão entre as verduras e repolhos.

Então, ele olhou ao redor e disse:

— Gostaria de ter algo para comer, se não, ficarei pior do que antes; pois aqui não vejo nem maçãs nem peras, nem qualquer tipo de fruta, nada além de verduras.

Por fim, ele pensou consigo mesmo: *Posso comer salada, me refrescará e me fortalecerá*. Então ele escolheu uma bela cabeça e a comeu; mas mal tinha dado duas mordidas, quando se sentiu transformado por completo e viu com horror que virara um asno. No entanto, ele ainda sentia muita fome, e a salada tinha um sabor muito bom; então, comeu até chegar a outro tipo de folha, e mal havia provado quando sentiu outra mudança acontecer consigo e logo viu que com sorte havia retornado à sua antiga forma.

Então, ele se deitou e dormiu para descansar um pouco; e, quando acordou na manhã seguinte, colheu uma cabeça tanto da verdura boa quanto da ruim, e pensou consigo mesmo: *Isso vai me ajudar a recuperar minha fortuna e me permitirá pagar algumas pessoas por sua traição*. Assim, foi embora para tentar encontrar o castelo de suas amigas; e, depois de vagar por alguns dias, por sorte o encontrou. Depois, sujou o rosto todo de terra, de forma que nem a própria mãe o reconhecesse, e entrou no castelo e pediu pousada:

— Estou tão cansado — disse ele —, que não consigo ir mais longe.

— Camponês — disse a feiticeira — quem é você? O que está fazendo?

— Sou — disse ele —, um mensageiro enviado pelo rei para encontrar a melhor verdura do mundo. Tive a sorte de encontrá-la e trouxe-a comigo; mas o calor do sol queima tanto que começou a murchar, e não sei se posso levá-la mais longe.

Quando a feiticeira e a jovem ouviram falar de sua excelente salada, ansiaram por saboreá-la e disseram:

— Caro camponês, deixe-nos provar.

— Mas é claro — respondeu ele. — Tenho duas cabeças dela comigo e lhes darei uma — então ele abriu a bolsa e deu-lhes a ruim.

Então, a própria bruxa levou a verdura para a cozinha para ser temperada; e quando a salada estava pronta, não conseguiu esperar que fosse levada para cima, mas pegou algumas folhas imediatamente e as colocou na boca, e mal as engolira quando perdeu a própria forma e correu zurrando para o pátio na forma de um asno. Nesse momento a criada entrou na cozinha e, vendo a salada pronta, ia levá-la, mas no caminho ela também sentiu vontade de saboreá-la, como a velha havia feito, e comeu algumas folhas; por isso, ela também se transformou em asno e correu atrás da outra, deixando o prato com a salada cair no chão. O mensageiro ficou todo esse tempo sentado com a bela jovem, e, como ninguém veio com a salada e ela ansiava por prová-la, ela disse:

— Não sei onde pode estar a salada.

Nesse momento ele pensou que algo devia ter acontecido e disse:

— Vou até a cozinha ver.

E no caminho, viu dois asnos correndo pelo pátio, e a salada caída no chão.

— Muito bem! — exclamou ele. — Aquelas duas já receberam o que merecem.

Então, ele pegou o resto das folhas, colocou-as no prato e as levou para a jovem, dizendo:

— Eu mesmo trago o prato para que você não espere mais.

Então, ela comeu e, como as outras, correu para o pátio zurrando.

Nisso, o caçador lavou o rosto e foi até o pátio para que o reconhecessem.

— Agora vocês receberão o que merecem por sua malandragem — disse ele; e amarrou as três a uma corda e as levou consigo até chegar a um moinho e bater na janela.

— O que deseja? — disse o moleiro.

— Tenho aqui três bestas cansativas — disse o outro —; se as aceitar, der comida e espaço para elas, e tratá-las como eu lhe orientar, pagarei o que você pedir.

— De todo o coração — disse o moleiro —; mas como devo tratá-las?

Então o caçador disse:

— Dê chicotadas no velho três vezes ao dia e feno uma vez; no próximo (que era a criada) dê chicotadas uma vez por dia e feno três vezes; e dê ao mais jovem (que era a bela dama) feno três vezes ao dia e nenhuma chicotada — pois ele não conseguia desejar que ela fosse chicoteada. Depois disso voltou ao castelo, onde encontrou tudo o que queria.

Alguns dias depois, o moleiro veio até ele e lhe disse que o velho asno estava morto:

— Os outros dois — disse ele —, estão vivos e comem, mas estão tão tristes que não vão durar muito.

Então, o caçador teve pena delas e disse ao moleiro que as trouxesse de volta para ele, e quando elas chegaram, ele lhes deu de comer um pouco da boa verdura. E a bela jovem caiu de joelhos diante dele e disse:

— Ó, querido caçador! Perdoe-me todo o mal que lhe fiz; minha mãe me obrigou a isso, foi contra minha vontade, pois sempre te amei muito. Seu manto dos desejos está pendurado no armário, e quanto ao coração do pássaro, eu o darei a você também.

Contudo ele disse:

— Fique com ele, não fará diferença, pois pretendo torná-la minha esposa.

Então, eles se casaram e viveram juntos muito felizes até morrerem.

O conto do jovem que saiu para conhecer o medo

Certo pai tinha dois filhos, o mais velho era esperto e sensato, e era capaz de fazer tudo; porém, o mais novo era tolo e não conseguia aprender nem entender nada, e, quando as pessoas o viam, diziam:

— Aí está um sujeito que vai dar problema para o pai!

Quando algo precisava ser feito, era sempre o mais velho que era obrigado a fazê-lo; mas se o pai lhe mandava buscar alguma coisa tarde, ou à noite, e o caminho passava pelo pátio da igreja ou por qualquer outro lugar sombrio, ele respondia:

— Ah, não, pai, eu não vou lá, me dá arrepios! — pois ele tinha medo.

Ou quando à noite, junto ao fogo, contavam histórias que faziam os pelos se arrepiarem, os ouvintes às vezes diziam: *Ah, isso nos dá arrepios!* O mais novo ficava sentado em um canto e não conseguia entender o que eles queriam dizer. *Eles estão sempre dizendo: "Isso me dá arrepios! Me dá arrepios". Nada disso me dá arrepios*, pensava ele. *Essa também deve ser uma arte da qual não entendo nada!*

Ora, aconteceu que seu pai lhe disse um dia:

— Ouça-me, camarada aí no canto, você está ficando alto e forte e também precisa aprender algo com o que possa ganhar seu pão. Veja como seu irmão trabalha, mas você nem mesmo faz por merecer o sal que come.

— Bem, pai — respondeu ele —, estou disposto a aprender alguma coisa, é verdade, se for possível, gostaria de aprender como me arrepiar. Ainda não entendo nada disso.

O irmão mais velho sorriu ao ouvir isso e pensou consigo mesmo: *Meu Deus, como esse meu irmão é cabeça-dura! Ele nunca servirá para nada na vida! Aquele que quer ser uma foice deve se curvar antes.*

O pai suspirou e respondeu:

— Você logo aprenderá o que é se arrepiar, mas não ganhará seu pão com isso.

Pouco depois disso, o sacristão foi até a casa para uma visita, e o pai lamentou seu problema e contou-lhe como o filho mais novo era tão atrasado em todos os aspectos que não sabia nem aprendia nada.

— Imagine só — disse ele — quando lhe perguntei como ia ganhar o pão, ele, na verdade, queria aprender a se arrepiar.

— Se é só isso — respondeu o sacristão —, mande-o para mim, e logo o ensinarei.

O pai ficou feliz em fazê-lo, pois pensou: *Isso vai treinar um pouco o menino*. O sacristão então o levou para sua casa, e o garoto teve que tocar o sino da igreja. Depois de um ou dois dias, o sacristão acordou-o à meia-noite e mandou que levantasse, subisse à torre da igreja e tocasse o sino. *Você logo aprenderá o que é se arrepiar*, pensou ele, e em segredo foi até lá antes dele; e quando o garoto chegou ao topo da torre, se virou e estava prestes a pegar a corda do sino, ele viu uma figura branca parada na escada do outro lado do campanário.

— Quem está aí? — gritou ele, mas a figura não respondeu e nem se mexeu.

— Responda — gritou o garoto —, ou vá embora, não deveria estar aqui à noite.

O sacristão, porém, permaneceu imóvel para que o rapaz pensasse que era um fantasma. O jovem gritou uma segunda vez:

— O que quer aqui? Fale se você for um sujeito honesto, ou vou jogá-lo escada abaixo!

O sacristão pensou: *Ele não pode estar falando sério*; não falou nada e ficou como se fosse feito de pedra. Então, o garoto o chamou pela terceira vez, e, como isso também não surtiu efeito, correu para cima dele e empurrou o fantasma escada abaixo, de modo que ele caiu os dez degraus e ficou ali esparramado em um canto. Então, ele tocou o sino, foi para casa e, sem dizer uma palavra, foi para a cama e adormeceu. A esposa do sacristão esperou muito tempo pelo marido, mas ele não voltou. Por fim, ela ficou inquieta, acordou o jovem e perguntou:

— Você sabe onde está meu marido? Ele subiu a torre antes de você.

— Não, eu não sei — respondeu o rapaz —, mas alguém estava parado no campanário do outro lado da escada, e como ele não quis responder nem ir embora, eu o considerei um bandido, e o empurrei escada abaixo. Basta ir lá e você vai ver se era ele. Eu ficaria muito triste se fosse.

A mulher correu e encontrou o marido, que estava deitado gemendo no canto e havia quebrado a perna.

Ela o carregou para baixo, e, então, aos berros, correu até o pai do garoto:

— Seu menino — exclamou ela —, foi a causa de um grande infortúnio! Ele empurrou meu marido escada abaixo de forma que ele quebrou a perna. Tire o imprestável da nossa casa.

O pai ficou horrorizado, correu até lá e repreendeu o menino.

— Que perversidade é essa? — disse ele. — O diabo deve ter colocado essas ideias na sua cabeça.

— Pai — ele respondeu —, ouça-me. Eu sou inocente. Ele estava ali, à noite, parecendo alguém que tinha intenção de fazer o mal. Eu não sabia quem era e pedi-lhe três vezes que falasse ou fosse embora.

— Ah — disse o pai —, você só me dá desgosto. Saia da minha vista. Não quero mais olhar a sua cara.

— Sim, pai, de boa vontade, apenas espere que amanheça. Então partirei e aprenderei a me arrepiar e, então, de qualquer forma, compreenderei uma arte que me sustentará.

— Aprenda o que quiser — disse o pai —, não me importa. Aqui estão cinquenta táleres para você. Pegue-os e saia pelo mundo e não diga a ninguém de onde vem e nem quem é seu pai, pois tenho motivos para me envergonhar de você.

— Sim, pai, farei o que pede. Se não deseja nada além disso, posso facilmente me lembrar.

Quando amanheceu, portanto, o garoto colocou seus cinquenta táleres no bolso e saiu pela grande estrada, e dizia repetidas vezes a si mesmo: *Se eu pudesse ao menos me arrepiar! Se eu pudesse ao menos me arrepiar!* Então, um homem se aproximou e ouviu essa conversa que o jovem estava tendo consigo mesmo, e, quando eles haviam caminhado um pouco mais, chegando onde podiam ver a forca, o homem lhe disse:

— Olhe, lá está a árvore onde sete homens se casaram com a filha do fabricante de cordas e agora estão aprendendo a voar. Sente-se embaixo dela e espere a noite chegar, e logo aprenderá a se arrepiar.

— Se isso é tudo o que é preciso — respondeu o jovem —, é fácil; mas se eu aprender a estremecer tão rápido assim, vou lhe dar meus cinquenta táleres. Apenas venha me procurar de manhã cedo.

Então, o jovem foi até a forca, sentou-se embaixo dela e esperou até que a noite chegasse. E, como estava com frio, acendeu uma fogueira, mas, à meia-noite, o vento soprou tão forte que, apesar do fogo, não conseguia se aquecer. E, quando o vento fazia os enforcados se chocarem uns contra os outros, e eles se moveram para frente e para trás, ele pensou consigo mesmo: *Se estou tremendo aqui embaixo perto do fogo, como aqueles lá em cima devem estar congelando e sofrendo!* E como ficou com pena deles, ele levantou a escada e subiu, desamarrou um após o outro, e trouxe todos os sete para baixo. Então, ele atiçou o fogo, soprou-o e colocou todos ao redor da fogueira para se aquecerem. Mas eles ficaram ali sentados e não se mexeram, e o fogo pegou suas roupas. Então, ele disse:

— Cuidado, ou vou pendurá-los novamente.

Os homens mortos, porém, não ouviram, mas ficaram bem quietos e deixaram seus trapos continuarem queimando. Diante disso, ele ficou zangado e disse:

— Se vocês não tomarem cuidado, não posso ajudá-los, não serei queimado com vocês. — E pendurou-os novamente, um por um. Então ele se sentou perto do fogo e adormeceu, e na manhã seguinte o homem veio até ele e queria receber os cinquenta táleres, e perguntou:

— Bem, você sabe como se arrepiar?

— Não — respondeu ele —, como poderia saber? Aqueles sujeitos lá em cima não abriram a boca e foram tão estúpidos que deixaram queimar os poucos trapos velhos que tinham no corpo.

Então, o homem viu que não conseguiria os cinquenta táleres aquele dia e foi embora dizendo:

— Um jovem assim nunca cruzou meu caminho antes.

O jovem também seguiu seu caminho e mais uma vez começou a murmurar para si mesmo: *Ah, se eu pudesse me arrepiar! Ah, se eu pudesse me arrepiar!* Um carroceiro que vinha atrás dele ouviu isso e perguntou:

— Quem é você?

— Não sei — respondeu o jovem.

Então, o carroceiro questionou:

— De onde você vem?

— Não sei.

— Quem é seu pai?

— Isso eu não posso lhe dizer.

— O que você está murmurando entre os dentes o tempo todo?

— Ah — respondeu o jovem —, eu gostaria tanto de me arrepiar, mas ninguém consegue me ensinar como.

— Chega de sua tagarelice tola — disse o carroceiro. — Vamos, me acompanhe, vou procurar um lugar para você.

O jovem foi com o carroceiro e, à noite, chegaram a uma estalagem onde desejavam passar a noite. Então, na entrada da sala, o jovem disse novamente bem alto:

— Se ao menos eu fosse capaz de me arrepiar! Se ao menos eu fosse capaz de me arrepiar!

O estalajadeiro, que ouviu isso, riu e disse:

— Se esse é o seu desejo, deve haver uma boa oportunidade para você aqui.

— Ah, fique quieto — disse a estalajadeira —, tantos curiosos já perderam a vida, seria uma pena e uma tristeza se olhos tão bonitos como estes nunca mais vissem a luz do dia.

Mas o jovem disse:

— Por mais difícil que seja, vou aprender. Para isso, de fato, peguei a estrada.

Ele não deu sossego ao estalajadeiro, até que este lhe dissesse que não muito longe dali havia um castelo assombrado onde qualquer um poderia aprender muito facilmente o que era se arrepiar, se apenas passasse três noites em vigília nele. O rei havia prometido que aquele que se aventurasse receberia sua filha como esposa, e ela era a donzela mais linda sob o sol. Além disso, no castelo havia grandes tesouros, que eram guardados por espíritos malignos, e esses tesouros estariam então livres e tornariam um homem pobre bastante rico. Muitos homens já haviam entrado no castelo, mas nenhum deles havia saído novamente. Então o jovem foi na manhã seguinte até o rei e disse:

— Se for permitido, de bom grado farei vigília por três noites no castelo assombrado.

O rei observou-o, e como o jovem lhe agradou, disse:

— Pode pedir três coisas para levar para o castelo com você, mas devem ser coisas sem vida.

Então o rapaz respondeu:

— Assim, peço uma tocha de fogo, um torno giratório e uma tábua de cortar com a faca.

O rei fez que essas coisas fossem levadas para o castelo durante o dia. Quando a noite se aproximava, o jovem subiu e acendeu uma fogueira forte em um dos quartos, colocou a tábua e a faca ao lado dela e sentou-se ao lado do torno.

— Ah, se eu pudesse me arrepiar! — disse ele. — Mas também não aprenderei como fazê-lo aqui.

Perto da meia-noite, ele estava prestes a atiçar o fogo e, enquanto o soprava, algo gritou de repente de um canto:

— Au, miau! Como estamos com frio!

— Seus tolos! — bradou ele. — Por que estão gritando? Se estão com frio, venham sentar-se ao lado do fogo e aqueçam-se.

E, quando ele disse isso, dois grandes gatos pretos vieram com um tremendo salto e sentaram-se um de cada lado dele, e encararam-no selvagemente com seus olhos fulgurantes.

Passado pouco tempo, depois de se aquecerem, os gatos disseram:

— Camarada, vamos jogar cartas?

— Por que não? — o rapaz respondeu. — Apenas me mostrem suas patas. Então, eles esticaram as garras.

— Ah — disse ele —, que unhas longas vocês têm. Esperem, primeiro preciso cortá-las para vocês.

Então, ele os agarrou pelas gargantas, colocou-os na tábua de cortar e prendeu seus pés bem apertados.

— Dei uma olhada em seus dedos — disse ele —, e minha vontade de jogar cartas acabou — e os matou e os atirou na água.

Entretanto, quando ele acabou com esses dois e estava prestes a se sentar de novo próximo ao fogo, surgiram gatos e cães pretos com correntes incandescentes de todos os buracos e cantos, e mais e mais deles apareceram até que ele não podia mais se mover, e eles gritaram horrivelmente, pularam sobre a fogueira dele, a espalharam e tentaram apagá-la. Ele os observou por um tempo em silêncio, mas finalmente quando eles estavam indo longe demais, ele pegou a faca e gritou:

— Vou acabar com vocês, vermes — e começou a atacá-los.

Alguns fugiram, outros ele matou e atirou no tanque de peixes. Quando voltou, abanou mais uma vez as brasas da fogueira e se aqueceu. E, enquanto estava assim sentado, não conseguia mais manter os olhos abertos e sentiu vontade de dormir. Então, ele olhou em volta e viu uma grande cama no canto.

— É disso que preciso — disse ele e se deitou. Quando ele ia fechar os olhos, porém, a cama começou a se mover por conta própria e percorreu todo o castelo.

— Isso mesmo — disse ele —, mas vá mais rápido.

Então, a cama correu como se seis cavalos estivessem atrelados a ela, para cima e para baixo, por soleiras e escadas, mas de repente salta, salta, ela virou de cabeça para baixo, e caiu sobre ele como uma montanha. Mas ele jogou as colchas e travesseiros para o alto, se livrou e disse:

— Agora quem quiser, pode dirigir — e deitou-se ao lado do fogo e dormiu até o dia raiar.

Pela manhã, o rei veio e, quando o viu deitado no chão, pensou que os espíritos malignos o haviam atacado e que ele estava morto. Então disse:

— Afinal, é uma pena, um homem tão belo.

O rapaz ouviu isso, levantou-se e disse:

— Ainda não chegou minha hora.

Então, o rei ficou surpreso, mas muito feliz, e perguntou como ele tinha se saído.

— Muito bem — respondeu ele —; uma noite se passou, as outras duas também passarão.

Então, ele foi até o estalajadeiro, que arregalou os olhos e disse:

— Não esperava vê-lo vivo novamente! Já aprendeu a se arrepiar?

— Não — respondeu ele —, foi tudo em vão. Se alguém apenas me explicasse!

Na segunda noite, voltou a subir ao velho castelo, sentou-se junto ao fogo e recomeçou sua velha ladainha:

— Se eu conseguisse me arrepiar!

Quando deu meia-noite, ouviu-se um alvoroço e um barulho de batidas; no início era baixo, mas ficou cada vez mais alto. Então, tudo ficou quieto por um tempo até que, finalmente, com um grito alto, metade de um homem desceu pela chaminé e caiu diante dele.

— Olá! — gritou ele. — Outra metade faz parte disso. Isso não é suficiente!

Então, a barulheira recomeçou, houve um rugido e uivo, e a outra metade caiu do mesmo modo.

— Espere — disse o rapaz —, vou atiçar o fogo um pouco para você.

Depois que tinha feito isso e ele voltou a olhar, e as duas partes haviam se unido, e um homem horrendo estava sentado em seu lugar.

— Isso não faz parte do nosso acordo — disse o jovem —, o banco é meu.

O homem queria empurrá-lo; o jovem, no entanto, não permitiu isso, mas empurrou-o com toda a força e sentou-se mais uma vez em seu lugar. Em seguida, mais homens caíram, um após o outro; trouxeram as pernas de nove homens mortos e dois crânios, e os arrumaram e jogaram boliche com eles. O jovem também queria jogar e disse:

— Ouçam, posso me juntar a vocês?

— Sim, se você tiver algum dinheiro.

— Tenho dinheiro bastante — respondeu ele —, mas suas bolas não são muito redondas.

Então, ele pegou os crânios e os colocou no torno e os girou até ficarem redondos.

— Pronto, agora eles vão rolar melhor! — disse ele.

— Viva! Agora vamos nos divertir!

Ele jogou com eles e perdeu um pouco de seu dinheiro, mas quando bateu meia-noite, tudo desapareceu de sua vista. Deitou-se e adormeceu tranquilamente. Na manhã seguinte, o rei veio saber dele.

— Como você ficou desta vez? — perguntou ele.

— Eu joguei boliche — ele respondeu —, e perdi alguns centavos.

— Você não se arrepiou, então?

— O quê? — replicou ele. — Eu me diverti muito! Se eu soubesse o que é se arrepiar!

Na terceira noite, ele se sentou novamente em seu banco e disse com muita tristeza:

— Se ao menos eu fosse capaz de me arrepiar.

Quando ficou tarde, seis homens altos entraram e trouxeram um caixão. Então ele disse:

— Há, há, com certeza é meu priminho, que morreu há poucos dias — e ele acenou com o dedo e gritou — Venha, priminho, venha.

Eles colocaram o caixão no chão, mas ele foi até lá e removeu a tampa, e um homem morto jazia ali. Ele tocou seu rosto, mas estava frio como gelo.

— Espere — disse ele —, vou aquecê-lo um pouco.

E foi até o fogo e aqueceu a mão e colocou-a no rosto do morto, mas ele permaneceu frio. Então, ele o tirou, sentou-se perto do fogo e o deitou em seu peito e esfregou seus braços para que o sangue pudesse voltar a circular. Como isso também não adiantou, ele pensou consigo mesmo: *Quando duas pessoas deitam juntas numa cama, elas se aquecem*, e o carregou para a cama, cobriu-o e deitou-se ao lado dele. Pouco tempo depois, o morto também se aqueceu e começou a se mexer. Então, disse o jovem:

— Viu, priminho, eu não o aqueci?

O morto, porém, levantou-se e gritou:

— Agora vou estrangulá-lo.

— O quê! — retrucou ele. — É assim que me agradece? Você vai voltar imediatamente para o seu caixão.

E o rapaz o agarrou, jogou-o dentro do caixão e fechou a tampa. Então, vieram os seis homens e o levaram embora de novo.

— Não consigo me arrepiar — disse ele. — Enquanto viver, nunca aprenderei a fazê-lo aqui.

Então, entrou um homem que era mais alto que todos os outros e de aparência terrível. Ele era velho, no entanto, e tinha uma longa barba branca.

— Seu desgraçado — gritou ele —, você logo aprenderá o que é se arrepiar, pois morrerá.

— Não tão rápido — respondeu o jovem. — Se vou morrer, vou dar minha opinião sobre isso.

— Logo vou pegá-lo — disse o ser maligno.

— Menos, menos, não diga tantas bravatas. Eu sou tão forte quanto você, e talvez mais forte.

— Veremos — disse o velho. — Se você for mais forte, eu o deixarei ir; venha, vamos ver.

Então, ele o conduziu por passagens escuras até a forja de um ferreiro, pegou um machado e com um golpe partiu uma bigorna no chão.

— Eu consigo fazer melhor que isso — disse o jovem, e foi até a outra bigorna.

O velho aproximou-se e quis observar, e sua barba branca estava pendurada. Então, o jovem pegou o machado, partiu a bigorna com um golpe, e, com ele, prendeu a barba do velho.

— Agora eu peguei você — disse o jovem. — Agora é a sua vez de morrer.

Então, ele pegou uma barra de ferro e bateu no velho até ele gemer e implorar que parasse, que ele lhe daria grandes riquezas. O jovem retirou o machado e o libertou. O velho o conduziu de volta ao castelo e, em um porão, mostrou-lhe três baús cheios de ouro.

— Destes — disse —, uma parte é para os pobres, a outra para o rei, a terceira para você.

Nesse ínterim, bateram as doze e o espírito desapareceu, de modo que o jovem ficou na escuridão

— Ainda poderei encontrar minha saída — disse ele, e tateou, encontrou o caminho para o quarto e dormiu ali perto de sua fogueira.

Na manhã seguinte, o rei veio e falou:

— Agora você deve ter aprendido o que é se arrepiar?

— Não — o jovem respondeu. — O que pode ser? Meu primo morto esteve aqui, e um homem barbudo veio e me mostrou uma grande quantidade de dinheiro lá embaixo, mas ninguém me disse o que era se arrepiar.

— Assim — disse o rei —, você salvou o castelo, e casará com minha filha.

— Isso é muito bom — disse ele —, mas ainda não sei o que é me arrepiar!

Então o ouro foi trazido e o casamento celebrado; mas, por mais que o jovem rei amasse a esposa e por mais feliz que estivesse, ele ainda dizia sempre:

— Se eu ao menos pudesse me arrepiar... se eu ao menos pudesse me arrepiar.

E isso enfim a irritou. Sua criada disse:

— Encontrarei uma cura para ele; ele logo aprenderá o que é se arrepiar.

Ela foi até o riacho que corria pelo jardim e mandou trazer um balde cheio de góbios. À noite, quando o jovem rei estava dormindo, sua esposa deveria tirar as roupas dele e esvaziar o balde cheio de água fria com os góbios em cima dele, para que os peixinhos se esparramassem sobre ele. Então, ele acordou e gritou:

— Oh, o que me faz me arrepiar tanto? O que me faz me arrepiar tanto, querida esposa? Ah! Agora eu sei o que é me arrepiar!

Rei Barba Medonha

Um grande rei de uma terra distante no Oriente tinha uma filha que era muito bela, mas tão orgulhosa, altiva e vaidosa, que nenhum dos príncipes que vieram pedi-la em casamento era bom o suficiente para ela, e ela apenas escarnecia deles.

Certa vez, o rei deu um grande banquete e convidou todos os pretendentes; e todos se sentaram em fila, organizados conforme sua posição: reis e príncipes, duques e condes, barões e cavaleiros. Então a princesa entrou e, ao passar por eles, tinha algo maldoso a dizer para todos. O primeiro era gordo demais: *Ele é redondo como uma tina*, disse ela. O próximo era alto demais: *Parece um poste!*, disse ela. O seguinte era muito baixo: *Que tampinha!*, disse ela. O quarto era muito pálido, e ela o chamou de *Cara de cera*. O quinto era vermelho demais, então ela o chamou de *Camarão*. O sexto não tinha postura boa o suficiente; então ela disse que ele era como uma vara verde, que havia sido colocada para secar no forno de um padeiro. E assim ela tinha alguma zombaria contra todos; entretanto, ela riu mais do que todos de um bom rei que estava lá.

— Olhem para ele — disse ela —; sua barba é como um esfregão velho; ele será chamado de Barba Medonha.

Assim, o rei recebeu o apelido de Barba Medonha.

No entanto, o velho rei ficou muito zangado quando viu como sua filha se comportava e como ela maltratava todos os seus convidados; e ele jurou que, querendo ou não, ela se casaria com o primeiro homem, fosse ele príncipe ou mendigo, que viesse à porta.

Dois dias, depois veio um rabequista viajante, que começou a tocar debaixo da janela e a pedir esmolas; e quando o rei o ouviu, disse: *Deixem-no entrar*. Então, eles trouxeram um sujeito de aparência suja; e, quando ele cantou diante do rei e da princesa, ele implorou uma dádiva. Então, o rei disse:

— Você cantou tão bem, que lhe darei minha filha como esposa.

A princesa implorou e pediu; mas o rei declarou:

— Jurei dá-la ao primeiro que aparecesse e manterei minha palavra.

Portanto, palavras e lágrimas foram inúteis; o pároco foi chamado, e ela se casou com o rabequista. Quando a cerimônia acabou, o rei disse:

— Agora prepare-se para ir, você não pode ficar aqui, deve viajar com seu marido.

Então, o rabequista seguiu seu caminho e a levou consigo, e logo chegaram a um grande bosque.

— Por favor — disse ela —, de quem é esta floresta?

— Pertence ao rei Barba Medonha, se tivesse aceitado casar com ele, tudo isso seria seu.

— Ah! Como sou infeliz! — Ela suspirou. — Se ao menos tivesse me casado com o rei Barba Medonha!

Em seguida, eles chegaram a belos prados.

— De quem são esses lindos prados verdes? — ela questionou.

— Pertencem ao rei Barba Medonha, caso o tivesse aceitado, seriam todos seus.

— Ah! Como sou infeliz! — ela declarou. — Se tivesse me casado com o rei Barba Medonha!...

Então, eles chegaram a uma cidade grandiosa.

— A quem pertence esta nobre cidade? — disse ela.

— Pertence ao rei Barba Medonha; se o tivesse aceitado, tudo era seu.

— Ah! Que desgraçada sou! — suspirou ela. — Por que não me casei com o rei Barba Medonha?

— Isso não é da minha conta — disse o rabequista —, por que deseja outro marido? Não sou bom o suficiente para você?

Por fim, chegaram a uma pequena cabana.

— Que lugar miserável! — exclamou ela. — A quem pertence aquele buraco imundo?

Então o rabequista respondeu:

— Essa é a sua e a minha casa, onde vamos morar.

— Onde estão seus servos? — exclamou ela.

— Para que precisamos de servos? — retrucou ele. — Você deve fazer por si mesma tudo o que precisa ser feito. Agora acenda o fogo, coloque água para ferver e cozinhe meu jantar, pois estou muito cansado.

Mas a princesa não sabia nada sobre acender fogo e cozinhar, e o rabequista foi forçado a ajudá-la. Depois de comerem uma refeição muito pobre, foram para a cama; mas o rabequista a chamou muito cedo de manhã para limpar a casa. Assim viveram por dois dias, e depois de comerem tudo o que havia na cabana, o homem disse:

— Esposa, não podemos continuar assim, gastando dinheiro e sem ganhar nada. Você deve aprender a tecer cestos.

Então, ele saiu, cortou galhos de salgueiro e os trouxe para casa, e ela começou a tecer, mas isso deixou seus dedos muito doloridos.

— Vejo que esse trabalho não vai funcionar — disse ele. — Tente fiar; talvez você seja melhor nisso.

Então, ela se sentou e tentou fiar; mas os fios cortaram seus dedos delicados até o sangue escorrer.

— Veja só — disse o rabequista —, você não serve para nada; não consegue fazer nenhum trabalho; que barganha eu consegui! No entanto, vou tentar estabelecer um comércio de panelas e frigideiras, e você ficará no mercado e irá vendê-las.

— Ai! — suspirou ela. — Se alguém da corte de meu pai passar e me vir de pé no mercado, como vão rir de mim.

Mas o marido não se importou com isso e disse que ela tinha que trabalhar, se não quisesse morrer de fome. No início, o comércio correu bem; pois muitas pessoas, vendo uma mulher tão bela, foram comprar suas mercadorias e pagavam sem pensar em levar as mercadorias. Eles viveram disso enquanto durou; e então seu marido comprou um lote novo de mercadoria, e ela sentou-se com esse lote no canto do mercado; mas um soldado bêbado logo apareceu e conduziu seu cavalo contra a barraca dela, e quebrou todas as suas mercadorias em mil pedaços. Então, ela começou a chorar, e não sabia o que fazer.

— Ah! o que será de mim? — disse ela. — O que meu marido vai dizer? Então, ela correu para casa e contou tudo a ele.

— Quem imaginaria que você seria tão tola — disse ele —, a ponto de colocar uma barraca de cerâmicas na esquina do mercado, onde todo mundo passa? Mas chega de choro; vejo que você não serve para esse tipo de trabalho, então, fui ao palácio do rei e perguntei se não queriam uma ajudante de cozinha; e disseram que vão recebê-la, e lá você terá o que comer.

Desse modo, a princesa tornou-se ajudante de cozinha e ajudava a cozinheira a fazer todo o trabalho mais sujo; mas ela tinha permissão a levar para casa um pouco da carne que sobrava, e eles viveram disso.

Ela não estava lá muito tempo antes de ouvir falar que o filho mais velho do rei estava de passagem, indo se casar; e ela foi até uma das janelas e olhou para fora. Tudo estava pronto, e toda a pompa e elegância da corte estava lá. Então, ela lamentou amargamente o orgulho e a insensatez que a haviam rebaixado de tal forma. E os servos lhe deram algumas das carnes nobres, que ela colocou em sua cesta para levar para casa.

De repente, quando ela estava saindo, o filho do rei entrou usando vestes douradas; e quando ele viu uma bela mulher à porta, ele a pegou pela mão e disse que ela seria sua parceira na dança; mas ela estremeceu de medo, pois viu que era o rei Barba Medonha que estava zombando dela. No entanto, ele a segurou firme e a conduziu para dentro; e a tampa do cesto se soltou, de modo que as carnes dentro dele caíram. Então todos riram e zombaram dela; e ela ficou tão envergonhada que desejou estar mil palmos abaixo da terra. Ela correu até a porta para fugir; mas nos degraus rei Barba Medonha a alcançou, trouxe-a de volta e disse:

— Não tenha medo de mim! Eu sou o rabequista que morou com você na cabana. Eu a levei até lá porque realmente a amava. Eu também sou o soldado que destruiu sua barraca. Fiz tudo isso apenas para curá-la de seu orgulho tolo e para mostrar-lhe a tolice de ter me tratado mal. Agora tudo acabou; você aprendeu a sabedoria e é hora de realizar nosso banquete de casamento.

Então, os camareiros vieram e trouxeram-lhe as mais belas vestes; e seu pai e toda a sua corte já estavam lá, e a receberam em casa em seu casamento. Havia alegria em cada rosto e em cada coração. A festa foi grandiosa; eles dançaram e cantaram; todos estavam contentes; e eu só gostaria que eu e você tivéssemos sido convidados.

João de ferro

Era uma vez um rei que tinha uma grande floresta perto de seu palácio, cheia de todos os tipos de animais selvagens. Um dia, ele enviou um caçador para caçar uma corça, mas ele não voltou. *Talvez ele tenha sofrido algum acidente*, deduziu o rei e, no dia seguinte, enviou mais dois caçadores que deveriam procurá-lo, mas eles também não voltaram. Então, no terceiro dia, ele mandou chamar todos os seus caçadores e disse:

— Percorram toda a floresta e não desistam até que tenham encontrado todos os três.

Contudo, destes também, nenhum voltou para casa, nenhum foi visto novamente. Daquele momento em diante, ninguém mais se aventurava na floresta, e ela ficava lá em profunda quietude e solidão, e nada se via dela, exceto às vezes uma águia ou um falcão voando acima dela. Isso durou muitos anos, quando um caçador desconhecido se apresentou ao rei em buscando de uma colocação e se ofereceu para entrar na floresta perigosa. O rei, no entanto, não queria dar seu consentimento e disse:

— Não é seguro lá. Temo que você não se sairia melhor do que com os outros e que você nunca mais voltaria.

O caçador respondeu:

— Senhor, vou arriscar por minha conta e risco, não conheço o medo.

O caçador, portanto, partiu com seu cachorro para a floresta. Não demorou muito para que o cachorro farejasse alguma caça no caminho e quisesse persegui-la; mas o cão mal tinha dado dois passos quando parou diante de um lago profundo, não pôde ir mais longe, e um braço nu se esticou para fora d'água, agarrou-o e puxou-o para dentro. Quando o caçador viu isso, ele voltou e trouxe três homens para vir com baldes e tirar a água. Quando puderam ver o fundo, havia um homem selvagem cujo corpo era da cor do ferro enferrujado e cujos cabelos caíam sobre o rosto indo até os joelhos. Eles o amarraram com cordas e o levaram para o castelo. Houve grande espanto com o homem selvagem; o rei, no entanto, mandou colocá-lo em uma gaiola de ferro no pátio e proibiu que a porta fosse aberta sob pena de morte, e a própria rainha deveria guardar a chave em seu poder. E a partir desse momento todos podiam novamente entrar na floresta em segurança.

O rei tinha um filho de oito anos, que certo dia brincava no pátio, e, enquanto ele brincava, sua bola dourada caiu na gaiola. O menino correu até lá e disse:

— Me dê minha bola.

— Não antes de você ter aberto a porta para mim — respondeu o homem.

— Não — disse o menino —, não farei isso; o rei proibiu.

E fugiu. No dia seguinte ele foi novamente e pediu a bola; o homem selvagem disse:

— Abra minha porta. — Mas o menino não o fez.

No terceiro dia, o rei tinha saído para caçar, e o menino foi mais uma vez e disse:

— Eu não posso abrir a porta mesmo se eu quisesse, porque não tenho a chave.

— Está debaixo do travesseiro da sua mãe, você pode pegar lá.

O menino, que queria ter sua bola de volta, abandonou toda sensatez e trouxe a chave. A porta se abriu com dificuldade e o menino machucou os dedos. Quando ela se abriu, o homem selvagem saiu, deu-lhe a bola de ouro e saiu correndo. O menino ficou com medo; chamou e gritou atrás dele:

— Oh, homem selvagem, não vá embora, ou vou apanhar!

O homem selvagem voltou, pegou-o, colocou-o sobre os ombros, e correu para a floresta.

Quando o rei voltou para casa, viu a gaiola vazia e perguntou à rainha como isso havia acontecido. Ela não sabia nada e procurou a chave, mas esta havia sumido. Ela chamou o menino, mas ninguém respondeu. O rei enviou pessoas para procurá-lo nos campos, mas elas não o encontraram. Então ele conseguia adivinhar facilmente o que havia acontecido, e muita tristeza se abateu sobre a corte real.

Quando o homem selvagem chegou mais uma vez à floresta escura, ele tirou o menino do ombro e disse-lhe:

— Você nunca mais verá seu pai ou sua mãe, mas eu o manterei comigo, pois você me libertou e sinto compaixão por você. Se fizer tudo o que eu lhe ordenar, você se ficará bem. Tenho tesouro e ouro bastante e mais do que qualquer um no mundo.

Ele fez uma cama de musgo para o menino, na qual este dormiu, e, na manhã seguinte, o homem o levou a um poço e disse:

— Observe, o poço de ouro está límpido e claro como cristal, você deve sentar-se ao lado dele e cuidar para que nada caia nele, ou ficará poluído. Virei todas as noites para ver se você obedeceu à minha ordem.

O menino colocou-se à beira do poço e várias vezes viu um peixe ou uma cobra dourados aparecer nele e cuidou para que nada caísse dentro dele. Enquanto ele estava sentado, seu dedo doída tanto que, sem pensar, ele o colocou na água. Ele tirou-o rapidamente, mas viu que estava dourado, e qualquer esforço que fizesse para lavar o ouro, foi em vão. À noite, João de Ferro voltou, olhou para o menino e disse:

— O que aconteceu com o poço?

— Nada, nada — o garoto respondeu e manteve a mão atrás das costas para que o homem não visse o dedo.

Mas o homem disse:

— Você mergulhou o dedo na água, desta vez pode passar, mas tome cuidado para não deixar nada entrar nela de novo.

Ao raiar do dia o menino já estava ao lado do poço vigiando-o. Seu dedo doeu de novo e ele passou a mão na cabeça, e então, infelizmente, um fio de cabelo caiu no poço. Ele logo o retirou, mas já estava bem dourado. João de Ferro veio, e já sabia o que tinha acontecido.

— Você deixou cair um fio de cabelo no poço — disse ele. — Vou permitir que você vigie mais uma vez, mas se isso acontecer pela terceira vez, o poço estará poluído e você não poderá mais ficar comigo.

No terceiro dia, o menino sentou-se junto ao poço e não mexeu o dedo, por mais que doesse. Mas o tempo era longo para ele, e ele olhou para o reflexo de seu rosto na superfície da água. E como ele se abaixava ainda mais e mais enquanto fazia isso, tentando olhar diretamente nos olhos, seu cabelo comprido escorregou de seus ombros para a água. Ele se levantou depressa, mas todo o cabelo de sua cabeça já estava dourado e brilhava como o sol. Você pode imaginar o quão aterrorizado o pobre menino estava! Tirou o lenço do bolso e amarrou-o na cabeça, para que o homem não o visse. Quando ele chegou já sabia de tudo, e disse:

— Tire o lenço.

Então, os cabelos dourados se soltaram, e não importava o quanto o menino se desculpasse, não adiantou.

— Você não passou no teste e não pode mais ficar aqui. Saia pelo mundo, lá você aprenderá o que é a pobreza. Mas como você não tem um mau coração, e como eu lhe desejo o bem, há uma coisa que vou lhe conceder; se você se deparar com alguma dificuldade, venha até a floresta e grite: *João de Ferro*, e então virei ajudá-lo. Meu poder é grande, maior do que você pensa, e tenho ouro e prata em abundância.

Então, o filho do rei deixou a floresta e vagou por caminhos explorados e inexplorados até chegar a uma grande cidade. Lá, ele procurou trabalho, mas não encontrou nenhum, e não aprendeu nada com que pudesse se ajudar. Por fim, foi ao palácio e perguntou se o aceitavam. As pessoas da corte não sabiam que uso poderiam fazer dele, mas gostaram dele e disseram-lhe para ficar. Por fim, o cozinheiro o colocou a seu serviço e disse que ele poderia carregar lenha e água e recolher as cinzas. Certa vez, quando não havia mais ninguém por perto, o cozinheiro ordenou que ele levasse a comida para a mesa real, mas, como ele não gostava de deixar que vissem seus cabelos dourados, continuou com o gorro. Uma coisa dessas nunca tinha chegado ao conhecimento do rei, e ele disse:

— Quando vieres à mesa real, deves tirar o chapéu.

O menino respondeu:

— Ah, senhor, não posso; estou com uma ferida na cabeça.

Então, o rei chamou o cozinheiro e o repreendeu, e perguntou como ele podia ter um menino como aquele a seu serviço; e que deveria mandá-lo embora imediatamente. O cozinheiro, porém, teve pena do garoto e o trocou pelo ajudante do jardineiro.

E agora o menino tinha que plantar e regar o jardim, capinar e cavar, e suportar o vento e o mau tempo. Certa vez, no verão, enquanto trabalhava sozinho no jardim, o dia estava tão quente que ele tirou o gorro para que o ar o refrescasse. Quando o sol brilhou sobre seu cabelo, ele reluziu e resplandeceu de modo que os raios bateram no quarto da filha do rei, e ela correu para ver o que poderia ser. Então, ela viu o menino e gritou para ele:

— Garoto, traga-me uma guirlanda de flores.

Ele colocou o gorro com toda a pressa, juntou flores do campo e as amarrou. Quando ele estava subindo as escadas com elas, o jardineiro o encontrou e disse:

— Como você pode levar para a filha do rei uma guirlanda de flores tão comuns? Vá depressa e pegue outra, e procure as mais bonitas e raras.

— Ah, não — respondeu o menino —, as selvagens são mais perfumadas e vão agradá-la mais.

Quando ele entrou na sala, a filha do rei disse:

— Tire o gorro, não é apropriado mantê-lo na minha presença.

Ele novamente disse:

— Não posso, estou com dor de cabeça.

No entanto, ela agarrou o gorro e o arrancou, e então o cabelo dourado dele caiu sobre os ombros e era esplêndido de se ver. Ele queria sair correndo, mas ela o segurou pelo braço e lhe deu um punhado de ducados. Com isto, ele foi embora, mas não se importava com as moedas de ouro. Ele as levou para o jardineiro e disse:

— As dê para seus filhos, eles podem brincar com elas.

No dia seguinte, a filha do rei pediu mais uma vez que ele lhe trouxesse uma guirlanda de flores do campo; e, quando ele entrou levando-a, no mesmo instante ela arrancou o gorro e queria tomá-lo dele, porém, ele o segurou com as duas mãos. Ela mais uma vez deu a ele um punhado de ducados, mas ele não os guardou, e os deu ao jardineiro como brinquedos para seus filhos. No terceiro dia, as coisas ocorreram do mesmo jeito; ela não conseguiu tirar o gorro dele, e ele não aceitava o dinheiro dela.

Pouco tempo depois, o país foi tomado pela guerra. O rei reuniu seu povo e não sabia se poderia ou não oferecer alguma oposição ao inimigo, que era superior em força e tinha um exército poderoso. Então, o ajudante de jardineiro disse:

— Já estou crescido e também vou para a guerra, só me deem um cavalo.

Os outros riram e disseram:

— Procure um para si mesmo depois que partirmos, vamos deixar um para trás no estábulo para você.

Quando eles saíram, ele entrou no estábulo e levou o cavalo para fora; era manco de um pé, e mancava *ploct ploc, ploct ploc*; mesmo assim, ele o montou e cavalgou para a floresta escura. Quando chegou à periferia, chamou *João de Ferro* três vezes, tão alto que ecoou pelas árvores. Logo após, o homem selvagem apareceu imediatamente e disse:

— O que deseja?

— Quero um corcel forte, pois estou indo para as guerras.

— Isso você terá, e ainda mais do que pede.

Então, o homem selvagem voltou para a floresta, e não demorou muito para que um cavalariço saísse dela, conduzindo um cavalo que bufava pelas narinas e mal podia ser contido, e atrás deles seguia uma grande tropa de guerreiros inteiramente equipados com armas de ferro, e suas espadas reluziam ao sol. O jovem entregou seu cavalo de três patas ao cavalariço, montou o outro e cavalgou à frente dos soldados. Quando se aproximou do campo de batalha, grande parte dos homens do rei já havia caído, e pouco faltava para fazer o resto se entregar. Então, o jovem galopou até lá com seus soldados de ferro, se abateu como um furacão sobre o inimigo e derrotou todos os que se opunham a ele. Eles começaram a fugir, mas o jovem os perseguiu e não parou, até que não sobrava um único homem. Em vez de retornar ao rei, porém, ele conduziu sua tropa por atalhos de volta à floresta e convocou João de Ferro.

— O que você deseja? — perguntou o homem selvagem.

— Tome de volta seu cavalo e suas tropas, e me dê meu cavalo de três patas novamente.

Tudo o que ele pediu foi feito, e logo ele estava montado em seu cavalo de três patas. Quando o rei voltou ao seu palácio, sua filha foi ao seu encontro e parabenizou-o por sua vitória.

— Não fui eu quem conquistou a vitória — disse ele —, mas um cavaleiro estranho que veio em meu auxílio com seus soldados.

A filha queria saber quem era o cavaleiro desconhecido, mas o rei não sabia, e disse:

— Ele seguiu o inimigo, e eu não o vi de novo.

Ela perguntou ao jardineiro onde estava seu garoto, mas ele sorriu e disse:

— Ele acabou de voltar para casa em seu cavalo de três patas, e os outros estão zombado dele, gritando *Aí vem nosso* ploct ploct *de volta!* Eles também perguntaram: *Debaixo de qual cerca você esteve dormindo o tempo todo?* Então, ele respondeu: *Fiz melhor que todos, e as coisas teriam acabado mal sem mim*. E, então, ele foi ainda mais ridicularizado.

O rei disse à filha:

— Vou proclamar que haverá um grande banquete que durará três dias, e você atirará uma maçã de ouro. Talvez o desconhecido apareça.

Quando o banquete foi anunciado, o jovem saiu para a floresta e chamou João de Ferro.

— O que você deseja? — perguntou ele.

— Quero conseguir pegar a maçã dourada da filha do rei.

— É tão certo como se você já a tivesse — respondeu João de Ferro. — Você também terá uma armadura vermelha para a ocasião e montará um vigoroso cavalo castanho-avermelhado.

Quando chegou o dia, o jovem galopou até o local, tomou seu lugar entre os cavaleiros e não foi reconhecido por ninguém. A filha do rei adiantou-se e atirou uma maçã de ouro para os cavaleiros, mas nenhum deles a pegou, a não ser ele, só que assim que a pegou, partiu a galope.

No segundo dia, João de Ferro o equipou como um cavaleiro branco e lhe deu um cavalo branco. Mais uma vez ele foi o único que pegou a maçã, e não se demorou um instante, mas partiu galopando com ela. O rei ficou zangado e disse:

— Isso não é permitido; ele deve comparecer diante de mim e dizer seu nome.

Ele deu a ordem de que, se o cavaleiro que pegou a maçã fosse embora novamente, eles deveriam persegui-lo, e se ele não voltasse de boa vontade, eles deveriam golpeá-lo e esfaqueá-lo.

No terceiro dia, ele recebeu de João de Ferro uma armadura preta e um cavalo preto, e mais uma vez pegou a maçã. Contudo, quando ele estava indo embora com ela, os servos do rei o perseguiram, e um deles chegou tão perto dele que feriu a perna do jovem com a ponta de sua espada. O jovem, no entanto, escapou deles, mas seu cavalo saltou tão violentamente que o capacete caiu da cabeça do jovem, e eles puderam ver que ele tinha cabelos dourados. Eles voltaram e anunciaram isso ao rei.

No dia seguinte, a filha do rei perguntou ao jardineiro sobre seu garoto.

— Ele está trabalhando no jardim; a estranha criatura também esteve no festival e só voltou para casa ontem à noite; ele também mostrou aos meus filhos três maçãs de ouro que ganhou.

O rei o chamou à sua presença, e ele veio e mais uma vez estava com seu gorrinho na cabeça. No entanto, a filha do rei foi até ele e o tirou, e, então, seus cabelos dourados caíram sobre seus ombros, e ele era tão belo que todos ficaram maravilhados.

— Você é o cavaleiro que vinha todos os dias ao festival, sempre em cores diferentes, e que pegou as três maçãs de ouro? — perguntou o rei.

— Sim — respondeu ele —, e aqui estão as maçãs.

E as tirou do bolso e as devolveu ao rei.

— Se deseja mais provas, pode ver a ferida que seus homens me fizeram quando me perseguiram. E eu também sou o cavaleiro que o ajudou a conquistar a vitória sobre seus inimigos.

— Se você é capaz de realizar tais feitos, não é um ajudante de jardineiro; diga-me, quem é seu pai?

— Meu pai é um rei poderoso, e tenho ouro em abundância, tanto quanto quiser.

— Vejo bem — disse o rei —, que lhe devo meus agradecimentos; posso fazer alguma coisa para agradá-lo?

— Sim — respondeu ele —, isso de fato você pode. Dê-me sua filha por esposa.

A donzela riu e disse:

— Ele não gosta muito de cerimônia, mas eu já percebi por seus cabelos dourados que ele não era um ajudante de jardineiro.

E, então, ela foi até ele e o beijou. O pai e a mãe dele compareceram ao casamento e ficaram muito felizes, pois haviam perdido toda a esperança de rever seu querido filho. E, enquanto estavam sentados no banquete de casamento, a música parou de repente, as portas se abriram e um rei majestoso entrou com uma grande comitiva. Aproximou-se do jovem, abraçou-o e disse:

— Sou João de Ferro e, por um encanto, fui um homem selvagem, mas tu me libertaste; todos os tesouros que possuo serão sua propriedade.

Pele de gato

Era uma vez um rei cuja rainha tinha cabelos do mais puro ouro e era tão bela que não havia quem se comparasse a ela em toda a face da terra. Mas essa linda rainha adoeceu e, quando sentiu que seu fim se aproximava, chamou o rei e disse:

— Prometa-me que nunca mais se casará, a menos que encontre uma esposa tão bela quanto eu, e que tenha cabelos dourados como os meus.

Então, quando o rei, em sua dor prometeu tudo o que ela pedira, ela fechou os olhos e morreu. No entanto, o rei estava inconsolável e, por muito tempo, nunca pensou em tomar outra esposa. Por fim, porém, seus conselheiros disseram:

— Isso não pode continuar; o rei precisa se casar novamente, para que possamos ter uma rainha.

Assim, mensageiros foram enviados para todas as partes, em busca de uma noiva tão bonita quanto a falecida rainha. Contudo, não havia princesa no mundo tão linda; e, se houvesse, ainda não havia nenhuma que tivesse cabelos dourados. Então, os mensageiros voltaram para casa e seus esforços foram em vão.

Ora, o rei tinha uma filha, que era tão bela quanto a mãe e que tinha o mesmo cabelo dourado. E, quando ela cresceu, o rei olhou para ela e viu que ela era exatamente como sua falecida rainha; então, ele disse a seus cortesãos:

— Não posso me casar com minha filha? Ela é a imagem exata de minha falecida esposa; a menos que eu a despose, não encontrarei nenhuma noiva em toda a terra, e vocês dizem que deve haver uma rainha.

Quando os cortesãos ouviram isso, ficaram chocados e disseram:

— Que os céus impeçam que um pai se case com sua filha! De tão grande pecado não pode vir nada de bom.

E a filha também ficou chocada, mas esperava que o rei logo desistisse de tais pensamentos; então, ela lhe disse:

— Antes de me casar com alguém, devo ter três vestidos: um deve ser de ouro, como o sol; outro deve ser de prata cintilante, como a lua; e o terceiro deve ser fulgurante como as estrelas; além disso, quero um manto de mil tipos de peles diferentes, para o qual cada animal do reino deve dar uma parte de sua pele.

E, desse modo, ela imaginou que ele não pensaria mais no assunto. Entretanto o rei fez os artesãos mais habilidosos de seu reino tecerem os três vestidos: um dourado, como o sol; outro prateado, como a lua; e um terceiro resplandecente, como as estrelas; e seus caçadores foram instruídos a caçar todos os animais do reino e a tirar a melhor parte de suas peles, desse modo, foi feito um manto de mil peles.

Quando todos estavam prontos, o rei os enviou a ela; mas ela se levantou à noite, quando todos estavam dormindo, e pegou três de seus pertences: um anel, um colar e um broche de ouro, e embalou os três vestidos, do sol, da lua e das estrelas, em uma casca de noz, e envolveu-se no manto feito de todos os tipos de peles, e sujou o rosto e as mãos com fuligem. Então, ela se lançou para o céu em busca de ajuda em sua necessidade; foi embora e viajou a noite inteira, até que, por fim, chegou a um grande bosque. Como estava muito cansada, sentou-se no oco de uma árvore e logo adormeceu e ali dormiu até o meio-dia.

Ora, como o rei a quem o bosque pertencia estava caçando, seus cães foram até a árvore e começaram a farejar, a correr ao redor dela e a latir.

— Olhem bem! — disse o rei aos caçadores —, e vejam que tipo de caça está lá.

E os caçadores foram até a árvore, e quando retornaram disseram:

— Na árvore oca há uma fera como nunca vimos antes; sua pele parece ter mil tipos de pelo, mas lá está dormindo profundamente.

— Vejam — disse o rei —, se conseguem capturá-la viva, e nós a levaremos conosco.

Então, os caçadores a ergueram, e a donzela acordou e ficou muito assustada, e disse:

— Sou uma pobre criança que não tem pai nem mãe; tenham piedade de mim e me levem com vocês.

Então, eles disseram:

— Sim, senhorita Pele de Gato, você serve para a cozinha; você pode varrer as cinzas e fazer coisas desse tipo.

Então, eles a colocaram na carruagem e levaram-na para o palácio do rei. Depois, eles lhe mostraram um cantinho embaixo da escada, onde nenhuma luz do dia jamais espiava, e disseram:

— Pele de Gato, você pode deitar e dormir ali.

E ela foi enviada para a cozinha, onde a mandaram buscar lenha e água, abanar o fogo, depenar as aves, colher as ervas, recolher as cinzas e fazer todo o trabalho pesado.

Assim, Pele de Gato viveu por muito tempo em grande tristeza. *Ah! linda princesa!*, pensava ela, *o que será de você agora?* Contudo, aconteceu um dia que um banquete estava para ser realizado no castelo do rei, então, ela disse ao cozinheiro:

— Posso subir um pouco e ver o que está acontecendo? Vou tomar cuidado e ficar atrás da porta.

E o cozinheiro disse:

— Sim, pode ir, mas volte em meia hora, para recolher as cinzas.

Então, ela pegou sua pequena lamparina, entrou em seu quartinho e tirou a capa de peles, lavou a fuligem do rosto e das mãos, de modo que sua beleza brilhou como o sol por trás das nuvens. Em seguida, ela abriu a casca de noz, tirou dela o vestido que brilhava como o sol e foi para o banquete. Todos abriram caminho para ela, pois ninguém a conhecia, e pensavam que ela não poderia ser menos que a filha de um rei. O rei, no entanto, aproximou-se dela, estendeu a mão e dançou com ela; e ele pensou em seu coração: *Jamais vi alguém tão bela.*

Quando a dança terminou, ela fez uma reverência; e quando o rei olhou ao redor, procurando-a, ela havia partido, ninguém sabia dizer para onde. Os guardas que estavam nos portões do castelo foram chamados, mas não haviam visto ninguém. A verdade era que ela havia corrido para seu quartinho, tirado o vestido, sujado o rosto e as mãos, colocado o manto de peles e voltado a ser Pele de Gato. Quando ela entrou na cozinha para fazer seu trabalho e começou a varrer as cinzas, o cozinheiro disse:

— Deixe isso para amanhã e aqueça a sopa do rei; eu gostaria de correr agora e dar uma espiada; mas tome cuidado para não deixar cair um fio de cabelo nela, ou você corre o risco de nunca mais comer.

Assim que o cozinheiro saiu, Pele de Gato esquentou a sopa do rei e antes torrou uma fatia de pão, o melhor que pôde; e quando ficou pronta, ela foi procurar no quarto seu pequeno anel de ouro e o colocou no prato que continha a sopa. Terminada a dança, o rei ordenou que trouxessem sua sopa; e o agradou tanto, que ele pensou que nunca tinha provado algo tão bom antes. No fundo do prato, ele viu um anel de ouro, e como não era capaz de imaginar como tinha chegado lá, ordenou que chamassem o cozinheiro. O cozinheiro se assustou ao ouvir a ordem e disse a Pele de Gato:

— Você deve ter deixado cair um fio de cabelo na sopa; se for verdade, vai levar uma boa surra.

Então, ele foi até o rei, que perguntou quem tinha preparado a sopa.

— Eu — respondeu o cozinheiro.

O rei, porém, disse:

— Isso não é verdade; estava melhor preparada do que você seria capaz fazer.

Então, ele respondeu:

— Para dizer a verdade eu não a preparei, foi Pele de Gato.

— Então, faça Pele de Gato vir até aqui — disse o rei, e quando ela veio, ele perguntou a ela. — Quem é você?

— Eu sou uma pobre criança — respondeu ela —, que perdeu pai e mãe.

— Como chegou ao meu palácio? — perguntou ele.

— Não presto para nada — disse ela —, a não ser para ser ajudante de cozinha, e ter botas e sapatos jogados na minha cabeça.

— Mas como você conseguiu o anel que estava na sopa? — perguntou o rei.

Então, ela não admitiu que sabia alguma coisa sobre o anel; assim, o rei a mandou embora de novo para cuidar de seu serviço.

Depois de algum tempo, houve outro banquete, e Pele-de-gato pediu ao cozinheiro que a deixasse subir e espiar como antes.

— Sim — disse ele —, mas volte em meia hora, e cozinhe para o rei a sopa de que ele tanto gosta.

Então, ela correu até seu quartinho, limpou-se depressa, pegou seu vestido prateado como a lua e o colocou; e quando ela entrou, parecendo a filha de um rei; o rei se aproximou dela e se alegrou por vê-la novamente e, quando o baile começou, dançou com ela. Depois que a dança terminou, ela conseguiu escapar, com tanta esperteza que o rei não viu para onde ela tinha ido; mas ela entrou em seu quartinho, se transformou em Pele de Gato mais uma vez e foi para a cozinha preparar a sopa. Enquanto o cozinheiro estava no andar de cima, ela pegou o colar de ouro e o colocou na sopa; então, foi levada ao rei, que a comeu, e o agradou tanto quanto antes; em seguida, ele mandou chamar o cozinheiro, que foi mais uma vez forçado a lhe dizer que Pele de Gato a havia cozinhado. Pele de Gato foi trazida outra vez perante o rei, mas ela ainda lhe disse que só servia para ter botas e sapatos jogados em sua cabeça.

Entretanto, quando o rei ordenou que um banquete fosse preparado pela terceira vez, aconteceu exatamente como antes.

— Você deve ser uma bruxa, Pele de Gato — disse o cozinheiro —; pois você sempre coloca algo em sua sopa, de forma que agrada ao rei mais do que a minha.

No entanto, ele a deixou subir como antes. Então, ela colocou seu vestido que cintilava como as estrelas e entrou no salão de baile vestida nele; o rei dançou com ela mais uma vez e pensou que ela nunca estivera tão linda como naquele momento. Então, enquanto dançava com ela, ele colocou um anel de ouro em seu dedo sem que ela percebesse e ordenou que a dança continuasse por muito tempo. Quando terminou, ele a teria segurado com força pela mão, mas ela escapuliu e correu tão depressa entre a multidão que ele a perdeu de vista; e ela correu o mais rápido que pôde para seu quartinho sob a escadaria. No entanto, desta vez ela ficou longe por tempo demais e passou da meia hora; assim, não teve tempo de tirar seu belo vestido, jogou seu manto de pele por cima dele e, em sua pressa, não se sujou toda de fuligem, mas deixou um de seus dedos limpo.

Então, ela correu para a cozinha e preparou a sopa do rei; e, assim, que o cozinheiro saiu, ela colocou o broche de ouro no prato. Quando o rei chegou ao fundo, ordenou que chamassem Pele de Gato mais uma vez, e logo viu o dedo limpo e o anel que havia colocado nele enquanto dançavam; então, ele pegou a mão dela e segurou firme, e, quando ela quis se soltar e correr, a capa de pele caiu um pouco de um lado, e o vestido estrelado faiscou por baixo.

Então, ele pegou a pele e a arrancou, e seus cabelos dourados e sua bela forma foram vistos, e ela não podia mais se esconder; assim, ela lavou a fuligem e as cinzas de seu rosto e se mostrou a princesa mais bela sobre a face da terra. O rei por sua vez declarou:

— Você é minha noiva amada, e nunca mais nos separaremos.

E a festa de casamento foi realizada, e foi um dia feliz, como já se ouviu ou se viu naquele país, ou, aliás, em qualquer outro.

Branca de Neve e Rosa Vermelha

Era uma vez uma pobre viúva que morava em uma cabana solitária. Em frente à cabana havia um jardim onde havia duas roseiras, uma das quais dava rosas brancas e a outra, rosas vermelhas. Ela tinha duas filhas que eram como as duas roseiras, e uma se chamava Branca de Neve e a outra Rosa Vermelha. Elas eram tão boas e felizes, tão brincalhonas e alegres como poderiam ser duas crianças no mundo; a única diferença era que Branca de Neve era mais quieta e gentil do que Rosa Vermelha. Rosa Vermelha gostava mais de correr pelos prados e campos procurando flores e pegando borboletas; mas Branca de Neve sentava-se em casa com a mãe e a ajudava nas tarefas domésticas, ou lia para ela quando não havia nada para fazer.

As duas crianças gostavam tanto uma da outra que sempre estavam de mãos dadas quando saíam juntas, e, quando Branca de Neve dizia:

— Não vamos nos separar.

Rosa Vermelha respondia:

— Nunca enquanto nós vivermos.

E a mãe delas acrescentava:

— O que uma tiver, deve compartilhar com a outra.

Muitas vezes, elas corriam sozinhas pela floresta e colhiam frutas vermelhas, e nenhum animal lhes fazia mal, mas aproximavam-se delas com confiança. A pequena lebre comia uma folha de repolho de suas mãos, a corsa pastava ao seu lado, o veado saltava alegremente próximo a elas, e os pássaros ficavam parados nos galhos e cantavam tudo o que sabiam.

Nenhum mal lhes acontecia; se elas tivessem ficado até muito tarde na floresta e a noite chegasse, elas se deitavam perto uma da outra sobre o musgo e dormiam até o amanhecer, e sua mãe sabia disso e não se preocupava com elas.

Certa vez, quando passaram a noite no bosque e o amanhecer as despertou, viram uma linda criança com um vestido branco brilhante sentada perto de sua cama. Ela se levantou e olhou para elas com muita gentileza, mas não disse nada e entrou na floresta. E quando olharam ao redor, descobriram que estiveram dormindo bem perto de um precipício, e com certeza teriam caído nele, na escuridão, caso tivessem dado apenas alguns passos adiante. E sua mãe lhes disse que o menino deveria ser o anjo que guarda as crianças boas.

Branca de Neve e Rosa Vermelha mantinham a casinha da mãe tão arrumada que era um prazer olhar dentro dela. No verão, Rosa Vermelha cuidava da casa e todas as manhãs colocava, ao lado da cama de sua mãe, antes que ela acordasse, uma grinalda de flores na qual havia uma rosa de cada arbusto. No inverno, Branca de Neve acendia o fogo e colocava a chaleira no fogo. A chaleira era de cobre e brilhava como ouro, de tão bem polida que era. À noite, quando os flocos de neve caíam, a mãe dizia:

— Vá, Branca de Neve, e tranque a porta — e então elas se sentavam ao redor da lareira, e a mãe pegava seus óculos e lia em voz alta de um grande livro, e as duas meninas ouviram enquanto fiavam. E, perto delas, ficava uma ovelha deitada no chão, e atrás delas, em um poleiro, estava uma pomba branca com a cabeça escondida sob as asas.

Uma noite, enquanto estavam sentadas juntas confortavelmente, alguém bateu à porta como se quisesse entrar. A mãe disse:

— Depressa, Rosa Vermelha, abra a porta, deve ser um viajante à procura de abrigo.

Rosa Vermelha foi e moveu o trinco, pensando que era um homem pobre, mas não era; era um urso que esticava sua cabeça larga e preta para dentro da porta.

Rosa Vermelha gritou e saltou para trás, a ovelha baliu, a pomba esvoaçou e Branca de Neve se escondeu atrás da cama de sua mãe. Mas o urso começou a falar e disse:

— Não tenham medo, não vou lhes fazer mal! Estou quase congelado e só quero me aquecer um pouco junto de vocês.

— Pobre urso — disse a mãe —, deite-se perto do fogo, só tome cuidado para não queimar seu pelo.

Depois disso, ela chamou:

— Branca de Neve, Rosa Vermelha, venham, o urso não vai lhes fazer mal, ele é bondoso.

Então, ambas saíram de seus esconderijos, e depois de um tempo a ovelha e a pomba se aproximaram, e não tiveram medo dele. O urso disse:

— Aqui, crianças, tirem um pouco a neve do meu pelo.

Então, elas trouxeram a vassoura e limparam o pelo do urso; e ele se esticou perto do fogo e rosnou bem satisfeito e confortável. Não demorou muito para que elas se acostumassem e brincassem com seu convidado desajeitado. Puxavam-lhe o pelo com as mãos, colocavam os pés nas costas dele e faziam-no rolar, ou pegavam numa vara de avelã e batiam nele, e quando ele rosnava, elas riam. O urso, porém, levou tudo na brincadeira, apenas quando elas eram brutas demais ele pedia:

Deixem-me vivo, crianças, não me matem,
Vocês, Branca de Neve, Rosa Vermelha,
Vão arrancar do pretendente a orelha?

Quando chegou a hora de dormir, e as outras foram para a cama, a mãe disse ao urso:

— Você pode ficar deitado ali perto da lareira, e então estará a salvo do frio e do mau tempo.

Assim que o dia amanheceu, as duas crianças o deixaram sair, e ele trotou pela neve até a floresta.

Daí em diante, o urso vinha todas as noites no mesmo horário, deitava-se junto à lareira e deixava as crianças se divertirem com ele o quanto quisessem; e elas se acostumaram tanto com ele que as portas nunca eram trancadas até que seu amigo preto chegasse.

Quando a primavera chegou e tudo lá fora estava verde, o urso disse certa manhã a Branca de Neve:

— Agora devo ir embora e não posso voltar durante todo o verão.

— Para onde vai, então, querido urso? — questionou Branca de Neve.

— Preciso ir para a floresta e proteger meus tesouros dos anões malvados. No inverno, quando a terra está congelada, eles são obrigados a ficar no subsolo e não conseguem abrir caminho; mas, agora, quando o sol derreteu e aqueceu a terra, eles a rompem e saem para bisbilhotar e roubar; e o que cai em suas mãos e entra em suas cavernas, não volta a ver a luz do dia com facilidade.

Branca de Neve lamentou muito sua partida e, quando abriu a porta para ele, e o urso saiu correndo, ele esbarrou no trinco e um pedaço de seu casaco peludo foi arrancado, e Branca de Neve teve a impressão se ter visto ouro brilhando por baixo dele, mas ela não tinha certeza disso. O urso se afastou depressa e logo desapareceu atrás das árvores.

Pouco tempo depois, a mãe mandou as filhas para a floresta buscar lenha. Lá elas encontraram uma grande árvore caída no chão, e, perto do tronco, algo estava pulando para frente e para trás na grama, mas elas não conseguiam distinguir o que era. Quando se aproximaram, viram um anão com um rosto velho e mirrado e uma barba branca como a neve de um metro de comprimento. A ponta da barba estava presa em uma fenda da árvore, e o homenzinho estava pulando como um cachorro amarrado a uma corda, e não sabia o que fazer.

Ele encarou as garotas com seus olhos vermelhos como fogo e bradou:

— Por que estão aí paradas? Não podem vir aqui me ajudar?

— O que está fazendo, homenzinho? — perguntou Rosa Vermelha.

— Sua pata tola e curiosa! — retrucou o anão. — Eu ia cortar a árvore para pegar um pouco de lenha para cozinhar. O pouco de comida que nós temos queima logo com toras pesadas; nós não comemos tanto quanto vocês, pessoas grosseiras e gananciosas. Eu tinha acabado de inserir a cunha em segurança, e tudo estava indo como eu desejava; mas a maldita cunha era lisa demais e de repente saltou para fora, e a árvore se fechou tão rápido que não consegui tirar minha linda barba branca; então, agora está presa, e eu não consigo me soltar, e as coisinhas bobas, esguias e com cara de leite riem! Ah! Como são odiosas!

As crianças se esforçaram muito, mas não conseguiram arrancar a barba, estava muito bem presa.

— Vou correr e buscar alguém — disse Rosa-Vermelha.

— Sua pata tola! — rosnou o anão. — Por que você buscaria alguém? Vocês duas já são demais para mim; não consegue ter uma ideia melhor?

— Não seja impaciente — disse Branca de Neve —, eu vou ajudá-lo.

E ela tirou a tesoura do bolso e cortou a ponta da barba.

Assim que o anão percebeu que estava livre, pegou uma bolsa que estava entre as raízes da árvore, que estava cheia de ouro, e a ergueu, resmungando consigo mesmo:

— Gente grosseira, cortando um pedaço da minha elegante barba. Azar para vocês! — e então ele jogou a bolsa nas costas e foi embora sem olhar para as crianças uma única vez.

Algum tempo depois, Branca de Neve e Rosa Vermelha foram pegar um prato de peixe. Ao se aproximarem do riacho, viram algo parecido com um grande gafanhoto pulando em direção à água, como se fosse se atirar nela. Correram até ele e descobriram que era o anão.

— Aonde você vai? — perguntou Rosa Vermelha. — Certamente não quer entrar na água?

— Eu não sou tão tolo! — exclamou o anão. — Não vê que o maldito peixe quer me puxar para dentro?

O homenzinho estava sentado lá pescando e, por azar, o vento embaraçou sua barba com a linha de pesca; um momento depois, um grande peixe mordeu a isca e a criatura fraca não tinha forças para puxá-lo; o peixe tinha a vantagem e puxava o anão para ele. Ele se agarrava a todos os juncos e caniços, mas pouco adiantava, pois era obrigado a seguir os movimentos do peixe e corria o perigo iminente de ser arrastado para dentro d'água.

As meninas chegaram bem na hora; elas o seguraram com força e tentaram soltar sua barba da linha, mas tudo em vão, barba e linha estavam emboladas uma na outra. Não havia nada a fazer, a não ser pegar a tesoura e cortar a barba, desse modo uma pequena parte dela se foi. Quando o anão viu isso, gritou:

— Isso é civilizado, seu cogumelo venenoso, desfigurar o rosto de um homem? Não foi o suficiente cortar a ponta da minha barba? Agora você cortou a maior parte dela. Não posso me deixar ser visto pelo meu povo. Eu gostaria que vocês tivessem sido obrigadas a correr até furar as solas dos sapatos!

Então, ele pegou um saco de pérolas que estava entre os juncos e, sem dizer mais nada, arrastou-o para longe e desapareceu atrás de uma pedra.

Aconteceu que, pouco tempo depois, a mãe mandou as duas filhas até a cidade para comprarem agulhas e linhas, rendas e fitas. A estrada as conduziu por uma charneca na qual jaziam enormes pedaços de rocha. Lá elas notaram um grande pássaro pairando no ar, voando lentamente acima delas; desceu cada vez mais e por fim pousou perto de uma rocha não muito longe. Imediatamente elas ouviram um grito alto e miserável. Elas correram e viram com horror que a águia havia agarrado seu velho conhecido, o anão, e ia levá-lo embora.

As crianças, cheias de pena, imediatamente agarraram o homenzinho com força e puxaram contra a águia por tanto tempo que, por fim, ela soltou seu tesouro. Assim que o anão se recuperou do primeiro susto, ele gritou com sua voz estridente:

— Vocês não poderiam ter feito isso com mais cuidado! Puxaram tanto meu casaco marrom que ele ficou todo rasgado e esburacado, suas criaturas desastradas!

Então, ele pegou uma sacola cheia de pedras preciosas, e escapuliu de novo por baixo da rocha e para dentro de sua toca. As meninas, já acostumadas à sua ingratidão, seguiram seu caminho e fizeram seus negócios na cidade.

Ao cruzarem novamente a charneca a caminho de casa, surpreenderam o anão, que esvaziara sua sacola de pedras preciosas em um local limpo e não pensara que alguém passaria por ali tão tarde. O sol da tarde brilhou sobre as pedras radiantes; elas reluziam e cintilavam com todas as cores de forma tão linda que as crianças ficaram paradas e as observaram.

— Por que vocês estão aí de boca aberta? — exclamou o anão, e seu rosto cinza-acinzentado ficou vermelho-cobre de raiva. Ele ainda estava xingando quando um rosnado alto foi ouvido, e um urso preto veio, saído da floresta, trotando em direção a eles. O anão saltou assustado, mas não conseguiu chegar à sua caverna, pois o urso já estava perto. Então, no pavor de seu coração, ele gritou:

— Caro sr. Urso, poupe-me, eu lhe darei todos os meus tesouros; olhe, as belas joias que estão ali! Conceda-me minha vida; o que você quer com um sujeitinho tão magro como eu? Você não me sentiria entre seus dentes. Vamos, pegue essas duas garotas malvadas, elas são porções tenras para você, gordas como codornizes; por piedade, coma-as!

O urso não deu atenção às suas palavras, mas deu um único golpe com a pata na criatura perversa, que não se moveu novamente.

As meninas haviam fugido, mas o urso as chamou:

— Branca de Neve e Rosa Vermelha, não tenham medo; esperem, irei com vocês.

Então, elas reconheceram sua voz e esperaram, e, quando ele se aproximou delas, de repente, sua pele de urso caiu, e ele ficou ali um homem belo, todo vestido de ouro.

— Sou filho de um rei — disse ele —, e fui enfeitiçado por aquele anão perverso, que roubou meus tesouros. Fui obrigado a que percorrer a floresta como um urso selvagem até ser libertado por sua morte. Agora, ele tem seu merecido castigo.

Branca de Neve casou-se com ele, e Rosa Vermelha com seu irmão, e eles dividiram entre si o grande tesouro que o anão acumulara em sua caverna. A velha mãe viveu em paz e feliz com suas filhas por muitos anos. Ela levou as duas roseiras com ela, e elas ficavam diante de sua janela, e todos os anos davam as mais belas rosas, brancas e vermelhas.

Irmãozinho e irmãzinha

Irmãozinho pegou sua irmãzinha pela mão e disse:

— Desde que nossa mãe morreu, não tivemos felicidade; nossa madrasta nos bate todos os dias, e se nos aproximamos dela, ela nos chuta. Nossas refeições são as cascas duras de pão que sobram. O cachorrinho que fica debaixo da mesa está em melhor situação, pois muitas vezes ela lhe joga um bom pedaço de carne. Que Deus tenha pena de nós! Se nossa mãe soubesse! Venha, sairemos juntos mundo afora.

Caminharam o dia inteiro por prados, campos e lugares pedregosos; e, quando choveu, a irmãzinha disse:

— O céu e nossos corações estão chorando juntos.

À noite, chegaram a uma grande floresta e estavam tão cansados devido à tristeza, à fome e à longa caminhada que se deitaram em uma árvore oca e adormeceram.

No dia seguinte, quando acordaram, o sol já estava alto e brilhava quente sobre a árvore. Então, o irmãozinho disse:

— Irmãzinha, estou com sede. Se eu soubesse de um pequeno riacho, iria até lá beber. Acho que ouço um correndo.

O irmãozinho se levantou e pegou a irmãzinha pela mão, e eles partiram para encontrar o riacho.

Mas a madrasta malvada era uma bruxa e tinha visto como as duas crianças tinham ido embora. Ela se esgueirou atrás deles, da forma que as bruxas se esgueiram, e enfeitiçou todos os riachos da floresta.

Bem, quando eles encontraram um pequeno riacho correndo alegremente sobre as pedras, o irmãozinho ia beber dele, mas a irmãzinha ouviu como ele dizia enquanto corria:

> *Quem de mim beber, um Tigre se tornará!*
> *Quem de mim beber, um Tigre se tornará!*

Então, a irmãzinha gritou:

— Por favor, querido irmãozinho, não beba, ou você se tornará uma fera selvagem e me despedaçará.

O irmãozinho não bebeu, embora estivesse com muita sede, mas disse:

— Vou esperar pelo próximo riacho.

Quando chegaram ao próximo riacho, a irmãzinha o ouviu dizer:

Quem de mim beber, um Lobo selvagem será!
Quem de mim beber, um Lobo selvagem será!

Então, a irmãzinha gritou:

— Por favor, querido irmãozinho, não beba, ou você se transformará em um lobo e me devorará.

O irmãozinho não bebeu e disse:

— Vou esperar até chegarmos ao próximo riacho, mas, então, terei que beber, não importa o que diga; pois minha sede é grande demais.

E, quando chegaram ao terceiro riacho, a irmãzinha ouviu o que ele dizia enquanto corria:

Quem de mim beber, em um Cervo se transformará!
Quem de mim beber, em um Cervo se transformará!

A irmãzinha disse:

— Oh, eu lhe peço, querido irmãozinho, não beba, ou você se transformará em um cervo e fugirá de mim.

Mas o irmãozinho havia se ajoelhado junto ao riacho, se abaixado e bebido um pouco da água. E assim que as primeiras gotas tocaram seus lábios, ele se transformou em um jovem cervo.

E, então a irmãzinha chorou por seu pobre irmãozinho enfeitiçado, e o pequeno cervo também chorou e ficou entristecido ao lado dela. Mas, por fim, a garota disse:

— Não chore, querido cervo, eu nunca, nunca vou abandonar você.

Então, ela desamarrou sua liga dourada e a colocou em volta do pescoço do cervo, ela colheu juncos e com eles teceu uma corda macia. Com essa corda ela amarrou o bichinho e o conduziu e entrou cada vez mais fundo na floresta.

E, depois que eles tinham percorrido um longo caminho, chegaram a uma casinha. A garota olhou para dentro; e como estava vazia, ela pensou:

— Podemos ficar aqui e morar.

Então, ela procurou folhas e musgo para fazer uma cama macia para o cervo. Todas as manhãs, ela saía e colhia raízes, frutinhas e nozes para si mesma, e trazia grama tenra para o cervo, que comia em sua mão e ficava contente e brincava ao redor dela. À noite, quando a irmã mais nova estava cansada e havia feito sua oração, ela deitava a cabeça nas costas do cervo, que era seu travesseiro, e ela dormia suavemente sobre ele. E, se ao menos o irmãozinho tivesse sua forma humana, teria sido uma vida maravilhosa.

Por algum tempo, eles ficaram sozinhos assim no ermo. Mas aconteceu que o rei do país realizou uma grande caçada na floresta. Então, o toque das cornetas, o latido dos cães e os gritos alegres dos caçadores ressoaram por entre as árvores, e o cervo ouviu tudo e ficou muito ansioso para estar lá.

— Ah — disse ele para sua irmãzinha —, deixe-me ir para a caçada, não aguento mais.

E ele implorou tanto que ela finalmente concordou.

— Mas — disse ela a ele —, volte para mim ao cair da noite. Devo fechar minha porta por medo dos rudes caçadores, então, bata e diga: *Minha irmãzinha, deixe-me entrar!*, para que eu possa o reconheça. E se você não disser isso, não abrirei a porta.

Então, o jovem cervo saltou para longe; ele estava tão feliz e tão alegre ao ar livre.

O rei e os caçadores viram a bela criatura e foram atrás dela. Contudo, eles não conseguiram capturá-lo, e, quando pensavam que certamente o tinham, ele saltava entre os arbustos e sumia.

Quando escureceu, ele correu para o chalé, bateu e disse:

— Minha irmãzinha, deixe-me entrar.

Então a porta foi aberta para ele, ele pulou para dentro e descansou a noite inteira em sua cama macia.

No dia seguinte, a caçada recomeçou, e quando o cervo ouviu mais uma vez a corneta e o *oi! oi!* dos caçadores, ele não teve sossego, mas disse:

— Irmã, deixe-me sair, eu preciso ir.

A irmã abriu a porta para ele e disse:

— Mas você deve estar aqui de novo à noite e dizer sua senha.

Quando o rei e seus caçadores mais uma vez viram o jovem cervo com a coleira dourada, todos o perseguiram, mas ele era rápido e ágil demais para eles. Isso durou o dia inteiro, mas à noite os caçadores o cercaram, e um deles o feriu um pouco na pata, de modo que ele coxeava e corria devagar. Então um caçador o seguiu escondido até a cabana e ouviu como ele disse: *Minha irmãzinha, deixe-me entrar*, e viu que a porta se abriu para ele e foi fechada novamente.

O caçador prestou atenção a tudo e foi até o rei e contou-lhe o que tinha visto e ouvido. Então, o rei disse:

— Amanhã, vamos caçar mais uma vez.

A irmãzinha, no entanto, ficou terrivelmente assustada quando viu que seu pequeno cervo estava ferido. Ela lavou o sangue dele, colocou ervas na ferida e disse:

— Vá para sua cama, querido cervo, para que fique bom de novo.

Mas o ferimento era tão leve que o cervo, na manhã seguinte, não o sentia mais. E quando ele voltou a ouvir o esporte lá fora, ele disse:

— Não aguento, preciso estar lá. Não vão achar tão fácil me pegar!

A irmãzinha chorou e disse:

— Desta vez vão matá-lo, e aqui estou eu sozinha na floresta, abandonada por todo o mundo. Não vou deixá-lo sair.

— Então, você vai me fazer morrer de tristeza —, respondeu o cervo. — Quando ouço as cornetas, sinto como se fosse pular para fora da minha pele.

Então, a irmãzinha não pôde fazer de outra forma, mas abriu a porta para ele com o coração pesado, e o cervo, cheio de saúde e alegria, saltou para a floresta.

Quando o rei o viu, disse ao seu caçador:

— Agora persiga-o o dia todo até o anoitecer, mas tome cuidado para que ninguém lhe faça nenhum mal.

Assim que o sol se pôs, o rei disse aos caçadores:

— Agora venham e me mostrem a cabana na floresta — e quando ele estava à porta, ele bateu e chamou:

— Querida irmãzinha, deixe-me entrar.

Então a porta se abriu e o rei entrou, e lá estava uma donzela mais bela que qualquer outra que já havia visto. A donzela ficou assustada quando viu, não seu pequeno cervo, mas um homem com uma coroa de ouro sobre a cabeça. O rei, porém, olhou-a com bondade, estendeu a mão e disse:

— Virá comigo para meu palácio e será minha amada esposa?

— Sim, é claro — respondeu a donzela —, mas o pequeno cervo deve ir comigo. Não posso abandoná-lo.

O rei declarou:

— Ele ficará com ao seu lado enquanto você viver, e nada lhe faltará.

Nesse exato momento, ele entrou correndo, e a irmãzinha de novo o amarrou com a corda de juncos, segurou-a ela mesma e foi embora da cabana com o rei.

O rei colocou a linda donzela em seu cavalo e a levou para seu palácio, onde o casamento foi realizado com grande pompa. Ela agora era a rainha, e eles viveram por muito tempo felizes juntos. O cervo era cuidado e amado e corria pelo jardim do palácio.

No entanto, a bruxa malvada, que fez as crianças saírem pelo mundo, achava todo esse tempo que a irmã mais nova tinha sido despedaçada pelos animais selvagens na floresta, e que o irmão mais novo havia sido morto, confundido com um cervo, por caçadores. Agora, quando ela soube que eles estavam tão felizes e tão bem de vida, a inveja e o ódio cresceram em seu coração e não a deixaram em paz, e ela não pensou em nada além de como poderia levá-los mais uma vez ao infortúnio.

Sua própria filha, que era feia como a noite e tinha apenas um olho, resmungou para ela, dizendo:

— Uma rainha! Essa deveria ter sido a minha sorte.

— Apenas fique quieta — respondeu a velha, e a confortou dizendo — quando chegar a hora, estarei pronta.

Com o passar do tempo, a rainha deu à luz um lindo menino. Por acaso, o rei estava caçando; então, a velha bruxa tomou a forma da camareira, entrou no quarto onde a rainha estava e disse-lhe:

— Venha, o banho está pronto. Irá lhe fazer bem e renovará suas forças. Apresse-se antes que esfrie.

A filha também estava por perto; então, elas carregaram a rainha enfraquecida para o banheiro e a colocaram na banheira. Então, elas fecharam a porta e fugiram. Mas, no banheiro, elas haviam acendido um fogo de um calor tão mortífero que a bela e jovem rainha logo foi sufocada.

Feito isso, a velha pegou a filha, colocou uma touca na cabeça dela e a deitou na cama no lugar da rainha. Deu-lhe também a forma e a aparência da rainha, apenas não conseguiu curar o olho perdido. Então, para que o rei não o visse, ela deveria deitar-se sobre o lado que não tinha olho.

À noite, quando ele chegou em casa e soube que tinha um filho, ficou muito feliz e foi até a cama de sua querida esposa para ver como ela estava. Mas a velha logo gritou:

— Por Deus, deixe as cortinas fechadas. A rainha ainda não deve ver a luz e precisa descansar.

O rei foi embora e não descobriu que uma falsa rainha estava deitada na cama.

Entretanto à meia-noite, quando todos dormiam, a ama, que estava sentada no berçário ao lado do berço, e que era a única pessoa acordada, viu a porta se abrir e a verdadeira rainha entrar. Ela tirou a criança do berço, segurou-a nos braços e amamentou-o. Então ela afofou o travesseiro, deitou a criança novamente e a cobriu com a colcha. E ela não esqueceu o cervo, mas foi até o canto onde ele estava e acariciou suas costas. Então ela passou pela porta mais uma vez bastante quieta.

Na manhã seguinte, a ama perguntou aos guardas se alguém havia entrado no palácio durante a noite, mas eles responderam:

— Não, não vimos ninguém.

Ela apareceu da mesma forma várias noites e nunca dizia uma palavra. A ama sempre a via, mas não ousava contar a ninguém.

Passado algum tempo assim, a rainha começou a falar à noite e dizia:

Como está meu filho, como meu cervo está?
Mais duas vezes virei, depois nunca mais pra cá!

A ama não respondeu, mas quando a rainha se foi novamente, dirigiu-se até o rei e contou-lhe tudo.

O rei disse:

— Oh, céus! o que é isso? Amanhã à noite ficarei de vigília ao lado da criança.

À noite ele foi para o berçário, e à meia-noite a rainha apareceu outra vez e disse:

"Como está meu filho, como está meu cervo?
Mais uma vez virei, depois nunca mais!"

E amamentou a criança como costumava fazer antes de desaparecer. O rei não se atreveu a falar com ela, mas na noite seguinte ele ficou de vigília de novo. Então ela disse:

Como está meu filho, como meu cervo está?
Mais duas vezes virei, depois nunca mais pra cá!

Diante disso, o rei não se conteve. Ele saltou em direção a ela e disse:

— Você não pode ser outra senão minha querida esposa.

Ela respondeu:

— Sim, sou sua querida esposa.

E no mesmo momento ela recebeu vida novamente, e pela graça de Deus tornou-se fresca, rosada e cheia de saúde.

Então, ela contou ao rei o mal que a bruxa malvada e sua filha tinham cometido contra ela. O rei ordenou que ambas fossem levadas perante o juiz, e o julgamento foi proferido contra elas. A filha foi levada para a floresta, onde foi despedaçada por animais selvagens, mas a bruxa foi lançada ao fogo e queimada de forma horrível.

E, assim, que ela foi queimada, o cervo se transformou e recuperou sua forma humana. Assim, a irmãzinha e o irmãozinho viveram felizes juntos por toda a vida.

O dinheiro das estrelas

Era uma vez uma garotinha cujo pai e mãe haviam morrido. Ela era tão pobre que não tinha mais nem um quartinho para morar, nem cama para dormir. Por fim, não tinha mais nada além das roupas que vestia e um pouco de pão que alguma alma caridosa lhe havia dado. No entanto, ela era boa e piedosa.

E como ela foi assim abandonada pelo mundo inteiro, ela se aventurou pelos campos, confiando no bom Deus.

Então, um homem pobre a encontrou e lhe disse:

— Ah, dá-me algo para comer, estou com tanta fome!

Ela entregou-lhe todo o seu pedaço de pão e disse:

— Que Deus o abençoe para o seu uso — e seguiu adiante.

Então, veio uma criança que gemeu e disse:

— Minha cabeça está tão fria, me dê algo para cobri-la.

Então, ela tirou o capuz e deu a ele.

E, depois de ter caminhado um pouco mais, ela encontrou outra criança que não tinha casaco e estava congelada de frio. Então, ela lhe deu o próprio.

Um pouco mais adiante, uma implorou por um vestido, e ela também o deu.

Por fim, ela entrou em uma floresta e já havia escurecido, e lá veio mais uma criança e pediu uma túnica. A boa menina pensou consigo mesma: *É uma noite escura e ninguém me vê. Eu posso muito bem dar a minha túnica*, e a tirou e a deu também.

E ela assim ficou e não tinha mais nada. Então, de repente, algumas estrelas do céu caíram, e não eram nada além de moedas duras e lisas! E embora ela tivesse acabado de dar sua túnica, veja só! Ela tinha uma nova que era do linho mais fino.

Depois disso, ela juntou o dinheiro e foi rica todos os dias de sua vida.

Os três irmãos

Era uma vez um homem que tinha três filhos e nada mais no mundo além da casa em que morava. Acontece que cada um dos filhos desejava ter a casa após a morte do pai; o pai, porém, amava todos eles igualmente e não sabia o que fazer. Ele não queria vender a casa, porque ela havia pertencido a seus antepassados; senão, ele poderia ter dividido o dinheiro entre eles.

Por fim, um plano lhe veio à cabeça e ele disse aos filhos:

— Saiam pelo mundo e procurem cada um de vocês aprender um ofício. Quando todos voltarem, aquele que fizer a melhor obra-prima terá a casa.

Os filhos ficaram satisfeitos com isso, e o mais velho decidiu se tornar ferreiro, o segundo um barbeiro, e o terceiro um mestre de esgrima. Eles combinaram em quanto tempo que todos deveriam voltar para casa, e, então, cada um seguiu seu caminho.

Aconteceu que todos eles encontraram mestres habilidosos, que lhes ensinaram bem seus ofícios. O ferreiro teve que ferrar os cavalos do rei e pensou consigo mesmo: *A casa é minha, sem dúvida.* O barbeiro barbeava apenas homens importantes e ele também já considerava a casa sua. O mestre de esgrima recebeu muitos golpes, mas apenas mordeu o lábio e não deixou que nada o perturbasse; *Pois,* dizia para si mesmo, *se tiver medo de um golpe, nunca ganhará a casa.*

Passado o tempo determinado, os três irmãos voltaram para casa do pai. Mas eles não sabiam como encontrar a melhor oportunidade para demonstrar suas habilidades, então, sentaram e conversaram.

Enquanto estavam sentados desse modo, de repente, uma lebre veio correndo pelo campo.

— Ah, ah, bem na hora! — disse o barbeiro.

Então ele pegou sua bacia e sabão, e fez espuma até que a lebre se aproximou. Então ele ensaboou e raspou os bigodes da lebre, enquanto ele corria o mais depressa de que era capaz, e não cortou a pele ou machucou um pelo em seu corpo.

— Muito bem! — disse o velho. — Seus irmãos terão que se esforçar maravilhosamente, ou a casa será sua.

Logo depois, surgiu um nobre em sua carruagem, correndo a toda velocidade.

— Agora verá o que posso fazer, pai — declarou o ferreiro. Assim, ele correu atrás da carruagem, tirou as quatro ferraduras das patas de um dos cavalos, enquanto ele galopava, e calçou quatro novas ferraduras sem pará-lo.

— Você é um bom sujeito e tão inteligente quanto seu irmão — disse o pai. — Não sei a quem devo dar a casa.

Então o terceiro filho disse:

— Pai, deixe-me ter a minha vez, por favor.

E, como estava começando a chover, ele desembainhou sua espada e a moveu para trás e para frente acima da cabeça, tão depressa que nem uma gota caiu sobre ele. Choveu cada vez mais forte, até que por fim caía em torrentes. Contudo, ele apenas agitou sua espada cada vez mais rápido, e permaneceu tão seco como se estivesse sentado dentro de casa.

Quando o pai viu isso, ficou surpreso e disse:

— Esta é a obra-prima, a casa é sua!

Seus irmãos ficaram satisfeitos com isso, conforme combinado de antemão. E, como se amavam muito, ficaram os três juntos na casa, continuaram em seus ofícios e, como os aprenderam tão bem e eram tão espertos, ganharam muito dinheiro.

Assim viveram juntos felizes, até envelhecerem. E, finalmente, quando um deles adoeceu e morreu, os outros dois ficaram tão tristes com isso que também adoeceram e logo depois faleceram. E porque tinham sido tão inteligentes e se haviam de amado tanto, eles foram todos sepultados na mesma cova.

Mesinha ponha-se, burro de ouro e porrete saia do saco

Era uma vez um alfaiate que tinha três filhos e apenas uma cabra. Mas como a cabra sustentava todos eles com seu leite, era obrigatório que ela tivesse boa comida e fosse levada todos os dias para pastar. Os filhos, portanto, faziam isso em escala.

Certa vez, o mais velho a levou ao pátio da igreja, onde se encontravam as melhores ervas, e a deixou comer e correr ali. À noite, quando era hora de ir para casa, ele perguntou:

— Cabra, já comeu o suficiente?

A cabra respondeu:

> *Já comi demais,*
> *Nem uma folha mais,*
> *Bá! Bá!*

— Vamos para casa, então — disse o jovem, e pegou a corda em volta do pescoço dela, conduziu-a até o estábulo e amarrou-a com segurança.

— Bem — disse o velho alfaiate —, a cabra comeu o quanto deveria?

— Ah — respondeu o filho —, ela comeu tanto, não vai tocar em mais nenhuma folha.

Mas o pai quis ter certeza e desceu ao estábulo, acariciou o querido animal e perguntou:

— Cabra, está satisfeita?

A cabra respondeu:

> *Com o que eu deveria estar satisfeita?*
> *Entre as sepulturas saltitei,*
> *E nenhuma comida encontrei,*
> *Bá! Bá!*

— O que eu ouço? — gritou o alfaiate, e correu escada acima e disse ao jovem — Hollo, seu mentiroso; você disse que a cabra estava farta e a deixou passar fome!

E em sua raiva, ele pegou a régua de metro da parede e o expulsou com golpes.

No dia seguinte, foi a vez do segundo filho, que procurou um lugar na cerca do jardim, onde só cresciam boas ervas. E a cabra acabou com todas elas.

À noite, quando ele queria ir para casa, ele perguntou:

— Cabra, você está satisfeita?

A cabra respondeu:

> *Já comi demais,*
> *Nem uma folha mais,*
> *Bá! Bá!*

— Venha para casa, então — disse o jovem, e a levou para casa e a amarrou no estábulo.

— Bem — disse o velho alfaiate —, a cabra comeu o quanto deveria?

— Ah — respondeu o filho —, ela comeu tanto, que não vai tocar em mais nenhuma folha.

O alfaiate não confiou nisso, mas foi até o estábulo e disse:

— Cabra, já teve o suficiente?

A cabra respondeu:

> *Com o que eu deveria estar satisfeita?*
> *Entre as sepulturas saltitei,*
> *E nenhuma comida encontrei,*
> *Bá! Bá!*

— Ímpio miserável! — bradou o alfaiate —, capaz de deixar um animal tão bom passar fome.

E ele correu e levou o jovem para fora com a régua de metro.

Agora chegou a vez do terceiro filho, que queria fazer a coisa bem--feita, e procurou alguns arbustos com as folhas mais delicadas, e deixou a cabra devorá-las.

À noite, quando ele queria ir para casa, perguntou:

— Cabra, você já comeu o suficiente?

A cabra respondeu:

> *Já comi demais,*
> *Nem uma folha mais,*
> *Bá! Bá!*

— Venha para casa, então — disse o jovem, e a levou para o estábulo e a amarrou.

— Bem — disse o velho alfaiate —, a cabra comeu uma quantidade adequada de comida?

— Ela comeu tanto que não vai tocar em mais nenhuma folha.

O alfaiate não confiou nisso, mas desceu e perguntou:

— Cabra, já comeu o suficiente?

A besta perversa respondeu:

Com o que eu deveria estar satisfeita?
Entre as sepulturas saltitei,
E nenhuma comida encontrei,
Bá! Bá!

— Ai, ninhada de mentirosos! — exclamou o alfaiate. — Cada um tão perverso e esquecido de seu dever quanto o outro! Não vai mais me fazer de tolo!

E, completamente fora de si de raiva, correu escada acima e esmurrou o pobre rapaz com tanta força com a régua de metro que o filho correu para fora da casa.

O velho alfaiate estava agora sozinho com sua cabra. Na manhã seguinte, ele desceu ao estábulo, acariciou a cabra e disse:

— Venha, meu querido animalzinho, eu mesmo vou levá-la para se alimentar.

Ele a pegou pela corda e a conduziu até sebes verdejantes, entre milefólios e tudo o mais que cabras gostam de comer.

— Ali você pode enfim comer à vontade — disse ele a ela, e deixou-a comer até a noite.

Então, ele perguntou:

— Cabra, está satisfeita?

Ela respondeu:

Já comi demais,
Nem uma folha mais,
Bá! Bá!

— Venha para casa, então — disse o alfaiate, e a levou para o estábulo, e amarrou-a depressa.

Quando ele estava indo embora, ele se virou mais uma vez e disse:

— Bem, está enfim satisfeita?

A cabra, porém, não se comportou melhor com ele e baliu:

Com o que eu deveria estar satisfeita?
Entre as sepulturas saltitei,
E nenhuma comida encontrei,
Bá! Bá!

Quando o alfaiate ouviu isso, ficou chocado e viu com clareza que havia expulsado seus três filhos sem motivo.

— Espere, sua criatura ingrata — exclamou ele —, não basta expulsá-la, vou marcá-la para que você não ouse mais dar as caras entre alfaiates honestos!

Com grande pressa, ele subiu as escadas, pegou sua navalha, ensaboou a cabeça da cabra e a raspou tão bem quanto a palma de sua mão. E como a régua de metro teria sido leve demais para ela, ele pegou o chicote dos cavalos e deu-lhe tamanhos golpes com ele que ela fugiu em grandes saltos.

Quando o alfaiate ficou assim sozinho em casa, ele caiu em grande tristeza e de bom grado receberia os filhos de volta. Mas ninguém sabia para onde eles tinham ido.

O mais velho havia se tornado aprendiz de marceneiro, e aprendido com diligência e sem se cansar, e quando chegou a hora de ele viajar, seu mestre lhe presenteou com uma mesinha que não tinha aparência incomum, e era feita de madeira comum. Mas tinha uma boa propriedade; se alguém a colocasse no chão, e dissesse: *Mesinha! Ponha-se!*

No mesmo instante, a boa Mesinha era coberta com uma toalha limpa. E aparecia um prato e uma faca e um garfo de cada lado, e pratos com carnes cozidas e carnes assadas, tantos quantos cabiam nela, e uma grande taça de vinho tinto brilhava de forma tal que alegrava o coração.

O jovem viajante pensou: *Com isso você tem o suficiente para toda a sua vida!,* e andava com alegria pelo mundo e nunca se preocupava se uma hospedaria era boa ou má, ou se havia algo nela ou não. Quando lhe convinha, ele não entrava em nenhuma estalagem, mas em uma planície, um bosque, um prado, ou onde quer que quisesse, tirava sua Mesinha das costas, colocava-a diante de si e dizia: *Mesinha! Ponha-se!*

E então aparecia tudo o que seu coração desejava.

Afinal, pensou em voltar para o pai, cuja raiva já estaria aplacada e que agora o receberia de bom grado com sua Mesa dos Desejos. Aconteceu que, a caminho de casa, chegou, certa noite, a uma estalagem cheia de hóspedes. Deram-lhe as boas-vindas e convidaram-no para se sentar e comer com eles, pois senão teria dificuldade em conseguir alguma coisa.

— Não — respondeu o marceneiro —, não vou tirar as poucas porções de suas bocas. Em vez disso, vocês serão meus convidados.

Eles riram e acharam que ele estava brincando. Ele, porém, colocou sua mesinha de madeira no meio da sala e disse: *Mesinha! Ponha-se!*

No mesmo instante, ela se cobriu com comida, tão boa que o anfitrião nunca poderia ter conseguido, e o cheiro dela se elevou agradavelmente até o nariz dos convidados.

— Aproveitem, caros amigos — disse o marceneiro.

E os hóspedes, quando viram que ele falava sério, não precisaram ser convidados duas vezes, mas se aproximaram, sacaram suas facas e a atacaram com vontade. E o que mais os surpreendeu foi que, quando um prato ficava vazio, um cheio tomava seu lugar no mesmo instante. O estalajadeiro ficou em um canto e observava tudo. Ele não sabia o que dizer, mas pensou: *Eu poderia facilmente encontrar utilidade para um cozinheiro como aquele na minha cozinha.*

O marceneiro e seus companheiros se divertiram até tarde da noite. Por fim, deitaram para dormir, e o jovem aprendiz também foi para a cama e apoiou sua Mesa Mágica contra a parede.

Os pensamentos do anfitrião, no entanto, não o deixam descansar. Ocorreu-lhe que havia uma mesinha velha em sua despensa, que se parecia muito com a do aprendiz. E ele a tirou com todo cuidado e a trocou pela Mesa dos Desejos.

Na manhã seguinte, o marceneiro pagou sua cama, pegou sua mesa, sem pensar que havia pegado uma falsa, e seguiu seu caminho.

Ao meio-dia, chegou ao pai, que o recebeu com grande alegria.

— Bem, meu querido filho, o que você aprendeu? — perguntou para ele.

— Pai, eu me tornei um marceneiro.

— Um bom ofício — respondeu o velho —; mas o que trouxe com você de seu aprendizado?

— Pai, a melhor coisa que trouxe comigo é esta Mesinha.

O alfaiate examinou-a por todos os lados e disse:

— Não criou uma obra-prima quando a fez. É uma mesa velha e ruim.

— Mas é uma mesa que se põe sozinha — respondeu o filho. — Quando eu a coloco no chão e digo para ela se arrumar, os mais belos pratos aparecem sobre ela, e também um vinho que alegra o coração. Apenas convide todos os nossos parentes e amigos. Eles se fartarão e se deliciarão de uma só vez, pois a mesa lhes dará tudo o que precisam.

Quando a companhia estava reunida, ele colocou sua mesa no meio da sala e disse: *Mesinha! Ponha-se!*

Mas a mesinha não se mexeu e permaneceu tão vazia quanto qualquer outra mesa que não entendia a linguagem. Então, o pobre aprendiz percebeu que sua mesa havia sido trocada e ficou envergonhado por estar ali parecendo um mentiroso.

Os parentes, no entanto, zombaram dele e foram obrigados a voltar para casa sem ter comido ou bebido. O pai trouxe seus remendos e começou a costurar novamente, mas o filho procurou um mestre no ofício.

O segundo filho foi até um moleiro e se tornou aprendiz dele. Quando seus anos de serviço terminaram, o mestre disse:

— Como você se comportou tão bem, eu lhe darei um asno de um tipo peculiar, que não puxa carroça nem carrega saco.

— Para que serve ele, então? — perguntou o jovem aprendiz.

— Ele deixa cair ouro da boca — respondeu o moleiro. — Se você colocá-lo em cima de um pano e disser: *Bricklebrit!*, o bom animal soltará moedas de ouro para você.

— Isso é muito bom — disse o aprendiz e agradeceu ao mestre, e saiu pelo mundo.

Quando precisava de ouro, ele só tinha que dizer: *Bricklebrit!* para o seu asno, e as peças de ouro caíam, e ele não precisava fazer nada além de apanhá-las do chão. Onde quer que fosse, o melhor de tudo era bom o suficiente para ele, e quanto mais caro, melhor, pois sua bolsa estava sempre cheia.

Depois de rodar pelo mundo por algum tempo, ele pensou: *Você deve procurar seu pai; se você for até ele com o asno de ouro, ele esquecerá sua raiva e o receberá bem.*

Aconteceu que ele chegou à mesma hospedaria em que a mesa de seu irmão havia sido trocada. Ele guiou seu asno pelas rédeas, e o estalajadeiro estava prestes a tirar o animal dele para amarrá-lo, mas o jovem aprendiz disse:

— Não se incomode. Vou levar meu cavalo cinza para o estábulo e amarrá-lo eu mesmo, pois preciso saber onde ele está.

Isso pareceu estranho ao estalajadeiro, e ele pensou que um homem que era forçado a cuidar do próprio asno não poderia ter muito para gastar. Mas quando o estranho colocou a mão no bolso e tirou duas moedas de ouro, e disse que deveria fornecer algo bom para ele, o anfitrião arregalou os olhos e correu e procurou o melhor que podia preparar.

Depois do jantar, o hóspede perguntou o quanto devia. O dono da hospedaria não viu por que não poderia dobrar a conta e disse que o aprendiz deveria dar mais duas moedas de ouro.

Ele tateou no bolso, mas seu ouro estava no fim.

— Espere um instante, senhor estalajadeiro — disse ele —, vou buscar algum dinheiro —; mas levou a toalha consigo.

O anfitrião não conseguia imaginar o sentido disso e, curioso, foi atrás dele e, quando o hóspede trancou a porta do estábulo, espiou por um buraco deixado por um nó na madeira.

O estranho estendeu o pano sob o animal e gritou: *Bricklebrit!*; e imediatamente o animal começou a deixar cair moedas de ouro, de modo que quase chovia dinheiro no chão.

— Minha nossa! — disse o anfitrião. — Ducados são cunhados depressa ali! Uma bolsa como essa não é nada ruim.

O hóspede pagou sua conta e foi para a cama, mas à noite o estalajadeiro entrou furtivamente no estábulo, levou o mestre da casa da moeda embora e amarrou outro asno no lugar. No início da manhã seguinte, o aprendiz foi embora com o asno, pensando que tinha seu asno de ouro.

Ao meio-dia, ele chegou à casa do pai, que se alegrou por revê-lo e o acolheu de bom grado.

— O que você fez da vida, meu filho? — perguntou o velho.

— Tornei-me moleiro, querido pai — ele respondeu.

— O que você trouxe de suas viagens?

— Nada além de um asno.

— Há asnos suficientes aqui — disse o pai. — Eu preferiria ter uma boa cabra.

— Sim — respondeu o filho —, mas esse não é um asno comum, mas um asno de ouro. Quando eu digo: *Bricklebrit!*, a boa criatura abre a boca e deixa cair moedas de ouro que enchem uma toalha. Basta chamar todos os nossos parentes para cá, e eu os tornarei pessoas ricas.

— Isso me parece muito bom — disse o alfaiate —, pois, então, não precisarei mais me atormentar com a agulha — e correu e chamou os parentes.

Assim que se reuniram, o moleiro mandou que se afastassem, estendeu a toalha e trouxe o asno para a sala.

— Agora, observem — disse ele, e gritou: *Bricklebrit!*

Mas nenhuma moeda de ouro caiu, e ficou claro que o animal nada sabia da arte, pois nem todo asno atinge tal perfeição.

Então, o pobre moleiro fez uma cara feia, viu que fora traído e pediu perdão aos parentes, que voltaram para casa tão pobres quanto vieram. Não teve jeito, o velho teve que voltar para a agulha mais uma vez, e o jovem se empregou com um moleiro.

O terceiro irmão havia se tornado aprendiz de torneiro e, como isso é um trabalho especializado, ele foi o que mais ficou em treinamento. Seus irmãos, no entanto, contaram-lhe em uma carta como as coisas tinham ido mal com eles, e como o estalajadeiro os havia roubado de seus belos presentes de desejo na última noite antes de chegarem em casa.

Quando o torneiro completou seu treinamento e tinha que sair em suas viagens, como ele se comportara tão bem, seu mestre lhe presenteou com um saco e disse:

— Há um porrete nele.

— Posso carregar o saco — comentou ele —, e pode ser me ser útil, mas por que levar o porrete nele? Só faz peso.

— Vou lhe dizer o porquê — respondeu o mestre. — Se alguém fez alguma coisa para prejudicá-lo, apenas diga: *Porrete! Saia do saco!*, e o Porrete saltará entre as pessoas e dançará de tal forma nas costas delas, que não conseguirão se mexer ou levantar por uma semana, e ele não irá parar até que você diga: *Porrete! Para o saco!*

O aprendiz agradeceu, colocou o saco nas costas e, quando alguém se aproximava demais e queria atacá-lo, dizia: *Porrete! Saia do saco!*; e, no mesmo instante, o Porrete saltava para fora e espanava o casaco ou jaqueta nas costas, um após o outro, e não parava até tê-los arrancado. E era tão rápido que, antes que qualquer um percebesse, já era sua vez.

À noite, o jovem torneiro chegou à estalagem onde seus irmãos haviam sido enganados. Ele colocou o saco sobre a mesa à sua frente e começou a falar de todas as coisas maravilhosas que havia visto pelo mundo.

— Sim — disse ele —, as pessoas podem facilmente encontrar uma Mesinha que se põe sozinha, um Asno de Ouro, e coisas desse tipo; coisas extremamente boas que eu de modo algum desprezo; mas isso não é nada em comparação com o tesouro que conquistei e carrego comigo em meu saco.

O estalajadeiro aguçou os ouvidos. *O que no mundo pode ser isso?*, pensou ele. *O saco deve estar cheio de nada menos que joias. Eu deveria consegui-las por pouco também, pois todas as coisas boas vêm em três.*

Quando chegou a hora de dormir, o hóspede se esticou no banco e colocou o saco embaixo da cabeça como travesseiro. Quando o estalajadeiro pensou que seu hóspede estava dormindo profundamente, foi até ele e empurrou e puxou o saco com bastante delicadeza e cuidado, para ver se conseguia afastá-lo e colocar outro em seu lugar. O torneiro, no entanto, estivera esperando por isso há muito tempo; e agora, quando o estalajadeiro estava prestes a dar um puxão forte, gritou: *Porrete! Saia do saco!*

Imediatamente, o pequeno Porrete saiu e caiu sobre o estalajadeiro, e deu-lhe uma surra.

O estalajadeiro clamou por misericórdia. Mas quanto mais alto ele gritava, tanto mais forte o Porrete batia em suas costas, até que finalmente o homem caiu no chão exausto.

Então o torneiro disse:

— Se você não devolver a Mesinha que se põe sozinha e o Asno de Ouro, a dança começará de novo.

— Oh, não — exclamou o dono da hospedaria, com muita humildade —, vou trazer tudo de bom grado, apenas faça o maldito Porrete voltar para o saco!

Entã,o o aprendiz respondeu:

— Vou deixar que a misericórdia tome o lugar da justiça, mas cuidado para não se meter em confusões novamente! — E então gritou: — *Porrete! Para o saco!*

E deixou-o sossegado.

Na manhã seguinte, o torneiro foi para casa do pai com a Mesa dos Desejos e o Asno de Ouro. O alfaiate regozijou-se ao vê-lo mais uma vez e perguntou-lhe também o que aprendera no estrangeiro.

— Querido pai — disse ele —, tornei-me um torneiro.

— Um ofício especializado — disse o pai. — O que você trouxe de suas viagens?

— Algo precioso, querido pai — respondeu o filho —, um porrete no saco.

— O quê! — exclamou o pai. — Um porrete! Isso vale a pena, de fato! De qualquer árvore pode cortar um para você.

— Mas não um como este, querido pai. Se eu disser: *Porrete! Saia do saco!*, o Porrete salta e conduz qualquer um que me queira fazer mal numa dança exaustiva e não para até que ele esteja no chão e peça por misericórdia. Veja só, com este Porrete recuperei a Mesa dos Desejos e o Asno de Ouro que o estalajadeiro ladrão roubou dos meus irmãos. Agora, que ambos sejam chamados, e convide todos os nossos parentes. Eu lhes darei de comer e beber, e ainda encherei seus bolsos de ouro.

O velho alfaiate não acreditou, mas mesmo assim reuniu os parentes. Então, o torneiro estendeu um lençol na sala, e levou o Asno de Ouro, e disse ao irmão:

— Agora, querido irmão, fale com ele.

O moleiro disse:

— *Bricklebrit!*

E, no mesmo instante, as moedas de ouro caíram no lençol como uma chuva de trovões, e o Asno não parou até que cada um deles tivesse tanto que não podia carregar mais. (Posso ver em seu rosto que você também gostaria de ter estado lá!)

Então, o torneiro trouxe a Mesinha e disse:

— Agora, caro irmão, fale com ela.

E mal o carpinteiro havia dito:

— *Mesinha! Ponha-se!*

E ela estava posta e coberta com os pratos mais requintados. Em seguida, realizou-se refeição tal como o bom alfaiate nunca conhecera em sua casa. Toda a família ficou junta até tarde da noite, e todos estavam alegres e contentes. O alfaiate trancou agulha e linha, a régua de metro e o ferro de passar em um armário, e viveu com seus três filhos em alegria e esplendor.

Mas o que aconteceu com a cabra, culpada pelo alfaiate ter expulsado seus três filhos? Vou lhe contar.

Ela estava envergonhada por estar careca e correu para a toca de um raposo e se esgueirou para dentro dela. Quando o raposo chegou em casa, foi recebido por dois grandes olhos brilhando na escuridão, ficou aterrorizado e fugiu. Um urso o encontrou e, como o raposo parecia bastante perturbado, ele disse:

— Qual é o problema com você, irmão Raposo, por que está assim?

— Ah — respondeu Pelo-vermelho —, uma besta feroz está na minha toca e me encarou com seus olhos de fogo.

— Nós o expulsaremos logo — disse o urso, e foi com ele até a toca e olhou para dentro. Mas quando viu os olhos de reluzentes, o medo o dominou também. Ele não queria se meter com a fera terrível e saiu correndo.

A abelha o encontrou e, ao ver que ele estava perturbado, disse:

— Urso, você está com uma cara realmente miserável. O que aconteceu com toda a sua alegria?

— É fácil para você dizer isso — respondeu o urso —, uma fera horrível com olhos horripilantes está na casa de Pelo-vermelho, e não conseguimos expulsá-la.

A abelha disse:

— Urso, tenho pena de você! Eu sou uma pobre criatura fraca, a quem você não notaria. No entanto, acredito que posso ajudá-lo.

Ela voou para dentro da toca da raposa, pousou na cabeça lisa e raspada da cabra e a picou com tanta força que ela se levantou gritando: *Bá! Bá!* e correu mundo afora feito louca; e até agora ninguém sabe para onde ela foi.

Os seis cisnes

Era uma vez um rei que estava caçando em uma grande floresta e perseguiu uma fera selvagem com tanta avidez que nenhum de seus assistentes conseguiu acompanhá-lo. Quando o anoitecer se aproximou, ele parou e olhou ao redor, e percebeu que havia se perdido. Procurou uma saída, mas não conseguiu encontrar nenhuma. Então, ele notou uma Velha com uma cabeça que balançava o tempo todo, que veio em sua direção, mas ela era uma bruxa.

— Boa mulher — disse o rei a ela —, não pode me mostrar o caminho através da floresta?

— Oh, sim, senhor rei — ela respondeu —, isso eu com certeza posso, mas com uma condição, e se não a cumprir, nunca sairá da floresta e morrerá de fome nela.

— Que tipo de condição é essa? — perguntou o rei.

— Tenho uma filha — disse a velha —, que é tão bela quanto qualquer outra no mundo e merece ser sua esposa. Se fizer dela sua rainha, eu lhe mostrarei o caminho para sair da floresta.

Na angústia de seu coração, o rei consentiu, e a velha o levou até sua pequena cabana, onde a filha estava sentada junto ao fogo. Ela recebeu o rei como se o estivesse esperando. Ele viu que ela era muito bonita, mas, ainda assim, ela não o agradou, e ele não podia olhar para ela sem um horror secreto.

Depois que ele colocou a donzela sobre seu cavalo, a velha lhe mostrou o caminho, e o rei retornou ao seu palácio real, onde o casamento foi celebrado.

O rei já havia sido casado uma vez e teve com sua primeira esposa sete filhos, seis meninos e uma menina, a quem amava mais do que qualquer outra coisa no mundo. Como agora temia que a nova rainha pudesse não os tratar bem e até mesmo machucá-los, ele os levou para um castelo solitário que ficava no meio de uma floresta. Ficava escondido, e o caminho era tão difícil de encontrar, que ele mesmo não o teria achado, se uma sábia não lhe tivesse dado um novelo de lã com propriedades maravilhosas. Quando ele o jogou à sua frente, ele se desenrolou e lhe mostrou o caminho.

O rei, porém, ia com tanta frequência visitar seus queridos filhos, que a rainha notou sua ausência. Ela estava curiosa e queria saber o que ele fazia quando estava sozinho na floresta. Ela deu muito dinheiro aos servos dele, e eles lhe traíram o segredo e também lhe contaram sobre o novelo, que era a única coisa que poderia indicar o caminho.

E, então, ela não sossegou até que descobriu onde o rei guardava o novelo de lã. Depois, fez túnicas de seda branca e, como havia aprendido a arte da bruxaria com a mãe, costurou um amuleto dentro delas. E um dia, quando o rei saiu para caçar, ela pegou as túnicas e foi para a floresta, e o novelo lhe mostrou o caminho.

As crianças, que viram de longe que alguém se aproximava, pensaram que seu querido pai estava vindo visitá-las e, cheias de alegria, correram ao seu encontro. Então, ela atirou uma das túnicas sobre cada um deles. E, assim que as túnicas tocaram seus corpos, eles se transformaram em cisnes e voaram para longe acima da floresta.

A rainha voltou para casa muito feliz, e pensou que tinha se livrado de todas as crianças, mas a menina não tinha corrido para fora com seus irmãos, e a rainha não sabia nada sobre ela.

No dia seguinte, o rei foi visitar seus filhos, mas não encontrou ninguém além da garotinha.

— Onde estão seus irmãos? — perguntou o rei.

— Ai, querido pai — ela respondeu —, eles foram embora e me deixaram sozinha!

E ela contou a ele que tinha visto de sua janelinha, como seus irmãos voaram para longe acima da floresta na forma de cisnes. E ela mostrou-lhe as penas que haviam deixado cair no pátio e que ela havia apanhado.

O rei lamentou, mas não imaginou que a rainha tivesse feito esse ato perverso. E como ele temia que a garota também fosse roubada dele, queria levá-la embora. Mas ela estava com medo da rainha e implorou ao rei que a deixasse ficar apenas mais uma noite no castelo da floresta.

A pobre menina pensava: *Não posso mais ficar aqui. Irei atrás de meus irmãos*. E quando a noite chegou, ela fugiu e correu direto para a floresta.

Ela caminhou a noite inteira, e o dia seguinte também sem parar, até não conseguir ir mais longe de cansaço. Então, ela viu uma cabana na floresta, entrou nela e encontrou um quarto com seis pequenas camas. Ela não se arriscou a deitar em nenhuma delas, mas se esgueirou embaixo de uma e deitou-se no chão duro, para passar a noite lá. Pouco antes do nascer do sol, ela ouviu um farfalhar e viu seis cisnes entrarem voando pela janela. Eles pousaram no chão e sopraram uns aos outros, e sacudiram todas as penas fora, e suas peles de cisnes saíram como camisas.

Então a donzela olhou para eles e reconheceu seus irmãos. Ela se alegrou e saiu de debaixo da cama. Os irmãos não ficaram menos felizes ao ver sua irmãzinha, mas sua alegria foi curta.

— Não pode ficar aqui — disseram a ela. — Este é um abrigo para ladrões. Se eles voltarem e a encontrarem, vão matá-la.

— Mas não podem me proteger? — perguntou a irmã mais nova.

— Não — eles responderam —, apenas por um quarto de hora todas as noites, podemos deixar de lado nossas peles de cisne e ter nossa forma humana. Depois disso, voltamos a ser transformados em cisnes.

A irmãzinha chorou e disse:

— Não podem ser libertados?

— Infelizmente, não — eles responderam —, as condições são muito difíceis! Por seis anos você não pode falar nem rir, e, nesse tempo, deve costurar seis túnicas de flores-estrelas para nós. E se uma única palavra sair de seus lábios, todo o seu trabalho será perdido.

E quando os irmãos disseram isso, o quarto de hora acabou, e eles voaram para fora da janela novamente na forma de cisnes.

A donzela, no entanto, resolveu libertar seus irmãos, mesmo que isso lhe custasse a vida. Saiu da cabana, foi para o meio da floresta, sentou-se numa árvore e ali passou a noite. Na manhã seguinte, ela saiu e colheu flores-estrelas e começou a costurar. Não podia falar com ninguém e não tinha vontade de rir. Ela ficou lá e não olhou para nada além de seu trabalho.

Depois que ela estava ali há muito tempo, aconteceu que o rei do país estava caçando na floresta, e seus caçadores chegaram à árvore em que a donzela estava sentada.

Eles a chamaram e disseram:

— Quem é você?

No entanto, ela não respondeu.

— Desça até nós — chamaram eles. — Não lhe faremos nenhum mal.

Ela apenas balançou a cabeça. Enquanto eles a pressionavam ainda mais com perguntas, ela jogou seu colar de ouro para eles e pensou que se contentariam com isso. Eles, no entanto, não pararam, e então ela atirou seu cinto para eles, e como isso também não serviu para nada, suas ligas e pouco a pouco tudo o que ela tinha e de que podia abrir mão, até que ela não tinha mais nada além de sua túnica. Os caçadores, no entanto, não se deixaram distrair por isso, mas subiram na árvore e trouxeram a donzela para baixo e a conduziram até o rei.

O rei perguntou:

— Quem é você? O que está fazendo na árvore?

Mas ela não respondeu. Ele fez a pergunta em todas as línguas que conhecia, mas ela permaneceu muda como um peixe. Como ela era muito bela, o coração do rei foi tocado e ele foi tomado de grande amor por ela. Ele colocou seu manto sobre ela, levou-a à sua frente no cavalo e a carregou para seu castelo.

Então, ele fez com que ela fosse vestida com vestes ricas, e ela brilhou em sua beleza como a radiante luz do dia, mas nenhuma palavra podia ser extraída dela. Ele a colocou ao seu lado à mesa, e seu porte modesto e cortesia o agradaram tanto, que ele disse:

— Ela é aquela com quem desejo me casar, e nenhuma outra mulher no mundo.

E alguns dias depois, ele se uniu a ela.

O rei, no entanto, tinha uma mãe perversa, que estava insatisfeita com seu casamento e falava mal da jovem rainha.

— Quem sabe — dizia ela —, de onde vem a criatura, que não pode falar? Ela não é digna de um rei!

Depois de um ano, quando a rainha trouxe seu primeiro filho ao mundo, a velha o tomou dela e cobriu sua boca com sangue enquanto ela dormia. Então foi até o rei e acusou a rainha de ser uma devoradora de homens. O rei não acreditou e não permitiria que ninguém falasse mal dela. Ela, no entanto, sentava-se sempre costurando as camisas e não se importava com mais nada.

Da próxima vez, quando ela novamente deu à luz um lindo menino, a falsa velha usou o mesmo truque, mas o rei não conseguiu acreditar em suas palavras. Ele disse:

— Ela é piedosa e boa demais para fazer qualquer coisa desse tipo. Se ela não fosse muda e pudesse se defender, sua inocência viria à tona.

Mas, quando a velha roubou a criança recém-nascida pela terceira vez e acusou a rainha, que não proferiu uma palavra de defesa, o rei não pôde fazer outra coisa senão entregá-la à justiça; e ela foi condenada a ser queimada.

Quando chegou o dia da execução da sentença, era o último dia dos seis anos em que ela não devia falar nem rir, e ela havia libertado seus queridos irmãos do poder do encantamento. As seis túnicas estavam prontas, faltando apenas a manga esquerda da sexta.

Quando, portanto, ela foi conduzida à estaca, ela colocou as camisas sobre o braço. E quando estava no alto e o fogo estava prestes a ser aceso, ela olhou ao redor e seis cisnes vieram voando pelo ar em sua direção. Então ela viu que sua libertação estava próxima, e seu coração saltou de alegria.

Os cisnes avançaram em sua direção e afundaram para que ela pudes-se jogar as túnicas sobre eles. E ao serem tocados por elas, suas peles de cisnes caíram, e os irmãos estavam em sua verdadeira forma diante dela, fortes e belos. Ao mais novo faltava apenas do braço esquerdo e em seu lugar tinha uma asa de cisne no ombro.

Eles se abraçaram e se beijaram, e a rainha foi até o rei, que ficou muito emocionado, e ela começou a falar, e disse:

— Caro marido, agora posso falar e declarar a você que sou inocente e falsamente acusada.

E ela lhe contou sobre a perversidade da velha, que tomou seus três filhos e os escondera.

Para grande alegria do rei, eles foram trazidos de volta. E como punição, a mulher maligna foi amarrada à estaca e queimada até as cinzas.

Mas o rei e a rainha, com seus seis irmãos, viveram muitos anos em felicidade e paz.

O pobre garoto do moleiro e a gata

Num certo moinho, vivia um velho moleiro que não tinha esposa nem filho. Três aprendizes serviam sob seu comando.

Como estavam com ele há vários anos, um dia, o velho lhes disse:

— Estou velho e quero sentar-me no canto perto da chaminé. Saiam, e aquele de vocês me trouxer o melhor cavalo, eu lhe darei o moinho. E, em troca disso, ele cuidará de mim até minha morte.

O terceiro dos meninos era, no entanto, o burro de carga, que era visto como tolo pelos outros. Eles não queriam dar-lhe o moinho e, além disso, ele não o aceitaria.

Então, os três saíram juntos e, quando chegaram à aldeia, os dois disseram ao tolo João:

— Você deveria ficar aqui; enquanto viver, nunca conseguirá um cavalo.

João, no entanto, os acompanhou e, quando já era noite, chegaram a uma caverna na qual se deitaram para dormir. Os dois espertos esperaram até que João adormecesse; então, se levantaram e foram embora deixando-o onde estava. Eles achavam que tinham feito uma coisa muito inteligente, mas com certeza isso acabaria mal para eles.

Quando o sol nasceu e João acordou, ele estava deitado em uma caverna profunda. Ele olhou ao redor para todos os lados e exclamou:

— Oh, céus! Onde estou?

Então se levantou e escalou para fora da caverna, para a floresta, pensando: *Aqui estou bem sozinho e abandonado, como vou conseguir um cavalo agora?*

Enquanto caminhava assim imerso em pensamentos, ele encontrou uma pequena gata malhada que disse com muita gentileza:

— João, onde está indo?

— Infelizmente, você não pode me ajudar.

— Conheço bem o seu desejo — disse a Gata. — Você deseja ter um belo cavalo. Venha comigo e seja meu servo fiel por sete anos, e, então, eu lhe darei um cavalo mais bonito do que qualquer outro que você já viu em toda a sua vida.

Bem, esta é uma gata espantosa!, pensou João, *mas estou determinado a ver se ela está dizendo a verdade.*

Então, ela o levou com ela para seu castelo encantado, onde não havia nada além de gatos que eram seus servos. Eles saltavam com agilidade para cima e para baixo, e eram alegres e felizes.

À noite, quando se sentaram para jantar, três deles tiveram que fazer música. Um tocava fagote, o outro rabeca, e o terceiro levava a trombeta aos lábios e soprava as bochechas o máximo que podia.

Quando eles haviam jantado, a mesa foi levada e a Gata disse:

— Agora, João, venha dançar comigo.

— Não — disse ele —, não vou dançar com uma gatinha. Eu nunca fiz isso ainda.

— Nesse caso, levem-no para a cama — disse ela aos gatos.

Então, um deles o levou para o quarto, outro tirou-lhe os sapatos; e o outro ainda, as meias e, por fim, um quarto apagou a vela.

Na manhã seguinte, eles voltaram e o ajudaram a sair da cama, um colocou as meias nele, outro amarrou suas ligas, outro ainda trouxe seus sapatos, um quarto o lavou e um quinto enxugou seu o rosto com o rabo.

— Isso é muito macio! — disse João.

Ele, no entanto, tinha que servir à Gata e cortar lenha todos os dias. E para fazer isso, ele tinha um machado de prata, enquanto a cunha e a serra eram de prata e o martelo de cobre. Então, ele cortava a madeira em pedaços pequenos.

Ele ficou lá na casa e comeu boa comida e bebida, mas nunca viu ninguém, exceto a Gata malhada e seus servos.

Certa vez, ela lhe disse:

— Vá e corte minha campina e seque a grama — e deu a ele uma foice de prata e um amolador de ouro, mas pediu-lhe que os devolvesse com cuidado.

Então, João foi até lá e fez o que lhe foi ordenado, e quando terminou o trabalho, ele levou a foice, a pedra de amolar e o feno para casa e perguntou se ainda não era hora de ela lhe dar sua recompensa.

— Não — disse a Gata —, você deve primeiro fazer mais outra coisa do mesmo tipo por mim. Há madeira de prata, machado de carpinteiro, esquadro e tudo o que é necessário, tudo de prata; com isso, construa-me uma casinha.

Então, João construiu a casinha e disse que já tinha feito tudo e ainda não tinha cavalo.

No entanto, os sete anos haviam passado por ele como se fossem seis meses. A Gato perguntou se ele gostaria de ver os cavalos dela?

— Sim — respondeu João.

Então, ela abriu a porta da casinha. E quando ela a abriu, lá estavam doze cavalos; cavalos tão resplandecentes e brilhantes que o coração dele se alegrou ao vê-los.

E agora ela lhe deu de comer e beber, e disse:

— Vá para casa. Não lhe darei o seu cavalo para levar consigo. Mas dentro de três dias, eu seguirei você e o levarei.

Então, João partiu, e ela lhe indicou o caminho para o moinho. Ela, no entanto, nunca lhe dera um casaco novo, e ele foi obrigado a continuar com a velha túnica suja, que trouxera consigo e que durante os sete anos se tornara pequena demais para ele.

Quando ele chegou em casa, os outros dois aprendizes estavam lá de volta, e cada um deles com certeza havia trazido um cavalo consigo. Mas um era cego e o outro manco. Eles perguntaram a João onde estava seu cavalo.

— Virá atrás de mim em três dias.

Então, eles riram e disseram:

— De fato, tolo João! Onde você vai conseguir um cavalo? Vai ser um excelente!

João entrou na sala, mas o moleiro disse que ele não devia se sentar à mesa, pois estava tão esfarrapado e sujo que todos teriam vergonha dele se alguém entrasse. Então, eles lhe deram um bocado de comida do lado de fora.

À noite, quando foram descansar, os outros dois não o deixaram ter uma cama, e, por fim, ele foi obrigado a se esgueirar para dentro da casa do ganso e deitar-se sobre um pouco de palha dura.

De manhã, quando ele acordou, os três dias haviam se passado, e uma carruagem veio com seis cavalos e eles reluziam tanto que era magnífico vê-los! E um servo trouxe também um sétimo, que era para o pobre garoto do moleiro.

E uma magnífica princesa desceu da carruagem e entrou no moinho. E essa princesa era a pequena gata a quem o pobre João servira por sete anos.

Ela perguntou ao moleiro onde estava o garoto e servo do moleiro.

Então, o moleiro disse:

— Não o deixamos entrar aqui no moinho, ele está tão maltrapilho. Ele está deitado na casa dos gansos.

Com isso, a filha de rei disse que eles deveriam buscá-lo imediatamente.

Então, eles o trouxeram; e ele tinha que segurar sua túnica pequena para se cobrir.

Os servos dela desembrulharam roupas esplêndidas, lavaram-no e vestiram-no. E, quando estava feito, nenhum rei poderia parecer mais belo.

Então, a princesa desejou ver os cavalos, que os outros aprendizes trouxeram para casa. Um deles era cego e o outro manco. Em seguida, ela ordenou que seus servos trouxessem o sétimo cavalo.

Quando o moleiro o viu, disse que um cavalo como aquele nunca havia entrado em seu quintal.

— E esse é para o terceiro menino do moleiro — declarou ela.

— Então, ele deve ficar com o moinho — disse o moleiro.

Mas a princesa disse que o cavalo era para ele, e que ele também deveria manter seu moinho. Então, ela pegou seu fiel João, colocou-o na carruagem e foi embora com ele.

Eles primeiro se dirigiram para a casinha, que ele havia construído com as ferramentas de prata. Veja! Era um grandioso castelo! Tudo dentro dela era de prata e de ouro!

Então, ela se casou com ele; e se tornou rico, tão rico que teve o suficiente para o resto da vida.

Depois disso, que ninguém diga que um tolo nunca poderá se tornar uma pessoa importante.

Os meninos de ouro

Era uma vez um homem e uma mulher pobres que não tinham nada além de uma casinha. Ganhavam o pão pescando e viviam sempre em necessidade.

Entretanto, certo dia, quando o homem estava sentado à beira da água e lançando a rede, ele pegou um peixe todo de ouro.

Enquanto ele observava o peixe, cheio de espanto, este começou a falar e disse:

— Ouça, pescador, se me jogar de volta na água, transformarei sua pequena cabana em um esplêndido castelo.

Então o pescador respondeu:

— De que me serve um castelo, se não tenho nada para comer?

O Peixe de Ouro continuou:

— Isso será resolvido. Haverá uma despensa no castelo, na qual, uma vez aberta, haverá pratos das carnes mais delicadas, e tantos quantos desejar.

— Se isso for verdade — disse o homem —, então posso muito bem fazer-lhe um favor.

— Sim — disse o Peixe —, há, no entanto, a condição de que você não conte a ninguém no mundo, quem quer que seja, de onde veio sua boa sorte. Se você falar apenas uma única palavra, tudo estará acabado.

Depois disso, o homem jogou o peixe maravilhoso de volta na água e foi para casa.

Onde antes ficava sua choupana, agora estava um grande castelo. Ele arregalou os olhos, entrou e encontrou a esposa vestida com lindas roupas, sentada em uma sala esplêndida.

Ela estava maravilhada e disse:

— Marido, como tudo isso aconteceu? Isso tudo me agrada muito.

— Sim — disse o homem —, também me agrada. Mas estou com uma fome terrível, apenas me dê algo para comer.

Disse a esposa:

— Mas não tenho nada e não sei onde encontrar nada nesta nova casa.

— Não precisa saber — disse o homem —, pois vejo ali uma grande despensa, basta destrancá-la.

Quando ela abriu, ora veja! Havia bolos, carne, frutas, vinho.

Então, a mulher exclamou alegremente:

— O que mais pode querer, meu querido? — e sentaram-se, comeram e beberam juntos.

Quando estavam satisfeitos, a mulher disse:

— Mas, marido, de onde vêm todas essas riquezas?

— Ai de mim — respondeu ele —, não me pergunte isso, pois não ouso lhe contar nada. Se eu revelar a alguém, então toda a nossa boa sorte vai embora.

— Muito bem — disse ela —, se não devo saber nada, então, não quero saber nada.

No entanto, ela não estava falando sério. Ela não sossegava nem de dia nem de noite, e incitou o marido até que, em sua impaciência, ele revelou que tudo se devia a um maravilhoso Peixe de Ouro que ele havia pescado e ao qual, em troca, havia dado sua liberdade.

E, assim que o segredo foi revelado, o esplêndido castelo com a despensa desapareceu imediatamente. Estavam mais uma vez na velha choupana de pescador, e o homem foi obrigado a retomar seu antigo ofício e pescar.

Contudo, quis a sorte que ele outra vez pescasse o Peixe de Ouro.

— Ouça — disse o Peixe —, se me jogar de volta na água novamente, eu lhe darei mais uma vez o castelo com o armário cheio de carnes assadas e cozidas. Apenas seja firme; pelo bem de sua vida, não revele de quem o recebeu, ou perderá tudo de novo!

— Serei cuidadoso — respondeu o pescador, e jogou o peixe de volta na água.

Agora em casa, tudo estava mais uma vez em sua antiga magnificência. A esposa ficou muito feliz com a boa sorte deles. Mas a curiosidade não a deixou em paz, de modo que, depois de alguns dias, ela começou a perguntar novamente como tinha acontecido, e como ele conseguiu obtê-la.

O homem ficou em silêncio por um curto período de tempo, mas, por fim, ela o deixou com tanta raiva que ele cedeu e traiu o segredo. Em um instante, o castelo desapareceu, e eles estavam de volta em sua velha cabana.

— Agora você tem o que quer — disse ele —; e podemos voltar a roer ossos sem carne de novo.

— Ah — disse a mulher —, prefiro não ter riquezas; se eu não souber de quem vêm; senão, não tenho paz.

O homem voltou a pescar e, depois de um tempo, teve a chance de pegar o Peixe de Ouro pela terceira vez.

— Ouça — disse o Peixe —, vejo muito bem que estou destinado a cair em suas mãos. Leve-me para casa e corte-me em seis pedaços. Dê à sua esposa dois deles para comer, dois para o seu cavalo, e enterre dois deles no chão. Então, eles lhe trarão uma bênção.

O pescador levou o Peixe para casa e fez o que ele havia ordenado.

Aconteceu que dos dois pedaços que estavam enterrados no chão, dois Lírios de Ouro brotaram; que o cavalo teve dois Potros de Ouro; e a mulher do pescador deu à luz duas crianças feitas inteiramente de ouro.

As crianças cresceram, se tornaram altas e bonitas, e os lírios e cavalos cresceram da mesma forma.

Então, os rapazes disseram:

— Pai, queremos montar nossos Corcéis de Ouro e viajar pelo mundo.

Mas ele respondeu com tristeza:

— Como posso suportar, se vocês forem embora e eu não souber como vocês estão?

Então, eles responderam:

— Os dois Lírios de Ouro permanecem aqui. Por meio deles, você pode ver como estamos. Se eles estiverem frescos; então, estaremos com saúde. Se eles estiveram murchos, estaremos doentes. Se eles perecerem, então estaremos mortos.

Então, eles cavalgaram e chegaram a uma estalagem, na qual havia muitas pessoas. Eles notaram os Meninos de Ouro e começaram a rir e a zombar.

Quando um deles ouviu a zombaria, sentiu-se envergonhado e não quis viajar pelo mundo, mas virou as costas e voltou para casa do pai. Mas o outro seguiu adiante e chegou a uma grande floresta.

Quando ele estava prestes a entrar, as pessoas disseram:

— Não é seguro atravessá-la; a floresta está cheia de ladrões, que o atacariam. Você vai sofrer. Quando virem que você é todo de ouro e seu cavalo também, certamente o matarão.

Entretanto, ele não se deixou assustar e disse:

— Eu preciso e vou atravessá-la.

Então, ele pegou peles de urso e cobriu a si mesmo e a seu cavalo com elas, para que o ouro não fosse visto, e cavalgou sem medo pela floresta. Depois de andar um pouco, ele ouviu um farfalhar nos arbustos e ouviu vozes falando umas com as outras.

De um lado vinham gritos de: *Ali vai um!*, mas do outro: *Deixa ele ir! É um sujeito à toa, tão pobre e miserável quanto um rato de igreja. O que podemos tirar dele?*

Assim, o Menino de Ouro atravessou contente a floresta, e nenhum mal lhe aconteceu.

Um dia ele, entrou em uma aldeia onde viu uma donzela, a qual era tão bonita que ele não acreditou que existisse no mundo outra mais bela do que ela.

E, como um amor muito poderoso se apoderou dele, ele foi até ela e disse:

— Eu te amo de todo o coração. Gostaria de ser minha esposa?

Ele também agradou tanto a donzela que ela concordou e disse:

— Sim, serei sua esposa e lhe serei fiel por toda a vida.

Eles se casaram. Então, quando eles estavam no auge da felicidade, o pai da noiva voltou para casa. Quando viu que o casamento de sua filha estava sendo celebrado, ficou surpreso e disse:

— Onde está o noivo?

Eles lhe mostraram o Menino de Ouro, que, no entanto, ainda usava suas peles de urso.

Então, o pai disse irado:

— Minha filha nunca se casará com um vagabundo! — e estava prestes a matá-lo.

Então a noiva implorou o quanto pôde e disse:

— Ele é meu marido, e eu o amo de todo o coração!

Até que finalmente o pai se deixou ser apaziguado.

No entanto, a ideia não saiu de seus pensamentos, de modo que, na manhã seguinte, ele levantou cedo, desejando ver se o marido de sua filha era um mendigo esfarrapado qualquer. Mas, quando ele espiou, viu um magnífico homem dourado na cama, e as peles de urso jogadas no chão.

Então, ele voltou e pensou: *Que bom que eu contive minha raiva! Senão eu teria cometido um grande crime.*

Mas o Menino de Ouro sonhou que estava caçando um esplêndido gamo e, quando acordou pela manhã, disse à esposa:

— Preciso sair para caçar.

Ela ficou temerosa e implorou para que ele ficasse lá e disse:

— Você pode facilmente encontrar grande infortúnio.

Mas ele respondeu:

— Preciso ir e irei.

Então, ele se levantou e cavalgou para a floresta. Não demorou muito para que um belo gamo cruzasse seu caminho exatamente como em seu sonho. Ele apontou e estava prestes a atirar, quando o gamo fugiu. Ele o perseguiu saltando cercas-vivas e valas durante todo o dia sem se cansar. À noite, o gamo desapareceu de sua vista e, quando o Menino de Ouro olhou em volta, estava diante de uma casinha, onde vivia uma bruxa.

Ele bateu, e uma velhinha saiu e perguntou:

— O que faz tão tarde no meio da grande floresta?

— Não viu um gamo?

— Sim — respondeu ela —, eu conheço bem o gamo. — E então um cachorrinho que tinha saído da casa com ela latiu de maneira violenta para o homem.

— Fique calado, seu bicho odioso — disse ele —, ou vou matá-lo com um tiro.

Então, a bruxa gritou com fúria:

— O quê?! Vai matar meu cachorrinho? — e imediatamente ela o transformou, de modo que ele virou uma pedra.

Enquanto isso, sua noiva o esperava em vão e pensava: *Aquilo que eu tanto temia, que pesava tanto em meu coração, aconteceu com ele!*

Mas, em casa, o outro irmão estava ao lado dos Lírios de Ouro, quando um deles de repente murchou.

— Ai! — disse ele. — Meu irmão encontrou um grande infortúnio! Devo ir para ver se posso resgatá-lo.

Então, ele montou em seu Cavalo de Ouro, partiu e entrou na grande floresta, onde seu irmão jazia transformado em pedra. A velha bruxa saiu de sua casa e o chamou, desejando aprisioná-lo também.

Ele não se aproximou dela, mas disse:

— Vou atirar em você, se não trouxer meu irmão de volta à vida.

Ela tocou a pedra, embora muito a contragosto, com o dedo indicador. Então, ele foi imediatamente restaurado à sua forma humana.

Os dois Meninos de Ouro se alegraram, quando se viram de novo. Eles se beijaram e se abraçaram, e saíram juntos da floresta, um para casa de volta à noiva, o outro para o pai.

O pai então disse:

— Eu sabia muito bem que você havia resgatado seu irmão, pois o Lírio de Ouro de repente se ergueu e floresceu mais uma vez.

Então, eles viveram felizes, e tudo prosperava para eles até morrerem.

Os três homenzinhos
na floresta

Era uma vez um homem cuja esposa falecera e uma mulher cujo marido falecera; e o homem tinha uma filha, e a mulher também tinha uma filha. As meninas se conheciam. Eles saíram para caminhar juntas e chegaram à casa da mulher. Então, ela disse à filha do homem:

— Ouça! Diga ao seu pai que eu gostaria de me casar com ele. Então, você se banhará com leite todas as manhãs e beberá vinho; mas minha própria filha se banhará com água e beberá água.

A menina foi para casa e contou ao pai o que a mulher havia dito. O homem disse:

— O que devo fazer? O casamento é uma alegria, também um tormento!

Por fim, como não conseguia decidir, ele tirou a bota e disse:

— Pegue esta bota. Ela tem um furo na sola. Vá com ela lá em cima para o sótão. Pendure-a no prego grande. Em seguida, despeje água nela. Se retiver a água, irei me casar novamente. Mas se vazar, não vou!

A menina fez o que lhe foi ordenado, mas a água fechou o buraco e a bota ficou cheia até o topo. Ela informou ao pai qual tinha sido o resultado.

Então, ele mesmo subiu e quando viu que ela estava certa, foi até a viúva e a cortejou, e as bodas foram celebradas.

Na manhã seguinte, quando as duas meninas se levantaram, estavam diante da filha do homem, leite para ela se banhar e vinho para ela beber. Mas, diante da filha da mulher, havia água para se banhar e água para beber.

Na segunda manhã, havia água para se banhar e água para beber diante da filha do homem, bem como diante da filha da mulher.

E na terceira manhã, havia água para se banhar e água para beber diante da filha do homem, e leite para se banhar e vinho para beber, diante da filha da mulher, e assim continuou.

A mulher tornou-se amargamente maldosa com a filha do homem e, dia após dia, fazia o possível para tratá-la ainda pior. Ela também estava com inveja porque a filha do homem era linda e adorável, e sua própria filha feia e repulsiva.

Um dia, no inverno, quando tudo estava congelado como uma pedra, e a colina e o vale estavam cobertos de neve, a mulher fez um vestido de papel, chamou a filha do homem e disse:

— Aqui, coloque este vestido e vá até a floresta, traga-me uma pequena cesta cheia de morangos, estou com desejo de comer alguns.

— Ai de mim! — disse a menina. — Nenhum morango cresce no inverno! O chão está congelado e, além disso, a neve cobriu tudo. E por que devo ir usando este vestido de papel? Está tão frio lá fora que a própria respiração congela! O vento soprará através do vestido e os espinhos o arrancarão do meu corpo.

— Vai me contradizer de novo? — disse a mulher. — Vá, e não apareça novamente até que tenha a cesta cheia de morangos!

Então ela lhe deu um pedacinho de pão duro e disse:

— Isso vai durar o dia todo — e pensou: *Você vai morrer de frio e fome lá fora, e nunca mais vou vê-la.*

Então, a garota obedeceu, colocou o vestido de papel e saiu com a cesta. Por toda parte, não havia nada além de neve, e nenhuma folha verde podia ser vista.

Ao entrar no bosque, viu uma casinha da qual espreitavam três homenzinhos. Ela lhes desejou bom dia e bateu com delicadeza à porta. Eles gritaram: *Entre*, e ela entrou na sala e sentou-se no banco ao lado do fogão, onde começou a se aquecer e a tomar seu café da manhã.

Os homenzinhos disseram:

— Dê-nos um pouco disso.

— Com prazer — disse ela, e dividiu seu pedaço de pão em dois, e deu-lhes a metade.

Eles perguntaram:

— O que você faz aqui na floresta no inverno, com seu vestido fino?

— Ah — ela respondeu —, devo procurar morangos para encher uma cesta e não posso voltar para casa até que possa levá-los comigo.

Quando ela comeu o pão, eles lhe deram uma vassoura e disseram:

— Varra a neve da porta dos fundos com ela.

Mas quando ela estava do lado de fora, os três homenzinhos disseram uns aos outros:

— O que devemos dar a ela, já que é tão boa e compartilhou seu pão conosco?

Então, o primeiro declarou:

— Meu presente será que a cada dia ela ficará mais bonita.

O segundo determinou:

— Meu presente será que moedas de ouro cairão de sua boca toda vez que ela falar.

O terceiro disse:

— Meu presente será que um rei virá e a tomará por esposa.

A menina, porém, fez o que os homenzinhos mandaram, varreu a neve atrás da casinha com a vassoura. E o que ela encontrou senão morangos maduros de verdade, que surgiram vermelhos-escuros da neve! Em sua alegria, ela rapidamente encheu sua cesta, agradeceu aos homenzinhos, apertou a mão de cada um deles e correu para casa para levar à mulher aquilo pelo qual ela tanto ansiava.

Quando ela entrou e disse boa-noite, uma moeda de ouro imediatamente caiu de sua boca. Então, ela relatou o que havia lhe acontecido na floresta. Mas, a cada palavra que dizia, moedas de ouro caíam de sua boca, até que muito em breve toda a sala estava coberta com elas.

— Agora veja o orgulho dela — exclamou a filha da mulher —, de cuspir ouro dessa maneira! — mas ela estava secretamente com inveja e queria ir para a floresta buscar morangos.

Sua mãe disse:

— Não, minha querida filhinha, está muito frio, você pode morrer congelada.

No entanto, como a filha não a deixava ter sossego, a mãe finalmente cedeu, fez-lhe um magnífico vestido de pele, que ela foi obrigada a vestir, e deu-lhe pão com manteiga e bolo para levar consigo.

A menina entrou na floresta e foi direto para a casinha. Os três homenzinhos espiaram novamente, mas ela não os cumprimentou. Sem olhar para eles e sem falar com eles, ela entrou, desajeitada, na sala, sentou-se ao lado do fogão e começou a comer seu pão com manteiga e bolo.

— Dê-nos um pouco disso — exclamaram os homenzinhos.

Mas ela respondeu:

— Não há o suficiente para mim; então, como posso dá-lo a outras pessoas?

Quando ela terminou de comer, eles disseram:

— Aqui está uma vassoura para você, varra tudo para nós lá fora, perto da porta dos fundos.

— Hum! Varram por si mesmos — ela respondeu —, não sou sua criada.

Quando ela viu que eles não iriam lhe dar nada, ela saiu porta afora. Então, os homenzinhos disseram uns aos outros:

— O que devemos dar a ela, já que é tão maldosa e tem um coração invejoso e perverso, que nunca lhe permitirá fazer o bem a ninguém?

O primeiro declarou:

— Eu farei com que ela fique mais feia a cada dia.

O segundo determinou:

— Eu farei com que a cada palavra que ela disser, um sapo saia de sua boca.

O terceiro disse:

— Eu farei com que ela tenha uma morte miserável.

A donzela procurou morangos do lado de fora, mas como não encontrou nenhum, voltou furiosa para casa. E, quando ela abriu a boca, e estava prestes a contar à mãe o que havia lhe acontecido no bosque, a cada palavra que dizia, um sapo saltava de sua boca, de modo que todos ficaram horrorizados com ela.

Então a mãe ficou ainda mais furiosa e não pensou em nada além de fazer todo mal possível à filha do homem, cuja beleza, no entanto, crescia a cada dia. Por fim, ela pegou um caldeirão, colocou-o no fogo e cozinhou fios de lã nele. Quando estava fervido, ela o jogou sobre o ombro da pobre menina e deu-lhe um machado para que ela pudesse ir ao rio congelado, fazer um buraco no gelo e enxaguar o fio.

Ela foi obediente, foi até lá e abriu um buraco no gelo. E enquanto ela estava no meio do corte, uma carruagem esplêndida se aproximou, na qual estava o rei. A carruagem parou e o rei perguntou:

— Minha menina, quem é você e o que está fazendo aqui?

— Sou uma garota pobre e estou lavando lã.

Então, o rei sentiu compaixão e, quando viu quanto ela era linda, disse-lhe:

— Iria embora comigo?

— Ah, sim, de todo o coração — ela respondeu, pois estava feliz por se afastar da mãe e da irmã.

Então ela entrou na carruagem e foi embora com o rei, e quando chegaram ao palácio dele, o casamento foi celebrado com grande pompa, como os homenzinhos haviam concedido à donzela.

Os dois viajantes

Colina e vale não se unem, mas os filhos dos homens sim, bons e maus. Desta forma, um sapateiro e um alfaiate se encontraram em suas viagens.

O alfaiate era um rapaz bonito que estava sempre contente e cheio de alegria. Ele viu o sapateiro vindo em sua direção do outro lado, e como percebeu por sua bolsa que tipo de ofício ele exercia, cantou uma pequena canção de zombaria para ele:

> *Costure-me a bainha,*
> *Deixa o fio passado,*
> *A graxa espalhada*
> *O prego bem martelado.*

O sapateiro, porém, não aguentava uma piada. Ele fez uma careta como se tivesse bebido vinagre e fez um gesto como se estivesse prestes a agarrar o alfaiate pelo pescoço.

O rapazinho, porém, começou a rir, estendeu-lhe a garrafa e disse:

— Não tive a intenção de ofendê-lo, tome um gole e engula sua raiva.

O sapateiro tomou um grande gole e a expressão fechada em seu rosto começou a se dissipar.

Ele devolveu a garrafa ao alfaiate e disse:

— Falei civilizadamente com você. Fala-se bem depois de muito beber, mas não depois de muita sede. Vamos viajar juntos?

— Tudo bem — respondeu o alfaiate —, apenas se lhe interessa ir para uma cidade grande onde não falta trabalho.

— É exatamente para lá que quero ir — respondeu o sapateiro. — Num lugar pequeno não há nada a ganhar; e, no campo, as pessoas gostam de andar descalças.

Portanto, eles seguiram viagem juntos, e sempre colocavam um pé na frente do outro como uma doninha na neve.

Ambos tinham tempo bastante, mas pouco para comer. Quando chegavam em uma cidade, iam e prestavam seus respeitos aos comerciantes.

Como o alfaiate tinha aparência tão animada e alegre, e bochechas tão bonitas e coradas, todos lhe davam trabalho de bom grado. E quando a sorte lhe sorria, as filhas do mestre também lhe davam um beijo na varanda. Quando voltava a se encontrar com o sapateiro, o alfaiate sempre tinha mais em sua sacola.

O sapateiro, mal-humorado, fazia uma careta e pensava: *Quanto maior o malandro, maior a sorte.*

No entanto, o alfaiate começava a rir e a cantar, e repartia tudo o que conseguia com o companheiro. Se um par de moedas tilintava em seus bolsos, ele pedia animação e batia na mesa de alegria até os copos dançarem, e era vem fácil, vai fácil, com ele.

Depois de algum tempo viajando, chegaram a uma grande floresta pela qual passava a estrada para a capital. Duas trilhas, no entanto, passavam por ela: uma delas, uma jornada de sete dias; e a outra, de apenas dois. Mas nenhum dos viajantes sabia qual era o caminho mais curto.

Sentaram-se debaixo de um carvalho e deliberaram entre si sobre o que deveriam fazer e para quantos dias deveriam se abastecer de pão.

O sapateiro disse:

— É preciso olhar antes de saltar. Levarei comigo pão para uma semana.

— O quê?! — disse o alfaiate —, carregar nas costas pão para sete dias como um animal de carga, e não poder observar a paisagem. Vou confiar em Deus e não me preocuparei com nada! O dinheiro que tenho no bolso é tão bom no verão quanto no inverno; mas, no tempo quente, o pão ainda fica seco e mofado. Mesmo meu casaco não vai tão longe quanto poderia. Além disso, por que não encontraríamos o caminho certo? Pão para dois dias, e isso é o suficiente.

Cada um, portanto, comprou o próprio pão. E, então, eles tentaram a sorte na floresta.

Estava tão quieto lá quanto em uma igreja. Nenhum vento se agitava, nenhum riacho murmurava, nenhum pássaro cantava e, por entre os galhos de folhagem espessa, nenhum raio de sol forçava passagem.

O sapateiro não dizia uma palavra, o pão pesado vergava-lhe as costas até que o suor escorria pelo seu rosto zangado e sombrio.

O alfaiate, porém, estava muito alegre; ele saltitava, assobiava em uma folha ou cantava uma canção e pensava consigo mesmo: *Deus no céu deve estar satisfeito em me ver tão feliz.*

Isso durou dois dias, mas, no terceiro, a floresta não chegou ao fim, e o alfaiate havia comido todo o seu pão; então, afinal, seu coração afundou um pouco mais. Entretanto, não perdeu a coragem, mas confiou em Deus e na sua sorte.

No terceiro dia, ele deitou-se à noite com fome, debaixo de uma árvore, e levantou-se novamente na manhã seguinte ainda com fome.

Assim também se passou o quarto dia, e, quando o sapateiro se sentou em uma árvore caída e devorou seu jantar, o alfaiate ficou apenas olhando.

Se ele implorava por um pedacinho de pão, o outro ria zombeteiro e dizia:

— Você sempre foi tão alegre, agora pode experimentar uma vez o que é ser triste. Os pássaros que cantam muito cedo pela manhã são pegos pelo falcão à noite — em suma, ele não tinha pena.

Mas, na quinta manhã, o pobre alfaiate não conseguia mais se levantar e mal conseguia pronunciar uma palavra de tanta fraqueza. Suas bochechas estavam pálidas e seus olhos vermelhos.

Então o sapateiro lhe disse:

— Eu lhe darei um pedaço de pão hoje, mas em troca vou arrancar seu olho direito.

O infeliz alfaiate, que ainda desejava salvar a própria vida, não poderia fazê-lo de outra maneira. Ele chorou uma última vez com os dois olhos, e então os entregou. O sapateiro, que tinha coração de pedra, arrancou-lhe o olho direito com uma faca afiada.

O alfaiate lembrou-se do que sua mãe lhe havia dito certa vez quando ele comia escondido na despensa: *Coma o que puder e sofra o que for necessário.*

Depois de ter comido o pão que lhe custou tão caro, pôs-se de pé de novo, esqueceu sua miséria e consolou-se com o pensamento de que sempre poderia ver o suficiente com um olho.

Mas, no sexto dia, a fome se fez sentir novamente e o consumiu quase até o coração. À noite, ele caiu ao lado de uma árvore e, na sétima manhã, não conseguiu se levantar de tanta fraqueza, e a morte estava próxima.

Então, disse o sapateiro:

— Terei misericórdia e lhe darei pão mais uma vez, mas você não o receberá a troco de nada. Vou arrancar seu outro olho por isso.

E, agora, o alfaiate sentiu como sua vida tinha sido descuidada, orou a Deus por perdão e disse:

— Faça o que quiser, eu suportarei o que devo, mas lembre-se de que nosso Senhor Deus nem sempre olha passivamente, e que um dia chegará a hora em que o mal que me fez e que não mereci de você será recompensado. Quando os tempos eram bons para mim, eu compartilhava o que tinha com você. Meu ofício é do tipo que cada ponto deve ser sempre exatamente igual ao outro. Se não tiver mais meus olhos e não puder mais costurar, precisarei mendigar. De qualquer forma, não me deixe aqui sozinho quando estiver cego, ou morrerei de fome.

O sapateiro, porém, que havia expulsado Deus do coração, pegou a faca e arrancou o olho esquerdo do alfaiate. Em seguida, deu-lhe um pedaço de pão para comer, estendeu-lhe uma vara e conduziu-o trás de si.

Quando o sol se pôs, eles saíram da floresta, e diante deles, em campo aberto, estava a forca. Para lá o sapateiro guiou o alfaiate cego, e depois o deixou sozinho e seguiu seu caminho.

O cansaço, a dor e a fome fizeram o miserável adormecer, e ele dormiu a noite inteira. Quando amanheceu, ele acordou, mas não sabia onde estava.

Dois pobres pecadores estavam pendurados na forca, e um corvo estava sentado na cabeça de cada um deles. Então um dos homens que haviam sido enforcados começou a falar e disse:

— Irmão, está acordado?

— Sim, estou — respondeu o segundo.

— Então, eu vou lhe contar uma coisa — falou o primeiro. — O orvalho que esta noite caiu sobre nós da forca, devolve os olhos a quem que se lava com ele. Se os cegos soubessem disso, quantos recuperariam a visão que não acreditam que isso seja possível!

Ao ouvir isso, o alfaiate tirou o lenço do bolso, pressionou-o contra a grama e, quando estava úmido de orvalho, lavou as órbitas dos olhos com ele. Imediatamente se cumpriu o que o homem na forca havia dito, e um par de olhos novos e saudáveis preencheram as órbitas.

Não demorou muito para o alfaiate ver o sol nascer atrás das montanhas. Na planície diante dele estava a grande cidade real com seus magníficos portões e cem torres. As bolas e cruzes douradas que estavam nos pináculos começaram a reluzir. Ele conseguia distinguir cada folha das árvores, via os pássaros que passavam voando e os insetos que dançavam no ar. Ele tirou uma agulha do bolso e, como conseguia colocar a linha tão bem quanto antes, seu coração dançou de prazer.

Ele se ajoelhou, agradeceu a Deus pela misericórdia que lhe havia mostrado e fez sua oração matinal.

Então, colocou seu fardo nas costas, e logo esqueceu a dor de coração que havia sofrido, e seguiu seu caminho cantando e assobiando.

A primeira coisa que encontrou foi um potro marrom correndo pelos campos. Ele o pegou pela crina e quis pular nele e cavalgar até a cidade. O potro, no entanto, implorou para ser libertado.

— Ainda sou muito jovem — disse —, até mesmo um alfaiate leve como você quebraria minhas costas; deixe-me ir até ficar forte. Pode chegar um momento em que eu possa recompensá-lo por isso.

— Vá — disse o alfaiate —, vejo que você ainda é uma coisa tonta.

Deu-lhe um pequeno golpe nas costas com um chicote, ao que o potro escoiceou de alegria, saltou por cima de sebes e valas e galopou para o campo aberto.

Entretanto, o alfaiatezinho não tinha comido nada desde o dia anterior.

— O sol com certeza enche meus olhos — disse ele —, mas não há pão enchendo minha boca. A primeira coisa com que me deparar e for um pouco comestível, terá que sofrer por isso.

Enquanto isso, uma cegonha caminhou solenemente sobre o prado em direção a ele.

— Pare, pare! — gritou o alfaiate, e agarrou-a pela perna. — Não sei se você é boa para comer ou não, mas minha fome não me deixa grande escolha. Devo cortar sua cabeça e assá-la.

— Não faça isso — respondeu a cegonha —; sou um pássaro sagrado que traz grande bem à humanidade, e ninguém nunca me faz mal. Deixe-me com minha vida, e posso lhe fazer bem de alguma outra maneira.

— Bem, vá embora, prima Pernas Compridas — disse o alfaiate.

A cegonha se ergueu, deixou suas longas pernas penduradas e voou suavemente para longe.

— Qual será o fim disso? — disse o alfaiate para si mesmo afinal. — Minha fome fica cada vez maior, e meu estômago cada vez mais vazio. O que quer que entre em meu caminho agora está perdido.

Neste momento, ele viu um par de patos jovens que estavam em um lago, vir nadando em sua direção.

— Vocês apareceram no momento certo — disse ele, e segurou um deles e estava prestes a torcer seu pescoço.

Nisso, uma velha pata, que estava escondida entre os juncos, começou a gritar alto e nadou até ele com o bico aberto, implorando-lhe urgentemente que poupasse seus queridos filhos.

— Você não consegue imaginar — disse ela —, como sua mãe ficaria de luto se alguém quisesse levá-lo e matá-lo?

— Apenas fique quieta — disse o alfaiate bem-humorado. — Você continuará com seus filhos — e colocou o prisioneiro de volta na água.

Quando ele se virou, estava parado na frente de uma velha árvore que estava parcialmente oca, e viu algumas abelhas selvagens voando, saindo e entrando nela.

— Lá encontrarei agora a recompensa pela minha boa ação — disse o alfaiate — o mel vai me saciar.

Mas a Abelha Rainha saiu, ameaçou-o e disse:

— Se tocar meu povo e destruir meu ninho, nossas picadas perfurarão sua pele como dez mil agulhas incandescentes. Mas se nos deixar em paz e seguir seu caminho, nós lhe prestaremos um serviço em troca disso em outra ocasião.

O alfaiatezinho viu que não poderia fazer nada ali também.

— Três pratos vazios e nada no quarto é um jantar ruim!

Ele se arrastou, portanto, com seu estômago faminto para a cidade. Eram apenas doze horas, tudo estava pronto para ele na estalagem, e ele pôde sentar-se imediatamente para comer.

Quando ficou satisfeito, disse:

— Agora vou trabalhar.

Ele deu a volta na cidade, procurou um mestre e logo encontrou uma boa colocação. Como havia aprendido bem o ofício, não demorou muito para que se tornasse famoso, e todos queriam que um novo casaco fosse feito pelo alfaiatezinho, cuja importância aumentava a cada dia.

— Não posso aumentar mais minhas habilidades — disse ele —, e ainda assim as coisas melhoram a cada dia.

Por fim, o rei o nomeou alfaiate da corte.

Mas como as coisas acontecem no mundo! No mesmo dia, seu ex-companheiro, o sapateiro, tornou-se também sapateiro da corte. Quando este avistou o alfaiate e viu que ele tinha mais uma vez os dois olhos sãos, sua consciência o incomodou.

Antes que ele se vingue de mim, pensou consigo mesmo, preciso cavar uma cova para ele.

Entretanto, quem cava uma cova para outro é que acaba caindo nela.

À noite, quando o trabalho acabou e já estava anoitecendo, ele foi escondido até o rei e disse:

— Senhor rei, o alfaiate é um sujeito arrogante e se gabou dizendo que ele recuperará a coroa de ouro, que foi perdida nos tempos antigos.

— Isso me agradaria muito — disse o rei.

Ele fez que o alfaiate fosse trazido até ele na manhã seguinte e ordenou-lhe que recuperasse a coroa ou deixasse a cidade para sempre.

Ai!, pensou o alfaiate, *um patife dá mais do que tem. Se o sisudo rei quer que eu faça o que não pode ser feito por ninguém, não esperarei até de manhã, mas sairei da cidade imediatamente, hoje.*

Arrumou sua trouxa, mas, quando passou pelo portão, não pôde deixar de lamentar ter que desistir de sua boa sorte e dar as costas à cidade em que tanta coisa boa lhe acontecera. Chegou ao lago onde conhecera os patos.

Naquele exato momento, a pata velha, cujos filhos ele havia poupado, estava na margem, arrumando suas plumas com o bico. Ela o reconheceu e perguntou por que ele estava cabisbaixo.

— Não ficará surpresa quando souber o que me aconteceu — respondeu o alfaiate, e contou a ela seu destino.

— Se isso for tudo — disse a pata —, podemos ajudá-lo. A coroa caiu na água e ficou no fundo. Em breve a traremos de volta para você. Enquanto isso, apenas estenda seu lenço na margem.

Ela mergulhou com seus doze filhotes. E, em cinco minutos, estava de volta à superfície com a coroa sobre as asas. Os doze filhotes nadavam ao redor e tinham colocado seus bicos sob a coroa e ajudavam a carregá-la. Todos nadaram até a praia e colocaram a coroa no lenço.

Ninguém pode imaginar o quão magnífica era a coroa. Quando o sol brilhou sobre ela, cintilou como cem mil carbúnculos. O alfaiate amarrou seu lenço pelas quatro pontas e a levou ao rei, que ficou cheio de alegria, e colocou uma corrente de ouro no pescoço do alfaiate.

Quando o sapateiro viu que o golpe havia falhado, ele inventou um segundo, e foi até o rei e disse:

— Senhor rei, o alfaiate tornou-se insolente novamente. Ele se gaba de copiar em cera todo o palácio real, com tudo o que há nele, solto ou preso, por dentro e por fora.

O rei mandou chamar o alfaiate e ordenou fizesse uma cópia em cera de todo o palácio real, com tudo o que havia nesse, móvel ou imóvel, por dentro e por fora. E se ele não conseguisse fazer isso, ou se faltasse mesmo que um prego na parede, ele seria preso por toda a sua vida no subsolo.

O alfaiate pensou: *Está ficando cada vez pior! Ninguém pode suportar isso!* e jogou sua trouxa nas costas e foi embora.

Quando chegou à árvore oca, sentou-se de cabeça baixa. As abelhas saíram voando, e a Abelha Rainha perguntou se ele estava com torcicolo, já que ele mantinha a cabeça tão torta.

— Ai, não — respondeu o alfaiate —, algo muito diferente me pesa.

E contou para ela o que o rei havia exigido dele.

As abelhas começaram a zumbir e zunir entre si, e a Abelha Rainha disse:

— Apenas volte para casa. Mas retorne amanhã a esta hora e traga um lençol grande com você, e então tudo ficará bem.

Então ele voltou mais uma vez, mas as abelhas voaram para o palácio real e entraram direto nele pelas janelas abertas, se esgueiraram por todos os cantos e inspecionando tudo com o máximo de cuidado.

Então, elas se apressaram de volta e fizeram um modelo do palácio em cera com tal rapidez que qualquer um que visse pensaria que estava crescendo diante de seus olhos. À noite, tudo estava pronto.

E, quando o alfaiate chegou na manhã seguinte, todo o esplêndido edifício estava lá, e nenhum prego na parede ou telha do telhado estava faltando; além disso, era delicado e branco como a neve, e tinha um aroma doce como o do mel.

O alfaiate embrulhou-o cuidadosamente em seu lençol e o levou ao rei, que não se cansou de admirá-lo, colocou-o em seu maior salão e, em troca, presenteou o alfaiate com uma grande casa de pedra.

O sapateiro, no entanto, não desistiu, mas se dirigiu pela terceira vez ao rei e disse:

— Senhor rei, chegou aos ouvidos do alfaiate que nenhuma água mina no pátio do castelo. Ele se gabou de que jorrará no meio do pátio à altura de um homem e será límpida como cristal.

Então, o rei ordenou que o alfaiate fosse trazido à sua presença e disse:

— Se uma corrente de água não surgir no meu pátio amanhã, como você prometeu, o carrasco nesse mesmo lugar o deixará mais baixo em uma cabeça.

O pobre alfaiate não demorou muito para pensar nisso, mas correu portão afora e, porque desta vez era uma questão de vida ou morte para ele, lágrimas rolavam pelo seu rosto.

Enquanto ele estava saindo cheio de tristeza, o potro ao qual ele havia dado sua liberdade antes, e que agora se tornara um belo cavalo castanho, veio saltando em sua direção.

— Chegou a hora — disse ele ao alfaiate —, em que posso retribuir sua boa ação. Eu já sei o que você necessita, mas em breve você terá ajuda. Suba em mim, minhas costas são capazes de carregar dois de você.

A coragem do alfaiate retornou. Ele montou de um salto; e o cavalo entrou a toda velocidade na cidade e seguiu até o pátio do castelo. Ele galopou rápido como um relâmpago três vezes ao redor dele, e na terceira vez bateu as patas com violência. No mesmo instante houve um terrível trovão, um fragmento de terra no meio do pátio saltou como uma bala de canhão no ar e por cima do castelo. Logo depois, um jato de água subiu tão alto quanto um homem a cavalo, e a água era pura como cristal, e os raios de sol começaram a dançar sobre ela.

Quando o rei viu isso, levantou-se com espanto e foi abraçar o alfaiate à vista de todos os homens.

Mas a boa sorte não durou muito. O rei tinha muitas filhas, uma mais bonita que a outra, mas não tinha filho.

Assim, o malicioso sapateiro dirigiu-se ao rei pela quarta vez e disse:

— Senhor rei, o alfaiate não abandonou sua arrogância. Ele agora se gabou de que, se quisesse, poderia fazer com que um filho fosse trazido ao senhor rei pelo ar.

O rei ordenou que o alfaiate fosse chamado e disse:

— Se fizer com que um filho me seja trazido dentro de nove dias, terá minha filha mais velha para esposa.

A recompensa é realmente grande, pensou o pequeno alfaiate. *Um homem faria algo em troca disso de bom grado, mas as cerejas crescem alto demais para mim. Se eu subir para pegá-las, o galho quebrará embaixo de mim e eu cairei.*

Ele foi para casa, sentou-se de pernas cruzadas em sua mesa de trabalho e pensou no que poderia fazer.

— Não há meio de fazer isso — exclamou por fim. — Vou embora. Afinal, não posso viver em paz aqui.

Ele amarrou sua trouxa e correu para o portão. Ao chegar ao prado, avistou sua velha amiga, a cegonha, que caminhava de um lado para outro como um filósofo. Às vezes, ela parava, examinava um sapo com cuidado e, por fim, o engolia.

A cegonha veio até ele e o cumprimentou.

— Vejo — começou —, que você leva sua trouxa nas costas. Por que está deixando a cidade?

O alfaiate explicou-lhe o que o rei exigira dele, e como não podia realizá-lo, e lamentou a própria infelicidade.

— Não fique de cabelos brancos por causa disso — disse a cegonha. — Vou ajudá-lo a sair de sua dificuldade. Por muito tempo, carreguei as crianças em cueiros para a cidade. Então, dessa vez, posso tirar um principezinho do poço. Vá para casa e fique tranquilo. Dentro de nove dias, a partir de agora, dirija-se ao palácio real, e irei para lá.

O alfaiatezinho foi para casa e no dia marcado estava no castelo. Não demorou muito para que a cegonha fosse voando até lá e batesse na janela. O alfaiate a abriu e o primo Pernas Compridas entrou com cuidado e caminhou com passos solenes sobre o piso de mármore liso.

Tinha um bebê no bico que era tão lindo quanto um anjo, e estendia as mãozinhas para a rainha. A cegonha colocou-o no colo dela, que o acariciou e beijou, e ficou fora de si de felicidade.

Antes que a cegonha voasse, tirou sua bolsa de viagem das costas e a entregou à rainha. Nele havia pacotinhos de papel cheios de docinhos coloridos, e esses foram divididos entre as princesinhas.

A mais velha, no entanto, não ganhou nenhum, mas recebeu o alegre alfaiate para marido.

— Sinto-me — declarou ele —, como se tivesse conquistado o maior prêmio. No fim das contas, minha mãe estava certa; ela sempre disse que quem confia em Deus e em sua própria sorte não pode fracassar.

O sapateiro teve que fazer os sapatos com os quais o pequeno alfaiate dançou na festa de casamento. Depois disso, foi ordenado a deixar a cidade para sempre.

A estrada para a floresta o levou até a forca. Desgastado pela raiva, fúria e o calor do dia, ele se atirou ao chão. Quando ele fechou os olhos e estava prestes a dormir, os dois corvos desceram voando das cabeças dos homens que estavam pendurados lá e arrancaram seus olhos a bicadas.

Em sua loucura, ele correu para a floresta e deve ter morrido de fome, pois ninguém nunca mais o viu ou ouviu falar dele.

Como seis homens ganharam o mundo

Era uma vez um homem que conhecia todos os tipos de artes. Ele serviu na guerra e se comportou bem e com bravura, mas, quando a guerra acabou, ele recebeu sua demissão e três moedas para suas despesas no caminho.

— Espere — disse ele —, não me contentarei com isso. Se eu puder encontrar as pessoas certas, o rei terá que me dar todo o tesouro do país.

Então, cheio de raiva, ele entrou na floresta e ali viu um homem que havia arrancado seis árvores como se fossem folhas de trigo. E disse a ele:

— Quer ser meu servo e me acompanhar?

— Sim — ele respondeu —, mas, primeiro, vou levar este montinho de gravetos em casa para minha mãe. — E pegou uma das árvores e a enrolou nas outras cinco, levantou o monte nas costas e o levou embora

Entã,o retornou e foi embora com seu patrão, que disse:

— Nós dois devemos ser capazes de andar pelo mundo muito bem.

Depois de caminharem um pouco, encontraram um caçador ajoelhado, com a arma no ombro e prestes a atirar. O patrão lhe disse:

— Caçador, em que você vai atirar?

Ele respondeu:

— A cerca de três quilômetros daqui, uma mosca está pousada no galho de um carvalho, e quero acertar seu olho esquerdo.

— Ah, me acompanhe — disse o homem —, se nós três estivermos juntos, com certeza seremos capazes de nos dar bem no mundo!

O caçador estava pronto e foi com ele.

Chegaram a sete moinhos de vento cujas velas giravam com grande velocidade, mas nenhum vento soprava à direita ou à esquerda, e nenhuma folha se movia. Então disse o homem:

— Não sei o que está movendo os moinhos de vento, não há nem uma brisa soprando.

E seguiu adiante com seus servos, e quando andaram pouco mais de três quilômetros, viram um homem sentado em uma árvore, que estava fechando uma narina e soprando pela outra.

— Pelos céus! O que você está fazendo aí em cima?

Ele respondeu:

— A três quilômetros daqui há sete moinhos de vento. Veja, eu estou soprando-os até que se mexam.

— Oh, venha comigo — pediu o homem. — Se nós quatro estivermos juntos, teremos sucesso em pouco tempo!

Então, o soprador desceu e o acompanhou.

Depois de algum tempo, viram um homem que estava de pé em uma perna e havia tirado a outra e a colocado ao seu lado. Então o mestre comentou:

— Você arranjou as coisas de forma muito confortável para descansar.

— Sou um corredor — respondeu ele —, e para me impedir de correr rápido demais, tirei uma das minhas pernas, pois se corro com as duas, vou mais rápido do que qualquer pássaro pode voar.

— Ah, acompanhe-me. Se nós cinco estivermos juntos, teremos sucesso em pouco tempo.

Com isso, ele os acompanhou.

Não demorou muito para que encontrassem um homem que usava um gorro, mas o havia colocado apenas em uma orelha. Então o patrão lhe disse:

— Por favor! Por favor! Não ponha seu gorro em uma orelha, parece um tolo!

— Não devo usá-lo de outra forma — disse ele —, porque se eu endireitar meu chapéu, surge uma terrível geada e todos os pássaros no ar ficam congelados e caem mortos no chão.

— Ora, venha comigo — disse o mestre. — Se nós seis estivermos juntos, teremos sucesso em pouco tempo.

Ora os seis chegaram a uma cidade onde o rei havia proclamado que quem disputasse uma corrida contra sua filha e vencesse, se tornaria seu marido, mas quem perdesse, perderia a cabeça.

Diante disso o homem se apresentou e disse:

— Eu disputo, no entanto, permita que meu servo corra por mim.

O rei respondeu:

— Então, a vida dele também deve ser apostada, de forma que a cabeça dele e a sua estejam ambas empenhadas na vitória.

Quando isso foi decidido e combinado, o homem prendeu a outra perna do corredor e disse a ele:

— Agora seja ágil e ajude-nos a vencer.

Foi determinado que aquele que fosse o primeiro a trazer um pouco de água de um poço distante, seria o vencedor. O corredor recebeu um jarro, e a filha do rei também, e começaram a correr ao mesmo tempo. Mas em um instante, quando a filha do rei tinha avançado muito pouco, as pessoas que estavam observando não puderam ver mais o corredor, era como se o vento tivesse soprado.

Em pouco tempo, ele chegou ao poço, encheu seu jarro com água e voltou. No meio do caminho para casa, no entanto, ele foi dominado pelo cansaço e colocou o jarro no chão, deitou-se e adormeceu. Ele tinha, no entanto, feito de travesseiro o crânio de um cavalo que estava no chão, para que se deita-se sem conforto e logo acorda-se novamente.

Enquanto isso, a filha do rei, que também podia correr muito bem, tão bem quanto qualquer mortal comum, chegou ao poço e voltava correndo com seu jarro cheio de água, quando viu o corredor deitado ali dormindo, ela ficou feliz e disse: *Meu inimigo está entregue em minhas mãos*, esvaziou o jarro dele e saiu correndo.

E agora tudo estaria perdido se, por sorte, o caçador não estivesse no topo do castelo e não tivesse visto tudo com seus olhos aguçados. Então, ele disse:

— A filha do rei ainda não prevalecerá contra nós.

Ele carregou sua arma e atirou com tanta habilidade que acertou o crânio do cavalo para longe da cabeça do corredor sem machucá-lo. Então, o corredor acordou, saltou de pé e viu que seu jarro estava vazio e que a filha do rei já estava muito adiantada. Ele não desanimou, no entanto, mas correu de volta para o poço com seu jarro, tirou um pouco de água de novo e ainda chegou em casa novamente, dez minutos antes da filha do rei.

— Vejam! — disse ele —, não me mexi até agora. Não merecia ser chamado de corrida antes.

Mas desagradou o rei, e mais ainda sua filha, que ela fosse levada por um soldado dispensado qualquer como aquele. Assim, eles deliberaram como se livrariam dele e de seus companheiros.

Então, disse o rei a ela:

— Tive uma ideia. Não tenha medo, eles não voltarão novamente — e disse aos homens — agora vocês festejarão juntos, e comerão e beberão.

Ele os conduziu a uma sala que tinha piso de ferro, e as portas também eram de ferro, e as janelas eram protegidas com barras de ferro. Havia uma mesa na sala coberta com comidas deliciosas, e o rei disse a eles:

— Entrem e divirtam-se.

E quando eles entraram, ordenou que as portas fossem fechadas e trancadas. Então, ele mandou chamar o cozinheiro e ordenou que ele acendesse o fogo embaixo do quarto até que o ferro ficasse em brasa. Assim o cozinheiro fez, e os seis que estavam sentados à mesa começaram a sentir bastante calor e pensaram que o calor era causado pela comida. Entretanto, à medida que aumentava, e eles quiseram sair e descobriram que as portas e janelas estavam trancadas, perceberam que o rei tinha má intenção e queria sufocá-los.

— Contudo, ele não terá sucesso — disse aquele com o gorro. — Farei vir uma geada, diante da qual o fogo se envergonhará e se afastará.

Então, ele endireitou o boné e, imediatamente, veio uma geada tão intensa que todo o calor desapareceu e a comida nos pratos começou a congelar.

Quando uma ou duas horas haviam se passado, e o rei pensou que eles haviam perecido no calor, ele abriu as portas para verificar pessoalmente. Mas, quando as portas foram abertas, todos os seis estavam lá, vivos e bem, e disseram que gostariam muito de sair para se aquecer, pois a própria comida estava quase congelada nos pratos com o frio.

Então, furioso, o rei foi até o cozinheiro, repreendeu-o e perguntou por que ele não havia feito o que lhe fora ordenado. Mas o cozinheiro respondeu:

— Há calor suficiente lá, apenas olhe por si mesmo.

Então, o rei viu que um fogo feroz estava queimando sob a sala de ferro e percebeu que não havia como vencer os seis dessa maneira.

Novamente, o rei pensou em como se livrar de seus hóspedes desagradáveis, e fez que seu líder fosse trazido e disse:

— Se você aceitar ouro e renunciar a minha filha, receberá o quanto quiser.

— Ah, sim, senhor rei — ele respondeu —, dê-me tanto quanto meu servo pode carregar, e eu não pedirei sua filha.

Com isso, o rei ficou satisfeito, e o outro continuou:

— Em quatorze dias, virei buscá-lo.

Depois disso o soldado convocou todos os alfaiates de todo o reino, e eles deveriam sentar-se por quatorze dias e costurar um saco. E quando estava pronto, o forte que podia arrancar árvores teve que carregá-lo nas costas e levá-lo ao rei.

Então, disse o rei:

— Quem pode ser aquele homem forte que carrega um fardo de linho nas costas, que é grande como uma casa? — e ele ficou alarmado e disse. — Quanto ouro ele é capaz de levar!

Então, ele ordenou que uma tonelada de ouro fosse trazida. Foram necessários dezesseis de seus homens mais fortes para carregá-lo, mas o mais forte pegou-o com uma mão, colocou-o no saco e disse:

— Por que não trazem mais de uma vez? Isso mal enche o fundo!

Então, pouco a pouco, o rei fez com que todo o seu tesouro fosse levado para lá, e o homem forte o enfiou no saco, e ainda assim o saco não encheu metade do saco.

— Traga mais — ele gritou —, essas poucas migalhas não o enchem.

Então, sete mil carros com ouro tiveram que ser reunidos por todo o reino, e o forte os enfiou e os bois atrelados a eles em seu saco.

— Não vou examiná-lo mais — disse ele —, mas vou apenas pegar o que vier, desde que o saco esteja cheio.

Quando tudo isso estava lá dentro, ainda havia espaço para muito mais. Então, ele disse:

— Vou acabar com isso. As pessoas às vezes amarram um saco mesmo quando não está cheio.

Então, ele o colocou nas costas e foi embora com seus companheiros.

Naquele momento, quando o rei viu como um único homem levava embora toda a riqueza do país, ele se enfureceu, mandou que seus cavaleiros montassem e perseguissem os seis, e ordenou que eles tirassem o saco do homem forte. Dois regimentos rapidamente alcançaram os seis e gritaram:

— Vocês são prisioneiros. Larguem o saco com o ouro, ou todos serão mortos!

— O que diz? — bradou o soprador. — Somos prisioneiros! Em lugar disso, todos vocês vão dançar pelo ar.

E ele fechou uma narina, e com a outra soprou nos dois regimentos. E então, eles foram separados uns dos outros e levados para o céu azul acima de todas as montanhas, um ali, outro acolá.

Um sargento clamou por misericórdia. Ele tinha nove ferimentos e era um sujeito corajoso que não merecia maus tratos. O soprador parou um pouco para que ele descesse sem se machucar, e então o soprador disse a ele:

— Agora vá para casa até seu rei e diga a ele que é melhor enviar mais alguns cavaleiros, e eu vou soprar todos eles pelos ares.

Quando o rei foi informado disso, ele disse:

— Deixe os patifes irem. Eles tiveram a melhor nessa.

Então, os seis levaram as riquezas para casa, dividiram-nas entre si e viveram contentes até a morte.

O Fuso, a lançadeira e a agulha

Era uma vez uma menina cujo pai e mãe haviam morrido quando ainda era uma criança. Sozinha, em uma casinha no final da aldeia, morava sua madrinha, que se sustentava fiando, tecendo e costurando. A senhora levou a criança desamparada para morar com ela, manteve-a em seu ofício e educou-a em tudo o que é bom.

Quando a menina tinha quinze anos, a velha adoeceu, chamou a criança ao lado de sua cama e disse:

— Querida filha, sinto que meu fim se aproxima. Deixo-te a casinha, que lhe protegerá do vento e das intempéries, e o meu fuso, lançadeira e agulha, com os quais pode ganhar o pão.

Então, ela pôs as mãos sobre a cabeça da menina, abençoou-a e disse:

— Somente guarde o amor de Deus em seu coração, e tudo correrá bem para você.

Então, ela fechou os olhos e, quando foi enterrada, a donzela seguiu o caixão, chorando amargamente, e prestou-lhe os últimos respeitos.

E agora a donzela vivia sozinha na casinha, e era esforçada, fiava, tecia e costurava, e a bênção da boa velhinha estava em tudo o que ela fazia. Parecia que o linho no cômodo aumentava por conta própria, e sempre que ela tecia um tecido ou tapete, ou fazia uma camisa, imediatamente encontrava um comprador que lhe pagava muito bem por eles. De modo que não lhe faltava nada e ela até tinha algo para compartilhar com os outros.

Por volta dessa época, o filho do rei estava viajando pelo país à procura de uma noiva. Ele não devia escolher uma pobre, e não queria uma rica. Então, disse:

— Será minha esposa, aquela que for a mais pobre e, ao mesmo tempo, mais rica.

Quando chegou à aldeia na qual a donzela morava, perguntou, como fazia onde quer que fosse, quem era a moça mais rica e também a mais pobre do lugar. Eles primeiro nomearam a mais rica; a mais pobre, disseram, era a moça que morava na casinha bem no final da aldeia.

A menina rica estava sentada em todo o seu esplendor diante da porta de sua casa, e quando o príncipe se aproximou dela, ela se levantou, foi ao encontro dele e fez uma profunda reverência. Ele olhou para ela, não disse nada e seguiu em frente.

Quando ele chegou à casa da pobre menina, ela não estava sentada diante da porta, mas em seu quartinho. Ele parou o cavalo e viu, pela janela através da qual o sol brilhava, a menina sentada em sua roca, ocupada fiando. Ela levantou o olhar e, quando percebeu que o príncipe estava olhando para dentro, corou no rosto todo, baixou os olhos e continuou fiando. Não sei se, naquele momento, o fio estava bem uniforme; mas ela continuou fiando até que o filho do rei partiu novamente.

Então, ela foi até a janela, abriu-a e disse: *Está tão quente nesta sala!*; mas ela ainda o observou enquanto pôde ver as plumas brancas em seu chapéu. Em seguida, ela se sentou para trabalhar novamente em seu quarto e continuou com a fiar. E um ditado que a velha repetia muitas vezes quando estava sentada trabalhando veio à sua mente, e ela cantou estas palavras para si mesma:

> *Fuso, Fuso, rapidinho, rapidinho,*
> *Traga aqui para casa o meu noivinho.*

E o que você acha que aconteceu? O fuso saltou de sua mão em um instante, e saiu porta afora. E quando, em seu espanto, ela se levantou e foi ver para onde ele havia ido, ela viu que estava dançando alegremente pelo campo aberto, e arrastando um fio dourado brilhante atrás de si. Em pouco tempo, havia desaparecido por completo de sua vista.

Como não agora tinha o fuso, a moça pegou a lançadeira de tecelã, sentou-se ao tear e começou a tecer.

O fuso, no entanto, dançou adiante sem parar e, assim que o fio chegou ao fim, alcançou o príncipe.

— O que é isso? — ele exclamou. — O fuso decerto quer me mostrar o caminho! — Ele virou o cavalo e voltou com o fio de ouro. A menina estava, no entanto, sentada trabalhando e cantando:

> *Lançadeira, Lançadeira, teça bonitinho,*
> *Eu peço que me traga logo meu noivinho.*

Em um instante, a lançadeira saltou de sua mão e saiu pela porta. Junto à soleira, porém, começou a tecer um tapete que era o mais belo que os olhos do homem jamais haviam visto. Lírios e rosas desabrochavam nas laterais dele. E sobre um fundo dourado no centro, ascendiam ramos verdes, sob os quais lebres e coelhos saltavam. Cervos e corsas esticavam suas cabeças entre eles. Pássaros de cores vivas estavam pousados nos galhos acima. Não lhes faltava nada exceto o dom do canto. A lançadeira saltava de um lado para outro, e tudo parecia crescer por conta própria.

Como a lançadeira havia fugido, a menina sentou-se para costurar. Ela segurou a agulha e cantou:

> *Agulha, pontuda e fina Agulha minha,*
> *Deixe pronta pro noivinho esta casinha.*

Então a agulha saltou de seus dedos e voou por toda a sala tão rápido quanto um raio. Era como se espíritos invisíveis estivessem trabalhando. Revestiram mesas e bancos com tecido verde num instante, e as cadeiras com veludo, e penduraram cortinas de seda nas janelas.

Mal a agulha tinha dado o último ponto, a donzela viu pela janela as plumas brancas do príncipe, que o fuso havia levado até lá pelo fio de ouro. Ele se aproximou, passou por cima do tapete para dentro da casa, e quando entrou na sala, lá estava a donzela em suas roupas humildes, mas ela resplandecia nelas como uma rosa cercada de folhas.

— Você é a mais pobre e também a mais rica — ele disse a ela. — Venha comigo, será minha noiva.

Ela não falou, mas estendeu-lhe a mão. Então, ele a beijou, e a levou para fora, colocou-a em seu cavalo e a levou para o castelo real, onde o casamento foi celebrado com grande alegria.

O fuso, a lançadeira e a agulha foram preservados na câmara do tesouro e mantidos em grande honra.

As três crianças da sorte

Um pai uma vez chamou seus três filhos diante de si. Deu ao primeiro um galo, ao segundo uma foice e ao terceiro um gato.

— Estou velho — disse ele —, minha morte está próxima, e quis cuidar de vocês antes do meu fim. Dinheiro não tenho, e o que agora lhes dou parece de pouco valor. Mas tudo depende de fazerem bem uso dessas coisas. Apenas procurem um país onde tais coisas ainda sejam desconhecidas, e sua fortuna estará feita.

Após a morte do pai, o mais velho foi embora com seu galo. Contudo, onde quer que fosse, galos já eram conhecidos. Nas cidades, ele os via de longe, empoleirados nas torres e girando com o vento; e, nas aldeias, ouvia mais de um cantando. Ninguém se admiraria com a criatura, de modo que não parecia que ele faria fortuna com ela.

Por fim, porém, aconteceu que ele chegou a uma ilha onde as pessoas não sabiam nada sobre galos e nem sabiam como contar o tempo. É claro, eles sabiam quando era dia ou noite. Mas à noite, se não dormiam direto, nenhum deles sabia como descobrir a hora.

— Veja! — disse ele —, que criatura altiva! Tem uma coroa vermelho-rubi na cabeça e usa esporas como um cavaleiro. Chama três vezes durante a noite, em horários certos; e quando chama pela última vez, o sol nasce logo depois. Mas se canta em plena luz do dia, fiquem atentos, pois certamente haverá uma mudança no tempo.

As pessoas ficaram bem satisfeitas. Por uma noite inteira não dormiram, e ouviram com grande prazer o galo às duas, quatro e seis horas, proclamar a hora, alto e claro. Perguntaram se a criatura estava à venda e quanto ele queria por ela.

— A quantidade de ouro que um burro é capaz de carregar — respondeu ele.

— Um preço ridiculamente barato para uma criatura tão preciosa! — eles exclamaram todos juntos, e de bom grado lhe deram o que ele havia pedido.

Quando ele voltou para casa com sua riqueza, seus irmãos ficaram surpresos, e o segundo disse:

— Bem, eu vou me aventurar e ver se não consigo me livrar da minha foice de forma igualmente lucrativa.

Mas não pareceu que o faria, pois os trabalhadores o encontravam em todos os lugares, e tinham foices nos ombros, assim como ele.

Por fim, porém, ele encontrou uma ilha onde as pessoas não conheciam foices. Quando o trigo estava maduro, eles levavam canhões para os campos e o derrubaram. Acontece que essa técnica era muito imprecisa. Muitos atiravam por cima dele, outros acertavam as espigas em vez dos caules e os atiravam para longe, de forma que muito se perdia; e, além de tudo, isso fazia um barulho terrível.

Então o homem começou a trabalhar e o ceifou de forma tão silenciosa e rápida que as pessoas ficaram boquiabertas de espanto. Eles concordaram em pagar-lhe o que ele quisesse em troca da foice, e ele recebeu um cavalo carregado com tanto ouro quanto este era capaz de carregar.

E, agora, o terceiro irmão queria levar seu gato para o homem certo. Ele se saiu tal qual os outros. Enquanto ele ficou no continente, não teve chance. Em todos os lugares havia gatos, e eram tantos que a maioria dos gatinhos recém-nascidos eram afogados nas lagoas.

Por fim, ele navegou para uma ilha, e, felizmente, aconteceu que nenhum gato jamais havia sido visto por lá, e que os camundongos estavam com tanta vantagem, que dançavam sobre as mesas e bancos, quer o dono estivesse em casa ou não. A povo reclamava amargamente da peste. O próprio rei, em seu palácio, não sabia como se proteger deles. Ratos guinchavam em todos os cantos e roíam com tudo em que conseguiam pôr os dentes.

Entretanto, agora a gato começou sua caçada, e logo limpou alguns quartos, e as pessoas imploraram ao rei para comprar o animal maravilhoso para o país. O rei deu de boa vontade o que foi pedido, que foi uma mula carregada de ouro; e o terceiro irmão voltou para casa com o maior tesouro de todos.

A gata se divertiu com os ratos no palácio real e matou tantos que não puderam ser contados. Por fim, ela ficou com calor por causa do trabalho e sentiu sede, então, parou, levantou a cabeça e gritou: *Miau! Miau!*

Quando ouviram esse estranho grito, o rei e todo o seu povo ficaram assustados e, em seu pavor, fugiram do palácio.

Então, o rei se aconselhou sobre o que era o melhor a se fazer. Por fim, decidiu-se enviar um arauto à gata e ordenar-lhe que saísse do palácio; se não saísse, ela deveria esperar que usassem a força contra ela.

Os conselheiros disseram:

— Preferimos ser atormentados por ratos a que estamos acostumados, do que entregar nossas vidas a um monstro como este.

Um jovem nobre, portanto, foi enviado para perguntar à gata se ela "deixaria pacificamente o palácio". Mas a gata, cuja sede havia aumentado ainda mais, respondeu novamente: "Miau! Miau!".

O jovem pensou que ela havia dito: "Mas é claro não! Mas é claro não!" e levou esta resposta ao rei.

— Então — disseram os conselheiros —, ela deve ceder à força.

Canhões foram trazidos, e o palácio logo estava em chamas. Quando o fogo atingiu a sala onde a gata estava, ela saltou em segurança para fora da janela. Mas os sitiantes não pararam, até que todo o palácio havia sido completamente arrasado.

O fogão de ferro

Nos tempos em que desejar era ter, o filho de um rei foi enfeitiçado por uma velha bruxa, e trancado em um fogão de ferro em uma floresta. Lá, ele passou muitos anos, e ninguém conseguia libertá-lo.

Então, uma filha de rei adentrou a floresta; ela havia se perdido e não conseguia encontrar o reino de seu pai novamente. Depois de ter vagado por nove dias, ela por fim chegou ao fogão de ferro. Então, uma voz saiu dele e lhe perguntou:

— De onde você vem e para onde vai?

Ela respondeu:

— Perdi o caminho para o reino de meu pai e não consigo voltar para casa.

Então uma voz dentro do fogão de ferro disse:

— Eu a ajudarei a voltar para casa, e realmente muito depressa, se você prometer fazer o que eu lhe pedir. Sou filho de um rei muito mais grandioso do que seu pai e me casarei com você.

Então ela ficou com medo e pensou: *Ora! O que eu poderia querer com um fogão de ferro?* Mas como ela desejava muito estar de volta em casa com seu pai, prometeu fazer o que ele desejava.

Ele disse:

— Você deve voltar aqui, trazer uma faca, e fazer um buraco no ferro.

Então, ele lhe deu um companheiro que andava ao lado dela, mas não falava. Em duas horas, ele a levou para casa. Houve grande alegria no castelo quando a filha do rei voltou, e o velho rei deu-lhe um abraço e um beijo.

Ela, no entanto, estava muito perturbada e disse:

— Querido pai, o quanto sofri! Eu nunca teria voltado para casa da grande floresta selvagem, se eu não tivesse encontrado um fogão de ferro. Entretanto, fui forçada a dar minha palavra de que voltaria até ele, o libertaria e me casaria com ele.

Então, o velho rei ficou tão apavorado que quase desmaiou, pois tinha apenas esta filha. Decidiram, portanto, que enviariam em seu lugar a filha do moleiro, que era muito bonita. Levaram-na até lá, deram-lhe uma faca e disseram que ela devia raspar o Fogão de Ferro. Então, ela raspou por vinte e quatro horas, mas não conseguiu tirar a menor lasca dele.

Quando amanheceu, uma voz no fogão disse:

— Parece-me que é dia lá fora.

Então, ela respondeu:

— Parece-me também. Parece que ouço o ruído do moinho de meu pai.

— Então, você é filha de um moleiro! Assim, siga seu caminho nesse instante. Deixe a filha do rei vir até aqui.

Ela foi embora imediatamente e informou ao velho rei que o homem lá não quis nada com ela; ele queria a filha do rei.

Eles, no entanto, ainda tinham uma filha de um guardador de porcos, que era ainda mais bela que a filha do moleiro, e resolveram dar uma moeda de ouro a ela para que fosse até o fogão de ferro, no lugar da filha do rei. Então, ela foi levada até lá e também teve que raspar por vinte e quatro horas. Ela, da mesma forma, não conseguiu nada com isso.

Quando amanheceu, uma voz dentro do fogão gritou:

— Parece-me que é dia lá fora!

Diante disso, ela respondeu:

— É o que me parece. Parece que ouço a corneta do meu pai tocando.

— Então, você é filha de um guardador de porcos! Vá embora agora mesmo. Diga à filha do rei para vir, e diga a ela que tudo deve ser feito como foi prometido. E se ela não vier, tudo no reino será arruinado e destruído, e não restará pedra sobre pedra.

Quando a filha do rei ouviu isso, começou a chorar. Mas, agora, não havia nada a fazer a não ser cumprir sua promessa. Então, ela se despediu do pai, colocou uma faca no bolso e foi até o Fogão de Ferro na floresta.

Chegando lá, ela começou a raspar, o ferro cedeu e, passadas duas horas, ela já havia feito um pequeno buraco. Então, ela espiou e viu um jovem tão belo e que reluzia tanto com ouro e joias preciosas, que a alma dela ficou encantada. Portanto, ela continuou raspando, e deixou o buraco tão grande que ele conseguiu sair.

Então, ele disse:

— Você é minha, e eu sou seu. Você é minha noiva e me libertou.

Ele queria levá-la consigo para seu reino, mas ela implorou para que ele a deixasse ir mais uma vez até o pai. O filho do rei permitiu que ela o fizesse, mas ela não deveria dizer ao pai mais do que três palavras, e então deveria retornar.

Então, ela foi para casa, mas falou mais do que três palavras, e instantaneamente o fogão de ferro desapareceu, e foi levado para longe, além montanhas de vidro e espadas afiadas. Entretanto, o filho do rei estava livre e não mais preso nele.

Depois disso, ela se despediu do pai, levou algum dinheiro, mas não muito, voltou para a grande floresta e procurou o fogão de ferro, mas não o encontrou. Procurou durante nove dias. Então, sua fome aumentou tanto que ela não sabia o que fazer, pois não podia mais viver.

Ao cair da noite, sentou-se numa pequena árvore e decidiu passar a noite ali, pois tinha medo de feras. Quando se aproximava a meia-noite, ela viu ao longe uma pequena luz e pensou: *Ah, talvez possa ser salva ali!* Ela desceu da árvore, foi em direção à luz, e no caminho orou. Então, ela chegou a uma casinha velha com muita grama crescida ao redor e um pequeno monte de madeira na frente dela.

Ela pensou: *Ah, onde vim parar!* e espiou pela janela. Mas ela não viu nada lá dentro além de rãs, grandes e pequenas, exceto por uma mesa coberta com vinho e carne assada, enquanto os pratos e copos eram de prata. Então, ela tomou coragem e bateu à porta. A rã gorda gritou:

> *Pequena criada verde,*
> *Criada da perna manca,*
> *Cãozinho da perna manca,*
> *Pule aqui e acolá,*
> *E veja rapidamente quem lá fora está!*

e uma rãzinha veio e abriu a porta para ela.

Quando ela entrou, todos lhe deram as boas-vindas, e ela foi forçada a se sentar. Eles perguntaram:

— De onde veio e para onde vai?

Então, ela contou tudo o que havia lhe acontecido e como, por ter desobedecido à ordem que lhe fora dada para não dizer mais do que três palavras, o fogão e também o filho do rei haviam desaparecido, e agora ela o procurava por colinas e vales até encontrá-lo. Diante disso, a velha gorda disse:

> *Pequena criada verde,*
> *Criada da perna manca,*
> *Cãozinho da perna manca,*
> *Pule aqui e acolá,*
> *E traga-me a grande caixa.*

Então, a pequena foi e trouxe a caixa. Depois disso, deram carne e bebida para ela, e levaram-na para uma cama bem arrumada, que parecia de seda e veludo. Ela se deitou ali, pela graça de Deus, e dormiu.

Quando amanheceu, ela se levantou, e a velha rã deu a ela três agulhas da grande caixa, que ela deveria levar consigo; precisaria delas, pois tinha que cruzar uma alta Montanha de Vidro e passar por cima de três espadas afiadas e um grande lago. Se fizesse tudo isso, teria seu amado de volta. Então, entregou-lhe três coisas, das quais ela deveria cuidar com o maior zelo, a saber, três agulhas grandes, um arado e três nozes.

Com isso, ela seguiu em frente, e, quando chegou à Montanha de Vidro, que era muito escorregadia, enfiou as três agulhas primeiro atrás de seus pés e depois na frente deles, e, assim, a escalou. E, quando havia terminado, escondeu-as em um lugar que marcou cuidadosamente. Depois disso, ela chegou às três espadas afiadas e, então, se sentou no arado e passou por cima delas. Por fim, chegou a um grande lago e, depois de atravessá-lo, chegou a um grande e belo castelo.

Ela entrou e pediu um trabalho. Ela sabia, no entanto, que o filho do rei, que ela havia libertado do fogão de ferro na grande floresta, estava no castelo. Então, ela foi aceita como empregada de cozinha com um baixo salário. No entanto, o filho do rei já tinha outra donzela ao seu lado, com quem queria se casar, pois pensava que a outra estava morta há muito tempo.

À noite, depois de se lavar e terminar, procurou no bolso e encontrou as três nozes que a velha rã lhe dera. Quebrou uma com os dentes e ia comer a semente, quando, vejam só, havia uma majestosa vestimenta real nele! Mas, quando a noiva soube disso, ela veio e pediu o vestido, e quis comprá-lo, e disse:

— Não é vestido para uma serva.

Ela disse que não, não iria vendê-lo, mas se a noiva lhe concedesse um desejo, o daria para ela, e o que queria era, permissão para dormir uma noite no quarto do noivo. A noiva deu sua permissão porque o vestido era tão lindo como nunca havia visto igual.

Ao cair da noite, ela disse ao noivo:

— Aquela garota tola vai dormir no seu quarto.

— Se você concorda, eu também concordo — disse ele.

No entanto, ela deu a ele uma taça de vinho na qual havia colocado um sonífero. Assim, o noivo e a serva foram dormir no quarto, e ele dormiu tão profundamente que ela não conseguiu acordá-lo.

Ela chorou a noite inteira e lamentou:

— Eu o libertei quando você estava em um fogão de ferro na floresta selvagem. Eu o procurei e passei por uma Montanha de Vidro, por três espadas afiadas e um grande lago antes de encontrá-lo, e, ainda, assim você não me dá atenção!

Os servos ficaram sentados à porta do quarto e ouviram como ela chorou a noite inteira e, pela manhã, contaram ao seu senhor.

E, na noite seguinte, quando ela havia se lavado, abriu a segunda noz, e um vestido ainda mais bonito estava dentro dela. Quando a noiva o viu, desejou comprá-lo também. Mas a moça não aceitava dinheiro e implorou que pudesse dormir novamente no quarto do noivo. A noiva, no entanto, deu um sonífero para ele, que dormiu tão profundamente que não conseguiu ouvir nada.

Mas a serva chorou a noite inteira e lamentou:

— Eu o libertei quando você estava preso em um fogão de ferro na floresta selvagem. Procurei-o e atravessei uma Montanha de Vidro, por três espadas afiadas e um grande lago antes de encontrá-lo, e, ainda, assim não me dá ouvidos!

Os criados ficaram sentados à porta do quarto e ouviram-na chorar a noite inteira, e, pela manhã, informaram seu senhor.

E, na terceira noite, quando ela havia de lavado, abriu a terceira noz, e dentro dela havia um vestido ainda mais deslumbrante, o qual era rígido, pois era de ouro puro.

Quando a noiva viu isso, quis tê-lo, mas a donzela só renunciou a ele com a condição de que pudesse dormir pela terceira vez nos aposentos do noivo. O filho do rei, no entanto, estava alerta e jogou fora a poção sonífera.

Agora, portanto, quando ela começou a chorar e a lamentar: *Meu amado, eu o libertei quando estava no Fogão de Ferro na terrível floresta selvagem*; o Filho do Rei pôs-se de pé num pulo e disse:

— Você é a verdadeira, você é minha e eu sou seu.

Então, enquanto ainda era noite, ele entrou em uma carruagem com ela, e eles pegaram as roupas da falsa noiva para que ela não pudesse se levantar. Quando chegaram ao grande lago, atravessaram-no e, quando chegaram às três espadas afiadas, sentaram-se no arado e, quando chegaram à Montanha de Vidro, enfiaram as três agulhas nela. E, assim finalmente chegaram à velha casinha. Mas, quando entraram nela, transformou-se num grande castelo, e as rãs estavam todas desenfeitiçadas, e eram filhas de reis, e estavam tomadas de felicidade.

Depois disso, o casamento foi celebrado, e o filho do rei e a princesa permaneceram no castelo, que era muito maior que os castelos de seus pais. Mas, como o velho rei lamentava por ter sido deixado sozinho, mandaram buscá-lo e o trouxeram para morar com eles. E tinham dois reinos e viveram juntos felizes para sempre.

Um rato passou,
A história se acabou!

Mingau doce

Havia uma menininha pobre e bondosa, que morava sozinha com a mãe, e elas não tinham mais nada para comer.

Então a criança foi até a floresta, e uma Velha, que sabia de seu sofrimento, a encontrou e lhe deu uma Panelinha, que, quando ela dizia: *Ferva, Panelinha, ferva!*; cozinhava um bom mingau doce. E quando ela dizia: *Pare, Panelinha, pare!*; parava de cozinhar.

A menininha levou a Panela para sua mãe em casa. E, então, elas estavam livres de sua pobreza e fome, e comiam mingau doce quantas vezes queriam.

Certa vez, quando a menininha tinha saído, a mãe disse: *Ferva, Panelinha, ferva!*

E ela começou a cozinhar, e a mãe comeu até ficar satisfeita. Então, ela queria que a Panela parasse de cozinhar, mas não sabia o que devia dizer.

Assim, ela continuou cozinhando, e o mingau subiu acima da borda. E ela continuou cozinhando até que a cozinha e a casa inteira estavam cheias, e depois a casa ao lado, e a seguir a rua inteira, como se quisesse saciar a fome do mundo inteiro. E houve grande confusão, e ninguém sabia como pará-la. Por fim, quando restava apenas uma casa, a criança chegou em casa e apenas disse: *Pare, Panelinha, pare!;* e ela parou de cozinhar.

E quem quisesse voltar para a cidade, tinha que abrir uma passagem comendo.

O rei da sebe

Antigamente, cada som tinha seu significado, os pássaros também tinham sua própria língua que todos entendiam. Agora, soa apenas como gorjeios, guinchos e assobios, e para alguns, como música sem palavras. No entanto, veio à mente dos pássaros que não ficariam mais sem um governante e escolheriam um entre si para ser rei.

Apenas um entre eles, o abibe, se opôs a isso. Ele tinha vivido livre e morreria livre, e voando ansiosamente para lá e para cá, gritava:

— Para onde vou? Para onde vou?

Ele se retirou para um pântano solitário e pouco frequentado e não apareceu mais entre seus companheiros.

Os pássaros agora queriam discutir o assunto e, numa bela manhã de maio, todos se reuniram vindos dos bosques e dos campos: águias e tentilhões, corujas e corvos, cotovias e pardais, como posso nomeá-los todos? Até o cuco veio, e o poupa, seu secretário, que é assim chamado porque sempre é ouvido alguns dias antes do cuco, e um passarinho muito pequeno que ainda não tinha nome, junto do bando.

A galinha, que por algum acidente não tinha ouvido falar de todo o assunto, ficou surpresa com a grande assembleia.

— O que, o que, o que vai ser feito? — ela cacarejou.

Mas o galo acalmou sua amada galinha e disse:

— Só gente rica — e contou a ela o que eles estavam fazendo.

Foi decidido, no entanto, que aquele que era capaz de voar mais alto seria o rei. Uma rã, que estava sentada entre os arbustos, quando ouviu isso, gritou um aviso:

— Não, não, não! não!

Porque pensou que muitas lágrimas seriam derramadas por causa disso. Mas o corvo dizia *crá, crá,* e tudo corria tranquilamente.

Foi, então, determinado que, naquela bela manhã, eles deveriam começar a subir naquele momento, de modo que ninguém pudesse dizer: *Eu poderia facilmente ter voado muito mais alto, mas a noite chegou e eu não pude fazer mais nada.*

A um dado sinal, portanto, toda a tropa se alçou voo. A poeira subiu da terra, e houve um tremendo esvoaçar, zumbir e bater de asas. Parecia que uma nuvem negra estava se erguendo. Os passarinhos, no entanto, logo foram deixados para trás. Eles não puderam ir mais longe e desceram de volta ao chão.

Os pássaros maiores resistiram por mais tempo, mas nenhum se igualou à águia, que subiu tão alto que poderia ter arrancado os olhos do sol. E, quando ele viu que os outros não podiam alcançá-lo, pensou: *Por que eu deveria voar mais alto? Eu sou o Rei!*, e começou a se descer novamente.

Os pássaros abaixo dele imediatamente gritaram:

— Deve ser nosso rei, ninguém voou tão alto quanto você.

— Exceto eu — gritou o pequenino sem nome, que havia se escondido nas penas do peito da águia. E como não estava nem um pouco cansado, ascendeu e subiu tão alto que chegou ao próprio céu. Quando, no entanto, havia ido tão longe, dobrou suas asas e gritou com voz clara e penetrante:

— Eu sou rei! Eu sou rei!

— Você, nosso rei?! — gritaram os pássaros com raiva. — Você fez isso por truque e astúcia!

Então, eles colocaram outra condição. Seria rei aquele que conseguisse descer mais baixo no chão. Como o ganso se agitou com seu peito largo quando estava mais uma vez na terra! Com que velocidade o galo cavou um buraco! A pata foi a pior de todas, pois pulou em uma vala, mas torceu os pés e foi cambaleando para um lago vizinho, gritando: *Trapaça, trapaça!*

O passarinho sem nome, porém, procurou uma toca de rato, deslizou para dentro dela e gritou com sua vozinha:

— Eu sou rei! Eu sou rei!

— Você, nosso rei?! — gritaram os pássaros ainda mais furiosos. — Acha que sua astúcia prevalecerá?

Eles decidiram mantê-lo prisioneiro no buraco e matá-lo de fome. A coruja foi colocada como sentinela na frente dele, e não deveria deixar o malandro sair se ela tivesse algum amor à vida. Ao cair da noite, todos os pássaros estavam exaustos, depois de fazer tanto esforço com as asas, que foram para a cama com suas esposas e filhos.

Apenas a coruja ficou ao lado da toca do rato, olhando fixamente para ela com seus grandes olhos. Enquanto isso, ela também se cansou e pensou consigo mesma: *Com certeza posso fechar um olho, ainda vou vigiar com o outro, e o pequeno canalha não sairá de seu buraco.* Então, ela fechou um olho e com o outro olhava direto para a toca de rato.

O pequenino pôs a cabeça para fora e espiou, e quis fugir, mas a coruja avançou e ele puxou a cabeça para trás. Então, a coruja abriu um olho novamente e fechou o outro, pretendendo alterná-los durante toda a noite.

Mas, da vez seguinte em que fechou um olho, ela esqueceu de abrir o outro. E assim que seus dois olhos se fecharam, ela adormeceu. O pequenino logo notou, e escapuliu.

Daquele dia em diante, a coruja nunca mais se atreveu a aparecer à luz do dia, pois se o faz, os outros pássaros a perseguem e arrancam suas penas. Ela só voa à noite, mas odeia e persegue ratos, porque eles fazem buracos tão feios.

O passarinho também não se deixa ver, porque temia perder a vida se for pego. Ele anda às escondidas nas sebes e, quando está bem seguro, às vezes grita: *Eu sou Rei*, e, por essa razão, os outros pássaros o chamam de zombaria: *Rei da sebe*.

Ninguém, no entanto, estava mais feliz que a cotovia por não ter que obedecer ao reizinho. Assim que o sol nasce, ela sobe no ar e grita:

— Ah, como é lindo! Como é lindo! Que lindo, que lindo! Ah, como é lindo!

Olhinho, Doisolhinhos, Trêsolhinhos

Era uma vez uma mulher que tinha três filhas, a mais velha se chamava Olhinho, porque tinha apenas um olho no meio da testa; a segunda, Doisolhinhos, pois tinha dois olhos como as outras pessoas; e a mais nova, Trêsolhinhos, porque tinha três olhos; e o terceiro ficava no meio de sua testa.

Bem, como Doisolhinhos enxergava, da mesma forma que os outros seres humanos, suas irmãs e sua mãe não podiam suportá-la. Elas disseram a ela:

— Você, com seus dois olhos, não passa de uma pessoa comum. Você não é uma de nós!

Elas a empurravam, davam-lhe roupas velhas, e não lhe davam nada para comer a não ser o que sobrava, e faziam tudo o que podiam para deixá-la infeliz.

Aconteceu que Doisolhinhos teve que ir para o campo e cuidar da cabra, mas ainda estava com muita fome, porque suas irmãs haviam dado a ela muito pouco para comer. Ela se sentou em uma colina e começou a chorar, e de forma tão amarga que dois riachos escorreram de seus olhos.

E, um dia, quando ela olhou para cima em sua dor, uma mulher estava de pé ao lado dela, que disse:

— Por que está chorando, pequena Doisolhinhos?

Doisolhinhos respondeu:

— Não tenho motivos para chorar, quando tenho dois olhos como as outras pessoas, e minhas irmãs e minha mãe me odeiam por isso, e me empurram de lá para cá, me dão roupas velhas e me não dão nada para comer, exceto os restos que deixam? Hoje, me deram tão pouco que ainda estou com muita fome.

Então, a sábia disse:

— Enxugue suas lágrimas, Doisolhinhos, e lhe direi algo para que nunca mais passe fome novamente; apenas diga à sua cabra:

Bale, bale, minha cabrinha,
Encha a mesa com comidinha!

e então uma mesinha limpa e bem-posta estará diante de você, com a comida mais deliciosa servida nela, da qual você pode comer o quanto quiser. E quando tiver comido o suficiente, e não precisar mais da mesinha, apenas diga:

> *Bale, bale, minha cabrinha,*
> *E leve a mesa agorinha!*

e então desaparecerá novamente de sua vista.

Depois, disso a sábia partiu.

Mas Doisolhinhos pensou: *Devo fazer um teste agora mesmo e ver se o que ela disse é verdade, pois estou com muita fome*, e disse:

> *Bale, bale, minha cabrinha,*
> *Encha a mesa com comidinha!*

e mal ela havia terminado de falar, quando uma mesinha, coberta com um pano branco, apareceu, e sobre ela havia um prato com garfo e faca, e uma colher de prata; e ali também havia comida da mais deliciosa, quente e fumegante como se tivesse acabado de sair da cozinha.

Então, Doisolhinhos fez uma pequena oração que ela sabia: *Senhor Deus, esteja sempre conosco, amém*; e serviu-se de um pouco de comida e a apreciou. E quando estava satisfeita, ela disse, como a sábia a havia ensinado:

> *Bale, bale, minha cabrinha,*
> *E leve a mesa agorinha!*

e imediatamente a mesinha e tudo sobre ela desapareceram de novo.

— Essa é uma maneira maravilhosa de manter a casa! — pensou Doisolhinhos, e ficou muito contente e feliz.

À noite, quando voltou para casa com sua cabra, encontrou um pequeno prato de barro com um pouco de comida, que suas irmãs haviam deixado para ela, mas ela não tocou nele. No dia seguinte, ela saiu mais uma vez com sua cabra e deixou intocados os poucos pedaços de pão que lhe haviam sido dados.

Na primeira e na segunda vez que fez isso, as irmãs não notaram, mas como acontecia sempre, elas notaram e disseram: *Há algo de errado com Doisolhinhos, ela sempre deixa a comida sem tocar. Ela costumava comer tudo o que lhe era dado. Deve ter descoberto outras maneiras de conseguir comida.*

Para que descobrissem a verdade, resolveram enviar Olhinho com Doisolhinhos, quando ela fosse levar sua cabra ao pasto, para ver o que Doisolhinhos fazia enquanto estava lá, e se alguém lhe trazia algo para comer e beber. Então, da vez seguinte que Doisolhinhos saiu, Olhinho foi até ela e disse:

— Irei com você para o pasto e cuidarei para que a cabra seja bem tratada e levada para onde há comida.

Mas Doisolhinhos sabia o que estava na mente de Olhinho, e levou a cabra para o capim alto e disse:

— Venha, Olhinho, vamos nos sentar e vou cantar para você.

Olhinho sentou, cansada devido à caminhada à qual não estava acostumada e ao calor do sol, e Doisolhinhos cantava sem parar:

> *Olhinho, acordada estás?*
> *Olhinho, adormecida estás?*

até que Olhinho fechou seu único olho e adormeceu. Assim que Doisolhinhos viu que Olhinho dormia profundamente e não poderia descobrir nada, disse:

> *Bale, bale, minha cabrinha,*
> *Encha a mesa com comidinha!*

e sentou-se à sua mesa, e comeu e bebeu até ficar satisfeita. Então, ela falou de novo:

> *Bale, bale, minha cabrinha,*
> *E leve a mesa agorinha!*

e, em um instante, tudo sumiu.

Doisolhinhos agora despertou Olhinho e disse:

— Olhinho, você quer cuidar da cabra, mas adormece em vez disso! Enquanto isso, a cabra pode sair correndo pelo mundo. Venha, vamos voltar para casa.

Então, elas foram para casa, e mais uma vez Doisolhinhos deixou seu pratinho intocado, e Olhinho não pôde dizer à mãe por que ela não comia, e para se desculpar disse:

— Eu adormeci quando estava fora.

No dia seguinte, a mãe disse a Trêsolhinhos:

— Desta vez, você deve ir e observar se Doisolhinhos come alguma coisa quando está fora, e se alguém leva comida e bebida para ela, pois ela deve comer e beber em segredo.

Então, Trêsolhinhos foi até Doisolhinhos e disse:

— Irei com você e verei se a cabra está sendo cuidada de forma adequada e levada para onde há comida.

Contudo, Doisolhinhos sabia o que Trêsolhinhos queria, e levou a cabra até a grama alta e disse:

— Vamos sentar e eu vou cantar para você, Trêsolhinhos.

Trêsolhinhos sentou, cansada devido à caminhada e ao calor do sol, e Doisolhinhos começou a mesma música de antes e cantou:

> *Trêsolhinhos, acordada estás?*

mas então, em vez de cantar,

> *Trêsolhinhos, adormecida estás?*

como deveria ter feito, ela cantou sem pensar:

> *Doisolhinhos, adormecida estás?*

e cantou o tempo todo,

> *Trêsolhinhos, acordada estás?*
> *Doisolhinhos, adormecida estás?*

Então, dois dos olhos que Trêsolhinhos tinha se fecharam e adormeceram, mas o terceiro, como não havia sido mencionado na canção, não dormiu. É verdade que Trêsolhinhos o fechou, mas apenas por astúcia, para fingir que ele estava dormindo também. Mas ele piscava, e podia ver tudo muito bem. E quando Doisolhinhos pensou que Trêsolhinhos estava dormindo, ela usou seu pequeno encanto:

> *Bale, bale, minha cabrinha,*
> *Encha a mesa com comidinha!*

e comeu e bebeu o quanto quis, e, então, ordenou que a mesa fosse embora novamente:

> *Bale, bale, minha cabrinha,*

E leve a mesa agorinha!

e Trêsolhinhos tinha visto tudo.

Então, Doisolhinhos foi até ela, acordou-a e disse:

— Estava dormindo, Trêsolhinhos? É uma bela cuidadora! Venha, vamos para casa.

E quando chegaram em casa, Doisolhinhos mais uma vez não comeu, e Trêsolhinhos disse à mãe:

— Agora, eu sei por que aquela orgulhosa não come. Quando ela está fora, diz à cabra:

Bale, bale, minha cabrinha,
Encha a mesa com comidinha!

e então uma mesinha aparece diante dela coberta com a melhor comida, muito melhor do que qualquer uma que temos aqui. Quando ela comeu tudo o que queria, ela diz:

Bale, bale, minha cabrinha,
E leve a mesa agorinha!

e tudo desaparece. Observei tudo de perto. Ela colocou dois dos meus olhos para dormir usando um encanto, mas, felizmente, o da minha testa ficou acordado.

Então, a mãe invejosa gritou:

— Você quer viver melhor do que nós? O desejo passará! — e pegou uma faca de açougueiro e a enfiou no coração da cabra, que caiu morta.

Quando Doisolhinhos viu isso, cheia de tristeza, ela foi para fora, sentou-se na colina gramada na beira do campo e chorou lágrimas amargas.

De repente, a sábia apareceu mais uma vez ao seu lado e disse:

— Doisolhinhos, por que está chorando?

— Não tenho motivos para chorar? — ela respondeu. — A cabra, que servia a mesa para mim todos os dias quando eu falava seu encanto, foi morta por minha mãe, e agora terei novamente que suportar fome e carência.

A sábia disse:

— Doisolhinhos, vou lhe dar um bom conselho. Peça às suas irmãs que lhe deem as vísceras da cabra abatida e enterre-as no chão em frente à casa, e sua fortuna estará garantida.

Então, ela desapareceu, e Doisolhinhos foi para casa e disse às irmãs:

— Queridas irmãs, deem-me uma parte da minha cabra. Não desejo o que é bom, mas deem-me as entranhas.

Então, eles riram e disseram:

— Se isso é tudo que você quer, pode pegar.

Assim, Doisolhinhos pegou as vísceras e as enterrou discretamente, à noite, em frente à porta da casa, como a Sábia havia aconselhado que fizesse.

Na manhã seguinte, quando todas acordaram e foram até a porta da casa, lá estava uma árvore maravilhosa e magnífica com folhas de prata e frutos de ouro pendurados entre elas, de modo que em todo o mundo não havia nada mais belo ou precioso. Elas não sabiam como a árvore podia ter aparecido ali durante a noite, mas Doisolhinhos viu que havia crescido das entranhas da cabra, pois estava no local exato onde ela as enterrou.

Então, a mãe disse a Olhinho:

— Suba, minha filha, e colha alguns frutos da árvore para nós.

Olhinho subiu, mas quando estava prestes a pegar uma das maçãs douradas, o galho escapou de suas mãos. E isso acontecia todas as vezes, de forma que ela não conseguia colher uma única maçã, não importava o que fizesse.

Então, disse a mãe:

— Trêsolhinhos, suba você. Com seus três olhos pode observar ao seu redor melhor do que um olho.

Olhinho desceu e Trêsolhinhos subiu. Trêsolhinhos não foi mais habilidosa e, tentasse o quanto quisesse, as maçãs douradas sempre lhe escapavam.

Por fim, a mãe ficou impaciente e subiu ela mesma, mas não conseguia agarrar a fruta tanto quanto Olhinho e Trêsolhinhos, pois sempre agarrava o ar vazio.

Então, disse Doisolhinhos:

— Vou subir, talvez tenha mais sucesso.

As irmãs gritaram:

— Você, não vai mesmo, com seus dois olhos! O que você pode fazer?

Mas Doisolhinhos subiu, e as maçãs douradas não se afastavam dela, mas caíam em sua mão por vontade própria, de forma que ela podia colhê-las uma atrás da outra. E ela desceu com um avental cheio. A mãe as tirou dela e, em vez de tratar melhor a pobre Doisolhinhos por isso, ela, Olhinho e Trêsolhinhos ficaram apenas com inveja, porque somente Doisolhinhos conseguira pegar as frutas. Elas a trataram com ainda mais crueldade.

Aconteceu que uma vez, quando estavam todas perto da árvore, apareceu um jovem cavaleiro.

— Rápido, Doisolhinhos — gritaram as duas irmãs —, entre embaixo disso e não nos envergonhe!

E, com toda a velocidade elas viraram um barril vazio, que estava perto da árvore, sobre a pobre Doisolhinhos, e empurraram as maçãs douradas que ela estava colhendo, debaixo dele também.

Quando o cavaleiro se aproximou, era um belo senhor, que parou e admirou a magnífica árvore de ouro e prata, e disse às duas irmãs:

— A quem pertence esta bela árvore? Qualquer um que me der um ramo dela pode, em troca, me pedir o que quiser.

Então Olhinho e Trêsolhinhos responderam que a árvore lhes pertencia e que dariam um galho a ele. Ambas se esforçaram muito, mas não conseguiram, pois toda vez que os galhos e frutos se afastavam delas.

Então, disse o cavaleiro:

— É muito estranho que a árvore lhes pertença, e ainda assim vocês não consigam quebrar um galho.

Elas mais uma vez insistiram que a árvore era sua propriedade. Enquanto elas diziam isso, Doisolhinhos rolou um par de maçãs douradas de debaixo do barril até os pés do cavaleiro, pois ela estava irritada com Olhinho e Trêsolhinhos, por não falarem a verdade.

Quando o cavaleiro viu as maçãs, ficou surpreso e perguntou de onde vieram. Olhinho e Trêsolhinhos responderam que tinham outra irmã, que não tinha permissão para aparecer, pois tinha apenas dois olhos como qualquer pessoa comum.

O cavaleiro, no entanto, desejou vê-la e gritou:

— Doisolhinhos, venha cá!

Então, Doisolhinhos, bastante contente, saiu de debaixo do barril, e o Cavaleiro ficou surpreso com sua grande beleza e disse:

— Você, Doisolhinhos, com certeza pode quebrar um galho da árvore para mim.

— Sim — respondeu Doisolhinhos —, com certeza posso fazer isso, pois a árvore me pertence.

E ela subiu, e com a maior facilidade quebrou um galho com belas folhas prateadas e frutos dourados, e o deu ao cavaleiro.

Então, o cavaleiro perguntou:

— Doisolhinhos, o que devo dar-lhe em troca disso?

— Ai! — respondeu Doisolhinhos. — Eu sofro de fome e sede, tristeza e carência, desde o início da manhã até tarde da noite. Se me levar com você e me livrar disso, eu ficaria feliz.

Então o cavaleiro levantou Doisolhinhos em seu cavalo e a levou para casa consigo, para o castelo de seu pai. Lá, ele deu a ela roupas bonitas e carne e bebida à vontade. E como ele a amava tanto, casou-se com ela, e o casamento foi celebrado com grande alegria.

Quando Doisolhinhos foi assim levada pelo belo cavaleiro, suas duas irmãs invejaram sua boa sorte grande intensidade. *A árvore maravilhosa, porém, permanece conosco*, pensaram elas, *e mesmo que não possamos colher frutos dela, todos vão parar e observá-la, e virão até nós para admirá-la. Quem sabe que coisas boas podem estar reservadas para nós?*

Mas, na manhã seguinte, a árvore havia desaparecido e todas as suas esperanças haviam se acabado. E quando Doisolhinhos olhou pela janela de seu pequeno quarto, para seu grande deleite, estava diante dela. E dessa forma a seguiu.

Doisolhinhos viveu muito tempo em felicidade. Um dia, duas mulheres pobres chegaram ao seu castelo e pediram esmolas. Ela olhou em seus rostos e reconheceu suas irmãs, Olhinho e Trêsolhinhos, que haviam afundado em tamanha pobreza que precisavam vagar e mendigar o pão de porta em porta. Doisolhinhos as acolheu, foi gentil com elas e cuidou delas, de modo que ambas, de todo o coração, se arrependessem do mal que haviam feito em sua juventude à irmã.

A guardadora de gansos no poço

A VELHA BRUXA

Era uma vez uma senhora muito idosa, que vivia com seu bando de gansos em um lugar ermo entre as montanhas, onde tinha uma casinha. O lugar era cercado por uma grande floresta, e todas as manhãs a Velha pegava sua muleta e entrava mancando nela.

Lá, no entanto, a senhora era bastante ativa, mais do que qualquer um poderia imaginar, considerando sua idade, e coletava capim para seus gansos, colhia todas as frutas silvestres que conseguia alcançar e carregava tudo para casa nas costas. Qualquer um teria pensado que a carga pesada a derrubaria ao chão, mas ela sempre a trazia em segurança para casa.

Se alguém a encontrasse, ela o cumprimentava com muita cortesia.

— Bom dia, caro compadre, está um belo dia. Ah! Você se admira por eu arrastar grama por aí, mas cada um deve levar seu próprio fardo.

No entanto, as pessoas não gostavam de encontrá-la se pudessem evitar, e preferiam tomar um outro caminho. E quando um pai com seus filhos passava por ela, dizia-lhes aos sussurros:

— Cuidado com a Velha. Ela tem garras sob suas luvas. Ela é uma bruxa.

Certa manhã, um belo jovem atravessava a floresta. O sol brilhava forte, os pássaros cantavam, uma brisa fresca soprava pelas folhas, e ele estava cheio de alegria e contentamento. Ele ainda não havia encontrado ninguém, quando, de repente, viu a velha Bruxa ajoelhada no chão cortando grama com uma foice. Ela já havia colocado um monte em seu pano, e, perto dela, havia dois cestos cheios de maçãs e peras silvestres.

— Ora, boa mãezinha — disse ele —, como vai conseguir levar tudo isso embora?

— Preciso carregar, caro senhor — respondeu ela. — Os filhos dos ricos não precisam fazer essas coisas, mas, para os camponeses, o ditado diz: *Não olhe para trás, só verá o quanto suas costas estão curvadas!*

— Você me ajudaria? — ela disse, pois ele ficou parado ao lado dela.

— Você ainda tem as costas retas e pernas jovens, seria uma coisa à toa para você. Além disso, minha casa não é muito longe daqui. Fica ali na charneca atrás da colina. Você chegaria lá bem depressa!

O jovem teve compaixão da Velha.

— Meu pai, de fato, não é um camponês — respondeu ele —, mas um rico conde. No entanto, para que veja que não são apenas os camponeses que podem carregar coisas, levarei seu fardo.

— Se vai tentar — disse ela —, ficarei muito feliz. É claro, vai ter que caminhar por uma hora, mas não vai ser nada para você? Só que precisa levar também as maçãs e as peras.

Agora pareceu um pouco sério para o jovem, quando ouviu falar em uma hora de caminhada, mas a Velha não o liberou, colocou o fardo nas costas dele e pendurou os dois cestos em seus braços.

— Viu, é bem leve — disse ela.

— Não, não é leve — respondeu o conde, e fez uma cara de pesar. — Na verdade, o fardo pesa tanto quanto se estivesse cheio de paralelepípedos, e as maçãs e as peras são pesadas feito chumbo! Mal consigo respirar.

Ele tinha a intenção de colocar tudo de volta no chão, mas a Velha não permitiu.

— Olhe só — disse ela, zombeteira —, o jovem cavalheiro não carregará o que eu, uma velha, tantas vezes arrastei! Você está pronto com belas palavras, mas quando se trata de agir, quer dar para trás. Por que está parado aí à toa? — ela continuou. — Vá. Ninguém vai tirar o fardo novamente.

Enquanto ele estava em terreno plano, ainda era suportável, mas quando chegaram à colina e tiveram que subir, e as pedras rolaram sob seus pés como se estivessem vivas; estava além de suas forças. Gotas de suor apareceram em sua testa e escorreram, quentes e frias, por suas costas.

— Senhora — disse ele —, não posso ir mais longe. Quero descansar um pouco.

— Aqui não — respondeu a Velha —, quando chegarmos ao fim de nossa jornada, poderá descansar. Mas, agora, deve seguir em frente. Quem sabe o bem que isso pode lhe fazer?

— Velha, você não tem vergonha! — disse o conde, e tentou jogar fora o fardo, mas seu esforço foi em vão. Estava tão grudado em suas costas, como tivesse nascido ali. Ele remexeu, mas não conseguiu se livrar dele.

A Velha riu e saltou de um lado para o outro muito feliz com sua muleta.

— Não fique com raiva, caro senhor — disse ela —, está ficando vermelho como um peru! Carregue seu fardo com paciência. Eu lhe darei um bom presente quando chegarmos em casa.

O que ele poderia fazer? Foi obrigado a se submeter ao seu destino e se arrastar pacientemente atrás da Velha. Ela parecia ficar cada vez mais ágil, e o fardo dele ainda mais pesado. De repente, ela deu um salto, pulou para o alto do fardo e sentou-se em cima dele. E por mais decrépita que estivesse, ainda era mais pesada que a mais robusta moça do campo.

Os joelhos do jovem tremeram, mas, como ele não prosseguiu, a Velha bateu nas pernas dele com uma vara e com urtigas. Gemendo o tempo todo, ele subiu a montanha e finalmente chegou à casa da Velha, quando estava prestes a cair.

Quando os gansos viram a Velha, bateram as asas, esticaram o pescoço, correram para encontrá-la, grasnando o tempo todo. Atrás do rebanho caminhava, de bengala na mão, uma moça envelhecida, forte e grande, mas feia como a noite.

— Boa mãe — disse ela à Velha —, aconteceu alguma coisa, ficou tanto tempo fora?

— De forma alguma, minha querida filha — respondeu ela —, não encontrei nada de ruim, pelo contrário, este gentil cavalheiro, que carregou meu fardo para mim. Apenas pense, ele até me pegou nas costas quando eu fiquei cansada. O caminho também não nos pareceu longo. Nós nos divertimos e contamos piadas um para o outro o tempo todo.

Por fim, a Velha desceu, tirou o fardo das costas do jovem e os cestos de seus braços, olhou para ele com muita gentileza e disse:

— Agora, sente-se no banco diante da porta e descanse. Você mereceu seu pagamento com louvor, e não será insuficiente.

Então, ela disse à moça do ganso:

— Vá para dentro de casa, minha filhinha, não é conveniente que fique sozinha com um jovem cavalheiro. Não se deve derramar óleo no fogo, ele pode se apaixonar por você.

O conde não sabia se ria ou se chorava. *Uma moça como essa,* pensou ele, *não poderia tocar meu coração, mesmo que fosse trinta anos mais nova.*

Enquanto isso, a Velha fazia carinho seus gansos como se fossem crianças, e depois entrou em casa com a filha. O jovem deitou-se no banco, debaixo de uma macieira brava. O ar estava quente e ameno. Por todos os lados estendia-se um prado verde, guarnecido de prímulas, tomilho selvagem e mil outras flores. Pelo meio serpenteava um riacho límpido no qual o sol brilhava, e os gansos brancos andavam para lá e para cá, ou remavam na água.

— É muito agradável aqui — disse ele —, mas estou tão cansado que não consigo manter os olhos abertos, vou dormir um pouco. Tomara que uma rajada de vento não venha e arranque minhas pernas do corpo, pois elas estão tão quebradiças quanto palha.

Quando ele havia dormido um pouco, a Velha veio e o sacudiu até que ele acordasse.

— Sente-se — disse ela —, não pode ficar aqui. Eu certamente tratei você mal, ainda assim não lhe custou a vida. De dinheiro e terra você não precisa, aqui está outra coisa para você.

Então ela colocou um pequeno livro em sua mão, que havia sido cortado de uma única esmeralda.

— Cuide bem disso — disse ela —, que lhe trará boa sorte.

O conde deu um salto e, sentindo-se bem descansado e recuperado, agradeceu à Velha o presente e partiu sem sequer olhar para a bela filha. Quando já estava longe, ainda ouvia ao longe o grito ruidoso dos gansos.

Por três dias, o conde teve que vagar pela mata antes que pudesse encontrar o caminho de volta. Ele, então, chegou a uma grande cidade. Como ninguém o conhecia, ele foi conduzido ao palácio real, onde o rei e a rainha estavam sentados em seus tronos. O conde se ajoelhou, tirou o livro de esmeralda do bolso e o colocou aos pés da rainha. Ela pediu que ele se levantasse e lhe entregasse o livrinho.

Todavia, mal o abriu e olhou para ele, e ela caiu como se estivesse morta no chão. O Conde foi detido pelos servos do rei, e estava a ser conduzido à prisão, quando a rainha abriu os olhos, e ordenou que o libertassem, e que todos saíssem, pois queria falar com ele em particular.

Quando a rainha ficou sozinha, ela começou a chorar amargamente e disse:

— De que me servem os esplendores e honras com que estou cercada! Todas as manhãs eu acordo com dor e tristeza. Eu tinha três filhas, a mais nova delas era tão bela, que o mundo inteiro a via como uma maravilha. Ela era branca como a neve, rosada como flores de macieira, e seu cabelo radiante como raios de sol. Quando ela chorava, não caíam lágrimas de seus olhos, mas apenas pérolas e joias.

"Quando ela tinha quinze anos, o rei convocou todas as três irmãs para comparecerem diante de seu trono. Você precisava ter visto como todas as pessoas olharam quando a mais nova entrou. Era como se o sol estivesse nascendo! Então o rei falou:

"— Minhas filhas, não sei quando minha última hora vai chegar. Hoje decidirei o que cada uma receberá após minha morte. Todas vocês me amam, mas aquela entre vocês que me ama mais, se sairá melhor.

"Cada uma delas disse que o amava mais.

"— Você não consegue me explicar o quanto me ama, e assim saberei o que você quer dizer? — disse o rei.

"A mais velha falou:

"— Eu amo meu pai tão ternamente quanto o açúcar mais doce.

"A segunda:

"— Amo meu pai tanto quanto amo meu vestido mais bonito.

"Mas a mais nova ficou em silêncio.

"Então o pai disse:

"— E você, minha filha querida, o quanto me ama?

"— Eu não sei, e não posso comparar meu amor com nada! — Então, por fim, ela disse: — A melhor comida não me agrada se estiver sem sal, por isso amo meu pai tal como o sal.

"Quando o rei ouviu isso, ele ficou irado e disse:

"— Se me ama como sal, seu amor também será recompensado com sal.

"Então, ele dividiu o reino entre as duas mais velhas, mas fez que um saco de sal fosse amarrado nas costas da mais nova, e dois servos tiveram que levá-la para a floresta selvagem.

"Todos imploramos e intercedemos em favor dela — disse a rainha —, mas a raiva do rei não podia ser aplacada. Como ela chorou quando teve que nos deixar! A estrada inteira estava coberta com as pérolas que fluíam de seus olhos.

"Em pouco tempo, o rei se arrependeu de seu imenso rigor e mandou que procurassem a pobre criança em toda a floresta, mas ninguém conseguiu encontrá-la. Quando imagino que as feras a devoraram, não sei como me conter de tristeza. Muitas vezes me consolo com a esperança de que ela ainda esteja viva, e possa ter se escondido em uma caverna, ou encontrado abrigo com pessoas misericordiosas.

"Mas imagine você, quando eu abri seu livrinho de esmeralda, havia uma pérola dentro dele, exatamente do mesmo tipo daquelas que costumavam cair dos olhos de minha filha. E, então, você também pode imaginar como essa visão mexeu com meu coração! Precisa me dizer como conseguiu aquela pérola."

O conde disse-lhe que a recebera da Velha da floresta, que lhe parecera muito estranha e devia ser uma bruxa. Mas ele não tinha visto nem ouvido nada sobre a filha da rainha. O rei e a rainha resolveram procurar a Velha. Pensaram que ali, onde estivera a pérola, obteriam notícias de sua filha.

A MÁSCARA CINZA

A Velha estava naquele lugar solitário sentada à sua roca, fiando. Já estava anoitecendo, e uma tora que queimava na lareira fornecia uma iluminação escassa. De repente, houve um barulho lá fora, os gansos estavam voltando do pasto para casa e soltando seus gritos roucos. Logo depois, a filha entrou. Mas a Velha mal agradeceu e apenas balançou a cabeça um pouco. A filha sentou-se ao lado dela, pegou sua roca e torceu os fios com a agilidade de uma menina. Assim, ambas ficaram por duas horas e não trocaram uma palavra.

Por fim, algo farfalhou na janela e dois olhos ardentes espreitaram para dentro. Era uma velha coruja, que gritou: *Uhu!* três vezes.

A Velha ergueu os olhos um pouco e disse:

— Agora, minha filhinha, é hora de sair e fazer o seu trabalho.

Ela se levantou e saiu, e para onde foi? Atravessou campinas sempre em frente, rumo ao vale. Por fim, ela chegou a um poço, que tinha três velhos carvalhos ao lado. Enquanto isso, a lua se erguera grande e redonda acima da montanha, e estava tão claro que dava para encontrar uma agulha.

A moça removeu uma pele que cobria seu rosto, então se inclinou para o poço e começou a se lavar. Quando terminou, ela também mergulhou a pele na água e colocou-a no chão, para que alvejasse ao luar e secasse novamente.

Mas como a donzela havia se transformado! Mudança como essa nunca fora vista antes! Quando a máscara cinzenta caiu, seu cabelo dourado irrompeu como raios de sol e se espalhou como um manto sobre toda o seu corpo. Seus olhos brilharam tão intensamente quanto as estrelas no céu, e suas bochechas floresciam em um vermelho suave como flores de macieira.

Mas a bela donzela estava triste. Ela se sentou e chorou amargamente. Uma lágrima após a outra saía de seus olhos e deslizava por seus longos cabelos até o chão. Lá, ela ficou sentada, e teria permanecido sentada por muito tempo, se não houvesse um farfalhar e estalar nos galhos da árvore vizinha. Ela saltou como uma corsa que havia sido atingida pelo tiro do caçador.

Nesse exato momento, a lua foi obscurecida por uma nuvem escura, e, em um instante, a donzela colocou a pele velha e desapareceu, tal como uma luz soprada pelo vento.

Ela correu de volta para casa, tremendo como uma folha de álamo. A Velha parada na soleira, e a donzela estava prestes a contar o que havia lhe acontecido, mas a Velha riu com gentileza e disse:

— Eu já sei.

Levou-a para dentro e acendeu uma nova tora. No entanto, a Velha não se sentou para fiar novamente, mas pegou uma vassoura e começou a varrer e a esfregar.

— Tudo deve estar limpo e perfumado — disse para a donzela.

— Mas, mãe — disse a donzela —, por que está começando a trabalhar tão tarde? O que está esperando?

— Então, sabe que horas são? — perguntou a Velha.

— Ainda não é meia-noite — respondeu a donzela —, mas já passou das onze horas.

— Não se lembra — continuou a Velha — de que faz três anos hoje que você veio até mim? Seu tempo acabou, não podemos mais ficar juntas.

A donzela ficou apavorada e disse:

— Ai! Querida mãe, vai me mandar embora? Para onde irei? Não tenho amigos nem casa para onde possa ir. Sempre fiz o que a senhora me ordenava, e sempre ficou satisfeita comigo. Não me mande embora.

A Velha não quis dizer à donzela o que estava reservado para ela.

— Minha estada aqui acabou — disse-lhe — mas quando eu sair, a casa e a sala devem estar limpas; portanto, não atrapalhe meu trabalho. Não se preocupe consigo mesma. Encontrarás um teto para abrigá-la, e o pagamento que lhe darei também a contentará.

— Mas me diga o que está prestes a acontecer — a donzela continuou a suplicar.

— Repito, não *atrapalhe* meu trabalho. Não diga mais uma palavra, vá para o seu quarto, tire a pele do rosto e coloque o vestido de seda que você usava quando veio até mim, e então espere em seu quarto até que eu a chame.

A GAROTA DO GANSOS

Mas preciso voltar a falar do rei e da rainha, que saíram em viagem na companhia do conde para procurar a Velha na floresta. O conde se perdeu deles à noite na floresta e teve que continuar sozinho.

No dia seguinte, pareceu-lhe que estava no caminho certo. Ele ainda seguiu em frente, até que a escuridão chegou; então, ele subiu em uma árvore, com a intenção de passar a noite ali, pois temia que pudesse se perder. Quando a lua iluminou a região ao redor, ele avistou uma figura descendo a montanha. Ela não levava um cajado na mão, mas ele podia ver que era a garota dos gansos, que havia visto antes na casa da Velha.

— Ah — exclamou ele —, lá vem ela, e se eu pegar uma das bruxas, a outra não me escapará!

No entanto, ficou atônito, quando ela foi até o poço, tirou a pele e lavou-se. Seu cabelo dourado caía sobre ela, e ela era mais bela do que qualquer outra que ele já tinha visto em todo o mundo. Ele mal se atrevia a respirar, mas esticou a cabeça o máximo que pôde entre as folhas e olhou para ela. Talvez ele tenha se inclinado demais, ou por qualquer outro motivo, o galho de repente se partiu, e no mesmo instante a donzela colocou a pele depressa, fugiu como uma corsa, e quando a lua foi subitamente encoberta, desapareceu diante de seus olhos.

Mal ela havia desaparecido, o conde desceu da árvore e correu atrás dela com passos ágeis. Ele não tinha ido muito longe quando viu, na penumbra, duas figuras vindo sobre o prado. Eram o rei e a rainha, que tinham percebido de longe a luz que brilhava na casinha da Velha, e se dirigiam até ela.

O conde contou-lhes que coisa maravilhosa havia visto junto ao poço, e eles não duvidaram que era a filha perdida. Caminharam cheios de alegria e logo chegaram à casinha. Os gansos estavam sentados ao redor dela, e tinham enfiado a cabeça sob as asas e estavam dormindo, e nenhum deles se mexeu.

O rei e a rainha olharam pela janela. A Velha estava sentada ali, fiando em silêncio, balançando a cabeça e sem desviar o olhar. O cômodo estava perfeitamente limpo, como se os pequenos Homens da Névoa, que não carregam poeira nos pés, morassem lá. No entanto, não viram sua filha. Eles observaram tudo isso por um longo tempo. Por fim, se animaram e bateram com delicadeza na janela.

A Velha parecia estar esperando por eles. Ela se levantou e chamou com muita gentileza:

— Entrem, já sei quem são.

Quando eles entraram na sala, a Velha disse:

— Poderiam ter se poupado da longa caminhada, se há três anos não tivessem expulsado injustamente sua filha, que é tão boa e adorável. Nenhum mal aconteceu a ela. Por três anos, ela teve que cuidar dos gansos. Com eles, ela não aprendeu nenhum mal, mas preservou sua pureza de coração. Vocês, no entanto, foram suficientemente punidos pela miséria em que viveram.

Então, ela foi para o quarto e chamou:

— Saia, minha filhinha.

Então, a porta se abriu e a princesa saiu em seus trajes de seda, com seus cabelos dourados e seus olhos brilhantes, e foi como se um anjo do céu tivesse entrado.

Ela foi até o pai e a mãe, abraçou-os e os beijou. Não havia como evitar, todos tiveram que chorar de alegria. O jovem conde estava perto deles; e, quando ela o notou, ficou com o rosto corado como uma onze-horas, ela mesma não sabia o porquê.

O rei disse:

— Minha amada filha, eu entreguei meu reino, o que devo dar a você?

— Ela não precisa de nada — disse a Velha. — Dou a ela as lágrimas que ela chorou por sua causa. São pérolas preciosas, mais finas do que as que se encontram no mar e valem mais do que todo o seu reino, e dou a ela minha casinha como pagamento por seus serviços.

Quando a Velha disse isso, desapareceu da vista deles. As paredes chacoalharam um pouco e, quando o rei e a rainha olharam ao redor, a casinha havia se transformado em um esplêndido palácio, uma mesa real havia sido posta e criados corriam de um lado para outro.

A ondina da lagoa do moinho

Era uma vez um moleiro que vivia com sua esposa em grande contentamento. Eles tinham dinheiro e terras, e sua prosperidade aumentava mais e mais, ano após ano. Entretanto, o azar vem como um ladrão na noite, do mesmo modo que sua riqueza aumentou, ela também diminuiu, ano após ano.

No fim das contas, o moleiro mal podia chamar de seu o moinho em que vivia. Ele estava em grande aflição, e quando se deitava depois de seu dia de trabalho, não encontrava descanso, mas muito preocupado, se revirava na cama.

Certa manhã, levantou-se antes do amanhecer e saiu para o ar livre, pensando que talvez ali seu coração pudesse ficar mais leve. Quando passava acima da represa do moinho, o primeiro raio de sol estava surgindo, e ele ouviu um som ondulante na lagoa. Ele se virou e viu uma bela mulher, saindo lentamente da água. Seus longos cabelos, que ela segurava longe dos ombros com as mãos macias, caíam pelos dois lados e cobriam seu corpo alvo.

Ele viu que ela era a Ondina da Lagoa do Moinho e, em seu pavor, não sabia se deveria fugir ou ficar onde estava.

Mas a Ondina fez ouvir sua voz doce, chamou-o pelo nome e perguntou por que ele estava tão triste. O moleiro, a princípio, ficou atônito, mas, quando a ouviu falar com tamanha gentileza, animou-se e contou como antes vivia em riqueza e felicidade, mas que agora era tão pobre que não sabia o que fazer.

— Fique tranquilo — respondeu a Ondina —, vou torná-lo mais rico e feliz do que jamais foi, só que deve prometer me a jovem criatura que acabou de nascer em sua casa.

O que mais pode ser, pensou o moleiro, *além de um cachorrinho ou gatinho?*, e prometeu o que ela desejava.

A Ondina submergiu novamente, e ele voltou correndo para seu moinho, consolado e de bom humor. Ele ainda não havia chegado lá, quando a criada saiu da casa e gritou para ele dizendo que se alegrasse, pois sua esposa havia dado à luz um menino. O moleiro estacou como se tivesse sido atingido por um raio. Ele entendeu muito bem que a astuta Ondina estava ciente disso e o havia enganado.

Cabisbaixo, ele foi até a cabeceira da esposa e quando ela disse:

— Por que não se alegra com o belo menino?

Ele contou a ela o que havia lhe acontecido, e que tipo de promessa havia feito à Ondina.

— De que me servem as riquezas e a prosperidade — ele acrescentou —, se vou perder meu filho? Mas o que posso fazer?

Mesmo os parentes, que haviam ido até lá para lhes parabenizar, não sabiam o que dizer. Entrementes, a prosperidade retornou à casa do moleiro. Ele foi bem-sucedido em tudo que empreendeu; era como se gavetas e cofres se enchessem por conta própria, e como se o dinheiro se multiplicasse todas as noites nos armários. Não demorou muito para que sua riqueza fosse ainda maior que antes. Todavia, ele não podia se alegrar com isso sem preocupações, pois o acordo que ele havia feito com a Ondina atormentava sua alma.

Toda vez que ele passava pelo lago do moinho, temia que ela pudesse emergir e lembrá-lo de sua dívida. Ele nunca deixava o menino chegar perto da água.

— Cuidado — disse ao garoto —, se você apenas tocar a água, uma mão se erguerá, o agarrará e o arrastará para baixo.

Entretanto, como os anos se passavam, e a Ondina não apareceu mais, o moleiro começou a se sentir tranquilo. O menino cresceu e se tornou um jovem e virou aprendiz de um caçador. Quando ele havia aprendido tudo e se tornado um excelente caçador, o senhor da aldeia o colocou a seu serviço. Na aldeia, vivia uma donzela bela e honesta, que agradava ao caçador. Quando o senhor percebeu isso, deu-lhe uma casinha, os dois se casaram, viveram em paz e felicidade, e se amavam de todo o coração.

Um dia, o caçador estava perseguindo um cervo. E, quando o animal se saiu da floresta para o campo aberto, ele o perseguiu e finalmente o acertou. Ele não percebeu que estava agora nas proximidades do perigoso lago do moinho, depois de eviscerar o cervo, foi até a água, para lavar as mãos ensanguentadas.

Entretanto, mal ele as havia mergulhado, quando a Ondina emergiu, sorridente, enlaçou seus braços gotejantes ao redor dele e o puxou rapidamente para baixo sob as ondas, que se fecharam sobre ele.

Quando anoiteceu e o caçador não voltou para casa, sua esposa ficou alarmada. Ela saiu para procurá-lo e, como ele lhe dissera muitas vezes que tinha que estar atento às armadilhas da Ondina, e não ousava se aventurar nas proximidades do lago do moinho, ela já suspeitava do que havia acontecido. Ela dirigiu depressa até a água e, quando encontrou a bolsa de caça dele caída à margem, não pôde mais duvidar do infortúnio.

Lamentando sua tristeza e retorcendo as mãos, ela chamou seu amado pelo nome, mas em vão. Ela correu para o outro lado do lago e chamou-o novamente. Ela insultou a Ondina com palavras rudes, mas não recebeu nenhuma resposta. A superfície da água permaneceu calma, apenas a lua crescente olhava fixamente para ela. A pobre mulher não deixou a lagoa. Com passos apressados, ela dava voltas e voltas ao redor dela, sem um momento de descanso, às vezes em silêncio, às vezes soltando um grito alto, outras vezes soluçando baixinho. Por fim, ficou sem forças, desabou no chão e caiu em um sono pesado.

Logo, um sonho se apoderou dela. Ela estava subindo com ansiedade entre grandes rochedos. Espinhos e sarças agarravam seus pés, a chuva batia em seu rosto, e o vento sacudia seus longos cabelos. Quando ela alcançou o cume, uma visão bem diferente se apresentou a ela. O céu estava azul, o ar suave, o chão se inclinava levemente para baixo, e, em um prado verde, alegre, com flores de todas as cores, havia um lindo chalé. Ela foi até lá e abriu a porta. Ali estava uma velha de cabelos brancos, que lhe fez aceno gentil.

Nesse exato momento, a pobre mulher acordou, o dia já havia raiado, e no mesmo instante ela resolveu agir de acordo com seu sonho. Ela escalou a montanha com árduo esforço. Tudo estava exatamente como ela tinha visto durante a noite. A velha a recebeu com delicadeza e apontou uma cadeira na qual ela poderia se sentar.

— Você deve ter encontrado um infortúnio — ela disse —, já que procurou minha cabana solitária.

Às lágrimas, a mulher relatou o que havia acontecido com ela.

— Fique tranquila — respondeu a velha —, vou ajudá-la. Aqui está um pente de ouro para você. Fique até a lua cheia, depois vá para o lago do moinho, sente-se na beira d'água e penteie seu longo cabelo preto com este pente. Quando terminar, coloque-o na margem e verá o que vai acontecer.

A mulher voltou para casa, mas o tempo até a chegada da lua cheia passou devagar. Finalmente, o disco brilhante apareceu nos céus; então, ela foi até o lago do moinho, sentou-se e penteou seus longos cabelos negros com o Pente de Ouro. Quando terminou, ela o colocou à beira da água.

Não demorou muito para que houvesse um movimento nas profundezas, uma onda subiu, rolou para a praia e levou o pente com ela.

Não havia passado mais do que o tempo necessário para o pente chegasse até o fundo, quando a superfície da água se abriu e a cabeça do caçador surgiu. Ele não falou, mas olhou para a esposa com olhar triste. No mesmo instante, uma segunda onda se ergueu depressa e cobriu a cabeça do homem. Tudo havia desaparecido, o lago do moinho estava pacífico como antes, e nada além da face da lua cheia brilhava nele.

Cheia de tristeza, a mulher foi embora, porém, mais uma vez o sonho lhe mostrou a cabana da Velha. Na manhã seguinte, ela partiu novamente e queixou-se de suas desgraças para a sábia mulher.

A Velha deu-lhe uma flauta dourada e disse:

— Espere até a lua cheia retornar; então, pegue esta flauta. Toque uma bela melodia nela e, quando terminar, coloque-a na areia. Então você verá o que vai acontecer.

A esposa fez o que a senhora lhe disse. Assim que a flauta tocou a areia, houve uma agitação nas profundezas, e uma onda subiu e levou a flauta com ela.

Logo depois, a água se abriu, e não apenas a cabeça do homem, mas metade de seu corpo também emergiu. Ele estendeu os braços ansiosamente para ela. Mas uma segunda onda surgiu, cobriu-o e puxou-o para baixo novamente.

— Ai, o que eu ganho — disse a mulher infeliz —, em ver meu amado, apenas para perdê-lo de novo?

O desespero voltou a encher seu coração, mas o sonho a levou pela terceira vez à casa da Velha. Ela se sentou, e a sábia mulher lhe deu uma roca de fiar dourada, consolou-a e disse:

— Ainda não está tudo cumprido, espere até a lua cheia. Em seguida, pegue a roca de fiar, sente-se à margem e fie todo o novelo. Quando tiver feito isso, coloque a roca perto da água e verá o que vai acontecer.

A mulher obedeceu com exatidão tudo o que senhora disse. Assim que a lua cheia apareceu, ela carregou a Roca de Fiar Dourada para a praia e fiou diligentemente até que o linho acabou e o carretel ficou bem cheio com os fios. Assim que a roca tocou a margem, houve um movimento mais violento do que antes nas profundezas do lago, e uma onda poderosa se elevou e arrastou a roca com ela.

No mesmo instante, a cabeça e todo o corpo do homem ergueram-se no ar, numa tromba d'água. Ele rapidamente saltou para a margem, agarrou a esposa pela mão e fugiu.

Contudo, mal tinham percorrido uma distância muito pequena, quando todo o lago se ergueu com um rugido assustador e se alastrou sobre o campo aberto. Os fugitivos já viam a morte diante de seus olhos, quando a mulher em seu terror implorou a ajuda da Velha, e em um instante foram transformados, ela em rã, ele em sapo.

A inundação que os alcançou não os matou, mas os separou e os levou para longe um do outro.

Quando a água se espalhou e ambos tocaram terra seca novamente, eles recuperaram sua forma humana, mas nenhum sabia onde estava o outro. Encontravam-se entre pessoas estranhas, que não conheciam sua terra natal. Montanhas altas e vales profundos estavam entre eles. Para se manterem vivos, ambos foram obrigados a pastorear ovelhas.

Por muitos e longos anos, conduziram seus rebanhos por campos e florestas e viviam repletos de tristeza e saudade. Quando a primavera mais uma vez irrompeu na terra, um dia ambos saíram com seus rebanhos e, por acaso, se aproximaram um do outro. Encontraram-se em um vale, mas não se reconheceram. No entanto, eles se regozijaram por não estarem mais tão solitários. Daí em diante, todos os dias levavam seus rebanhos para o mesmo lugar. Eles não falavam muito, mas se sentiram reconfortados.

Certa noite, quando a lua cheia brilhava no céu e as ovelhas já estavam descansando, o pastor tirou a flauta do bolso e tocou nela uma melodia bela, porém triste. Quando terminou, viu que a pastora chorava amargamente.

— Por que está chorando? — ele perguntou.

— Ai — respondeu ela —, a lua cheia brilhava dessa mesma forma quando toquei essa melodia na flauta pela última vez, e a cabeça de meu amado emergiu da água.

Ele a observou, e pareceu que um véu caiu de seus olhos, e ele reconheceu sua amada esposa. E quando ela olhou para ele, e a lua brilhou em seu rosto, ela também o reconheceu. Eles se abraçaram e se beijaram, e ninguém precisa perguntar se estavam felizes.

A casinha na floresta

Um pobre lenhador vivia com sua esposa e três filhas em uma pequena cabana às margens de uma floresta solitária. Certa manhã, quando estava prestes a ir para o trabalho, ele disse à esposa:

— Mande minha filha mais velha levar meu jantar na floresta, ou nunca terminarei meu serviço. E para que ela não se perca — acrescentou —, vou levar comigo um saco de painço e espalhar as sementes pelo caminho.

Portanto, quando o sol estava logo acima do centro da floresta, a menina partiu com uma tigela de sopa. Mas os pardais-do-campo, os pardais-do-mato, as cotovias e os tentilhões, os melros e os pintassilgos já haviam comido o painço há muito tempo, e a garota não pôde encontrar a trilha. Então, contando com a sorte, ela seguiu adiante, até que o sol se pôs e a noite começou a cair. As árvores farfalhavam na escuridão, as corujas piaram e ela começou a ficar com medo.

Então, ao longe, ela notou uma luz que cintilava por entre as árvores. *Deve haver algumas pessoas morando lá, que podem me hospedar esta noite*, pensou ela, e se dirigiu para a luz. Não demorou muito para que chegasse a uma casa cujas janelas estavam todas iluminadas.

Ela bateu, e uma voz áspera de dentro bradou:

— Entre.

A garota passou para a entrada escura e bateu à porta do cômodo.

— Apenas entre — gritou a voz.

E quando ela abriu a porta, um velho grisalho estava sentado à mesa, apoiando o rosto com as duas mãos, e sua barba branca caía sobre a mesa chegando quase até o chão. Junto ao fogão estavam três animais, uma galinha, um galo e uma vaca malhada.

A menina contou sua história ao Velho, e implorou por abrigo para a noite. O homem disse:

> *Linda Galinha,*
> *Lindo Galinho,*
> *Linda Vaquinha, enfim,*
> *O que dizem pra mim?*

— Duks — responderam os animais, e isso deve ter significado: *Estamos de acordo*, pois o velho disse:

— Aqui você terá abrigo e comida. Vá até o fogo e cozinhe nosso jantar.

Na cozinha, a menina encontrou de tudo em abundância e preparou um bom jantar, mas não pensou nos animais. Ela levou os pratos cheios para a mesa, sentou-se ao lado do homem grisalho, comeu e saciou sua fome.

Quando ela havia comido o bastante, ela disse:

— Mas agora estou cansada. Onde há uma cama na qual eu possa deitar e dormir?

Os animais responderam:

> *Você comeu com ele,*
> *Você bebeu com ele,*
> *Não pensou em nós,*
> *Então descubra por si mesma onde pode passar a noite.*

Então, disse o Velho:

— Apenas suba as escadas e você encontrará um quarto com duas camas. Sacuda-as e coloque roupa de cama branca nelas, e então eu também subirei e me deitarei para dormir.

A moça subiu e, depois de sacudir as camas e colocar lençóis limpos, deitou-se em uma delas sem esperar mais pelo velho.

Depois de algum tempo, porém, o homem grisalho veio, pegou sua vela, olhou para a garota e balançou a cabeça. Quando viu que ela tinha caído em um sono profundo, ele abriu um alçapão e a deixou cair no porão.

Tarde da noite, o lenhador chegou em casa e repreendeu a esposa por deixá-lo passar fome o dia todo.

— Não é minha culpa — ela respondeu —, a garota saiu com seu almoço e deve ter se perdido, mas com certeza voltará amanhã.

O lenhador, porém, levantou-se antes do amanhecer para entrar na floresta e pediu que a segunda filha lhe levasse o almoço daquele dia.

— Vou levar um saco com lentilhas — disse ele —; as sementes são maiores que o painço. A garota vai vê-los melhor e não vai se perder.

Na hora do almoço, portanto, a menina saiu com a comida, mas as lentilhas haviam desaparecido. Os pássaros da floresta as comeram como no dia anterior e não deixaram nenhuma.

A menina vagou pela floresta até a noite, e, então, ela também chegou à casa do velho, foi lhe dito para entrar, e implorou por comida e uma cama. O homem de barba branca perguntou novamente aos animais:

> *Linda Galinha,*

Lindo Galinho,
Linda Vaquinha, enfim,
O que dizem pra mim?

Os animais novamente responderam *Duks*. E tudo aconteceu exatamente como havia acontecido no dia anterior. A menina preparou uma boa refeição, comeu e bebeu com o velho, e não se preocupou com os animais, e quando ela perguntou sobre sua cama, eles responderam:

Você comeu com ele,
Você bebeu com ele,
Não pensou em nós,
Então descubra por si mesma onde pode passar a noite.

Quando ela estava dormindo, o velho veio, olhou para ela, balançou a cabeça e mandou-a para o porão.

Na terceira manhã, o lenhador disse à esposa:

— Mande nossa filha mais nova levar meu almoço hoje, ela sempre foi boa e obediente, e ficará no caminho certo, e não correrá atrás de todas as abelhas selvagens, como as irmãs fizeram.

A mãe não queria fazer isso e disse:

— Devo perder minha filha mais querida também?

— Não tenha medo — ele respondeu —, a garota não se perderá; ela é muito prudente e sensata. Além disso, levarei algumas ervilhas comigo e as espalharei. Elas são ainda maiores que lentilhas e mostrarão a ela o caminho.

Mas, quando a menina saiu com a cesta no braço, os pombos-do-mato já tinham recolhido todas as ervilhas e ela não sabia em que direção seguir. Ela estava muito triste e não parava de pensar em como seu pai estaria faminto, e como sua boa mãe sofreria, se não voltasse para casa.

Por fim, quando escureceu, ela viu a luz e foi até a casa na floresta. Ela implorou muito lindamente para poder passar a noite lá. E o homem de barba branca perguntou mais uma vez aos seus animais:

Linda Galinha,
Lindo Galinho,
Linda Vaquinha, enfim,
O que dizem pra mim?

"Duks", responderam eles. Então a menina foi até o fogão onde os animais estavam deitados, e afagou o galo e a galinha, e acariciou suas penas lisas com a mão, e fez carinho entre os chifres da vaca malhada.

E quando, obedecendo às ordens do velho, ela preparou uma boa sopa, e a tigela foi colocada sobre a mesa, ela disse:

— Devo comer o quanto quiser e os bons animais não comerão nada? Lá fora há comida em abundância, vou cuidar deles primeiro.

Então, ela foi e trouxe um pouco de cevada e espalhou para o galo e para a galinha, e uma braçada inteira de feno cheiroso para a vaca.

— Espero que gostem, queridos animais — disse ela —, e receberão água fresca caso sintam sede.

Então, ela pegou um balde cheio de água, e o galo e a galinha pularam na beirada dele e mergulharam seus bicos. Então, ergueram suas cabeças como as aves fazem quando bebem, e a vaca malhada também tomou um grande gole.

Quando os animais foram alimentados, a menina sentou-se à mesa ao lado do velho e comeu o que restava. Não demorou muito para que o galo e a galinha começassem a enfiar a cabeça sob as asas, e os olhos da vaca também começassem a piscar. Então, disse a menina:

— Não devemos ir para a cama?

> *Linda Galinha,*
> *Lindo Galinho,*
> *Linda Vaquinha, enfim,*
> *O que dizem pra mim?*

Os animais responderam "Duks".

> *Você comeu conosco,*
> *Você bebeu conosco,*
> *Você foi generosa com todos nós,*
> *Desejamos-lhe uma boa noite.'*

Então, a garota subiu as escadas, sacudiu os colchões de penas e colocou lençóis limpos sobre eles. E, quando ela terminou, o velho veio e se deitou em uma das camas, e sua barba branca chegava até os pés. A menina deitou na outra, fez suas orações e adormeceu.

Ela dormiu tranquilamente até meia-noite, e então houve tanto barulho na casa que ela acordou. Houve um som de rachar e estalar em cada canto. As portas se abriram e bateram contra as paredes. As vigas rangeram como se estivessem sendo arrancadas de suas juntas. Parecia que a escada estava caindo. E, por fim houve um estrondo como se todo o telhado tivesse desabado.

Como, no entanto, tudo ficou quieto mais uma vez, e a menina não se machucou, ela ficou quieta deitada onde estava e adormeceu novamente. Mas quando ela acordou de manhã com o brilho do sol, o que seus olhos contemplaram?

Ela estava em um vasto salão, e tudo ao seu redor brilhava com esplendor real. Nas paredes, flores douradas cresciam sobre um fundo de seda verde. A cama era de marfim, e o dossel de veludo vermelho, e, em uma cadeira próxima, havia um par de sapatos bordados com pérolas.

A menina acreditou que estava em um sonho, mas três atendentes ricamente vestidos entraram e perguntaram quais eram suas ordens.

— Se vocês saírem — ela respondeu —, vou me levantar imediatamente e preparar um pouco de sopa para o velho, e então alimentarei a linda galinha, o galo e a bela vaca malhada.

Ela achou que o velho já estava acordado e olhou para a cama dele. Ele, no entanto, não estava deitado nela, mas um estranho.

E, enquanto ela o observava, e começava a perceber que ele era jovem e belo, ele acordou, sentou-se na cama e disse:

— Eu sou filho de um rei, e fui encantado por uma bruxa malvada, e forçado a viver nesta floresta, na forma de um velho grisalho. Ninguém tinha permissão para ficar comigo, exceto meus três atendentes na forma de um galo, uma galinha e uma vaca malhada. O feitiço não seria quebrado até que viesse até nós uma garota, cujo coração fosse tão bom que ela se mostraria cheia de amor, não apenas para com a humanidade, mas para com os animais — e isso você fez; e, graças a você, à meia-noite, fomos libertados, e a velha casa na floresta foi transformada mais uma vez em meu palácio real.

E, quando se levantaram, o filho do rei ordenou aos três atendentes que saíssem e trouxessem o pai e a mãe da menina para a festa de casamento.

— Mas onde estão minhas duas irmãs? — perguntou a garota.

— Eu as tranquei no porão e amanhã elas serão levadas para a floresta e viverão como servas de um carvoeiro, até que se tornem mais gentis, e não deixem pobres animais passarem fome.

Donzela maleen

Era uma vez um rei que tinha um filho que pediu em casamento a filha de um rei poderoso. Chamava-se donzela Maleen e era muito bela. Como seu pai queria entregá-la a outro, o príncipe foi rejeitado.

Mas como ambos se amavam de todo o coração, não desistiriam um do outro, e a donzela Maleen disse ao pai:

— Eu não posso e não aceitarei outro como meu marido.

Então, o rei se enfureceu e ordenou que fosse construída uma torre escura, na qual nenhum raio de sol ou luar deveria entrar. Quando estava concluída, ele disse:

— Aí você ficará aprisionada por sete anos, e, então, eu virei e verei se seu espírito perverso está quebrado.

Carne e bebida para os sete anos foram colocadas dentro da torre; e, então, ela e sua dama de companhia foram levadas para lá e emparedadas e, desse modo, isoladas do céu e da terra. Lá elas ficaram na escuridão, e não sabiam quando o dia ou a noite começavam. O filho do rei muitas vezes dava voltas e voltas ao redor da torre e chamava seus nomes, mas nenhum som de fora penetrava as paredes grossas. O que mais eles podiam fazer além de lamentar e reclamar?

Enquanto isso, o tempo passava e, pela pouca quantidade de comida e bebida que restava, elas sabiam que os sete anos estavam chegando ao fim. Elas pensaram que o momento de sua libertação havia chegado. Mas, nenhum golpe do martelo foi ouvido, nenhuma pedra caiu da parede, e parecia a donzela Maleen que seu pai a havia esquecido. Como tinham comida para apenas um breve período de tempo e viam uma morte miserável esperando-as, donzela Maleen disse:

— Devemos tentar nossa última chance e ver se conseguimos atravessar a parede.

Ela pegou a faca de pão, cavou e raspou a argamassa de uma das pedras, e quando ela estava cansada, a criada tomou seu lugar. Com muito trabalho conseguiram tirar uma pedra, depois uma segunda e uma terceira. E, quando três dias se passaram, o primeiro raio de luz caiu sobre suas trevas, e finalmente a abertura era tão grande que podiam olhar para fora.

O céu estava azul e uma brisa fresca soprava em seus rostos; mas como tudo parecia melancólico ao redor! O castelo de seu pai estava em ruínas, a cidade e as aldeias haviam sido, até onde se podia ver, destruídas pelo fogo, os campos por toda parte devastados e nenhum ser humano era visível.

Quando a abertura na parede estava grande o suficiente para elas passarem, a criada passou primeiro, e então a donzela Maleen a seguiu. Mas para onde iriam? O inimigo havia devastado todo o reino, expulsado o rei e matado todos os habitantes. Elas vagaram para buscar outro país, mas, em nenhum lugar encontraram um abrigo ou um ser humano para lhes dar um bocado de pão. Sua necessidade era tão grande que elas foram forçadas a saciar sua fome com urtigas.

Quando, depois de uma longa viagem, chegaram a outro país, tentaram arranjar trabalho em todos os lugares. Mas, onde quer que batessem, eram mandadas embora, e ninguém tinha pena delas.

Por fim, chegaram a uma grande cidade e foram ao palácio real. Lá também, foram mandadas embora, mas, por fim, o cozinheiro disse que elas poderiam ficar na cozinha e ser ajudantes.

O filho do rei em cujo reino elas estavam era, no entanto, o mesmo homem que havia sido prometido à donzela Maleen. O pai dele havia escolhido outra noiva para ele, cujo rosto era tão feio quanto seu coração era perverso. O casamento estava marcado e a garota já havia chegado. Por causa de sua grande feiura, no entanto, ela se trancou em seu quarto e não permitia que ninguém a visse, e a donzela Maleen tinha que levar suas refeições direto da cozinha.

Quando chegou o dia de a noiva e o noivo irem à igreja, ela se envergonhou de sua feiura e temeu que, se aparecesse nas ruas, seria ridicularizada pelo povo. Então disse a donzela Maleen:

— Você foi agraciada com enorme sorte. Torci o pé e não posso andar pelas ruas. Você vai colocar minhas roupas de casamento e tomar meu lugar. Uma honra maior do que essa você não pode ter!

A donzela Maleen, no entanto, recusou e disse:

— Não desejo nenhuma honra que não seja apropriada para mim.

Foi em vão, também, que a noiva ofereceu ouro. Por fim, ela disse com raiva:

— Se você não me obedecer, isso lhe custará a vida. Preciso apenas dizer uma palavra, e sua cabeça estará no chão a seus pés.

Então, ela foi forçada a obedecer e vestir as roupas magníficas da noiva e todas as suas joias. Quando ela entrou no salão real, todos ficaram maravilhados com sua grande beleza, e o rei disse ao filho:

— Esta é a noiva que escolhi para você e a quem deve levar à igreja.

O noivo ficou surpreso e pensou: *Ela é igualzinha à minha donzela Maleen, e eu acreditaria que é ela mesma, mas há muito tempo está trancada na torre ou morta.*

Ele a pegou pela mão e a levou para a igreja. No caminho havia uma urtiga, e a moça disse:

> *Urtiga, Urtiga,*
> *Urtiga tão pequeninha!*
> *O que está fazendo aqui,*
> *Próxima ao muro sozinha?*
> *Faz do tempo me lembrar,*
> *Quando, sem torrar, sem cozinhar,*
> *Eu tinha apenas você pra me alimentar!*

— O que está dizendo? — perguntou o Filho do Rei.

— Nada — ela respondeu —, estava apenas pensando na donzela Maleen.

Ele ficou surpreso que ela soubesse sobre a outra, mas permaneceu em silêncio. Quando chegaram à passarela de madeira em direção ao pátio da igreja, ela disse:

> *Passarela, não quebre,*
> *Não sou a verdadeira noiva.*

— O que está dizendo? — perguntou o Filho do Rei.

— Nada — ela respondeu —, estava apenas pensando na donzela Maleen.

Quando chegaram à porta da igreja, ela disse mais uma vez:

> *Porta da igreja, não quebre,*
> *Não sou a verdadeira noiva.*

— O que está dizendo? — perguntou o noivo.

— Ah — ela respondeu —, eu estava apenas pensando na donzela Maleen.

Então, ele tirou uma corrente preciosa, colocou-a em volta do pescoço dela e prendeu o fecho. Então, eles entraram na igreja, e o padre uniu suas mãos diante do altar e os casou. Ele a levou para casa, mas ela não disse uma única palavra durante todo o caminho.

Quando voltaram ao palácio real, ela correu para os aposentos da noiva, despiu as roupas magníficas e as joias, vestiu-se com seu vestido cinza e não guardou nada além da joia no seu pescoço, que recebera do noivo.

Quando a noite chegou, e a noiva deveria ser conduzida aos aposentos do filho do rei; ela deixou o véu cair sobre o rosto, para que ele não percebesse o engodo.

Assim que todos foram embora, ele disse a ela:

— O que você disse para a urtiga que estava crescendo à beira do caminho?

— Para que urtiga? — perguntou ela. — Eu não converso com urtigas.

— Se você não fez isso, então não é a verdadeira noiva — disse ele. Então, ela refletiu e disse:

> *Preciso ir ter com minha criada,*
> *Que tem a verdade para mim guardada.*

Ela saiu e procurou a donzela Maleen.

— Garota, o que você andou dizendo para a urtiga?

— Eu não disse nada, apenas:

> *Urtiga, Urtiga,*
> *Urtiga tão pequeninha!*
> *O que está fazendo aqui,*
> *Próxima ao muro sozinha?*
> *Faz do tempo me lembrar,*
> *Quando, sem torrar, sem cozinhar,*
> *Eu tinha apenas você pra me alimentar!*

A noiva correu de volta para a câmara e disse:

— Agora sei o que disse à urtiga — e repetiu as palavras que acabara de ouvir.

— Mas o que você disse para a passarela quando passamos por ela? perguntou o filho do rei.

— Para a passarela? — ela respondeu. — Eu não converso com passarelas.

— Então, você não é a verdadeira noiva.

Ela novamente disse:

> *Preciso ir ter com minha criada,*
> *Que tem a verdade para mim guardada.*

e correu e encontrou a donzela Maleen.

— Garota, o que você disse para a passarela?

— Eu não disse nada além de:

> *Passarela, não quebre,*
> *Não sou a verdadeira noiva.*

— Isso lhe custará a vida! — gritou a noiva, mas correu para a câmara e disse. — Agora sei agora o que eu disse para a passarela. — E repetiu as palavras.

— Mas o que você disse para a porta da igreja?

— Para a porta da igreja? — ela respondeu. — Eu não falo com portas de igreja.

— Então, você não é a verdadeira noiva.

Ela saiu e encontrou a donzela Maleen, e disse:

— Garota, o que você disse para a porta da igreja?

— Eu não disse nada, além de:

Porta da igreja, não quebre,
Eu não sou a verdadeira noiva.

— Isso vai lhe custar seu pescoço! — exclamou a noiva, e ficou terrivelmente furiosa, mas se apressou de volta para a câmara e disse:

— Agora já sei o que eu disse à porta da igreja — e repetiu as palavras.

— Mas onde está a joia que lhe dei na porta da igreja?

— Que joia? — ela respondeu. — Você não me deu nenhuma joia.

— Eu mesmo a coloquei em volta do seu pescoço, e eu mesmo a prendi. Se você não sabe disso, não é a verdadeira noiva.

Ele tirou o véu do rosto dela e, quando viu sua feiura, deu um salto para trás horrorizado e disse:

— Como você veio parar aqui? Quem é você?

— Sou sua noiva prometida, mas, porque temia que as pessoas zombassem de mim quando me vissem lá fora, ordenei à criada da cozinha que se vestisse com minhas roupas e fosse à igreja em meu lugar.

— Onde está a garota? — disse ele. — Quero vê-la, vá e traga-a aqui.

Ela saiu e disse aos criados que a copeira era uma impostora e que eles deveriam levá-la para o pátio e cortar sua cabeça.

Os servos agarraram a donzela Maleen e quiseram arrastá-la para fora, mas ela gritou por socorro tão alto, que o filho do rei ouviu sua voz, saiu correndo de seus aposentos e ordenou que soltassem a donzela.

Luzes foram trazidas, e, então, ele viu no pescoço dela a corrente de ouro que havia dado a ela na porta da igreja.

— Você é a verdadeira noiva — disse ele —, que foi comigo à igreja. Venha comigo agora para meus aposentos.

Quando os dois ficaram sozinhos, ele disse:

— No caminho até a igreja você mencionou o nome de donzela Maleen, que era minha noiva prometida. Se eu pudesse acreditar que fosse possível, pensaria que ela estava diante de mim; você é igual a ela em tudo.

Ela respondeu:

— Eu sou a donzela Maleen, que, por sua causa foi aprisionada sete anos na escuridão, que sofreu fome e sede, e viveu por tanto tempo em carência e pobreza. Hoje, porém, o sol está brilhando sobre mim mais uma vez. Casei-me com você na igreja e sou sua legítima esposa.

Então, eles se beijaram e foram felizes todos os dias de suas vidas.

A falsa noiva foi recompensada pelo que havia feito tendo sua cabeça cortada.

A torre em que a donzela Maleen havia estado presa permaneceu de pé por muito tempo e, quando as crianças passavam por ela, cantavam:

> *Clingue, clangue, glória.*
> *Quem está dentro desta torre?*
> *A filha de um rei está dentro, aí,*
> *O rosto da princesa eu jamais vi,*
> *A parede não se quebra,*
> *A pedra não pode ser perfurada.*
> *Pequeno João, com seu casaco alegrado,*
> *Siga-me, siga-me, siga-me apressado.*

SIGA NAS REDES SOCIAIS:

- @editoraexcelsior
- @editoraexcelsior
- @edexcelsior
- @editoraexcelsior

editoraexcelsior.com.br